Louise Voss

STRĂINUL DE LÂNGĂ MINE

Louise Voss

STRĂINUL DE LÂNGĂ MINE

Descrierea CIP a Bibliotecii Naţionale a României
VOSS, LOUISE
Străinul de lângă mine / Louise Voss. - Bucureşti : RAO Distribuţie,
2020
ISBN 978-606-006-433-6

821.111

RAO Distribuţie
Str. Bârgăului nr. 9-11, sector 1, Bucureşti, România
www.raobooks.com
www.rao.ro

LOUISE VOSS
The Old You

Străinul de lângă mine
Traducere din limba engleză
Mihaela Neacşu
prin LINGUA CONNEXION

2020

ISBN 978-606-006-433-6

I
Septembrie 2016

Boala lui Ed a fost diagnosticată oficial în aceeași după-amiază în care m-am prezentat la interviul pentru un post la Universitatea Hampton. Un sfârșit probabil și un potențial nou început, ambele în aceeași zi.

Mă grăbisem să ajung acasă și să-l iau cu mașina – nici nu avusesem timp să mă schimb de costumul pentru interviu – și acum iată-ne la Clinica de Memorie a centrului comunitar de sănătate mintală, împreună cu medicul specialist, care se numea Deshmukh; toți trei eram înghesuiți într-o cameră atât de mică, încât aproape că ni se atingeau genunchii.

– Spuneți pe litere de la coadă la cap cuvântul „lume", i-a cerut domnul Deshmukh, fixându-l cu privirea pe Ed de parcă acesta ar fi fost sub lumina reflectoarelor de la *Vrei să fii Miliardar*, nu în biroul acesta mic, fără ferestre, din Mountain Way.

– E, a început Ed, încrezător.

A urmat o pauză lungă.

I-am făcut un semn discret, „M". Acesta era omul care completa în fiecare dimineață, repede și perfect, rebusul și jocul de Sudoku din *The Guardian*, care nu lăsa aproape niciodată vreun spațiu gol – cel puțin, asta făcuse ani de zile.

Mi-am dat seama că nu-l mai văzusem punând mâna pe ziar de câteva luni bune.

– Um, a mormăit Ed și mi-am ținut respirația.

Era imposibil să sufere de demență. Era inimaginabil. Nu avea nici șaizeci de ani! Mi s-a strâns inima amintindu-mi toate incertitudinile pe care le alungasem din minte atunci când hotărâsem să mă căsătoresc cu un bărbat mai în vârstă. Atunci, diferența de paisprezece ani nu îmi păruse atât de imposibil de depășit.

– Continuă.

– Um… E, M…

Am aplaudat în sinea mea. Era bine! Cu siguranță, aceea era cea mai complicată parte a cerinței.

Dar apoi Ed s-a corectat.

– Nu, stați. E, M, L, U.

Părea mândru de el, ca un băiețel timid care câștigă un premiu la un concurs sportiv. Nu era Ed pe care-l știam eu. Ed pe care-l cunoșteam era dibaci, isteț, arțăgos.

Domnul Deshmukh a scuturat din cap. Era un indian bărbierit, cu genul acela de păr des, brunet și lucios care s-ar fi potrivit pe o pernă luxoasă. Se ondula ușor, ca un lan de porumb în bătaia vântului.

– Mai încercați o dată, l-a îndemnat el.

Ed a părut surprins, apoi s-a enervat.

– De ce? Am zis bine!

– Mă tem că nu.

Soțul meu a făcut o mutră exasperată – mutră pe care o cunoșteam foarte bine.

– E, M, L, U! Ce mama naibii e greșit aici?

– Nu e chiar bine, a explicat doctorul. O să revenim la asta.

A împins o coală de hârtie pe birou, până în fața lui Ed, și i-a înmânat un creion.

– Vă rog să-mi desenați un cadran de ceas cu numere și limbile care să indice ora patru fără douăzeci.

Am văzut cum i-a săltat mărul lui Adam când a înghițit. A stat pe gânduri o clipă, apoi, cu mișcări hotărâte, a desenat ceva care semăna puțin cu un cerc. Era mai mult un oval ale cărui capete nu se uneau perfect, dar m-am gândit că nu arăta rău.

Apoi m-am întrebat: „Nu-i rău? Un copil de grădiniță ar fi făcut o treabă mai bună".

Ed a rămas cu vârful creionului suspendat o clipă deasupra ovalului. A scris cifra 1 sus, unde ar trebui să fie 12, apoi a desenat cifrele 2, 3, 5, 7 și 9 mult prea apropiate una de cealaltă. Ajunsese abia în dreptul locului unde ar trebui să fie cifra 4.

– E ceva în neregulă cu asta, a afirmat el cu tristețe.

Nu doar asta. Totul era în neregulă. Nu puteam accepta slujba din administrația universității în cazul în care mi-ar oferi-o. Trebuia să stau acasă și să am grijă de el. Și, Doamne Dumnezeule, cum aveam să-i dăm vestea lui Ben? Își adora tatăl.

Domnul Deshmukh a notat ceva pe un carnețel.

– Fiindcă tatăl dumneavoastră a murit din cauza bolii Pick, cea mai eficientă cale de a pune un diagnostic este un RMN. Mai eficient decât testele astea neuropsihologice. În plus, am exclude alte cauze tratabile ale demenței, ca hidrocefalia sau tumoarea cerebrală. Vă voi da o trimitere.

– Nici vorbă! a exclamat Ed, ridicându-se de pe scaun, agitat. N-o să intru în tuburile alea nici într-o mie de ani!

– A început să fie claustrofob, i-am explicat eu domnului Deshmukh. Nu poate să stea în spații mici și nici nu mai vrea să zboare cu avionul. Nu știu dacă are vreo legătură. Am făcut o pauză. Există șansa să fie ceva tratabil?

Abia mi-l aminteam pe Victor Naismith, tatăl lui Ed. A murit la scurt timp după ce l-am cunoscut pe soțul meu. O umbră inertă, micuță și cocoșată, într-un fotoliu de vinil dintr-un azil de bătrâni, suferind de incontinență dublă, incapabil de a mai recunoaște pe cineva, de a vorbi ori de face ceva singur. Ani întregi de nefericire, vină, durere și cheltuieli mari pentru toată familia lor.

Victor avusese doar șaptezeci și patru de ani când murise. Asta urma să se întâmple și cu Ed? Cu mine? Toate planurile noastre! Călătoriile, pasiunile noastre! Îmi imaginasem o pensionare ca un talmeș-balmeș furtunos, nu ca un mers târșâit înspre mormânt. Trebuia să renunț la tot și să privesc neputincioasă cum creierul lui Ed se atrofiază puțin câte puțin și cum intelectul lui se degradează de la o zi la alta, până când nu va mai rămâne decât un corp care doar respiră și care se va agăța de ani lungi și plini de cheltuieli... Nu eram sigură că puteam face asta și mă simțeam îngrozitor.

Deshmukh mi-a ignorat întrebarea, ceea ce nu m-a făcut să mă simt mai bine. În schimb, s-a întors spre Ed:

– Dacă sunteți hotărât să nu faceți un RMN, atunci vă sugerez o puncție lombară. Așa, am exclude posibilitatea unei infecții neobișnuite sau a cancerului. Și o electroencefalogramă, deși în cazul unei FTD – scuze, degenerare frontotemporală –, rezultatele nu ar fi concludente, mai ales în faza incipientă a bolii.

Ed s-a ridicat brusc în picioare, cu ochii albaștri inundați de o lumină pătrunzătoare.

– Ce vreți să spuneți? Mi-ați pus un diagnostic?

Domnul Deshmukh a deschis o mapă care se afla în fața lui fără să-l privească pe Ed – ceea ce mi s-a părut destul de neprofesionist și m-a făcut să cred că nu știe cum să se comporte cu pacienții săi. A scos o hârtie pe care nu o mai văzusem până atunci.

– Doctore Naismith, acesta este al doilea control. Am pus deja diagnosticul de deficit cognitiv minor și asta s-a întâmplat acum – cât? – șase luni, cred.

Am ridicat mâna.

– Stați așa! Poftim? Cum adică? Nu e a doua oară când Ed vine la control!

Ed a făcut o mutră vinovată. Și-a întins brațul și mi-a tras mâna în jos.

– Nu ți-am spus, draga mea. Am mai venit o dată. Îmi făceam griji în legătură cu tata. Mi-a făcut o recomandare Hugh Lurk, de la chirurgie.

M-am holbat la el. Acum, redevenise el însuși, nu mai era un băiețel cu dinți de lapte care desenase un cerc strâmb, ci un bărbat puternic; un doctor înțelept și perspicace. Soțul meu, omul pentru care dădusem cu piciorul carierei, reputației, prietenilor...

Mi-a strâns degetele și mi s-a pus un nod în gât.

– De ce nu mi-ai spus? Ești îngrijorat de șase luni și nu mi-ai spus?

Vocea mi-era stridentă și crispată și aproape că începuse să-mi tremure glasul amintindu-mi de câte ori mă supărasem pe el în ultimul timp, acuzându-l că „nu ascultă ce zic“ atunci când repeta anumite lucruri sau uita de planurile pe care le făcusem sau făcea afirmații ciudate cum că oamenii îi furaseră obiecte personale și se dovedea mai apoi că le pusese pe nu știu unde și uitase de ele.

– Și tu ai fost îngrijorată.

Adevărat. Dar eu mă convinsesem că era doar enervant – o consecință logică a faptului că îmbătrânea.

– Dacă ar fi să comparăm analizele, mă tem că este evident că a avut loc un declin semnificativ în ceea ce privește capacitatea dumneavoastră mentală, și împreună cu informațiile pe care deja mi le-ați oferit și cu raportul medicului generalist care susține că deteriorarea nu a fost cauzată de vreo infecție, de vreo funcționare anormală a tiroidei ori de vreo deficiență de vitamine, îmi pare rău să vă spun că eu cred că vă aflați în stadiul incipient al bolii Alzheimer sau Pick – cel mai probabil Pick, dacă e să luăm în considerare istoricul medical al familiei. Vă rog să nu aveți impresia că e o condamnare la moarte...

Voia să spună mai mult, dar Ed l-a întrerupt.

– Vă rog să aveți în vedere că și eu am fost medic de familie, domnule doctor...

Ed a trebuit să se uite la plăcuța de alamă de pe biroul doctorului.

– Dekmush. Nu e nevoie să fac vreo presupunere. Poate fi o acumulare de lichid în, um... a gesticulat el, arătând înspre cap. Sau ceva, o umflătură. Sau o sângerare.

Doctorul a scris ceva pe o agendă. Am obsevat ce articulații păroase avea, ca un vârcolac.

– Deshmukh, l-a corectat el blând. Bineînțeles, dar dacă nu vreți să faceți RMN-ul, nu putem afla mai multe.

– Îi puteți da ceva medicamente care să-i îmbunătățască memoria? Eram deja disperată. Cum se numește medicamentul acela – Aricept?

Domnul Deshmukh ne-a privit pătrunzător.

– Mă tem că medicamentele obișnuite pentru demență nu funcționează pentru boala Pick; de fapt, sunt chiar contraindicate.

– Și chiar și când funcționează, este doar pentru jumătate dintre părinți... patenți... pacienți, și doar timp de vreun an. Și atunci ce rost are?, a pufnit Ed.

Deja eram înspăimântată.

– Asta e tot ce ne oferă medicina modernă? Medicamentele i-ar putea oferi un an, și asta doar în cazul în care ar funcționa, ceea ce este improbabil?

Mi-a venit brusc în minte imaginea tatălui lui Ed, ultima dată când îl văzusem, cum era ridicat din fotoliul în care și petrecea majoritatea timpului și mutat într-un scaun cu rotile pentru a fi spălat. Scutecul pentru adulți era vizibil deasupra taliei pantalonilor de trening pătați, iar în zona inghinală era o umflătură acolo unde scutecul se udase și se adunase grămadă. Cel mai deștept om pe care îl întâlnise vreodată, după cum zicea Ed, saliva, cu degetele strânse precum ghearele, cu dinții care se înnegreau și cu gingiile care se retrăgeau pentru că nimeni nu-i spălase de mai multe săptămâni.

Bietul Victor. Bietul Ed. Și biata de mine, m-am gândit deodată furioasă. Nu pentru asta am riscat totul.

2

Am părăsit Mountain Way într-o stare de șoc, cu o grămadă de pliante despre tot felul de grupuri de sprijin, cu numere de telefon ale unor terapeuți și programări la viitoare consultații și puncții lombare.

Conducând spre casă, l-am privit pe Ed dintr-o parte, îngrijorată de lipsa de expresie de pe chipul lui. Părea că nu înțelesese nimic din ceea ce se petrecuse.

– O să fie bine, i-am spus. O să ne descurcăm.

Ed m-a ignorat.

Mai târziu, în timp ce mă schimbam de taiorul cu care fusesem la interviu, Ed a intrat în dormitor. Elasticul gros al fustei strâmte îmi lăsase urme pe coapse și pe burtă, de parcă purtasem bandaje toată ziua. Am tras-o de pe mine, sărind de pe un picior pe altul, ca să-mi păstrez echilibrul.

– Cum te simți, dragul meu?

El s-a lăsat greu pe pat, făcându-l să trosnească sub greutatea lui.

– Nu vreau să vorbesc despre asta. Cel puțin nu deocamdată.

– OK, i-am spus. L-am luat în brațe, iar el mi-a cuprins coapsele, îngropându-și fața în pântecul meu. Îi simțeam respirația pe piele, prin dresul subțire. Puloverul lui de cașmir, de culoare mov, era plăcut la atingere.

Ed nu purta decât pulovere de caşmir - avea câte unul din fiecare culoare. Nu mai cunoscusem niciun alt bărbat heterosexual căruia să-i placă hainele aşa cum îi plăceau lui. În camera de oaspeţi avea peste cincizeci de perechi de jeanşi care erau aşezaţi pe rafturi, ca la magazin. Multe dintre aceste perechi aveau încă etichetele din carton ataşate. Cu doar o zi înainte, îl tachinasem că, dacă s-ar opri din cumpărat, nici n-ar mai fi nevoie să mă angajez.

– Îmi pare rău. Îmi pare aşa de rău, Ed, am spus. Vocea mi s-a frânt.

– Am spus că nu vreau să vorbesc despre asta. În fine, nu te-am întrebat cum a mers cu angajarea. Doar nu vrei să accepţi, nu-i aşa?

Am mototolit fusta şi am aruncat-o cu forţă în coşul de rufe, gata să plâng. *Ba chiar* asta voiam.

– De fapt, a mers foarte bine, am răspuns. Biroul are o vedere absolut superbă, e amplasat într-una din vechile clădiri Regency, în campus - se pare că mătuşa lui Florence Nightingale a locuit acolo - şi este vorba mai degrabă de organizare de concerte decât de muncă de secretariat. Colegii par drăguţi. Şeful, un pic scrântit, dar într-un sens bun, ştii ce zic?

– Hmm, a mormăit Ed, ca şi cum nu credea o iotă. Nu pare totuşi să fie genul tău de activitate, nu-i aşa? Să lucrezi într-o facultate?

– De ce nu? Chiar mă văd lucrând acolo. A fost fantastic să fiu din nou înconjurată de atâţia oameni; şi toată muzica aceea. Ar fi ca în *Fame*[1]. Mult mai interesant decât să lucrez pentru Henry.

---

[1] Cel mai probabil, referire la filmul *Fame* (1980), care îi are în vizor pe studenţii unei prestigioase academii de muzică şi dans din New York (n.tr.)

Henry era consultantul financiar pentru care mă plictisisem de moarte lucrând înainte.

– „Vreau să trăiesc veşnic", a recitat Ed impasibil, în stilul lui atât de familiar, încât mi s-a tăiat respiraţia şi mi-am simţit inima bătând în gât.

– Dar o să refuz, dacă mă acceptă.

– De ce?

– Nu e clar de ce?

Ne-am privit unul pe altul, preţ de un minut, dar nu puteam citi nimic pe chipul lui.

– Nu, a spus el. Nu e clar deloc. Bineînţeles că ar trebui să accepţi, dacă asta vrei. Ne-ar prinde bine banii. Doar că nu mi-am închipuit că ţi-ar plăcea.

Am ezitat, dat fiind că nu voia să vorbim despre asta – dar trebuia s-o fac. I-am desprins braţele din jurul meu şi m-am aşezat pe pat, lângă el.

– Nu vreau să te las singur. Ştiu că e vorba doar de câteva zile pe săptămână, dar...

A sărit ca opărit.

– Cum adică, nu vrei să mă laşi singur? Nu care cumva să-ţi permiţi să mă tratezi ca pe un, ca pe un...

Nu am completat cuvântul pe care-l căuta, dar acesta plutea între noi ca un nor negru: invalid. In-va-lid. Ed fusese diagnosticat ca invalid. Nu era de mirare că se înfuriase. În mod normal, să fi vorbit cu mine pe tonul acela, aş fi muşcat momeala şi, în câteva secunde, am fi zbierat unul la altul. Dar aşa, cum puteam să-i reproşez că era nervos?

Nu ştiam ce să fac. Dacă mi se oferea postul şi refuzam, s-ar fi supărat. Dar dacă acceptam, cum puteam să mă bucur de experienţă, când mi-aş fi făcut în permanenţă griji pentru el...

Speram să nu fiu acceptată. Ar fi fost mai ușor. M-am lăsat să cad pe spate, în pat, cu brațele întinse, învinsă.

– Când primești răspunsul? m-a întrebat Ed, calm din nou.

– Curând. Alvin – șeful – a spus că în următoarele zile, dacă nu și mai devreme. Au nevoie de cineva cât mai repede. Au început deja să sosească bobocii pentru săptămâna de orientare, apoi săptămâna viitoare are loc inițierea. Peste încă o săptămână, încep cursurile.

Tocmai atunci mi-a sunat telefonul. M-am întins să-l iau de pe noptieră și am răspuns, iar Ed s-a apropiat, ca să poată asculta.

– Lynn? Sunt profesorul Cornelius; Alvin. Cu toții te-am plăcut, te-ai descurcat de minune. Poți începe de săptămâna viitoare? Ne-am bucura să vii lunea, miercurea și vinerea, dacă e convenabil și pentru tine. Departamentul de Resurse Umane îți va trimite un e-mail cu mai multe detalii.

Mi-am mușcat buza și m-am întors să-l privesc pe Ed. Spre surprinderea mea, negura de pe chipul lui nebărbierit se limpezise și acum râdea către mine, dând aprobator din cap și arătându-mi degetele mari, ridicate. Mă gândisem să cer o zi, două termen de gândire, dar reacția lui Ed m-a făcut să mă hotărăsc pe loc.

– Grozav, am spus. Mulțumesc foarte mult! Ne vedem luni de dimineață.

Când am închis telefonul, Ed m-a sărutat entuziasmat.

– Hei, bravo ție! Știam că o să reușești!

Până la șapte seara, când așezam cotletele de miel pe masă, pentru cină, mă răzgândisem deja de câteva ori. Nu era corect să accept slujba, dacă sănătatea lui Ed se deteriora atât de rapid încât nu putea fi lăsat singur.

Pe de altă parte, putea să mai dureze un an sau doi până când starea lui avea să se înrăutăţească...

Vecina noastră, Suzan, ar fi putut sta cu ochii pe el, ea lucra de acasă. Aş fi putut discuta, discret, cu ea.

Nu lucram decât trei zile pe săptămână şi, ce-i drept, aveam nevoie de bani. Pensia lui Ed nu era de ajuns pentru un trai confortabil, iar economiile erau pentru situaţii de urgenţă. Acum, mai mult ca sigur, aveau să meargă la centrul de îngrijire, când va veni timpul.

Am strigat spre capul scărilor:

– E gata cina!

Ed şi-a făcut apariţia, a aruncat o privire la mâncarea de pe masă şi s-a întors. Era deja în pijama.

– Merg la culcare. Nu mi-e foame.

A urcat iar scările, având din nou atitudinea unui adolescent bosumflat. Am auzit zgomote în baie, apa trasă la toaletă, bâzâitul periuţei electrice de dinţi, apoi, într-un final, trântitul hotărât al uşii dormitorului.

Dintr-odată, mi-a dispărut şi mie pofta de mâncare.

O jumătate de oră mai târziu, când m-am strecurat la etaj să văd ce făcea, l-am auzit sforăind dincolo de uşa închisă. Îşi lăsase toate hainele grămadă, în capul scărilor. Ca să nu intru şi să-l deranjez, i le-am întins peste balustradă şi am coborât.

Nu mă puteam concentra să urmăresc programul de la televizor, aşa că mi-am turnat un pahar mare de coniac şi m-am retras pe verandă. M-am aşezat pe fotoliu şi mi-am urcat picioarele încălţate în şosete pe calorifer. Am privit afară, în grădina întunecată, până când în pahar n-au mai rămas decât aburi şi pleoapele îmi erau grele de gânduri. Aţipisem, ascultând la radio o emisiune despre greva minerilor, când un zgomot subit m-a făcut să tresar. La radio, discuția era încă despre greva minerilor, așa că nu putuse să treacă prea mult timp. Părea că cineva închisese ușa de la intrare, dar Ben era singurul care mai avea cheie și n-avea cum să fi fost el.

– E cineva? am strigat, țeapănă în scaun, cu toate simțurile în alertă. Ben? Tu ești? Știam totuși că nu putea fi Ben, pentru că el și Jeanine abia se întorceau din Africa de Sud dintr-un safari.

Am întins mâna și-am oprit radioul, concentrându-mă să aud ceva. M-aș fi gândit că poate fusese pisica, trântind ceva de pe vreun raft – dacă Timmy n-ar fi fost lângă mine, încolăcit pe un scaun în apropiere, zvâcnind dintr-o ureche.

M-am ridicat în picioare, uitându-mă în jur după ceva ce-aș fi putut folosi drept armă. Casa noastră era izolată. A noastră și a lui Suzan, vecina, erau două jumătăți ale unui întreg, înălțându-se singure pe poteca de lângă râu. Mai fusesem ținta hoților și înainte, când eram plecați în vacanță.

Suportul de cuțite, în bucătărie, părea prea departe, iar pe verandă nu aveam lămpi sau altceva potrivit. Întunericul de afară se lipea de geamuri și am simțit un fior urcându-mi pe șira spinării, ca degetul pe corzile unei harpe. Fusese oare cineva acolo, urmărindu-mă? Cineva care știa că Ed dormea, la etaj, în timp ce eu eram jos, singură?

Veranda noastră era, contrar obiceiului, amplasată în fața casei, astfel încât aveam vedere directă spre Tamisa. Ne despărțeau doar poteca noroioasă și grădina din față. Rareori trecea vreun om pe-acolo după lăsarea întunericului, așa că întotdeauna țineam lumina aprinsă.

Cu inima bubuind în piept, am apucat de pe masă un suport de vase făcut de mine, din pietre culese de pe plaja din Jersey, lipite și lăcuite pe un suport termorezistent mai vechi. Era greu – ajunsesem să folosesc mai multe pietricele decât crezusem; sfârșisem prin a completa cu pietricele adunate de pe aleea casei noastre. Privindu-l, am fost sigură, într-un soi de sincronizare mentală ciudată, că auzisem zgomot slab de pași pe același pietriș de pe aleea din fața casei.

Poate era cineva care tocmai pleca, sau poate erau doi indivizi; unul afară, altul înăuntru? Imaginația mea o lua razna. Am ridicat suportul, cu ambele mâini, pregătită să lovesc intrusul cu putere în cap. Împingând ușa verandei încet, cu piciorul, m-am strecurat în hol. Nu era nimeni pe scări și de sus nu venea niciun zgomot. Holul era tăcut și pustiu și părea foarte frig, iar eu încercam să-mi dau seama dacă fusese așa și mai devreme, sau era din cauză că ușa din față fusese, de curând, deschisă. Ușa era închisă, dar nu încuiată. De obicei, Ed o încuia înainte să mergem la culcare.

Am verificat camera din față, apoi bucătăria, apoi ușile din spate – erau închise –, apoi am luat-o pe scări în sus, în șosete, cu suportul încă ridicat amenințător. Baia, biroul și camera de oaspeți erau goale. În cele din urmă, am împins ușa dormitorului, deschizând-o. Era întuneric beznă și liniște, nu se vedea nici măcar lumina afișajului ceasului electronic. Ed îl acoperea de fiecare dată cu un suport de pahare, pentru că-l deranja lumina când încerca să adoarmă.

– Ed? Ed? Ești bine? am mers lângă pat și l-am înghiontit.

– Ce-i? a mormăit el, foindu-se.

Am lăsat suportul de vase și m-am întins pe pat, în spatele lui, îmbrățișându-i spatele lat peste pilotă.

– Ai coborât, cumva, adineauri?

Vocea îi era răgușită de somn.

– Ă... nu, doar dacă nu cumva sunt somnumbal.

– Somnambul.

– Mă rog, nu contează, a mormăit el, înainte să înceapă iar să sforăie ușor.

L-am sărutat pe ceafă, apoi am coborât iar, să încui ușile și să sting luminile. Mai mult ca sigur, mi se păruse că aud ceva. Din cauza stresului, probabil. Sau era suspiciunea mea exacerbată, pe bună dreptate.

3

– De asta a murit tatăl lui, am încheiat eu, ferindu-mi privirea, în timp ce ochii lui Suzan, vecina noastră, se umpleau de lacrimi. Plânsul altor oameni mă stânjenea întotdeauna, în ciuda empatiei pe care o simțeam.

Ca de obicei, casa lui Suzan mirosea a terebentină și a vopsea pe bază de ulei. Deschisese ușa cu o pensulă în mână, pe care o răsucise tot timpul cât stătusem la masa din bucătărie și îi comunicasem veștile triste.

– Oh, Lynn, e îngrozitor.

– Știu. Dar ce putem face?

Mi-a zâmbit printre lacrimi.

– O să-ți aduc o cană inscripționată cu *Păstrează-ți calmul și mergi mai departe*[1].

– Te rog, nu. Am încercat să par relaxată, dar n-a mers.

– E mult prea tânăr. Suzan și-a desprins o picătură de vopsea întărită de pe dosul mâinii.

– Știu, am repetat eu, cu tristețe. Am făcut o pauză. Suze... tu ai fost singură, azi-noapte, aici?

A dat din cap.

– Muncesc din greu să termin lucrarea. Clasa mea are o expoziție luna viitoare. De ce?

---

[1] Keep calm and carry on (în engleză în original) (n.tr.)

A arătat cu coada pensulei către o pânză aşezată pe şevalet, reprezentând un peisaj marin extravagant. Nu mă pricep la artă, dar, după părerea mea, arăta ca și cum cineva tocmai vomitase pe pânză. Picturi asemănătoare atârnau peste tot în încăpere, cu un aer apăsător, sufocant, culorile acelea împrăştiate şi dungile curgătoare tulburându-mă. Aşa mi se părea că trebuie să fi arătat creierul lui Ed.

– Mi s-a părut că aud pe cineva dând târcoale, azi-noapte, pe alee.

Nu aveam de gând să-i spun că zgomotele pe care le auzisem veniseră și din casă; era destul de agitată de când îi murise soțul, cu doi ani în urmă. Se prăbușise într-o sâmbătă dimineață, peste castronul cu cereale. Fusese îngrozitor. Ea alergase la noi, urlând și plângând, iar Ed și cu mine merseserăm acolo. Ed încercase să-l resusciteze pe Keith, în timp ce eu chemam ambulanța, dar fusese prea târziu.

Acum, se refugiase în pictură. Avea puțin peste șaptezeci de ani, fost model Biba[1] și muză a fotografilor, avea pereții plini de splendide fotografii alb-negru, care o înfățișau în tinerețe – sunt sigură că acesta era unul dintre motivele pentru care lui Ed îi plăcea atât de mult să meargă la ea.

– Probabil mi s-a părut.

– Draga mea, nu crezi că ar trebui să vorbești cu poliția?

Mai mult ca sigur, am gândit. Dar *asta* n-avea să se întâmple.

– Sunt sigură că n-a fost nimic. Mă simt prost că am menționat. În orice caz, celălalt motiv pentru care am venit este să-ți spun că m-am angajat.

[1] Renumit magazin de modă din Londra, în anii '60 și '70 (n.tr.)

– Te-ai angajat – acum? Suzan m-a privit pe deasupra ochelarilor şi m-am simţit vinovată, ceea ce m-a făcut, imediat, să reacţionez defensiv.

– Este cu jumătate de normă, trei zile pe săptămână, am spus. Nu o să lucrez toată viaţa. Deocamdată, Ed se descurcă singur, doar încurcă cuvintele sau mai uită câte ceva. Sunt opt luni de când nu mai lucrez pentru Henry, iar pensia lui Ed nu ne ajunge. Dar aş fi mult mai liniştită să ştiu că...

– Sunt cu ochii pe el?

Mi-am muşcat buza.

– Nu asta voiam să spun, nu în felul acesta. Voiam să spun „că ştii care este situaţia". Dacă se-ncuie pe dinafară, sau ceva, să îi deschizi tu. Sau să-l chemi la o cafea, din când în când. Numai să nu-și dea seama că-l supraveghezi...

– Cu drag, a spus ea, întinzându-se peste masă și așezându-și mâna peste mâna mea. Unde lucrezi și când începi?

– Mulțumesc, Suze. La Universitatea Hampton – Facultatea de Muzică, în clădirea Fairhust. Practic, după colț. Sunt acasă în douăzeci de minute, dacă e ceva. Încep luni.

– O să fac tot ce pot.

I-am mulțumit și mi-am luat la revedere, în timp ce-mi lăsa pe obraz un sărut mirosind a terebentină.

Întorcându-mă pe poteca din grădină, am privit cu drag spre casă, apoi m-am oprit. Mi-am plimbat privirea peste ușa de la intrare, peste ferestrele sufrageriei și verandei – apoi, din nou, la sufragerie. Acum am observat – jaluzelele erau coborâte. Cu o noapte în urmă, nu erau lăsate, pentru că nu stătuserăm în sufragerie. Ed urcase la culcare pe la șapte și jumătate, iar eu îmi petrecusem timpul pe verandă, până când auzisem pașii pe pietriș. Ultima oară fusesem în sufragerie cândva în cursul după-amiezii de ieri, adunasem niște cești goale de cafea, rămase de când ne uitaserăm la televizor, cu o noapte înainte. Evident, jaluzelele trebuie să fi fost ridicate atunci, pentru că era încă zi. Asta însemna că Ed se trezise peste noapte. Era ciudat că nu-l auzisem. Dar auzisem alte zgomote, în timp ce Ed, în mod clar, dormea. Toate aceste constatări erau mai degrabă îngrijorătoare... asta dacă nu cumva Ed nu era singurul care avea probleme de memorie.

În dimineața zilei de luni, când am plecat la serviciu, a fost îngrozitor. Când am coborât în bucătărie, l-am găsit pe Ed lovindu-se cu capul de ușa frigiderului, cu pumnii strânși pe lângă corp.

– Ed! Ce s-a întâmplat? Am alergat la el și l-am cuprins în brațe, pe la spate, încercând să-l îndepărtez de frigider.

– Pur. Și. Simplu. Nu. Pot. Să. Suport, a spus el, accentuând fiecare cuvânt cu o nouă lovitură.

Când s-a întors cu fața la mine și i-am văzut lacrimile, mi s-a rupt sufletul.

Odată ce am ajuns la Fairhurst și mi-am ocupat locul din biroul liber al Facultății de Muzică, nu m-am mai putut gândi la asta. Nu în condițiile în care creierul meu trebuia să gestioneze potopul de informații pe care le aveam de reținut.

Margaret, celălalt administrator, era politicoasă și solicitantă într-un mod ușor indiferent. Era o femeie suplă, înaltă, cu părul decolorat, tuns scurt și pendula cu dexteritate între dulapul cu dosare și copiator, în timp ce-mi furniza o serie neîntreruptă de informații, pe care mă străduiam să le notez, dacă voiam să-mi mai amintesc ceva.

Am sunat acasă o singură dată, din toaletă, încercând să fac pipi fără zgomot după ce mi-a răspuns. Era bine, a zis. La Suzan, pictau niște lalele.

– Bravo, Pablo Naismith, i-am spus, ușurată că, după voce, părea mai bine decât fusese de dimineață.

Alvin, șeful meu, și-a făcut apariția tocmai când stomacul începuse să protesteze și o întrebam pe Margaret unde puteam să ies să iau o gustare.

– Vino, îți arăt cantina personalului, a zis Alvin. De fapt, ce-ar fi să-ți fac turul campusului?

În timp ce mergeam alături de el, îl studiam pe furiș. Trebuie să fi avut cel puțin un metru nouăzeci, avea un petic de chelie lucioasă, înconjurat de o grămadă de păr castaniu des și ondulat și barbă la fel. Era ridicol de slab, genul acela piele și os, dar, în mod ciudat, reușea să nu fie caraghios, în ciuda frizurii și a membrelor filiforme.

După un sandvici cam fleșcăit și o cafea cu lapte aproape rece, mi-a oferit marele tur, încheiat înapoi la clădirea Fairhurst, unde mi-a arătat laboratorul de informatică, biroul pentru închirieri echipamente și sălile unde se desfășurau seminariile. În capătul culoarului, Alvin m-a condus într-o sală igrasioasă, plină cu diverse instrumente de percuție, jumătate dintr-un set de tobe și câteva amplificatoare uzate. Mai erau o scară și niște scule, lăsate la întâmplare, lângă un radio uitat de cineva și o grămadă de resturi de rigips.

– Aceasta este una dintre sălile de repetiții, a spus el. Așteptăm de câteva luni să vină muncitorii să ne scape de igrasie. OK – asta e tot, cred. Următoarea oprire, Asda[1] –

[1] Lanț britanic de supermarketuri (n.tr.)

trebuie să cumpărăm băuturi și chipsuri pentru petrecerea bobocilor, de mâine.

– Oh! Așadar, nu se ocupă o firmă de catering?

– Glumești, a pufnit Alvin. Nu, noi ne ocupăm. Avem o chicinetă lângă sala orchestrei gamelan[1]. Întotdeauna am fost de părere că este riscant să ai un sertar plin de cuțite tăioase la îndemâna unor adolescenți plini de hormoni – dar cum altfel am putea felia brânza pe care o servim lângă vin?

Ne pregăteam să ieșim, când la radio s-a auzit o voce care m-a oprit în loc. Am rămas ascultând, uimită, și Alvin s-a întors spre mine.

– E totul OK?

I-am făcut semn să aștepte un pic și m-am uitat pe afișajul digital al aparatului de radio. Era reglat pe frecvența postului 5 Live – un post pe care nu-l ascultam niciodată acasă.

Așadar, ce căuta Ed în direct la 5 Live vorbind despre reducerile din Sistemul Național de Sănătate?

– Iartă-mă, am spus, încercând să nu las impresia unei psihopate, dar simțind nevoia să explic. Seamănă exact cu vocea soțului meu!

Vocea care semăna cu a lui Ed vorbea cu emfază despre contractele de zero ore, fix genul de subiecte care-l stârneau peste măsură – cu excepția faptului că Ed nu mai arătase vreun interes față de evenimentele de actualitate de câteva luni. Nu mai citea ziarele, nu mai urmărea știrile. Vorbea despre lucruri lipsite de însemnătate, în timp ce la radio se difuzau buletinele de știri. Fusese unul dintre primele aspecte care mă alertaseră cu privire la schimbările

[1] Orchestră din Java și Bali, formată din diferite instrumente specifice Orientului, între care gonguri, xilofoane, flaute, instrumente cu coarde (n.tr.)

lui de personalitate. Am simțit un val de tristețe adâncă la gândul că nu-l voi mai auzi niciodată vorbind în felul acela.

– El este? a întrebat Alvin. Îmi dădeam seama că era nerăbdător să ne continuăm drumul, dar eu nu mă puteam dezlipi din loc. Simțeam că ar fi fost ca și cum m-aș fi îndepărtat de omul care fusese soțul meu. Cel care sunase avea exact vocea lui Ed – când era răcit; vocea aceea era mai adâncă și mai răgușită decât în mod obișnuit, dar avea același timbru. Se exprima cursiv și concis, folosind aceleași expresii și având aceeași intonație cu care vorbea și Ed înainte să înceapă să uite cum se formulau corect propozițiile. Mi-am dat seama cât de mult îmi lipsea deja.

Tocmai când spunea ceva despre deteriorarea drepturilor civile, moderatorul l-a întrerupt: „Ei bine, mă tem că urmează știrile, astfel încât va trebui să ne oprim aici. Îți mulțumim foarte mult pentru intervenție, Steve din Cheam..."

– Pe soțul meu îl cheamă Ed. Dar vorbea exact ca el, am rostit eu încet.

Alvin m-a privit.

– Sunteți căsătoriți de mult?

Întrebarea părea tendențioasă.

– De opt ani. Nu avem copii, doar un fiu vitreg, care este deja mare. Întotdeauna încercam să preîntâmpin inevitabila întrebare despre copii. Mi se părea mai ușor să răspund înainte, în termenii mei. Ed este puțin mai în vârstă decât mine – a trecut deja prin asta.

Nu știam de ce spusesem asta. Probabil că, în sinea mea, știam că, mai devreme sau mai târziu, aveam să fiu nevoită să-i vorbesc lui Alvin despre diagnosticul lui Ed și, inconștient, pregăteam terenul.

– Ed? Ed Naismith?

Alvin afişa expresia aceea amuzată, care spune: „Ce mică-i lumea!"

– Da... îl cunoşti?

– Vag. Era cumva poreclit Edna? Cu mult timp în urmă, înainte să mă căsătoresc cu Sheryl, am cochetat cu teatrul, alături de grupul Molesey. Sincer să fiu, mă vedeam jucându-l pe Hamlet, dar ceilalţi nu mi-au recunoscut niciodată talentul evident, aşa încât mă alegeam mereu cu roluri din categoria „cel de-al doilea purtător de spadă, din partea dreaptă", motiv pentru care n-am făcut carieră. Sunt sigur că Ed era regizorul piesei în care aproape fusesem distribuit, înainte să iau decizia că teatrul nu era pentru mine.

Am râs, uşurată.

– Da, Edna I. Smith, aşa îi spuneau în MADS.[1] De fapt, aşa ne-am şi cunoscut, eu şi Ed. M-am alăturat trupei când m-am mutat în zonă, unde nu cunoşteam pe nimeni, cu gândul să îmi fac prieteni. Aşadar, îl cunoşti? Ca să vezi!

O umbră a traversat chipul lui Alvin, care a devenit, brusc, reţinut.

– Într-adevăr, ca să vezi, a spus el. Haide, vino să cumpărăm nişte vin ieftin şi câteva E-uri.

---

[1] Molesey Amateur Dramatic Group – Grupul de Artă Dramatică din Molesey (n.tr.)

4

– Și uite-așa, nu mi-aș fi imaginat că voi împinge un cărucior de cumpărături la Asda, în prima mea zi de muncă, i-am spus lui Ed. Să fi văzut fața casierului, când am trecut cu toate sticlele acelea de vin și de bere – oh, și sticla de Jack Daniels pentru sertarul din biroul lui Alvin. Mi-a zis: „Astea ar trebui să ne-ajungă pentru o zi, două, iubito", ca și cum eram un cuplu și toate alea erau pentru noi.

Ed se holba la mine de pe scaunul din bucătărie. Pe puloverul bleu de cașmir avea o pată de origine necunoscută și stropi de vopsea pe mâinile care-i atârnau letargice între picioarele desfăcute. Așa îl găsisem, cu douăzeci de minute în urmă, când ajunsesem acasă. Nu erau semne că pregătise ceva pentru cină, iar eu muream de foame.

– Ed? Mă asculți?

Am turnat vin în pahare, așteptând ca el să-mi răspundă sau, cel puțin, să-ntrebe ceva despre ce făcusem azi, dar el n-a scos o vorbă. Apoi, când puneam sticla pe jumătate goală în frigider, am zărit ceva. Am dat ochii peste cap: erau niște șosete de-ale lui Ed, făcute ghemotoc și așezate lângă ouă. Le-am luat discret și le-am strecurat în buzunar.

– Și unde este pictura pe care ai făcut-o la Suzan? Abia aștept s-o văd. O să mai faci și altele?

A ridicat vinul și, în sfârșit, m-a privit în ochi.

– S-ar putea, mi-a răspuns.

– Așadar, ți-a plăcut?

– Da.

– Ce-ai pictat?

– Niște flori.

– A fost greu?

– N-aș zice.

Mi-am amintit cu durere cum stăteam nopțile, până târziu, vorbind despre orice, de la cea mai recentă componență a grupului Take That până la reducerile de fonduri din domeniul artelor, Trident[1], existența lui Dumnezeu și care era cel mai avantajos model de jeanși pentru bărbatul de cincizeci de ani...

Apoi mi-am amintit altceva. Fixându-l cu privirea, în timp ce vorbeam, am spus:

– Hei, Ed, azi la prânz a vorbit cineva la radio și avea exact vocea ta. A fost foarte straniu.

Mi se păruse oare că am văzut sclipirea aceea ostilă din privirea lui, îngustarea abia perceptibilă a ochilor? Apoi chipul i-a devenit, din nou, lipsit de expresie.

Ce vrei să spui? Sigur că n-am fost eu.

M-am ridicat și m-am apucat să scot vasele curate din mașina de spălat vase, cu mintea plină de gânduri. Să vorbească la radio era un lucru cu care Ed se mândrea înainte, nu unul pe care căuta să-l ascundă. De când se pensionase, la cerere, suna frecvent la posturile de radio. Cu vreo doi ani în urmă, se înscrisese să facă parte din audiență, în cadrul emisiunii *Question Time*, imediat ce comunicaseră că avea

[1] Programul nuclear al Marii Britanii, constând într-un sistem de patru submarine de pe care pot fi lansate rachete nucleare (n.tr.)

să se filmeze în Kingston și se necăjise foarte tare când nu fusese ales să pună o întrebare.

În timp ce aranjam bolurile de cereale și farfuriile – și după ce am mai recuperat o pereche de șosete, pline de apă, din coșul pentru tacâmuri al mașinii de spălat vase –, mi-am făcut o notă mentală s-o întreb pe Suzan la ce oră plecase Ed de la ea. Dacă ea-i oferea un alibi solid, aveam să știu că mă înșelasem.

Dar sclipirea aceea de panică din ochii lui când menționasem radioul, buzele strânse, fie și pentru o nanosecundă, mă aruncaseră într-o cumplită îndoială.

Asta dacă nu cumva panica fusese din cauză că uitase, apoi își amintise, după ce negase? Așa era mult mai plauzibil.

Am așezat, zăngănind, o oală curată pe aragaz și am schimbat subiectul.

– Ia spune, aștepți cu nerăbdare ziua de sâmbătă?

– Ce e sâmbătă?

– Cina cu April și Mike. Pe barcă, nu mai știi?

– Nu vreau să merg. Trebuie neapărat să mergem?

Un mușchi al obrazului i-a zvâcnit ușor.

– De ce nu?

El și Mike fuseseră prieteni buni, dar, în ultimii ani, începuseră să se poarte ciudat, se instalase o distanță tensionată între ei. Ceva trebuia să se fi întâmplat, dar niciunul nu vorbea despre asta, nici cu mine, nici cu April, astfel încât noi două ne încăpățânam să organizăm întâlniri cu speranța că lucrurile se vor lămuri.

Ed a ridicat din umeri.

– Nu prea am... ă... chef. Nu mă simt bine.

E drept, părea obosit și un pic aprins la față. I-am pus mâna pe frunte – era cald, dar nu fierbinte.

– Haide, Ed, știi că îți place, odată ajuns acolo. Și e tocmai în weekend. O să fie o ocazie bună să sărbătorim prima mea săptămână de lucru.

A fost rândul lui să schimbe subiectul.

– Apropo, m-a sunat un doctor, mai devreme. Deckmush. Deshmuck.

– Deshmukh. Ce voia?

– Nu. Stai așa. N-a fost el. A fost altcineva. Nu-mi amintesc numele, dar voia să mă înscriu într-un program, un fel de, ă, știi tu – un fel de studiu. Un tratament nou pentru prostia asta a mea.

– Afecțiunea?

– Da. Dar toată treaba este confidențială. Nu am voie să spun nimănui, decât ție. Trebuie să iau pastile, sau să fac injecții. Depinde ce nimeresc, medicamentul... fals sau pe cel adevărat.

– Placebo? Sună încurajator, Ed; ar trebui s-o faci. Pot să vorbesc cu doctorul despre asta?

– A zis să nu spun nimănui.

– În afară de mine, ai zis. Ce spital îl coordonează? Sau e la vreun laborator? Sau la cabinetul doctorului? Habar n-aveam cum se desfășurau studiile clinice.

Ed a ridicat din umeri.

– Cred că mi-a spus, dar nu-mi aduc aminte. A zis că-mi trimite, ă, detaliile pe e mail.

În timp ce turnam apa fierbinte în vas, aprindeam focul și adăugam niște paste, instinctul îmi spunea că era ceva în neregulă cu felul în care încerca să-mi transmită informația – pe de altă parte, când te îmbolnăvești de demență la cincizeci de ani, nimic nu mai e normal. Era de așteptat să fie evaziv cu privire la detalii – omul nu-și mai amintea ce mâncase la micul dejun și-și lăsa șosetele în mașina de spălat vase și în frigider –, trebuia să aștept să văd ce se spunea în e-mail.

Cu toate acestea, nu puteam împiedica vechile mele semne de întrebare să se ridice la suprafață, bolborosind în mintea mea la fel ca apa de pe foc. Acele îngrijorări justificate, pe care le avusesem în trecut, când îl cunoscusem, cu privire la cât de înțelept era din partea mea să încep să mă văd cu un bărbat care fusese suspectul principal într-o investigație de crimă.

5

Spre sfârșitul primei săptămâni de lucru, simțeam că începusem să-mi intru în ritm. Eram în plină desfășurare a activităților de planficare și promovare a concertelor; reținusem numele principalilor studenți-problemă și știam că automatul avea furnici. Toate acele detalii care contau, după cum spunea Alvin.

Noi doi ne înțelegeam bine – atât de bine, de fapt, că mă invitase la The Feathers, pentru o porție de curry și câteva halbe (deși, sunt sigură, o făcuse mai mult pentru că avea nevoie de o scuză plauzibilă ca să poată bea la prânz). Întoarsă înapoi la birou, mă simțeam ușor amețită. Amețită și un pic vinovată – sfârșisem prin a-i vorbi lui Alvin despre diagnosticul lui Ed. Nu îmi plăcea de Alvin deloc, dar se pricepea să asculte. Știam însă că Ed s-ar fi supărat să audă că vorbisem cu șeful meu despre chestiuni atât de personale, cu atât mai mult cu cât nu spuseserăm încă nimănui din familie sau prietenilor apropiați.

M-am întors la calculator și la documentul la care lucram – organizarea evenimentelor muzicale cu prilejul ceremoniilor de absolvire de la Barbican[1], care aveau loc

[1] Centru de arte interpretative aflat pe domeniul Barbican din Londra, cel mai mare de acest fel. Centrul găzduiește concerte de muzică clasică și contemporană, spectacole de teatru, proiecții

luna următoare – dar nu mă puteam concentra. Îl sunasem pe Ed de trei ori, să mă asigur că era bine, și nici nu răspunsese, nici nu sunase înapoi.

Pe la ora patru după-amiaza, deja mi-l imaginam căzut în apă sau electrocutat în timp ce încerca să-și facă un ceai. Tocmai mă pregăteam s-o sun pe Suzan, să-i cer să treacă pe la el, când, în sfârșit, m-a sunat. Părea foarte indispus.

– Ce-i cu atâtea telefoane? Eram în baie!

– Iartă-mă, dragule. Te-am sunat toată după-amiaza. Ești bine?

– Sigur că sunt bine. De ce n-aș fi?

Nu i-am răspuns.

– În regulă... bine, atunci, ajung și eu curând. Te iubesc.

De data aceasta, Ed a fost cel care n-a răspuns. Îmi displăcea teribil când nu-mi răspundea la fel, cu o vorbă de alint.

– Era soțul tău? m-a întrebat Margaret, din cealaltă parte a biroului, în timp ce-și închidea calculatorul. O priveam cu uimire cum aduna o eșarfă, covorașul de yoga, colanții, o carte, un iPod, căști, cutia de plastic în care avusese prânzul, o jachetă suplimentară și le îndesa pe toate într-o geantă.

Am încuviințat, încercând să-mi dau seama dacă tonul ei fusese unul dezaprobator, pentru că dădusem un telefon personal în timpul orelor de serviciu sau era doar mirată că aveam un soț, dar vocea îi fusese suficient de neutră.

– Merg la yoga. Cu puțin noroc, hipiotul acela slăbănog, îmbrăcat în pantaloni obscen de scurți, nu va trage un vânt

---

de film și expoziții de artă. Aici se află, de asemenea, o bibliotecă, trei restaurante și un conservator. (n.tr.)

de fiecare dată când face lumânarea. Deși nu-mi fac mari speranțe. Tu ai ceva interesant planificat pentru diseară?

– Nu. Doar să gătesc ceva pentru cină. Pentru o clipă, mi s-a părut că mă privise disprețuitor și mi-a venit să-i zic: „Nu fac NUMAI asta – am centura neagră la taekwondo! Nu sunt doar o biată nevastă, să știi!", dar, desigur, n-am făcut-o. Îmi plăcea Margaret, însă, uneori, calmul ei grațios avea o vagă nuanță de superioritate. De fapt, nu, am răspuns în schimb. Mergem în vizită la fiul meu vitreg. Tocmai mi-am amintit.

– Ei bine, seară plăcută! Ne vedem luni.

A plecat în grabă, cu eșarfa atârnând în urma ei, iar eu m-am gândit că era grozav, dacă ea pleca, însemna că puteam pleca și eu. Alvin avea cursuri până la ora șase, iar programul cu studenții se termina la patru și jumătate. I-am trimis un mesaj lui Ed, spunându-i că plecam spre casă.

O jumătate de oră mai târziu, mă zgâlțâiam pe drumul plin de gropi spre casă. Am parcat în spatele casei și am ocolit până în față, pe unde Tamisa largă curgea lin și frunzele copacilor de pe malul opus începeau să-și schimbe culoarea. Era o priveliște de care nu mă mai săturam.

Prin fereastra casei ei, o vedeam pe Suzan, în fața șevaletului, cu capul aplecat într-o parte, evaluându-și eforturile. Mi-a făcut cu mâna, în timp ce deschideam poarta, de care m-am lipit ca să evit stropii de noroi împroșcați de doi bicicliști îmbrăcați în pantaloni mulați, care au trecut în viteză, ocolind balta destul de mare din mijlocul potecii – un accesoriu nelipsit și enervant timp de nouă luni pe an.

Am răsucit cheia în broască, dar ușa nu s-a deschis. Ed probabil încuiase și yala de jos, iar eu nu luasem de dimineață, când plecasem, decât cheia de la cea de sus.

Am ciocănit întâi cu inelul de metal, apoi m-am aplecat și am strigat în dreptul fantei pentru scrisori.

– Ed! Vii, te rog, să-mi deschizi? Nu pot intra! Prin deschizătura dreptunghiulară vedeam holul pustiu și tăcut. Ed!

Cu siguranță, trebuia să fi văzut că-mi lăsasem legătura mare de chei acasă. Și de ce, tocmai astăzi, se hotărâse să încuie ambele yale când ieșise? Nu făcea asta aproape niciodată.

Afurisita de demență. O moarte înceată și chinuitoare.

Am scotocit în geantă, am scos telefonul și l-am sunat pe Ed, ascultând lângă deschizătură să-l aud pe al lui sunând. Dar n-am auzit nimic, ceea ce însemna că Ed era ori plecat, ori peste drum, la dig – casa noastră și a lui Suzan fuseseră, înainte, cele două jumătăți ale casei paznicului digului, iar jumătatea noastră includea și ceea ce agenții imobiliari numeau „Studioul", o încăpere mică situată pe acum inutila insulă a digului și pe care Ed o folosea drept bârlogul lui. Sau poate era acasă, dar își pusese telefonul pe silențios, din cine știe ce motiv. Am sunat pe telefonul fix și am auzit imediat ecoul soneriei în interiorul casei, sunând de zece ori, înainte să fie preluat de robot. Am oftat și-am sunat iar pe mobilul lui Ed. Niciun răspuns.

„Revino-ți, Lynn", mi-am zis, simțind cum mă cuprindea panica. Nu avea cum să ajungă prea departe.

M-am întors pe potecă și m-am grăbit peste podul îngust de metal, smucind ușa studioului – deși privind înăuntru, pe fereastră, nu-l văzusem. Ușa nu era încuiată, ceea ce însemna că trebuia să fie undeva, prin apropiere. Oare căzuse în apă? Nu era nicio barcă în jur, deși era o după-amiază însorită de toamnă, nici excursioniști sau bicicliști, cu excepția celor doi pe care abia-i văzusem. Cheile mele de la casă erau pe birou, așa că le-am luat și le-am pus în buzunarul pantalonilor.

Ed nu era în birou, iar Tamisa era tăcută ca mormântul. Cu inima bătându-mi nebunește, am privit spre celălalt capăt al studioului, unde era un petic de iarbă, ascuns vederii chiar de clădire, fiind vizibil doar de pe malul opus – și acolo l-am văzut pe Ed.

Întins pe un șezlong, pe peticul de iarbă, gol pușcă, asculta muzică de pe telefon, cu căștile în urechi. De ce nu răspunsese când sunasem?

– Ed! am strigat, lovind cu putere în geam, dar el nu s-a mișcat. Probabil că asculta cu volumul dat la maximum.

Acum că văzusem că nu era în niciun pericol, am strigat și mai tare, iritată.

– ED!

Am mers lângă el și l-am împuns în umăr, descoperind cu surprindere că-mi întorc privirea la vederea penisului flasc, cuibărit în culcușul de păr negru care-l înconjura.

– Ce cauți aici? a spus el, scoțând căștile din urechi și privindu-mă stupefiat. Credeam că ești la serviciu.

– Am fost. Ți-am scris, să-ți spun că ajung mai devreme. Repede, intră până nu te vede cineva și cheamă poliția! Te-am tot sunat! N-ai înghețat?

S-a încruntat, gesticulând cu mâna către întinderea pustie a apelor. Pe malul celălalt era doar pădure.

– Nu mă vede nimeni! Doar, hm, roțile.

– Rațele, l-am corectat eu, din reflex. De cât timp stătea acolo, în fundul gol? Oare cei doi cicliști îl văzuseră? Nu se zărea nicio haină lângă el, nici în birou, ceea ce însemna că venise gol pușcă, tot drumul, de acasă. Trebuie să-l fi văzut – trecuseră pe lângă mine cu doar cinci minute în urmă.

M-am repezit în birou și am luat o haină impermeabilă veche, de pe un scaun, pe care i-am aruncat-o în poală, ca pe o pătură ignifugă, ca și cum vintrele îi erau în flăcări.

– Mersi, mama, a spus el clipind, iar eu n-aveam nici cea mai vagă idee dacă era sarcastic sau chiar mă confundase cu mama lui.

L-am ajutat să îmbrace haina, trăgându-i mânecile pe brațe și l-am sărutat pe gură.

Mi-a răspuns la sărut – apoi s-a tras înapoi.

– Ai băut!

– Păi, nu chiar, am răspuns. Ed avusese dintotdeauna un miros foarte fin.

– Nu chiar?

– Am băut un cidru la prânz. Nu i-am spus că fuseseră două halbe.

– Dar ai fost *la serviciu*! Era de-a dreptul revoltat.

– Știu, dar Alvin a vrut să meargă la cârciumă și mi-a cerut să-l însoțesc. El e șeful.

– *Alvin*, spuse Ed, rostind cuvântul ca pe-o insultă. Bine te-ai simțit la cârciumă?

Nu-mi dădeam seama dacă sintaxa lui era dată peste cap pentru că era nervos sau din cauza bolii.

– A fost OK, am spus precaută, conducându-l afară din studio și înapoi peste podul de fier, spre casă, privind în jur să mă asigur că nu era nimeni prin preajmă. Cred că Alvin și cu mine ne vom înțelege bine – dar, sincer, Ed, asta e tot! Nu mă atrage câtuși de puțin; n-am văzut om care să arate mai ciudat ca el. O să-nțelegi ce spun când o să-l vezi. Și nici el nu este interesat de mine, absolut deloc. Tot timpul vorbește despre cât de frumoasă e soția lui și cât de mult se iubesc. Asta nu era întru totul adevărat, dar mi se păruse o mișcare prudentă. Apoi mi-am amintit altceva.

Avusesem de gând să-i spun mai înainte, dar uitasem. Oh, și te cunoaște! A făcut parte din MADS, cu ani în urmă, înainte ca noi doi să ne cunoaștem. Și-a amintit că Mike îți spunea Edna.

Ed mergea alături de mine, desculț, peste pod. Avea picioare ca ale lui *Gruffalo*, nu-mi plăcuseră niciodată. Vedeam cum frigul îi făcea pielea de găină, ridicându-i firele de păr. Semănau cu o blană pieptănată, iar eu am rămas cu privirea fixată pe ele, pentru că fața îi era prevestitoare de furtună.

– Nu mi-l amintesc.

A luat-o direct prin băltoaca noroioasă, pe poartă și pe poteca grădinii, apoi s-a oprit brusc.

– Așteaptă, îmi amintesc acum. A dat probă pentru o piesă pe care o regizam. *Moartea unui comis-voiajor*. A fost atât de slab încât atunci când l-am oprit, a azvârlit chestia aia a lui – știi, chestia aia ca o carte – pe scenă și s-a năpustit afară. E un idiot.

Mă întrebam dacă Ed chiar își amintise sau inventa. Nu părea să fie genul de lucru pe care l-ar face Alvin – pe de altă parte însă, abia îl cunoscusem pe om.

– Serios? am spus, pe un ton indiferent, în timp ce descuiam ușa din față. Hai să faci un duș, cred că ai înghețat – și ești și murdar pe picioare.

– Oh, mai taci, a mormăit el, dar m-a lăsat să-l conduc pe scări în sus, până în baie. Am dat drumul la duș, iar el a lăsat haina să-i alunece pe podea și a intrat în cadă.

– Nu-ți dau voie să mai ieși să bei cu șeful tău, pentru că știu că vrea să se culce cu tine, a spus el, ridicând vocea, să se facă auzit peste zgomotul apei care-i curgea peste cap și umeri. E un ordin!

M-am strâmbat la el, pentru că nu mă putea vedea prin perdeaua mată a dușului, gesticulând exagerat, copilărește, arătându-i degetul, cu ambele mâini, de pe covorașul de baie, unde mă așezasem. Comportamentul lui mi-a amintit de Ben, în perioada lui tulbure din adolescență, când se răstea la Ed doar pentru că-i cerea să-și ia castronul cu resturi uscate de cereale din dormitor sau să tragă apa la toaletă.

– Bine, am zis, fără a avea de gând să-l ascult. Citisem de curând o carte despre îngrijirea pacienților cu demență, în care se sublinia că cea mai bună cale de a te înțelege cu un pacient confuz este să-i cânți în strună, dacă nu era vorba de o situație care să-ți pună viața în pericol.

În cazul meu însă n-a ținut.

– Mă iei... pe sus, nenorocito! a zbierat el pe neașteptate și, înainte să apuc să-mi dau seama ce se petrece, a sărit din duș, cu apa curgând, agitând brațele, să dea perdeaua de plastic la o parte și s-a repezit la mine, ud și suduind, lovindu-mă cu pumnii în cap.

M-am rostogolit de sub el și-am sărit imediat în picioare, luând o poziție de apărare. Când s-a repezit din nou, i-am parat lovitura dintr-o mișcare, i-am prins cotul și i-am răsucit brațul la spate.

– AU! a zbierat el. Dă-te de pe mine, vacă afurisită!

– Ei bine, ai de gând să mă mai lovești? l-am întrebat. Avea noroc că nu dădusem cu el de pământ, dar camera era prea mică, iar el era prea mare.

S-a mai zbătut un pic, apoi a rămas fără vlagă, lăsându-se cu toată greutatea pe mine; i-am eliberat brațul și l-am îmbrățișat, pe la spate. În câteva secunde, tricoul meu era fleașcă. Dușul împroșca în continuare, iar pe mine m-a cuprins groaza. Nu mai fusesem niciodată în situația în care să mă apăr de el cu mişcări de taekwondo. Se ajunsese deja la asta?

– Îmi pare rău, a spus în cele din urmă.

– Nu e vina ta.

S-a întors spre mine şi m-a sărutat drept pe gură.

– Te iubesc, Lynn.

– Şi eu te iubesc.

– O să trec înapoi în... asta. În ladă.

– OK, am spus, scoţând hainele ude de pe mine atât de repede că am dat cu cotul în suportul de prosoape.

6

Până am ajuns la apartamentul lui Ben, lucrurile reveniseră la normal. Nimeni n-ar fi spus că era ceva în neregulă cu Ed. Într-un fel, asta îngreuna situația, neștiind cum să-i spunem lui Ben.

Am așteptat până după cină, o paella greu de digerat, pregătită de Jeanine, iubita lui Ben. Stăteam lângă Ed, pe canapeaua din piele neagră, mâinile noastre atingându-se ușor. Ne priveam cu înțeles pe deasupra iPad-ului lui Ben, în timp ce acesta ne arăta sutele de poze pe care el și Jeanine le făcuseră în safari. Îl iubeam pe Ed tot timpul, dar era ceva magic în legătura care se stabilea între noi după ce făceam sex.

Jeanine stătea pe canapeaua din fața noastră și avea o expresie ușor stingheră, de parcă s-ar fi aflat la un interviu. Era cu Ben de vreun an, dar se mutase la el, în Kingston, doar de câteva săptămâni și avea încă aerul acela de musafir, ca și cum avea să ceară voie dacă voia să-și facă un ceai. Ca să nu mai spun, am gândit cu invidie, că ei doi călătoreau atât de des încât, probabil, nici n-apucase să vadă unde ținea ceainicul.

Îmi era dragă Jeanine. Deși se încadra în tiparul standard de pipiță, care îi plăcea lui Ben – aranjată de ziceai că viața ei depindea de asta, două bucăți de sprâncene mari, castaniu închis, dominându-i fața micuță –, era chiar drăguță, într-o manieră reținută și îndatoritoare. Ed, într-una din rarele momente când o menționase pe prima lui soție, spusese cât de mult semăna Jeanine cu Shelagh, iar mie îmi păruse rău pentru Ben. Nu-l puteam condamna pentru că încercase, la un nivel subconștient, să-și aleagă o parteneră de viață care s-o înlocuiască pe mama pe care o pierduse la o vârstă atât de fragedă.

– Vedeți cum am focalizat capul leului? s-a lăudat Ben. I se văd toate firele din mustață, deși era la cel puțin cincizeci de metri depărtare.

Eu mi-am înăbușit un căscat. Nu de plictiseală – deși să privești 698 de fotografii cu copaci și animale sălbatice era, indiscutabil, plictisitor, indiferent cât de performant era obiectivul sau cât de exotic peisajul –, ci pentru că mereu căscam când eram stresată. Chiar căutasem pe Google și aflasem că avea de-a face cu oxigenarea insuficientă a creierului; respirația superficială contracta vasele de sânge, sau așa ceva.

– Hei, știți ceva? M-am angajat! am spus eu.

Ben s-a uitat la mine dezaprobator, ca și cum era nepoliticos să vorbesc în timpul prezentării lui fotografice. A oprit expunerea.

– Serios? Ce faci?

– Sunt organizator de concerte la Universitatea Hampton, am spus. Este doar cu jumătate de normă.

– Felicitări, a ciripit Jeanine, ridicându-se și venind să ciocnească paharul cu mine. Pare interesant.

– Sper, am spus. Măcar mă mai scoate din casă.

În timp ce vorbeam, am privit către Ed, dar el era atent în continuare la fotografii, nu se uita la mine.

– Grozav, a spus Ben. Acum, ia fiţi atenţi la hipopotamul ăsta!

L-am urmărit pe fiul meu vitreg cum schimba, mândru, cu o mişcare exersată a degetului, fotografie după fotografie. Ben avea doar treisprezece ani când mama lui, Shelagh, dispăruse, cincisprezece când eu mă mutasem cu ei şi şaptesprezece când mama lui fusese, în cele din urmă, declarată moartă, după ce Gavin Garvey recunoscuse crima. I-aş fi iertat multe lui Ben, dat fiind că trecuse prin ceea ce niciun adolescent n-ar trebui să treacă, dar el mă trata, chiar şi acum, cu o condescendenţă arogantă pe care o stăpânea încă de când îl cunoscusem.

Cu toate acestea, ajunsese bine. La numai douăzeci şi patru de ani, fusese avansat şi ajunsese managerul unui salon auto elegant, în Thames Ditton, şi vindea maşini la preţul unei case mai mici, în partea de nord a ţării. Era destul de mulţumit de el însuşi. Nu vorbea niciodată despre mama lui.

Am căscat iar şi Ben a observat.

– Iartă-mă, te plictisesc, cumva?

Semăna atât de mult cu tatăl lui! Ed ar fi spus acelaşi lucru. Pe măsură ce înainta în vârstă, începea să-i semene şi fizic din ce în ce mai mult. Cu excepţia părului. Părul blond al lui Ben începea să dispară. Întotdeauna mă gândisem că asta trebuia să-l fi enervat peste măsură, faptul că tatăl său avea încă o coamă impresionantă.

Şi Ben era înalt şi bine făcut, dar ochii lui arătau ca şi cum începeau să se cufunde în orbite, cu pleoapele căzute, ca ale lui Ed, şi cearcăne din ce în ce mai pronunţate. Cu toate acestea, era un bărbat destul de arătos.

– Sigur că nu, dragul meu, a spus Ed, vorbind şi în numele meu. Vrem doar să...

Nodul din gât i se simțea în voce.

– ...să discutăm ceva cu voi.

Ben și Jeanine s-au privit îngrijorați.

– Merg să pun de cafea, a spus Jeanine, aproape alergând în bucătărie. Am urmat-o și, punându-i o mână pe braț, am arătat înapoi către sufragerie.

– Vino. Cred că Ben va avea nevoie de susținerea ta. Și faci parte din familie.

– E bolnav? a întrebat ea șoptit.

– Să-l lăsăm pe el să vă spună, am zis, aducând-o înapoi, de mână, lucru pe care nu-l mai făcusem cu niciuna dintre prietenele anterioare ale lui Ben și, în niciun caz, cu Ben. Jeanine a ascultat, ca o fată cuminte, iar pe mine m-a săgetat gândul că era precum fiica pe care n-am avut-o. Amintiri netrăite mi-au trecut rapid prin fața ochilor: Jeanine copil, cu părul zburlit, adolescentă obsedată de culoarea roz, apoi o tânără recalcitrantă, nedezlipită de telefon. Mi-ar fi plăcut să am o fiică, chiar și una capricioasă. Acum, așteptam cu nerăbdare să am nepoți.

Dacă însă Ed avea să moară din cauza demenței, mă îndoiam că Ben ar fi făcut vreun efort să păstrăm legătura, așa că era posibil să n-apuc să țin în brațe nici măcar un nepot vitreg.

Ed și cu mine nu vorbeam niciodată despre copilul pe care-l pierdusem.

Ed s-a ridicat, iar eu am rămas lângă el. Ben și Jeanine, așezați unul lângă altul pe canapea, priveau în sus, către noi.

– Spune odată, tată! Mă îngrijorezi.

Ed a privit pe fereastră, către două macarale nemișcate. Ben cumpărase un apartament în construcție, în Priory Vale, în cadrul unui proiect imobiliar aflat în continuă expansiune, care construia apartamente insipide și scumpe. În fiecare lună, răsăreau tot mai multe clădiri asemănătoare.

După cum îi era obiceiul, Ben devenea din ce în ce mai iritat.

– Tată!

– Scuze, Benj. Treaba este că... of, Doamne. Nu îmi e deloc ușor s-o spun...

Ben strânsese pumnii atât de puternic încât îi vedeam încheieturile albite. Bietul copil, chiar își iubea tatăl.

– Este cancer?

– Nu! Nu e asta – nu îmi pune viața în pericol.

„Ba da, la naiba", am gândit eu. Mă informasem: durata medie de viață a pacienților diagnosticați cu boala Pick era de opt ani. Dacă asta nu era o sentință la moarte, atunci nu știu ce putea fi.

Eram mai pesimistă decât cu o noapte înainte. Mi-am strecurat mâna în mâna lui Ed și i-am strâns-o, simțind degetele lui mari apăsând pe diamantul inelului. Emoțiile mele se schimbau la fiecare cinci minute; era epuizant.

– Emigrați! a mai încercat Ben, afișând un zâmbet forțat. E în regulă, nu fiți așa stresați, întotdeauna m-am gândit că voi doi veți ajunge să locuiți într-o colibă, pe o plajă, undeva la căldură – nu vă faceți griji, o să venim în vizită, nu-i așa, Jeanine?

Când Ed n-a răspuns, umerii lui Ben au căzut.

– Vrei să le spun eu? m-am oferit. Ed părea incapabil să articuleze cuvintele. Dar el a clătinat din cap, apoi a tras adânc aer în piept.

– Am ce-a avut bunicul, a rostit el dintr-o suflare. Boala Pick. Am aflat săptămâna trecută.

A urmat o tăcere prelungită. Ben se uita când la Ed, când la mine, cu ochii mijiți a neîncredere, parcă așteptând să ne-audă pe unul din noi zicând: *Am glumit!* Apoi s-a aplecat, și-a cuprins fața în mâini, cu coatele sprijinite pe coapsele lui mari. Umerii au început să i se scuture.

– Oh, la naiba! Fir-ar să fie, tată! Nu. Nu asta. Nu ca bunicul...

Mi se rupea sufletul pentru el. Cu siguranță avea aceleași amintiri traumatizante despre bunicul lui pe care le aveam și eu, dar el trebuie să fi simțit durerea înzecit, dată fiind legătura de rudenie – ca să nu mai spun de apăsarea gândului că boala era ereditară.

Ben a sărit în picioare și și-a îmbrățișat tatăl, suspinând ca un copil, cu fața îngropată în gâtul acestuia. Au rămas așa multă vreme, iar eu am mers și m-am așezat lângă Jeanine, care m-a luat ea de mână de data asta.

– O să vă ajutăm, a spus ea și atunci am început să plâng și eu.

7

Prietenii noştri, Mike şi April, cumpăraseră *Fringilla* cu cinci ani în urmă, când Mike îşi vânduse compania de termostate pentru spaţii de locuit pe o sumă de peste 300 de milioane de lire; făcea parte dintr-un nou val în tehnologie, numit Internetul Lucrurilor[1] – pubele de gunoi care anunţă primăria când trebuie golite, stâlpi de lumină stradală care măsoară nivelul de poluare, calorifere care-ţi trimit actualizări pe e-mail; în esenţă, conectarea la internet de data aceasta a obiectelor, în locul oamenilor. Ironia făcea ca Mike să fie unul dintre cei mai nepricepuţi oameni pe care-i cunoşteam când venea vorba de calculatoare. Nu se descurca nici cu Facebook-ul.

Fringilla era o frumuseţe de iaht cu motor, de nouă metri lungime, model vintage, cu interior din lemn de tec lăcuit şi accesorii cromate. Era acostată lângă digul vecin cu al nostru şi o scoteau în larg aproape în fiecare weekend, când zilele erau încă lungi. Mă bucuram când ne invitau, iar aceasta avea să fie, probabil, ultima ocazie din an. Chiar şi aşa, de data aceasta nu eram la fel de nerăbdătoare, din cauza veştilor pe care urma să le dăm. Ei erau unii dintre cei mai vechi prieteni ai noştri. Mike, April şi

---

[1] The Internet of Things (în engleză în original) (n.tr.)

Ed se știau de mult, din vremurile lor de artă dramatică pentru amatori.

Ne apropiam pe poteca de remorcare, iar coca albă a *Fringillei* s-a ivit imediat după colț, în josul apei, la ora stabilită – Mike era enervant de punctual.

April era la cârmă. Ne-a făcut cu mâna, dar chipul îi era estompat de ferestrele din plastic, ce țineau prova încălzită și la adăpost. Mike s-a cocoțat pe marginea provei, pregătindu-se de acostare, lângă dig. A aruncat frânghia către Ed, așteptându-se, în mod evident, ca acesta s-o ridice și s-o lege în jurul stâlpului de amaraj, dar Ed a privit-o indiferent.

– Ed!

Am lăsat jos sacoșa cu sticlele de vin și m-am repezit să apuc frângia, chiar înainte ca aceasta să alunece în apă.

– Scuze, am râs fals, în timp ce Mike ridica din sprâncene.

– Prea mult vin, azi-noapte, Edna? a strigat el.

În cele din urmă, Ed și-a revenit din visare și m-a ajutat cu amararea ambarcațiunii.

Am urcat pe punte și i-am dat lui April sacoșa cu desertul și vinul pe care o lăsasem pe chei. Ea ne-a îmbrățișat și ne-a făcut semn spre masa încastrată la prova, pe care o aranjase frumos, cu o față de masă dantelată, șervete de in, o selecție de măsline și sărățele de casă și o sticlă de șampanie în frapieră, pe care străluceau broboanele de condens.

Ca de obicei, April arăta incredibil. Avea un talent deosebit să se machieze discret, ceea ce o făcea să arate cu douăzeci de ani mai tânără, afișând aceeași prospețime de piersică pe care o avea când o cunoscusem. Părul îi era vopsit cu pricepere, iar jeanșii erau din aceia scumpi, care se vindeau în orice butic cu aproape trei sute de lire perechea. Eu îmi cumpăram *toți* jeanșii de la Next, gama „ridică și modelează".

Mi-a zâmbit și am suspectat că-și albise iar dinții – erau de un alb orbitor. Bravo ei, am gândit. Și eu aș fi făcut la fel, să fi avut la dispoziție fondurile nelimitate pe care contribuția lui Mike la Internetul Lucrurilor le adusese în viața lor.

– Fă tu onorurile, draga mea. Merg să-l ajut pe Mike cu salata, apoi pornim. Mergem în sus pe râu, câțiva kilometri, apoi acostăm lângă salcie și mâncăm acolo, să prindem și ultimele raze de soare. E o seară splendidă, nu-i așa?

Chiar era: ca o ultimă zvâcnire a verii. Am slăbit dopul sticlei de șampanie, acoperind zgomotul cu unul dintre șervete, apoi am umplut patru pahare, puțin câte puțin, nevrând să risipesc niciun strop. I-am dus unul lui April, care începuse să toace niște ardei iuți mititei, în bucătărie – ea era întotdeauna ajutorul de bucătar al lui Mike –, apoi m-am întors să iau alte două pahare, pe care le-am dus băieților, care stăteau, amândoi, la pupa, contemplând întinderea liniștită a apelor. Mike fuma o țigară.

– Tot „nu fumezi", după cum văd, am zis. I-am întins un pahar. Or să te omoare, să știi.

Mike a rânjit, luând paharul.

– Poate ar trebui să mă apuc de fumat, a comentat Ed către mine.

I-am îndesat celălalt pahar în mâna întinsă.

– Poftim, nemulțumitule! Noroc!

Mă amăgisem că aceasta avea să fie una dintre numeroasele nopți obișnuite, petrecute pe râu – dar comentariul lui Ed mi-a amintit de ceea ce trebuia să le spunem, mai târziu.

Problema, atunci când pretinzi că totul e în regulă, este că, în momentul în care realizezi că nu este așa, te simți ca și cum tocmai ai încasat un pumn care te-a lăsat fără suflare.

Mike și-a terminat țigara și s-a retras să frigă carnea de vită pentru salată. Când s-a strecurat pe lângă mine, în cadrul ușii dintre bucătărie și pupa, burta lui m-a atins în treacăt și i-am simțit aroma de tutun în față.

Mă întrebasem de multe ori ce văzuse April la el, în afara banilor lui. Mike nu era un bărbat arătos, ca Ed; era cât mine de înalt - un metru șaptezeci -, cu o burtă enormă, vizibilă sub cămașa în dungi. Chelea și avea un ușor strabism. Dacă April l-ar fi văzut pe un site de întâlniri, sunt sigură că ar fi trecut mai departe, în căutarea cuiva mai înalt și mai prezentabil.

Avea și un temperament capricios, nemernicul, dar April îl iubea și asta era tot ceea ce conta. Îl trata ca pe un ursuleț de pluș, alintându-l și dându-i atenție constant. Și erau împreună de douăzeci și doi de ani, mult mai mult decât aveam noi.

- Ce fac gemenii? am întrebat-o, în timp ce ne strecuram amândouă pe băncuța capitonată din jurul mesei. Soarele sfârșitului de vară strălucea jos pe cer, jucând deasupra apei și încălzindu-mi ceafa cu atingerea lui domoală, de înserare.

- Oh, sunt bine. Se bucură de anul liber, înainte de începerea studiilor universitare. Monty e la Londra, lucrează pentru un birou de arhitectură, iar Caspar se pregătește să plece să lucreze ca instructor de schi, cât ține sezonul.

Mă întrebam uneori cum de eram așa de buni prieteni. Eram foarte diferiți. Eu, una, nu fusesem niciodată la schi și nu mi-aș fi botezat copiii Monty și Caspar pentru nimic în lume, dacă aș fi fost atât de norocoasă încât să am copii. April era genul de fată educată la pension, cu genți de nouă sute de lire și, după ce renunțase la slujba ei din Sistemul Național de Sănătate, iar Mike se pensionase, purtătoarea unui bronz permanent, mulțumită numeroaselor vacanțe exotice de care se bucurau.

Era greu să nu-i invidiezi. Ed și cu mine mergeam în vacanțe cu cortul sau ne cazam la pensiuni, în ultima vreme doar în Marea Britanie și în Europa, acolo unde puteam ajunge cu mașina sau cu feribotul, din cauza unei temeri ciudate de zbor pe care Ed o căpătase în ultimii ani.

Cu toate acestea, n-aș fi vrut să trăiesc viața lui April. Până de curând, fusesem foarte fericită cu alegerile mele.

– Cum merg lucrurile cu Benjy? a întrebat April, la rândul ei.

Am râs, pentru că April știa foarte bine că Ben nu mai suporta să i se spună Benjy.

– E bine. Tot cu Jeanine. Ea e o dulceață; sper că se vor căsători. I-am văzut chiar zilele trecute...

Mi-am pierdut entuziasmul, amintindu-mi ce îngrozitor fusese să le dăm vestea. Iar acum trebuia s-o facem din nou, să le spunem lui April și lui Mike.

– Nici nu m-ai întrebat cum este la noul loc de muncă, am tachinat-o, prefăcându-mă supărată, ca să ascund ce simțeam.

– Oh, iartă-mă! a râs April, cuprinzându-mă cu brațul pe după umeri și sărutându-mă pe obraz. Sunt o prietenă rea. Cum este la noul loc de muncă?

– Grozav! Îmi place mult, deocamdată, am spus, ștergând urmele luciului de buze, pe care le simțeam pe obraz. Șeful e un tip mai nonconformist, dar pare de treabă. Amuzant. Bea cam mult, dar, la urma urmei, cine nu bea? Nu m-am gândit niciodată că voi avea parte de băutură în pauza de masă, dar se pare că e ceva normal.

– Am pus carnea la marinat, a spus Mike, venind lângă noi. Clipea des și, la început, am crezut că-i intra soarele în ochi, până când s-a aplecat spre April. Mi-a intrat o geană în ochi sau ceva, draga mea, vezi tu ce e? Mă înnebunește.

April și-a ridicat ochelarii de soare pe cap și i-a cuprins obrajii între palme, privind în ochiul lui, iar eu m-am ridicat să merg să văd ce făcea Ed. L-am găsit căzut pe gânduri, contemplând apusul, în timp ce sorbea lent din șampanie.

Un urlet de durere m-a făcut să tresar speriată.

– La dracu', femeie, ai tocat ardei iuți! Nu te-ai spălat pe mâini?

Mike a început să sară pe punte, de parcă avea jăratic în pantaloni, ținându-se de ochi și înjurând.

April s-a ridicat în grabă, răsturnându-și paharul.

– Iartă-mă, iartă-mă, am uitat. Îmi pare rău, iubire, repede, dă cu apă rece...

– Vacă proastă! a urlat Mike, împingând-o în lături și alergând în bucătărie să-și spele ochiul cu o sticlă de apă minerală. Nu putea cuprinde destulă apă în căușul palmelor, așa că și-a băgat capul în chiuvetă, s-a întors cu fața în sus și a dat drumul la robinet, lăsând apa să-i curgă în păr și stropind în toate părțile.

Eu și Ed am schimbat o privire, apoi ne-am ridicat amândoi s-o îmbrățișăm rapid, discret, pe April. Ea ne-a privit cu subînțeles.

– E în regulă, mi-a șoptit ea. N-a vorbit serios.

S-a dus în bucătărie, după Mike. I-a dat un prosop și a stat cu el, alintându-l, până l-a calmat.

În cele din urmă, au revenit împreună. Obrajii lui Mike erau la fel de roșii ca ochiul iritat.

– Îmi cer iertare pentru adineauri, prieteni. N-am vrut să țip așa la năpastă.

Ed era confuz.

– Năpastă?

Mike i-a tras uşor o palmă peste cap.

– Edna! Ţine pasul, amice, năpastă – nevastă! Nu e genul tău să nu te prinzi. Bun, ce ziceţi, facem o plimbare înainte de cină?

Eu mi-am dres glasul. Ed a dat din cap şi mi-am aşezat mâna pe braţul lui Mike.

– Înainte să mergem, avem ceva să vă spunem. Vreţi să vă aşezaţi, un minut?

M-am tras pe banchetă, să le fac loc lui Mike şi lui April, care păreau îngrijoraţi.

– Aşa este, ai spus la telefon că vrei să ne spui ceva. Nu vă despărţiţi, nu-i aşa? a întrebat April.

– Nu, nici vorbă de asta.

O barjă mare, olandeză, a trecut încet pe lângă noi, făcând *Fringilla* să se legene lin, în urma ei, ca şi cum încerca să ne aline pe noi toţi, am gândit eu, în timp ce-mi căutam cuvintele.

Am luat o gură de şampanie. Nu ştiu dacă a fost alcoolul sau tensiunea pe care ieşirea lui Mike o generase, dar am realizat că nu simţeam deloc nevoia să-ndulcesc lucrurile.

– Ed a fost diagnosticat cu demenţă. Frontotemporală, la fel ca tatăl lui. Se numeşte boala Pick. Ne temeam de ceva timp că s-ar putea s-o aibă – Ed a fost la doctor acum câteva luni –, dar am primit diagnosticul abia de curând. Voi sunteţi singurii care ştiu, în afară de Ben şi Jeanine.

Şi Suzan, vecina, şi noul meu şef, mi-am zis eu în gând, dar nu voiam ca Ed să ştie asta. Tăcerea din jurul mesei era tulburată doar de zgomotul înfundat al colacilor care protejau pereţii *Fringillei*, atingând încetişor marginile debarcaderului. O adiere de vânt rece, a pătruns, odată cu înserarea, prin deschizăturile apărătoarelor de plastic, acolo unde fermoarele nu fuseseră trase până la capăt, făcându-mă să mă înfior.

Mike avea o căutătură foarte ciudată; impasibilă și aproape acuzatoare când l-a privit pe Ed și, până să-mi dau seama că era doar șocat, aproape mă cuprinsese furia. Apoi fața i s-a schimonosit, ochiul injectat și colțurile lăsate ale gurii făcându-l să pară ca și cum plângea deja, și a părut că se adună. S-a întins și i-a luat mâna lui Ed, pe care a strâns-o atât de tare încât Ed s-a strâmbat de durere.

– Oh, prietene, îmi pare așa de rău. Mi s-a părut mie că te porți ciudat în ultimul timp...

– E în regulă, a spus Ed. Cu toții ne ducem odată și-odată, nu-i așa? Măcar, în felul ăsta, eu nici n-o să știu ce se întâmplă. Pentru Lynn și Ben îmi pare rău.

I s-au umplut ochii de lacrimi și, imediat, plângeam toți patru.

– Sunt siguri în privința diagnosticului? a întrebat April, care se făcuse albă la față.

– Atât cât se poate, în lipsa unei tomografii. El nu poate să facă tomografie pentru că e claustrofob.

– El? m-a întrerupt Ed. Cine e el? E, ă, mâncarea câinelui?

– Mama pisicii, i-a răspuns Mike.

Ed nu a băgat de seamă greșeala.

– Haideți, încetați. Nu e sfârșitul lumii. Sunt sigur că vor găsi un remediu în câteva minute. Nu, în câțiva... la naiba, ce vreau să zic?

– Ani, a spus April, tamponându-și colțurile ochilor cu un șervețel. Chiar mă întrebam de ce tot făceai asta. Să nu-ți găsești cuvintele și așa mai departe.

Am făcut o pauză.

– Ascultați. Nu știm ce urmează. E posibil ca boala să evolueze lent și atunci o să ne bucurăm de încă mulți ani buni. Tatăl lui Ed a trăit cu boala aproape cinci ani, până să fie internat. Trebuie să ne păstrăm optimismul. Vorbele au sunat a gol imediat ce le-am rostit. Putem pleca? Altfel o să ratăm apusul.

– Da, sigur. Mike s-a repezit să dezlege ambarcațiunea, bucuros că avea ceva de făcut. Pe chip îi rămăsese întipărită o expresie confuză, în timp ce a împins vasul de la mal, sărind înapoi pe punte.

April a pornit motorul și a apucat cârma, iar *Fringilla* a început să pufăie pe râu în sus, spărgând în mii de cioburi soarele serii oglindit în apă.

A fost o ieșire mult mai posomorâtă decât erau, de obicei, plimbările noastre cu barca, și m-am întrebat dacă nu cumva ar fi fost mai bine să fi așteptat până la sfârșitul nopții ca să le spunem. Dar nu mă puteam imagina dându-le vestea după râsete, glume și nelipsitele sâcâieli prietenești. Era mai bine așa.

După ce am mâncat, Mike ne-a adus înapoi, lângă dig. Se făcuse întuneric beznă.

Prima explozie s-a auzit când aproape ajunseserăm.

– Oh, priviți, focuri de artificii, a spus April. Probabil că cineva dă o petrecere.

O ploaie deasă de stropi aurii aproape că a căzut peste noi, reflectându-se în apă, iar Mike a oprit motorul ca să putem admira spectacolul.

– Ed, privește! l-am înghiontit, dar Ed nu s-a clintit. Nu privea explozia de lumini, ci înapoi, în abisul întunecat. Focurile de artificii au continuat să aprindă cerul negru al nopții, într-o debandadă de sunet și culoare, dar Ed continua să privească cu obstinență în direcția opusă.

Nu conta. Ce importanță avea, la urma urmei, dacă el nu voia să privească focurile de artificii? Pentru prima dată, am înțeles cât de mult din această experiență privind demența avea să fie dictată de comportamentul și de propriile mele reacții. Pentru început, eu trebuia să mă adun și să încetez să-mi mai imaginez străini care se furișează pe lângă casă. Pur și simplu, nu era de niciun ajutor. Atât timp cât eu mă purtam normal, lucrurile aveau să rămână normale. Nu era așa?

Presupun că totul se reducea la ceea ce însemna normal pentru mine – mai ales în ceea ce privea căsnicia mea.

8

Lucrurile s-au mai calmat în cele două săptămâni de după exhibiționismul lui Ed și atacul din baie. M-am convins că, mai mult ca sigur, îmi imaginasem zgomotele pe care le auzisem în casă, în noaptea aceea, după ce primisem diagnosticul lui Ed.

Ed a insistat să nu renunț la serviciu chiar și când sugerasem eu acest lucru – ceea ce a fost o ușurare, la drept vorbind, pentru că n-aș fi vrut să mă recunosc înfrântă, în orice caz, nu încă; iar Suzan confirmase că Ed fusese fie cu ea, fie, ori de câte ori îl verificase, acasă privind la televizor sau făcându-și de lucru prin grădină. Tot îmi mai făceam griji că putea să cadă în apă sau să plece încotro vedea cu ochii, dar fusesem nevoită să accept că n-aveam cum să-l supraveghez non-stop.

O întrebasem pe Suzan dacă Ed fusese la ea, în ziua aceea, prima mea zi de lucru, când auzisem vorbind la radio pe cineva care suna ca el, iar ea m-a privit de parcă eram de pe altă planetă.

– Vorbești serios, Lynn? Nu mai știu la ce oră a plecat de la mine atunci – nu mai devreme de trei, cred –, dar și dacă a fost mai devreme, mă îndoiesc că Ed mai e capabil să poarte o discuție telefonică la radio, nu crezi?

Avea dreptate. Omul de la radio fusese lucid și bine informat – nu se putea să fi fost Ed. Pur și simplu, el nu mai putea susține genul acela de dezbateri intelectuale, deși îmi era foarte greu să accept asta. Știam că îmi făceam iluzii deșarte.

Ed nu putuse nici măcar să-mi dea mai multe detalii cu privire la studiul acela clinic, așa că m-am decis să fac singură investigații – când eram la serviciu, unde nu riscam să mă audă și să mă acuze că mă amestec. Cu cât începea mai repede, cu atât creșteau șansele să împiedicăm dezastrul.

Era în octombrie, o frumoasă zi de luni, însorită, dar cu un aer răcoros care anunța schimbarea anotimpului. Am ieșit și m-am așezat pe treptele de piatră ale terasei, în spatele clădirii Fairhurst, privind înapoi, către birouri, să mă asigur că nu erau ferestre deschise prin care vocea mea s-ar fi putut face auzită. Soarele iernatic mă mângâia pe față, în timp ce formam numărul de la Mountain Way, la secretara doctorului Deshmukh.

– Îmi pare rău, a spus ea cu o voce cântată, care mi-a strepezit dinții, doctorul Deshmukh este cu un pacient.

– Poate mă ajutați dumneavoastră, am continuat. Soțul meu, Ed Naismith, este pacientul domnului doctor și mi-a spus că unul dintre colegii domnului doctor Deshmukh l-a sunat ca să-l invite să participe la un studiu clinic confidențial. Din cauza afecțiunii soțului meu – a fost diagnosticat recent cu boala Pick –, el nu și-a amintit mai multe detalii, așa că m-am gândit să încerc să aflu eu. Aș dori să știu ce medicamente i s-ar administra, pentru cât timp, ce anume presupune studiul, cine se ocupă și așa mai departe. Ed nu-și amintește numele doctorului. Aștepta un e-mail, dar se pare că n-a primit încă nimic.

A urmat o tăcere confuză.

– Nu știu nimic despre așa ceva, s-a auzit apoi vocea, mai puțin cântătoare de această dată. Și, credeți-mă, aș ști. Nu am auzit să se desfășoare vreun studiu clinic pentru boala Pick. Lăsați-mi numărul dumneavoastră de telefon și vă sun eu după ce vorbesc cu domnul doctor.

I-am mulțumit și am închis, ridicându-mi fața în razele slabe ale soarelui iernatic. Auzeam o ciocănitoare, căutând insecte în trunchiul dezgolit al unui copac dincolo de peluze și m-am întrebat dacă nu cumva era aceeași pe care o auzisem în ziua interviului. Era posibil ca Ed să nu mai știe cine-l sunase? Poate nu sunase nimeni și fusese doar imaginația lui.

Secretara doctorului a sunat după vreo oră și ceva, în timp ce eu ștergeam praful de pe instrumentele gamelanului balinez al școlii. Ca și în situația achiziționării și consumului de alcool sau a gâdilării, cu regularitate, a orgoliului șefului meu, nici treaba aceasta nu intra în fișa postului, dar cineva trebuia s-o facă, astfel încât Alvin mă trimisese cu o cârpă și un spray de mobilă să mă ocup. Cumulativ, orchestra era uriașă, o sală întreagă plină cu clopote și gonguri de diferite dimensiuni, provenite din Asia de Sud-Est; nu mai era nimeni acolo, așa că puteam vorbi fără rețineri.

– Sunt Becky, de la Mountain Way, a spus plină de ea.

– Bună, Becky. Am pus telefonul pe speaker și am continuat să șterg un raft de clopote. Locul era plin de praf – după câte se părea, îngrijitorii consideraseră că spațiul respectiv nu intra în sfera atribuțiilor lor.

– Doctorul Deshmukh spune că nu știe cine l-a sunat pe soțul dumneavoastră. Spune că nu știe nimic despre vreun studiu clinic pentru boala Pick – și că, după toate informaţiile dumnealui, nu există un astfel de studiu. El nu a dat numărul dumneavoastră de telefon niciunui alt coleg şi nu ar face asta înainte să vă ceară permisiunea.

– Oh, înţeleg. Înseamnă că s-a înşelat Ed. O să vorbesc cu el mai târziu. Vă mulţumesc pentru telefon.

– Nicio problemă, a ciripit ea.

Mi-am reluat activitatea, cu un sentiment îngrozitor. Aşa trebuia să se simtă şi Ed, într-o lume nouă şi neplăcută, unde lucrurile nu se aşezau cum era firesc. Totul era derutant şi confuz şi mi s-a rupt sufletul pentru el. Îmi venea să plec acasă, să ne-nchidem amândoi în adăpostul dormitorului nostru şi să nu mai ieşim de-acolo până ce piesele nu se potriveau iar, aşa cum trebuie.

Când am ajuns, în cele din urmă, acasă, în seara aceea, l-am găsit pe Ed în vârful patului nefăcut, holbându-se la tavan, în întuneric, îmbrăcat doar în halatul de casă. Camera duhnea a pudră de talc, dar tot nu acoperea mirosul stătut al halatului flauşat.

– Bună, dragule, am spus, observând, când m-am aplecat să-l mângâi pe frunte, că aveam unghiile negre de praf. Amândoi suntem murdari. Stai să merg să mă spăl pe mâini, am curăţat o întreagă orchestră astăzi – pun pariu că nu ştii cum este să faci asta acasă.

Ed n-a zis nimic şi eu am oftat în sinea mea. Era ca şi cum aş vorbi cu o piatră, m-am gândit, intrând în baie. Cu o piatră *adolescentă*, am conchis, contemplând dezastrul din baie. Covoraşul era plin de apă, perdeaua duşului fusese aproape smulsă de pe bară, pe podea zăcea răsturnată o sticlă cu spumant de baie, un prosop ud era în cadă şi peste tot Ed lăsase urme mari, întunecate, în stratul alb de pudră de talc. Părea că îşi răsturnase întreg conţinutul unei cutii pe cap. Ed era singurul om pe care-l cunoşteam care încă folosea pudră de talc.

– Ai făcut baie, după cum văd, am spus, ridicând vocea, ca să acopăr zgomotul apei, în timp ce-mi spălam bine mâinile. Apropo, am sunat-o azi pe secretara doctorului Deshmukh, să-ntreb despre studiul acela. A zis că a vorbit cu doctorul, dar acesta nu ştia nimic.

A urmat o pauză lungă, timp în care am făcut ordine în baie, apoi am mers şi m-am întins pe pat, lângă el. Şi pernele miroseau a stătut şi atunci mi-am dat seama că trecuse ceva timp de când nu mai schimbaserăm aşternuturile.

– Am înţeles eu greşit. N-a fost el. A fost Bill, a anunţat Ed, criptic.

– Cine e Bill?

– Ştii tu, Bill, cu care am fost coleg la şcoala generală. Nu, la şcoala de doctori.

– Facultatea de Medicină?

– Da, la Facultatea de Medicină. Uitasem. El m-a sunat şi mi-a spus de programul acela.

– De unde ştia el de boala ta?

– I-am trimis eu un e-mail, a spus Ed, fără să adauge, „evident", dar lăsându-l să se subînţeleagă. El este doctor care face cercetări. Cum se numeşte?

– Cercetător medical? Nici eu nu eram sigură.

– Da. Ştiam că se ocupă cu asta. Şi m-am gândit că m-ar putea ajuta, iar el a zis că e posibil, dacă iau medicamentele acelea.

– Care e numele lui de familie?

Ed a ridicat din umeri.

– Bill... Bill... nu-mi amintesc.

M-am rostogolit pe partea dreaptă, ca să-l pot privi.

– Mi-ai zis că era coleg cu Deshmukh. Chiar vreau să știu ce medicamente se gândește să-ți administreze. Și va trebui să vorbești despre asta cu doctorul Deshmukh și cu doctorul Lark; trebuie să menționeze în fișa ta medicală. Categoric, cred că ar trebui s-o faci, Ed, dar sunt îngrijorată. Mereu auzi povești îngrozitoare despre efectele secundare ale medicamentelor în cadrul acestor studii clinice, lucruri care o iau complet razna... ne trebuie toate informațiile.

Ed s-a întors spre mine și m-a cuprins cu brațul, trăgându-mă spre el. Mirosea a gel de duș și, grețos de dulceag, a prea multă pudră de talc.

– Îți faci prea multe griji. Ce-avem de pierdut?

– Totul este foarte vag. Aș fi mai fericită să cunosc toate detaliile.

M-a sărutat.

– Bine. O să-l rog pe Bill să-ți trimită pe e-mail.

– Te rog – dar am crezut că urma să-ți trimită *ție* pe e-mail. Oh, hopa! Ce este asta?

Am zâmbit, simțind penisul lui Ed ieșit prin deschizătura halatului, frecându-se de piciorul meu. Și Ed zâmbea. Mi s-a părut că era pentru prima dată, după multă vreme, când mă privea cu adevărat. M-am foit să găsesc o poziție mai bună și ne-am sărutat din nou, mai intens.

Două minute mai târziu, amândoi eram goi și uitaserăm de studii clinice și de toate grijile. Atât timp cât încă aveam asta, avea să fie bine. Totul avea să fie bine.

9

– Nu vreau să mergi la serviciu, azi, a spus Ed, apropiindu-se de mine din spate, încă în pijama, în timp ce eu îmi făceam buzele, la oglinda din hol. De ce ești așa împopoțonată? Îmi adulmecă gâtul. Și de ce pleci așa devreme? Te-ai parfumat?

– Întotdeauna mă parfumez.

Și nu eram deloc „împopoțonată", era doar taiorul cu care fusesem la interviu. Avea dreptate însă într-o privință, era cu o oră mai devreme decât de obicei. Am fost surprinsă – în ultimele săptămâni, Ed pierduse complet noțiunea timpului.

– Astăzi este ziua porților deschise, am adăugat, punând rujul în portfard și închizând fermoarul. Trebuie să ajung mai devreme și să pregătesc totul. Vor veni o grămadă de absolvenți de liceu, să arunce o privire, și mai am de pregătit și concertul Big Band, de la prânz.

– O să fie și *el* acolo? s-a încruntat Ed la mine, în oglindă.

– Dacă te referi la Alvin, da, sigur că o să fie. E șeful departamentului. Așa, trebuie să plec, iubire. Dacă nu plec acum, traficul o să fie îngrozitor. Ne vedem mai târziu.

M-am întors să-l sărut, dar Ed s-a ferit, prefăcându-se că umblă la vechiul barometru agățat pe perete, lângă ușa de la intrare. L-a lovit ușor cu degetele, dar acesta nu mai funcționa de ani buni.

Până la amiază, festivitățile de primire erau în toi în studioul de înregistrări, peste drum de clădirea Fairhurst. Cincizeci de tineri de șaptesprezece ani, emoționați, însoțiți de unul sau de ambii părinți, asistau la discursul jovial de bun venit oferit de Alvin. Eu mă învârteam pe lângă ușile foaierului, să-i primesc pe cei întârziați, în timp ce formația era deja instalată și cu verificările de sunet încheiate, în așteptarea momentului lor, de la ora două. Totul se desfășura conform planului. Sandy, unul dintre lectori, și cu mine scoteam din ambalaje sandviciurile pe care le pregătisem la prima oră și destupam sticlele de vin. Alte sticle. Inițiativa lui Alvin, desigur. Mă întrebam dacă și alte universități ofereau atâta băutură cu ocazia zilei porților deschise.

– Așa, a spus Sandy, turnându-și vin într-un pahar de plastic, de parcă asta așteptase întreaga zi. Probabil că așa și era. Sandy era un tip scund, îndesat, cu un ușor accent scoțian, chel, dar cu smocuri dese de păr cărunt ițindu-se pe lângă toate orificiile cămășii – guler, ceafă, manșete. Purta mereu aceiași pantaloni gri și bluză cu emblema universității, de pe la 1979, iar Alvin îl numea „bețivan fără speranță“ – vorbe mari venind tocmai din partea lui.

Fix când Sandy ducea paharul la gură, de-afară s-a auzit un zgomot ca o izbitură surdă, urmat de ceea ce păreau să fie țipete.

– Ce mama naibii se petrece? a mormăit Sandy, scărpinându-se pe pieptul păros. Atât cât apucasem să-l cunosc, părea genul care vede jumătatea plină a paharului. A lăsat, cu părere de rău, paharul pe masă și am ieșit amândoi să vedem despre ce era vorba.

Spre groaza mea totală și de neimaginat, sursa zgomotului era soțul meu, care izbea cu putere în ferestrele largi ale studioului, proferând injurii cât îl țineau plămânii. În timp ce eu și Sandy am alergat și-ncercam să-l luăm de-acolo, am observat că toată lumea din sală se răsucise în scaune și se holba la Ed, ignorând cu totul discursul lui Alvin. Nu-mi credeam ochilor.

– Ed! l-am prins de braț, smucindu-l, dar n-am reușit să-l urnesc; privirea îi era mânioasă și pumnii roșii de la izbiturile în sticla groasă a geamurilor. Ce faci? Încetează!

– Îl cunoști? a întrebat Sandy, apucându-l de celălalt braț. Ed a încercat să se elibereze, dar strânsoarea lui Sandy era mai fermă decât a mea.

– E soțul meu, am spus, printre dinți. Nu se simte bine. Îmi pare rău.

În momentul acela, Alvin s-a năpustit pe ușile duble, cu chipul schimonosit și roșu, enervarea ieșind din el în valuri aproape palpabile, de energie. Mi-am imaginat furia amândurora adunându-se deasupra lor, ca norii prevestitori de furtună.

– Lasă-mi nevasta în pace, ticălos nenorocit! a zbierat Ed în fața lui Alvin. Știu eu ce pui la cale, pe la spatele meu!

Pentru o secundă, furia lui Alvin s-a transformat în stupefacție. „*Ce?*"

L-am tras de mânecă, roșie la față, de rușine.

– Alvin, acesta este Ed. Ed al meu. Îmi pare foarte rău, ăsta e un coșmar. Habar n-aveam că o să vină aici.

Sau cum ajunsese acolo, mi-am zis în gând. Mașina era la mine, așadar, n-avusese cum să conducă.

– Haide, Ed, te rog! Te duc acasă.

Ed s-a zvârcolit, scăpând din strânsoarea lui Alvin și a lui Sandy. Eu m-am întins să-l prind de braț și să-l imobilizez cu o mișcare de taekwondo – dar Ed s-a repezit la mine și m-a zgâriat cu unghia degetului mare pe obraz. Am simțit sângele, fierbinte și gros, curgându-mi de sub ochi și, instinctiv, m-am aplecat și mi-am acoperit obrazul cu palma.

Acela a fost momentul în care lucrurile au scăpat de sub control. Alvin a încercat să-l apuce pe Ed și să-i răsucească brațul la spate, dar, deși Alvin era mai înalt, Ed era mult mai solid și mai puternic. L-a izbit cu putere pe Alvin în stomac, iar acesta s-a dezechilibrat și a căzut pe spate ca un pui de girafă nou-născut, lovindu-se de un stâlp de lemn aflat lângă ușile studioului. La momentul acela, potențialii studenți abandonaseră orice pretenție de discreție și atârnau chiorchine la geamuri, ca și cum aceasta era un spectacol pus în scenă special pentru amuzamentul lor, una dintre activitățile specifice programului zilei porților deschise.

Alvin s-a lovit în cădere, destul de tare, iar eu mă așteptam să sară imediat în picioare – dar n-a făcut-o. Zăcea acolo, nemișcat, și am realizat că, probabil, se lovise cu capul de stâlpul acela. Dumnezeule mare, am gândit, Ed mi-a ucis șeful. Cu spectatori.

Din fericire, Alvin a gemut și s-a mișcat, străduindu-se să se ridice în capul oaselor, cu sacoul plin de praf și ochelarii atârnând, strâmb, de-o ureche. Și-a cuprins capul în mâini, dar eu eram singura care sângera. Ed, ce-i drept, se albise la față, șocat, la fel ca noi, ceilalți. Sandy mi-a întins batista lui – evident, era genul care purta batistă –, iar eu am luat-o și mi-am apăsat-o pe obraz, în timp ce m-am lăsat pe vine, lângă Alvin și l-am atins pe umăr.

– Ești bine?

A dat din cap, furia luând locul surprizei.

– Dar tu? Sângerezi.

– Îmi pare rău, a spus Ed, vorbind spre ceafa lui Alvin. N-am vrut să fac asta.

Alvin s-a prins de brațul meu și s-a sprijinit să se ridice în picioare. L-a împuns pe Ed cu arătătorul în piept și tocmai deschisese gura să spună ceva, când a fost întrerupt de sunetul ascuțit al alarmei de incendiu, venind dinspre studio, căruia i s-a alăturat imediat sunetul mai estompat al alarmei din clădirea Fairhurst, de dincolo de parcare. Cele două funcționau în tandem. Ușile duble ale studioului s-au deschis, revărsând musafirii – elevii exaltați și părinții acestora, îngrijorați.

– Oh, la dracu', a șuierat Alvin. Ce tâmpit a declanșat alarma? Acum o să avem și afurisiții de pompierii pe cap, că doar ei mai lipseau!

Eu eram ușurată că atenția-i fusese abătută de la o nouă confruntare cu Ed, pe care l-am apucat de cot, fără ca el să mai opună rezistență.

– Și poliția, mă tem, a adăugat Sandy, lovind ușor în ecranul telefonului. Evident, apucase să sune la numărul de urgență când lucrurile se-ncinseseră. Mi-a stat inima-n loc. Apoi s-a îndreptat spre studio și, pentru o secundă, m-am gândit că se ducea să-și recupereze paharul cu vin, dar el s-a poziționat în dreptul ușilor și îndruma mulțimea agitată: Pe aici, vă rog! Este doar un exercițiu, nu vă alarmați. Vă rog, îndreptați-vă către punctul de adunare în caz de incendiu – lângă acei doi pini, din dreptul porților. Vă mulțumesc.

Din clădirea Fairhurst și-a făcut apariția Margaret, cu trupul ei micuț înghițit de o jachetă reflectorizantă de culoare galbenă. Era, în același timp, consternată și plină de importanță, îndreptându-se cu pași mari către cei doi pini, cu un megafon în mâna stângă și fiind urmată de o cohortă de studenți dezorientați.

Tot atunci au apărut, în mare viteză, două mașini de pompieri, care au oprit lângă clădirea Fairhurst, chiar când Margaret începuse să răcnească în megafon, către musafirii noștri descumpăniți.

– Alarmă falsă, doamnelor și domnilor, a fost o alarmă falsă! Nu există niciun foc. O alarmă a fost declanșată accidental. Dar vă rog să rămâneți aici, la punctul de adunare în caz de incendiu și să așteptați instrucțiuni.

Mașinile pompierilor opriseră în dreptul studioului și Sandy a mers acolo, să discute cu aceștia și atunci au răsunat alte sirene, anunțând sosirea unei mașini de poliție, cu girofarul pornit. Am oftat.

Era un haos total. Eram sigură că aveam să fiu concediată pe loc – zilele porților deschise erau de o importanță vitală în campaniile de recrutare și dacă nu realizam numărul necesar de înscrieri, cu toții ne pierdeam slujbele.

– Merg să vorbesc cu poliția, a spus Alvin, atât de încruntat încât am și văzut formularul de concediere. Am dat din cap și l-am mânat pe Ed către un petic de iarbă, în apropierea punctului de adunare. Ne-am așezat – mai bine spus, l-am tras după mine. Picioarele îmi tremurau un pic, dar nu voiam să-i dau drumul.

Agresivitatea îi dispăruse. Părea pierdut și gata să izbucnească în lacrimi. Nu că aș fi simțit vreo compasiune pentru el; nu în momentele acelea. De fapt, era pentru prima dată când mă gândeam serios la divorț. Nu mă angajasem la așa ceva, mi-am zis. Tăietura de pe obraz zvâcnea și, când am ridicat batista, am văzut că era inutilizabilă, plină de sânge aproape în întregime.

Ed s-a întors și a privit tăietura.

– Spune-mi că nu eu am făcut aia, a zis el, rușinat.

– Ba da.

– Oh.

– Da. Ed, ce cauți aici?

– Nu știu. Nici măcar nu știu cum am ajuns aici. Nu voiam decât să te văd. Apoi l-am văzut pe el și m-am enervat la gândul că mă vei părăsi.

L-am privit vinovată, căci dăduse glas gândului meu de mai devreme – nu că l-aș fi părăsit pentru Alvin, desigur. M-am foit stânjenită pe peticul rece și umed de iarbă, simțind că era în regulă să-i dau drumul de mână.

– Poliția va dori să vorbească cu tine, i-am spus. Vedeam ofițerii luând notițe, în timp ce Sandy le povestea ce se petrecuse, arătând spre noi. L-ai pocnit pe șeful meu. A căzut și s-a lovit la cap – am crezut că l-ai omorât.

Ed a pufnit și eu l-am privit încruntată.

– Sper că nu râzi.

– Nu râd, a spus el, smerit.

– Totuși, pare că e bine acum, am spus eu, privindu-l pe Alvin cum îi conducea pe potențialii elevi și pe părinții acestora înapoi în studio.

– Spectacolul s-a încheiat, doamnelor și domnilor. În foaierul studioului se vor servi gustări.

Vedeam însă că era încă alb la față.

– Haide, i-am spus lui Ed. Să mergem în biroul meu, să caut un plasture.

Din fericire, în clădirea principală era liniște. Alarmele încetaseră. Studenții reveniseră în clasele lor. Toți angajații erau fie la ore, predând, fie încercând să salveze ce se mai putea din ziua porților deschise.

– Stai acolo, i-am arătat lui Ed scaunul de lângă biroul meu, în timp ce eu am luat cutia de prim ajutor și am găsit un plasture suficient de mare pentru tăietura mea.

– Oh, fir-ar să fie, Lynn, a spus Ed, punându-și capul pe brațele sprijinite de biroul meu. Nu-mi place deloc treaba asta.

Am terminat de lipit plasturele și m-am uitat în oglinda amplasată deasupra șemineului din birou să văd cum arată. Eram albă ca varul, iar părul meu blond părea gri-verzui și neîngrijit. Mi se părea că îmbătrânisem cu zece ani în timpul care trecuse de când mă privisem ultima oară în oglindă acasă, de dimineață, când îmi dădusem cu ruj. Ochii mei se făcuseră din verzi cenușii, un semn limpede că eram ori obosită, ori foarte supărată.

– Nici mie, am spus, fiind, în sfârșit, copleșită de milă față de el. Am mers lângă el și l-am cuprins în brațe, inspirând izul de adrenalină eliberată de trupul lui, amestecat cu deodorantul din ziua anterioară.

– Îmi pare sincer rău. Te iubesc.

S-a întors spre mine și mi-a cuprins mijlocul cu brațele, iar eu mi-am amintit de ziua în care venisem de la interviu și mă dezbrăcam de taior – același taior. Nu trebuia să fi acceptat postul. Fusese greșit și egoist din partea mea.

– Și eu te iubesc, i-am răspuns automat.

Margaret a năvălit în birou, cu chipul amenințător și cu părul ei scurt ridicat pe unde-și trecuse degetele. Era atât de nervoasă că n-a apreciat cum trebuie distanța și s-a izbit cu umărul de tocul ușii din lemn atât de tare că aproape a fost aruncată înapoi. Și-a smuls jacheta reflectorizantă și a aruncat-o pe podea. Pentru o clipă, am crezut că o să şi sară cu picioarele pe ea, dar ea s-a mulţumit să meargă la birou, unde a trântit megafonul.

– Poliţie, ambulanţe, pompieri. Încăierări, lovituri.

Ţipa cu o voce ciudat de ascuţită, încărcată de furie reprimată.

– Într-o zi a porţilor deschise. E un dezastru!

Nu ştiam dacă ea cunoştea cauza dezastrului, dar nu aveam de gând s-o informez. Părea că nu-l observase pe Ed sau poate doar îl ignora. S-a lăsat pe scaun, cu picioarele ei lungi răsfirate.

– Rapoarte privind incidentul, în triplu exemplar. Reclamaţii privind paza. Reclamaţii din partea elevilor. Reclamaţii din partea părinţilor. Reclamaţii din partea angajaţilor. Nu mai suport!

L-am privit pe Ed şi i-am făcut semn cu capul să mă urmeze afară – nu voiam să apară poliţia şi să-l ia la întrebări cu Margaret de faţă. Când Ed s-a ridicat, Margaret l-a privit mijind ochii, într-un fel care m-a făcut să înţeleg că, de fapt, fusese deja informată cu privire la persoana lui.

Am avut o bănuială că nu voi mai lucra la Universitatea Hampton pentru multă vreme.

10

– Bună ziua, sunt Martine Knockers, de la poliția din Surrey, am vorbit mai devreme, a spus femeia micuță, în uniformă, din fața ușii, zâmbindu-ne.

Desigur, știam că trebuia să vină. Era polițista cu care discutasem în campus. Când ne pregăteam să plecăm din clădirea Fairhurst, o întrebasem dacă puteau veni acasă, pentru declarația lui Ed, din considerație pentru afecțiunea lui.

– Martine Knockers? Glumești? Ești agent? a întrebat Ed, fără să scuture mâna întinsă către el. Eu fusesem cea care deschisese ușa, dar Ed se strecurase, tiptil, prin spatele meu și am văzut o expresie fugară, de îngrijorare, traversând chipul lui Martine înainte să-i revină zâmbetul.

După o foarte scurtă perioadă de remușcări, acum, totul îl irita pe Ed. Ajunsesem acasă de o oră, așteptând să sune la ușă, și pe lângă starea irascibilă a lui Ed, eu eram rușinată și la capătul răbdării, de teamă că Alvin sau universitatea ar fi putut depune plângere împotriva noastră. Îi trimisesem lui Alvin un mesaj, în care-i spuneam că-l duceam pe Ed acasă și-l întrebam dacă era bine. Îmi răspunsese că da, dar răspunsul lui fusese tăios. Voisem să-i sugerez să meargă la spital, să se asigure că nu avea vreo contuzie, dar n-am mai îndrăznit.

– Nu mai folosim termenul de agent, a spus Martine, calmă, dar un nerv i-a zvâcnit ușor pe obraz. Sunt ofițer de poliție. Era tânără și suplă, oarecum atractivă, deși am realizat că era unul dintre acei oameni care zâmbesc întruna, poate pentru că cineva le spusese, la un moment dat, că le stă bine când zâmbesc, iar acum nu se mai puteau controla; își antrenase mușchii feței să aibă ca setare principală zâmbetul. Speram că poliția din Surrey nu o trimitea pe ea să anunțe familiilor decesul cuiva drag.

Ed a pufnit.

– Ești cam scundă pentru un agent, a spus el, înainte să ne întoarcă spatele și să intre înapoi în casă, cu pas apăsat. Martine s-a înroșit, dar și-a păstrat zâmbetul.

– Îmi cer iertare pentru soțul meu, am spus eu, conducând-o în interior. Am coborât vocea. Așa cum v-am spus și în campus, nu se simte bine. A fost diagnosticat recent cu o formă de demență care, se pare, îi afectează inhibițiile. Nu într-un sens bun, am adăugat pe un ton jalnic. Săptămâna trecută, aproape a făcut pipi la Tesco, în raionul de legume. Din fericire, am observat la timp, când își descheia fermoarul. Vă mulțumesc că ați acceptat să veniți la noi. Îmi pare foarte rău pentru tot ce s-a întâmplat.

Din capul scărilor, de la etaj, a răsunat vocea lui Ed.

– Să nu-ndrăznești să-ți ceri iertare pentru mine!

Am privit-o pe Martine în ochi și, amândouă, am ignorat remarca.

– Vă servesc cu o cafea, un ceai?

– Mulțumesc, un ceai ar fi minunat. Cu lapte, fără zahăr... îmi pare rău să aud despre boala soțului dumneavoastră.

Am verificat – da, zâmbise în timp ce spusese asta. Chiar nu-i spusese nimeni acestei femei că nu se cădea să zâmbească *tot* timpul?

– Este o adevărată provocare. Vă rog, poftiți! Am condus-o în bucătărie, unde s-a așezat, în timp ce eu îmi făceam de lucru cu ceainicul și ceștile.

Martine și-a scos cu grijă chipiul – o pălărie tip melon foarte șic, din fetru – și l-a așezat lângă ea, pe masă. Apoi și-a netezit cu mâna părul negru tuns bob, impecabil, iar eu a trebuit să trag adânc aer în piept, ca să pot rezista tentației de a turti pălăria cu o lovitură de pumn. Nu era de niciun folos să fim amândoi, și Ed, și eu, atât de irascibili și pripiți.

Când am fost gata cu ceaiul, inclusiv unul pentru Ed, Martine pregătise un carnețel și un pix și despăturea o coală A4. Am recunoscut formularul electronic pentru raportarea unei infracțiuni. Oare Alvin îl completase, sau altcineva? Am bănuit-o pe Margaret.

– L-aș putea ruga pe soțul dumneavoastră să ni se alăture? a spus Martine privind, neliniștită, spre scări.

Ca și cum ar fi ascultat în spatele ușii, Ed s-a strecurat în bucătărie și s-a lăsat să alunece pe scaunul din fața lui Martine. Probabil coborâse din nou scările, când intrasem noi în bucătărie.

Începea să se priceapă la asta – îl descopeream, pe neașteptate, în tot felul de locuri în casă. El și pisica. Începusem să mă aștept să deschid ușa vreunui dulap de bucătărie și să dau acolo peste Ed, încolăcit pe prosoapele curate sau înghesuit în spațiul îngust dintre brațul canapelei și perete.

I-am zâmbit încurajator, în timp ce așezam ceaiul lui Martine pe un suport de pahar.

– Din fericire, profesorul Cornelius a declarat că nu dorește să depună plângere, a spus ea.

Am răsuflat, uşurarea înlăturând mare parte din panica mea, sub forma unui nor toxic. Poate că nu eram nevoită să plec, până la urmă.

– Asta e grozav, am spus. Nu-i aşa, Ed?

Ed a ridicat din umeri, privind în lături. Martine l-a fixat cu seriozitate – atât cât putea –, cu pixul pregătit deasupra blocnotesului.

– Avem declaraţia profesorului Cornelius şi a altui martor, doctorul Sandy Owden. Am nevoie însă şi de declaraţia dumneavoastră, domnule Naismith, şi va trebui să vă dau, totodată, un avertisment oficial.

– *Doctor* Naismith, a corectat-o Ed. Şi eu sunt doctor – unul adevărat, nu ca academicienii aceia abătuţi.

– Ce fel de academicieni? a zâmbit Martine contrariată.

– Abătuţi. Adică, abătuţi şi graşi; falşi. Este în argou londonez, în rime, am intervenit eu. Ed, am spus cu cea mai serioasă voce. Eşti norocos că Alvin nu depune plângere.

S-a încruntat, dar în următoarele zece minute a răspuns la întrebările lui Martine: nu, nu voise să-i facă rău lui Alvin, nu, nu venise acolo ca să-l provoace, venise să mă vadă pe mine, da, luase autobuzul... eram impresionată că reuşise să facă şi atât.

Martine continua să zâmbească, scriind în blocnotesul ei, cu capul aplecat deasupra lui. Am observat că părul i se rărea în creştet şi mi-a părut rău pentru biata fată. Aproape că mă aşteptam să-i văd vârful limbii ieşit în colţul gurii din cauza concentrării şi speram sincer că avea acasă pe cineva care să aibă grijă de ea. Pe mămica şi tăticul, cel mai probabil, am gândit, privindu-i degetele lipsite de inele.

– Dacă nu se depune plângere, am întrebat eu, de ce este nevoie să notaţi toate aceste lucruri?

– Trebuie consemnat, pentru emiterea avertismentului oficial. Sinceră să fiu, aveți dreptate. Atâtea hârtii. Dar, ce să-i faci! Astea-s procedurile.

– Ce să-i faci, a spus și Ed și am schimbat amândoi o privire amuzată, complice.

Martine a înălțat capul, renunțând la zâmbet, pentru o clipă.

– Apropo, am fost informată cu privire la istoricul dumneavoastră, a spus ea, cu naturalețe.

– Ce istoric?

Îmi venea s-o raportez pe această fetiță prostuță, lipsită de tact.

– Istoricul domnului Naismith.

Ed a gesticulat cu ironie spre ea.

– Din nou, agent Knockers, *sunt* aici. Și, așa cum am spus deja, sunt doctor Naismith. Dorești să elucubrezi, vreau să spun – să elaborezi.

Martine s-a înroșit până-n vârful firelor de păr. Chiar îi vedeam scalpul devenind roz.

– Mă refer la dispariția doamnei Naismith. În anul 2005, dacă nu mă înșel?

Trebuia să vină vorba și despre asta, odată și-odată.

– Da, dar ce legătură are asta cu ceea ce s-a întâmplat? Îmi imaginez că știți, de asemenea, și că un vagabond, pe nume Gavin Garvey, a mărturisit crima și a fost închis, câțiva ani mai târziu.

Era ciudat să vorbesc despre asta de față cu Ed, mă simțeam ca și cum mergeam pe o gheață foarte subțire. Nu vorbiserăm niciodată despre acest subiect și, din câte știam eu, nici Ben. Biata Shelagh fusese închisă într-o cutie metaforică și pusă bine, spre a nu fi redeschisă niciodată.

Mi-am amintit de prima mea vizită la Ed acasă, cum nu văzusem decât o fotografie cu Shelagh; ea, Ben și Ed, într-un portret tipic de studio, printată pe pânză. Nicio altă fotografie, nu cu ea ținându-l pe Ben, bebeluș, în brațe sau fotografii din vacanțe, cu toți trei. Nu cred că fusese o decizie sănătoasă, pentru Ben.

E drept, el avea acum, în apartamentul lui, o fotografie cu ea. Una singură, un polaroid micuț și decolorat, înfipt în colțul ramei unei oglinzi. O studiam discret, ori de câte ori aveam ocazia. Shelagh râdea, cu capul dat pe spate, de ceva ce-i spunea un personaj invizibil. Ținea între degete un pahar cu vin, iar gâtul îi era expus, lung, alb, mătăsos, oferindu-se, parcă, lamei unui cuțit. În felul acesta pretinsese Gavin Garvey că o ucisese, dar el susținuse, de asemenea, că nu-și „amintea" unde-i lăsase trupul, astfel încât nu exista nicio dovadă și nicio probă ADN.

Sau poate aceea era singura fotografie pe care o mai avea Ben. Mă gândisem că era posibil, după ce trecuseră destule luni încât Ed să se convingă că ea n-avea să mai revină, ca el însuși să fi distrus majoritatea fotografiilor cu ea, într-o încercare nechibzuită de a o uita și de a face față durerii. Întotdeauna mă întrebasem dacă Ben îi purta pică pentru asta sau dacă Ed regreta.

11

Martine Knockers i-a înmânat lui Ed avertismentul oficial - continuând să zâmbească -, apoi, în sfârșit, a plecat. Am condus-o până la ușă, sperând ca aceea să fie ultima oară când vreun reprezentant al poliției din Surrey avea să ne treacă pragul. Când m-am întors în bucătărie, l-am găsit pe Ed îmbrăcând haina pe care o lăsase pe spătarul unui scaun. Era încălțat cu bocancii și lăsa peste tot, pe podea, bucățele de noroi uscat, care i se desprindeau de pe tălpi.

- Unde pleci?

- Să mă plimb.

Am simțit cum mă cuprinde panica. O simțeam, practic, cum mi se răsucea pe picioare, ca un fior rece.

- Dar cum așa... singur?

Vreau să-mi limpezesc gândurile. Încetează să mă mai cocoloșești! N-o să pățesc nimic. Nu merg decât pe bo... pe bodegă, câțiva kilometri. N-am mai făcut mișcare de o grămadă de vreme. Doar nu-ți închipui c-o să mă rătăcesc?

Avea dreptate, într-un fel. Dar gândul că putea să cadă în apă nu-mi dădea pace. Însă era o după-amiază frumoasă, astfel încât, cu siguranță, pe potecă aveau să mai fie oameni, plimbând câinii sau mergând cu bicicletele. Iar eu eram încă foarte supărată pe el, deși știam că nu era vina lui. Aşa că, o oră doar pentru mine, să mă mai liniştesc, putea fi un lucru bun.

– Bine, am spus. Dacă asta vrei. Nu e nevoie să-ţi iei cheile, eu rămân acasă. Alvin a spus să-mi iau liber restul zilei. Ai telefonul cu tine? Te-ntorci înainte să se întunece?

A dat din cap, nerăbdător, şi aproape că m-a împins în graba lui să iasă, plecând fără ca măcar să mă sărute pe obraz, de rămas-bun.

M-am aşezat la masa din bucătărie, cu mintea plină de gânduri. Am aşteptat zece minute, să fiu sigură că nu s-a răzgândit şi se întoarce, apoi am urcat în biroul lui şi m-am aşezat pe scaun, la birou. Nu încercam să fac pe detectivul, aşa cum făcusem când îl cunoscusem, dar voiam să aflu mai multe despre studiul acela clinic. Poate că primise e-mailul acela şi uitase de el. Avusesem de gând să-l întreb dacă puteam verifica, dar în graba lui să plece, nu mai apucasem.

Laptopul lui Ed era închis pe birou, îngropat sub un munte de hârtii: facturi, pliante ale oamenilor politici locali, o carte poştală trimisă de Ben şi Jeanine din Africa de Sud, un pliant de vara trecută cu programul concertelor la Hampton Court Palace.

Balansându-mă în faţă şi-n spate cu scaunul, am deschis laptopul, aşteptându-mă să se încarce imediat, dar în centrul screensaver-ului – o fotografie a lui Ed costumat ca Văduva Twanky, într-o pantomimă din timpurile MADS, cu obrajii fardaţi, o perucă strâmbă, o rochie amplă cu picăţele şi o expresie năstruşnică; era perioada în care Mike începuse să-l strige Edna, dacă nu mă-nşela memoria – am fost întâmpinată de o casetă care-mi cerea să introduc numele utilizatorului şi parola. Ed nu avusese parolă la calculator înainte. Când făcuse asta? Şi de ce? Mi-am muncit creierii, dar n-am reuşit să-mi aduc aminte când îl văzusem ultima oară folosind laptopul. Am încercat nişte variante de parole, dintre posibilele opţiuni previzibile, sub numele de utilizator EDNAISMITH, dar niciuna nu s-a potrivit.

După cea de-a cincea încercare fără rezultat, am renunţat şi am coborât să caut laptopul meu, pe care-l lăsasem lângă pat, după ce văzusem un film pe Netflix. L-am pornit şi am aşteptat. Mergea îngrozitor de încet, dar, în cele din urmă, s-a deschis. M-am aşezat pe pat, lângă motan, plângându-mă la el cât de mult uram tehnologia. Am încercat să accesez e-mailul lui Ed pe platforma Virgin Media, dar nici de data aceasta n-am avut succes, pentru că n-am ghicit parola, care era necesară în cazul în care încercai să te loghezi din afara platformei Outlook. Ed avea un model de telefon vechi, pe care nu primea e-mailul, astfel încât nici asta nu era o opţiune.

Totul mă frustra şi părea vechi; era un disconfort agasant, ca atunci când eşti închis într-o încăpere fără ferestre, într-o zi cu soare. Mă întrebam dacă şi Ed se simţea la fel. Era prea mult; întâmplarea teribilă de la serviciu, vizita lui Martine Knockers, un avertisment oficial din partea poliţiei – şi fără să ştiu sigur dacă mai aveam o slujbă la care să mă-ntorc. Sau dacă ar fi trebuit s-o fac.

Am lăsat calculatorul şi, oftând, m-am ridicat de pe pat. Am schimbat hainele de serviciu cu o pereche de pantaloni de trening, UGG-uri şi un tricou cu mânecă lungă. Brusc, disconfortul meu s-a transformat într-un acces deplin de paranoia, unde toate m-au copleşit, îngropându-mă; Ed instalând parolă la calculator, persoana de la radio, a cărei voce semăna exact cu a lui Ed, amintirea nopţii în care mi se păruse că umbla cineva prin casă – până şi lipsa lui de claritate în legătură cu studiul clinic. Aveam sentimentul că era la mijloc ceva mai mult decât confuzia unui om recent diagnosticat cu demență.

Era, oare, acesta un mod de a aduce puțină rațiune într-o situație caracterizată tocmai de lipsa rațiunii? Probabil. Dar îl *cunoșteam* pe Ed. Îi cunoșteam privirea evazivă, când ascundea ceva. Poate diagnosticul stârnise altceva în el, ceva cu care trebuia să se confrunte. Mi-am amintit mesajul pe care mi-l afișa frecvent, în ultima vreme, calculatorul meu, anunțându-mă că discul de inițializare era încărcat aproape la capacitatea maximă. Considerând creierul lui Ed ca fiind hard disk-ul lui și boala Pick îl forța să șteargă din informații, poate că ceva din memoria lui de dinainte de ștergere scosese la suprafață lucruri pe care căutase din răsputeri să le țină ascunse?

Am ezitat o secundă și m-am uitat la ceas. Trecuseră doar douăzeci și cinci de minute de când plecase. Mă gândeam că aveam timp destul... în plus, trebuia să sune la sonerie, ca să intre, pentru că-și lăsase cheile acasă, în suportul de lângă ușă.

Am alergat pe scări în jos, am luat o șurubelniță cu vârful plat din cutia cu scule, de sub scară, apoi am fugit înapoi la etaj, oprindu-mă doar cât să apuc vergeaua lungă din colț. Am fixat cârligul din capătul acesteia în zăvorul chepengului care închidea podul și am urcat scara dintr-o singură mișcare zgomotoasă. Treptele de metal au scârțâit sub tălpile mele. Ajunsă în capul scării, am aprins lumina apăsând întrerupătorul aflat dincolo de chepeng.

Podul părea neatins – Ed probabil nu mai pusese piciorul acolo de când ne mutasem –, dar nu voiam să-mi asum niciun risc. M-am uitat împrejur până am găsit semnul pe care-l făcusem cu creta pe perete, deasupra unei scânduri din podea. Era încă acolo, atât de șters încât părea fantomatic.

Am scos șurubelnița din buzunar și m-am pus pe treabă. Știusem dintotdeauna că era riscant să aduc cu mine cutia atunci când cumpăraserăm cabana paznicului digului, dar era dovada mea personală cu privire la nevinovăția lui Ed și, tocmai de aceea, era important pentru mine.

Am vrut să mai arunc o privire, ca să-mi reamintesc un lucru; am vrut să-mi reamintesc că ne mai confruntasem, în căsnicia noastră, cu obstacole teribile, pe care le depășisem, așa cum aveam să facem și de data aceasta.

Am ridicat placa de lemn a podelei și mi-am strecurat mâna prin deschizătură; am apucat cu degetele capătul dosarului, pe care l-am tras afară din culcușul lui de vată minerală galbenă, care izola podul. Era acoperit de praf și, spre ușurarea mea, nu se zăreau alte urme de degete.

Am deschis dosarul. Dacă Ed ar fi știut ce conținea... n-avea rost să mă gândesc. Era genul de trădare pe care n-ar fi iertat-o. În dosar aveam copiile unor articole din presă despre dispariția lui Shelagh și paginile rupte dintr-o revistă mondenă pentru femei căreia Ed, într-un mod cu totul nesăbuit, acceptase să-i acorde un interviu, la aproximativ optsprezece luni de la dispariția fostei lui neveste. În fotografia care ilustra interviul, Ed era așezat în camera din față a casei, abătut și slăbit, cu obrajii atârnând, așezat pe brațul capitonat al canapelei, în fața ușii din lemn natur a sufrageriei de la primul etaj.

Am citit articolul cu o privire proaspătă și tot ce puteam gândi era cât de gol sunau cuvintele lui Ed, vorbind de amărăciunea pierderii iubitei sale soții, în condițiile în care, la momentul acela, mă ceruse deja, neoficial, de soție.

Când, nopțile, se strecura sub pături și chicotea în timp ce îmi lingea trupul și-și plimba mâinile pe coapsele mele.

Mi-am amintit că făcuse asta chiar în ziua interviului.

Articolul în sine era un mix ciudat de sfaturi deșănțate de amenajări interioare și editorial lacrimogen:

> Ed Naismith este un om sfârșit. Singurul lucru care-l motivează să meargă mai departe – pe lângă minunatul său fiu, Ben – este activitatea de renovare a vilei sale în stil victorian, din East Molesey, unul dintre secretele bine păstrate ale regiunii Surrey; o zonă de conservare amplasată în apropiere de Hampton Court Palace. „Era visul nostru", spune el, în timp ce ne arată casa. „Trebuia să ne ocupăm împreună, astfel încât am simțit că trebuie să duc proiectul la bun sfârșit, în memoria ei. Este ceea ce și-ar fi dorit ea."
>
> Și ce mai renovări! Este clar că Naismith și-a canalizat toată suferința în această direcție, făcând fiecare detaliu să fie perfect. Îmi povestește cu mândrie tot ce-a făcut pentru a umple lunile pline de singurătate, după dispariția lui Shelagh, de la șlefuirea podelelor la montarea plăcilor de faianță în bucătăria refăcută. Singurul lucru păstrat neschimbat sunt ușile originale din lemn de pin, care au primit totuși mânere noi din ceramică, aduse dintr-un sat din Munții Atlas, în Maroc...

Dumnezeule mare! Cine scrisese o asemenea mizerie? Am aruncat articolul într-o parte și m-am uitat printre celelalte lucruri, care erau fie suvenire romantice, din zilele de început ale relației noastre, fie alte „dovezi" dureroase menite să mă convingă că nu mă căsătoream cu un ucigaș.

Toate acestea păreau că se petrecuseră într-o altă viață.

M-am uitat din nou la ceas și am decis că văzusem suficient. Nu mai avea sens nici să păstrez dosarul – cel mai bine era să-i dau foc. Își îndeplinise rolul, acela de a mă fi convins că Ed era nevinovat. Orice altă ciudățenie care se petrecea acum era fie un produs al imaginației mele, fie o consecință a bolii lui Ed. Nu încerca să-mi ascundă nimic.

Câteodată mi se părea că eu eram cea care-o lua razna. Toate aceste gânduri paranoice care mă asaltau, din trecut, când Ed n-avea nevoie decât de sprijinul și de înțelegerea mea. Oare situația ar fi fost mai ușor de suportat dacă n-ar fi existat drama din jurul dispariției lui Shelagh? N-aveam de unde ști.

Dar gândul nu-mi dădea pace.

Mă pregăteam să pun toate lucrurile înapoi, când o fotografie polaroid, estompată, mi-a atras atenția. Am ridicat-o apucând-o de colțul gros, plastifiat. Imaginea arăta interiorul casei lor din Molesey, înainte de renovare, și fusese făcută din capul scărilor, de la primul etaj, cele care duceau în sufragerie. Mi-am amintit acum unde o găsisem – în fișetul cu dosare, când căutasem în biroul lui Ed, din casa veche. La momentul respectiv, îndrăznisem să o fur doar pentru că alunecase din dosarul inscripționat „Renovare casă" și zăcea pe fundul sertarului de metal al fișetului; o ridicasem pentru că mă intrigase ceva, deși, atunci, nu-mi dădusem seama ce anume.

Apoi, dintr-odată, am înțeles – cu nouă ani mai târziu decât ar fi trebuit. Am smuls paginile revistei cu interviul și am recitit rândurile: „*Singurul lucru păstrat neschimbat sunt ușile originale din lemn de pin*". Și, cu toate acestea, în fotografia din mâinile mele, aceleași uși, înainte de renovare, erau acoperite cu un strat gros de vopsea albă.

Am continuat să fixez fotografia, în timp ce simţeam fiori alunecându-mi pe şira spinării. Nu, mi-am spus. E ridicol. Adun doi cu doi şi-mi dă zece. Nu înseamnă, neapărat, ceva. Ed nu a fost vinovat atunci, nu e nici acum.

Atunci, de ce mă simţeam atât de agitată, dintr-odată? Urcasem în pod cu gândul să mă liniştesc; am crezut că reuşisem – dar acum eram şi mai îngrijorată.

12

Sunetul insistent al soneriei m-a făcut să tresar atât de brusc, încât mi-am mușcat limba. Am îndesat fotografia în buzunarul de la spate al pantalonilor de trening, am închis dosarul, l-am strecurat înapoi sub scândura din podea, cu degetele tremurând în timp ce o fixam înapoi la locul ei. Soneria a sunat din nou, prelung. Am înșfăcat geanta mare de depozitare în care țineam hainele de iarnă și am azvârlit-o la picioarele scării, apoi m-am lăsat să alunec pe scară în jos, și am alergat la ușă.

– Scuze, am spus, deschizând ușa. Eram în pod, să dau jos puloverele. Cum a fost plimbarea? Pare că ți-a făcut bine.

Nasul și obrajii lui Ed erau roșii și ochii păreau mai strălucitori. Chiar mi-a zâmbit când a intrat în casă.

O să pregătesc câte un ceai, a spus el, scuturându-și haina de pe umeri și îndreptându-se spre ceainic. Se lasă parka afară.

Făcuse, probabil, o asociere mentală cu haina, o parka cu glugă îmblănită. L-am urmat în bucătărie fără să-l corectez, gândindu-mă, în schimb, la ce urma să spun.

– Ed – tocmai am încercat să-ți verific e-mailul, să văd dacă ai primit mai multe informații despre studiul acela clinic, dar n-am putut să-ți accesez laptopul. De ce i-ai pus parolă?

Ed şi-a lăsat capul pe un umăr, reflectând asupra întrebării de parcă necesita o explicaţie în trei părţi. Doar nu avea ceva de obiectat cu privire la faptul că-i verificasem e-mailul? Cel puţin până atunci nu avusese.

Mă pregăteam să spun că noi doi nu aveam secrete unul faţă de celălalt, dar ar fi fost o minciună. M-am gândit la dosarul de sub podea şi gândul m-a înfiorat.

– Aşa este, am pus parolă, a recunoscut el, aşezând cănile.

– Ştiu. Dar de ce? Şi care este?

Îmi culegeam, cu nonşalanţă, fire de păr de pisică de pe pantaloni.

– Nu-mi amintesc.

– Cum – nu-ţi aminteşti de ce ai pus parolă sau nu-ţi aminteşti care este parola?

– Ambele. Cineva, la radio, a spus c-ar trebui să-mi pun parolă. În caz că îmi fură cineva laptopul.

– Oh!

Aşadar, cam atât în privinţa asta. Ibricul fiersese şi Ed a turnat apa peste plicurile de ceai. M-am întrebat cât va mai putea să pregătească ceaiul fără să mă tem că s-ar putea opări, sau până ce va încerca să spele fierbătorul aflat în priză sau oricare altul dintre milioanele de lucruri catastrofale pe care le putea face...

– Nu mergi la serviciu azi? întrebă el.

Am oftat.

– Am fost deja. Tu ai venit după mine, cu autobuzul, şi l-ai pocnit pe Alvin, apoi au venit pompierii şi poliţia. Abia ce ai terminat de dat o declaraţie unei poliţiste, care ţi-a dat un avertisment, dar Alvin nu va depune plângere.

S-a răsucit spre mine, cu o linguriţă în mână.

– Tu vorbeşti serios?

– Da.

– La naiba.

– Nu-ți face griji. Putea fi mai rău.

Mi-am amintit vorbele acelea mai târziu, în aceeași seară, când lucrurile au ajuns, cu adevărat, mult mai rău.

Ne-am dus la culcare devreme, epuizați după ziua lungă și cumplită. Vântul sufla încrețind suprafața întunecată a apei, stârnind valuri care se izbeau cu zgomot de pereții digului. Îl auzeam, cum stăteam așezată pe partea stângă, îmbrățișând trupul mare și cald al lui Ed, în mirosul greu al uleiului de lavandă pe care-l picuram pe pernă în fiecare seară, ca să mă ajute să dorm. Ed adormise imediat, dar eu nu mă puteam relaxa.

Era aproape miezul nopții și ajunsesem la capitolul cinci al unei cărți audio, pe care o ascultam pe telefon. Ed se desprinsese din îmbrățișarea mea și acum dormea pe spate, dar, cel puțin, nu sforăia.

În cele din urmă, am simțit cum mă cuprinde somnul, realizând că pierd cuvinte, apoi propoziții întregi, apoi paragrafe din povestire – până în momentul în care urletul surprinzător al lui Ed m-a readus în simțiri. Urmat de o durere ascuțită, șuierătoare, în urechea mea dreaptă, cauzată de lovitura lui.

Am sărit din pat, țopăind de durere, cu mâna apăsată peste urechea vătămată și văzând stele strălucitoare plutind în jurul meu în bezna dormitorului.

– AU!

– Ce-i? Ed s-a ridicat în capul oaselor, nemulțumit, ca și cum eu îi tulburasem somnul.

– M-ai lovit!

– Cum să te lovesc, tâmpito! Dormeam, a strigat el.

Ed nu îmi spusese niciodată „tâmpito“. Mi-am amintit de noaptea aceea pe vas, când April i-a băgat ardei iute în ochi lui Mike și el îi strigase ceva asemănător. Nu realizasem cât de jignitor era.

– Să nu-mi mai spui așa NICIODATĂ! am strigat și eu la el. M-am băgat înapoi în pat și m-am ghemuit la marginea saltelei, cât mai departe de el, în așteptarea unei mângâieri sau a unor vorbe de iertare. În schimb, partea mea de saltea s-a lăsat dintr-odată, când Ed s-a rostogolit spre mine fulgerător și m-a prins de gât, strângând din toate puterile.

– Ed! am încercat să țip, în timp ce mă strangula, dar nu s-a auzit decât un „Ee“ gâjâit. Avea gura lângă urechea mea, îi simțeam respirația fierbinte și stătută, ca a unui străin pe o alee. Mi-am desfăcut picioarele, agitându-le în toate direcțiile, încercând să-l dau jos de pe mine, dar se așezase cu toată greutatea, imobilizându-mă, apăsând puternic pe umărul meu stâng.

– Ai mare grijă, Lynn, mi-a spus la ureche, clar și răspicat, în timp ce eu mă sufocam, fără cea mai mică umbră de ezitare care-i caracterizase vorbirea în ultimele luni. Știi cine sunt. Știi de ce sunt capabil, atunci când vreau ceva. Nu-i așa?

Am gemut. Părul lui mi-a gâdilat obrazul și, neinvitată și nedorită, am simțit mușcătura pavloviană a dorinței, adunată din toate momentele în care fusese deasupra mea, șoptindu-mi la ureche. Apoi a strâns mai tare și dorința a dispărut, înlocuită de și mai multe steluțe licărind în dosul pleoapelor închise. *„Sunt cu ochii pe tine“*, a șoptit el, timbrul coborât al vocii sale fiind cu mult mai sinistru decât atunci când zbierase la mine.

Apoi, la fel de rapid cum m-a atacat, s-a rostogolit înapoi, lăsându-mă tuşind şi frecându-mi gâtul, împietrită, fizic şi emoţional.

Vocea naratorului poveştii mele audio s-a îndepărtat treptat, în timp ce eu, am coborât clătinându-mă din pat şi m-am îndreptat împleticit spre camera de oaspeţi, prea şocată ca să plâng.

13

În dimineața următoare, nimeni n-a vorbit despre ceea ce se întâmplase. Ed era afectuos și vesel și mi-a adus o cafea – călduță, îngrozitoare; era clar că nu lăsase apa să fiarbă suficient – și n-a comentat că nu mă-ntorsesem să dorm în pat, lângă el.

De fapt, abia dacă-nchisesem ochii. Pe gât aveam vânătăi, pe care le-am ascuns îmbrăcând o helancă, iar capul îmi zvâcnea. Creierul meu repeta neîncetat ceea ce spusese noaptea trecută, pe lângă gândurile mele, legate de fotografie. Boala lui e de vină... nu știa ce spune... ba știa... îmi ascundea ceva... eram în pericol... bineînțeles că nu eram în niciun pericol, doar vorbim despre Ed... dar despre care Ed vorbim, de fapt? Ed pe care-l iubeam și cu care voiam să trăiesc până la sfârșitul zilelor, sau Ed care era posibil să-și fi ucis prima soție? Ar fi trebuit să merg la poliție sau, cel puțin, să vorbesc cu cineva care ar fi putut să-mi explice comportamentul lui Ed... pentru orice eventualitate...

Dar nu puteam. Pentru că asta ar fi dat naștere altor probleme.

Următoarele patru nopți la rând, s-a desfășurat același scenariu. Ed adormea cum punea capul pe pernă și, după câteva minute, aveau loc urletul și atacul. Dacă nu mă lovea în cap, mă pocnea în umăr sau în stomac, de parcă era prins într-o încăierare, într-un bar. Am așezat pernele la celălalt capăt al patului, și-am încercat să dorm așa, dar n-a folosit la nimic; parcă știa. În cea de-a patra noapte, m-a lovit atât de puternic în șold, că m-a trântit din pat și m-am lovit cu capul de podea. N-a fost de ajutor nici să ridic o baricadă de perne pe mijlocul patului, între noi, părea să știe mereu unde eram și loviturile lui mă găseau fără greș, astfel încât ajunsesem să merg la culcare, în fiecare noapte, paralizată de frică. Uneori, atacurile se petreceau de două, trei ori pe noapte, așa că nici nu-mi trecea prin cap că aș mai putea dormi.

Am revenit la muncă rușinată și plină de remușcări – dar Alvin a fost cât se poate de drăguț. Am sugerat să-mi dau demisia, dar el nici n-a vrut s-audă, iar Sandy și Margaret s-au întrecut pe ei înșiși în a-și arăta bunătatea, ceea ce m-a făcut să mă gândesc că Alvin le spusese care era situația. Incidentul nu a mai fost menționat vreodată, cel puțin nu în preajma mea. Dar cu toții mă priveau cu compătimire și îngrijorare, iar eu uram asta.

Uneori, începeam să simt că-l uram și pe Ed. Era, întotdeauna, defensiv cu privire la evenimentele acelor nopți îngrozitoare, deși dimineața era înlăcrimat și smerit la vederea vânătăilor mele.

În cea de-a cincea dimineață, pregăteam micul dejun, îmbrăcată în halatul de casă. Mi-am surprins imaginea reflectată în ibric, cearcănele adânci provocate de nesomn, asortate cu vânătăile ce-mi împodobeau linia bărbiei, în timp ce mă mișcam încet prin bucătărie ca și când aș fi fost sub apă. Măcar era weekend și nu trebuia să merg la Fairhurst. Feliile de pâine prăjită, făcute, au sărit din prăjitor, dar eu eram atât de obosită încât mi-a luat ceva până să înțeleg ce fusese zgomotul acela. M-am întrebat din nou dacă și Ed se simțea la fel.

El a intrat, venind din sufragerie, unde lucrase ceva la calculator după ce, se pare, își amintise parola. Atât de epuizată eram, că nici nu l-am întrebat care era.

– O să dorm în camera de proaspeți la noapte, a spus el, ridicând feliile de pâine din prăjitor și așezându-le într-un castron, în loc să le pună pe o farfurie. E clar că asta trebuie să fac. Îmi pare teribil de rău, Lynn, e îngrozitor.

– Nu se poate să dormi în camera de oaspeți, am răspuns eu, atât de istovită încât îmi era aproape la fel de greu să găsesc cuvintele potrivite, în timp ce el m-a îmbrățișat atât de strâns că m-am strâmbat de durere și m-am îndepărtat. Am apucat să scot feliile de pâine prăjită din castron în ultimul moment, înainte ca Ed să toarne laptele peste ele.

– De ce nu?

N-am vrut să-i spun de ce nu. M-ar fi acuzat din nou că îl cocoloșesc, dacă i-aș fi spus că nu-l pot lăsa să doarmă singur, deoarece mă temeam că s-ar putea trezi și pleca încotro vedea cu ochii, în toiul nopții; că putea să cadă în apă sau în ecluză, sau să se rătăcească undeva pe potecă și să se sperie. Era aproape noiembrie, putea să moară de frig. Se putea îneca atât de ușor, era suficient un pas greșit, în întunericul nopții, sau să-i alunece piciorul pe malul apei. Doar pentru că nu începuse încă să umble noaptea, nu însemna că nu era următoarea etapă în evoluția bolii.

– De ce nu? a insistat el, scoțând din sertar două linguri, pe care le-a așezat lângă farfuria cu pâinea prăjită. Am strâns din dinți și-am adăugat două cuțite.

– Pentru că dacă pățești ceva, nu mi-aș putea-o ierta.

„Nu mai rezist mult", mi-am zis în sinea mea.

– Nu am ce să pățesc, a spus el, uimit, de parcă spusesem că mă temeam să nu fie răpit de extratereștri. Doar o să fiu în camera de proaspeți. Ce mi se poate întâmpla acolo? Uită-te la tine, ești atât de... atât de scobită. Ai nevoie de somn.

– Obosită? Da. Sunt foarte obosită, am spus, lăsându-mă să cad pe un scaun și întinzând unt pe o felie de pâine prăjită, pe care i-am dat-o apoi lui Ed. Mă gândeam că și el trebuie să fi fost obosit. De obicei, nu încurca atât de multe cuvinte.

– Atunci, lasă-mă să dorm acolo. Ușa se încuie. O să mă încui pe dinăuntru și așa o să știi că sunt în sigură. Siguranță. Siguranță sigură. A chicotit, de parcă spusese ceva extrem de amuzant.

Ideea nu era chiar rea – sigur, nu să se-nchidă el pe dinăuntru, ci să-l încui *eu*. Cum ar fi fost? Am închis ochii și, aproape îmbătată de emoție la un asemenea gând, mi-am imaginat o noapte de somn neîntrerupt, în aromă de levănțică, pe așternuturi proaspete de in, cu întreg patul doar pentru mine, știindu-l pe Ed în siguranță. În plus, mă aștepta o săptămână foarte aglomerată – aveam de pregătit festivitățile de absolvire la Barbican, pentru miercuri, iar studenții noștri aveau de susținut toate momentele muzicale.

– Promite-mi că nu te vei încuia pe dinăuntru, Ed. Ce faci dacă nu mai găsești cheia? Dar, dacă ești de acord, pot să țin eu cheia și să te-nchid pe dinafară. Deși – cum facem dacă ai nevoie la baie, peste noapte?

Ed a ridicat din umeri. Avea nasturii pijamalei închiși strâmb. În mers, șlițul pantalonilor i s-a căscat. Mi-am ferit privirea.

– N-o să am nevoie. Când m-am trezit eu să merg la baie, noaptea? Și dacă e nevoie, îți strig. Cred că este o idee bună. Nu vreau să te mai rănesc.

Nu l-am mai corectat. „Îți strig“ mi s-a părut, într-un fel, că suna mai bine decât varianta corectă. Sau, poate, începeam să mă obișnuiesc cu noul lui fel de a vorbi. În mintea mea, imaginea cheii de la ușa camerei de oaspeți se legăna ispititor în fața ochilor.

– Da, așa este, ai dreptate. Ei bine – am putea încerca. Măcar pentru câteva nopți...

Spre surprinderea mea, Ed s-a ridicat, a ocolit masa și m-a sărutat pe gură, luându-mă de mijloc și îngropându-și capul în scobitura umărului meu.

– Lynn... eu chiar te iubesc, să știi, a murmurat el, amintindu-mi atât de mult de Ed, cel de dinainte, încât mi s-au umplut ochii de lacrimi.

– Știu, am răspuns, și am rămas așa, multă vreme, cu picioarele goale pe plăcile reci de gresie, însă într-o îmbrățișare caldă. *Îmi lipsești*, am adăugat eu, într-un colț izolat, tăcut, al minții mele.

Apoi Ed s-a desprins din îmbrățișare.

– Oh, uitasem. Am primit un e-mail. A mers în birou, de unde s-a întors cu laptopul deschis, pe care mi l-a întins. Mesajul era datat cu o săptămână în urmă.

De la: Billyboy8792
Subiect: Detalii studiu clinic
Data: 18 octombrie 2016
Către: EdNaismith56

Salut, amice,

Așa cum am vorbit, iată o scurtă prezentare a Fazei 3 a studiului clinic, pentru medicamentul galdonimene, în termeni pe înțelesul tuturor, ca să-ți liniștești nevasta. Înțeleg că este o decizie pe care trebuie s-o luați împreună și dacă Lynn dorește să ne-ntâlnim, toți trei, firește că sunt de acord. Să știi însă că sunt plecat (conferință medicală în Singapore, apoi vacanță) în următoarele trei săptămâni, situație care nu este ideală, știu, dat fiind că aș vrea să demarez cât mai curând acest program. Unul dintre colegii mei te poate monitoriza, până revin eu, dacă te decizi să începi în lipsa evaluării mele inițiale. Suntem încântați să te avem (probabil!) alături de noi.

Așa cum ți-am explicat la telefon, studiul este organizat la cererea companiei farmaceutice Biogenics, iar tu ai fost acceptat pentru studiul ENGAGE (studiul paralel fiind EMERGE). Studiul are două faze: o fază placebo-controlată și o alta, opțională, pe termen lung, după optsprezece luni. În prima fază, ai două șanse din trei să primești medicamentul experimental și una din trei să primești placebo. Medicamentul experimental sau tratamentul cu placebo se administrează o dată pe lună, intravenos, la cabinetul meu din Chelsea (informațiile de contact le găsești mai jos) sau, pentru consultații, la un spital privat local (în funcție de facilitățile disponibile). Va trebui să te prezinți la cabinet o dată sau de două ori pe lună și voi face eu aranjamentele de transport dus-întors, pentru tine, de fiecare dată. Situația ta este, cumva, specială, dat fiind că toți ceilalți participanți se află în stadii incipiente de Alzheimer, față te tine, care ai boala Pick, ceea ce face participarea ta cu atât mai valoroasă.

E-mailul continua pe încă vreo două pagini, explicând felul în care Bill sau unul dintre colegii lui avea să urmărească evoluția stării de sănătate a lui Ed, pentru a înregistra orice schimbare, menționând interviuri, teste de sânge și urină, electrocardiograme, tomografii, semne vitale și așa mai departe, cu câteva paragrafe care descriau rezultatele testelor cu galdonimene pe șoareci, arătând că medicamentul atacase și eliminase plăcile amiloide din creierul acestora și, dacă avea să înregistreze același efect asupra subiecților umani, ar fi fost un progres remarcabil în tratarea cu succes a demenței.

– Va trebui să faci o tomografie, a fost primul meu comentariu.

– Știu. Ed părea încordat. Presupun că m-ar putea seda înainte.

– Vin cu tine.

– Probabil vei fi la serviciu.

– Nu poți merge într-una dintre zilele în care nu lucrez?

Ed a ridicat din umeri.

– Presupun că trebuie să merg când poate el. Poți să vii, dacă vrei, în caz că ești liberă, dar prefer să merg singur.

M-am dus la finalul e-mailului, ca să văd adresa cabinetului lui Bill – până aici nu văzusem nicăieri numele lui de familie – dar acesta se oprea la sfârșitul celei de-a treia pagini, la jumătatea propoziției.

– Unde e restul?

Ed a părut surprins. Am arătat spre ecran.

– Uite. Nu apare semnătura. Trebuie să mai fie o pagină cu informațiile de contact și așa mai departe.

– A, da. Cred că am șters-o, din greșeală.

Am țâțâit din buze, copleșită de frustrare.

– De ce nu ți-a scris folosind adresa profesională de e-mail? Asta e clar că este adresa lui personală. Nu apare nici măcar un număr de telefon.

– Scrie-i tu, atunci.

– O s-o fac, am spus.

Totul părea, în același timp, plauzibil și extrem de vag. M-am uitat din nou peste e-mail.

– Dar spune aici că există riscul de edem cerebral.

Ed și-a mângâiat gânditor bărbia nerasă.

– Și dacă n-o fac, există riscul și mai mare să ajung vegetarian.

Pe moment, am rămas nedumerită, apoi a clarificat:

– O legumă.

– Oh, Ed, nu spune asta. Nu pot să suport.

În seara aceea m-am agitat atât de mult pe lângă el, încât și-a pierdut răbdarea. Dar nu mă puteam controla. Cheia de la ușa camerei de oaspeți parcă mă ardea, prin buzunarul pantalonilor, făcându-mă să mă simt ca un paznic de închisoare, încât puteam, la fel de bine, să mai am alte douăzeci și șapte de chei grele, de fier, legate la brâu.

Când am mers să-i spun noapte bună, era din nou în toane bune, cuibărit confortabil în patul din camera de oaspeți, de parcă era un copil la o petrecere în pijamale. L-am sărutat, rezistând cu greu tentației să-l învelesc până la gât, văzându-l cum stătea întins acolo, inocent, cu ochii mici și neajutorați, fără ochelari, dar zâmbind.

– Cred că ar trebui s-o faci, i-am spus șoptit.

– Ce să fac?

– Să participi la studiul clinic.

A dat din cap.

– Și eu cred la fel. Doar n-am nimic de pierdut, nu-i așa?

M-am întors să-l mai sărut o dată, copleşită de milă şi iubire pentru el.

– Noapte bună, asistentă Ratchet[1], a strigat el când, în cele din urmă, mă îndreptam spre uşă, iar eu am râs, stânjenită.

– Nu face asta!

De partea cealaltă, am răsucit cheia în broască, rezemându-mi, pentru o clipă, fruntea de lemnul uşii.

În timp ce mă băgam în pat, am fost asaltată de un mix de emoţii curios – nelipsita vină, uşurarea că aveam întreg patul numai pentru mine, entuziasmul la gândul unei nopţi de somn neîntrerupt, speranţa că medicamentul acela l-ar fi putut ajuta pe Ed.

---

[1] Personaj din romanul *Zbor deasupra unui cuib de cuci*, scris de Ken Kesey, în 1962. Aparent calmă şi binevoitoare, aceasta se dovedeşte un adevărat tiran. (n.tr.)

14

Am simțit telefonul vibrând, chiar când autocarul demara din fața clădirii Fairhurst. M-am lăsat înapoi pe tetiera soioasă de pluș a scaunului și am scos telefonul din geantă, simțindu-mă deja sleită de puteri. Era abia 8.20 dimineața. Alvin mă avertizase că avea să fie o zi lungă și obositoare, dar eu nu eram afectată doar de volumul de muncă. Stresul provocat de boala lui Ed îmi dădea coșmaruri și încă ceva, ce nu poate fi descris altfel decât visuri lucide.

Peste noapte, puteam să jur că mă trezisem și văzusem lângă pat un bărbat holbându-se la mine prin întuneric. Prin vis, îi văsusem silueta masivă atât de clar, încât mă rostogolisem pe partea cealaltă și-mi îngropasem capul sub pernă, terifiată. Mă trezisem de-a binelea subit și cu senzația că n-aveam aer.

Iar cu două nopți în urmă, mă pomenisem lângă fereastră, privind afară, printre draperii, la ora patru dimineața, convinsă fiind că vedeam capătul aprins al unei țigarete lângă poarta din față. În starea mea de semiconștiență, fusesem convinsă că acolo era Mike, fumând.

În dimineața aceasta, descuiasem ușa lui Ed la ora șase, chiar înainte să plec la serviciu. Era cea de-a treia noapte pe care o petrecuse în camera de oaspeți, fără să scoată o vorbă de protest. Mă simţeam cumplit de vinovată – chiar şi aşa, cu visele cele rele, era o mare uşurare să pot dormi fără teama unui atac fizic.

Cel puţin, serviciul îmi ţinea mintea ocupată. De când ajunsesem la Fairhurst, ajutasem la încărcarea timpanelor, a tobelor djembe, a suporturilor pentru partituri și a robelor membrilor corului în adâncurile întunecate ale autocarului, apoi bifasem întreaga listă cu studenții interpreţi, pe măsură ce aceştia urcau în autocar, cu feţele lor palide, ca nişte zombi, încât chiar îmi era greu să mi-i imaginez interpretând în faţa a cinci mii de părinţi și alte rude, la ceremonia de absolvire de la Barbican, peste doar câteva ore.

Mi s-a strâns stomacul când am văzut pe ecranul telefonului cinci apeluri pierdute și cinci mesaje vocale de la Ed. Nu puteam pleca înapoi acasă tocmai acum! Ar fi trebuit să opresc autocarul, să alerg după un taxi, să mă întorc, Alvin ar fi rămas să organizeze cei optzeci de studenți sus și jos de pe scenă, în timp ce trebuia să și dirijeze. N-avea cum – trebuia să fiu eu acolo, să-i aliniez pe toţi în culise, să mă asigur că aveau ținutele de spectacol în regulă, că membrii corului aveau dosarele lor negre, cu partiturile, complete, că toboșarii aveau bețe și că secția de coarde avea arcușuri...

Am apăsat telefonul pe ureche, să înec zgomotul motorului și flecăreala obosită a studenților și am format numărul mesageriei vocale. A fost o pauză, înainte ca mesajul să înceapă, şi m-am pregătit sufletește pentru iadul care mă aşteptam să se dezlănţuie. Dar Ed nu era panicat, nu zbiera că ar fi fost închis, rănit sau confuz; nu, el *cânta*. Și nu era un mesaj trimis din greșeală, ca atunci când apăsase tastele telefonului aflat în buzunarul pantalonilor și se-nregistrase fredonând vesel melodia ce tocmai se difuza la radio, cum mi se întâmplase să primesc, nu, acesta era un mesaj intenționat, cântat cu voce gravă, controlată. Tonul cântecului m-a făcut să strâng telefonul atât de tare că mi s-au albit încheieturile degetelor și mi s-a oprit respirația:

Cine-va te priveșteeee,
Cine-va te priveșteeee,
CINE-va te PRIVEȘTE.

Repeta asta la nesfârșit, cu atâta apăsare pe „cine“, încât resimțeam cuvântul ca pe niște lovituri de cuțit. Era, desigur, un fel de melodie, care-mi părea, vag, cunoscută. Un cântec din anii optzeci, poate. Sau îl inventase el. Vocea lui era ca adâncul unui lac pe timp de noapte, atât de întunecată și rece că-mi întorcea stomacul pe dos.

Cântecul o ținea așa câteva minute bune, înfiorător în repetitivitatea încăpățânată. Am vrut să-nchid și n-am putut, hipnotizată de cuvintele acelea sinistre.

Autocarul a oprit în trafic, pe A3, și la etajul întâi al unui bloc, pe fereastră, am zărit o femeie care își punea sutienul. Femeia a ridicat ochii, privirile ni s-au întâlnit și s-a încruntat, apoi a zâmbit cu cochetărie, fără să se acopere, iar asta m-a speriat și mai tare. Eu o priveam. Ea mă privea.

Oare Ed mă privea? Sau altcineva? Ce mama naibii voise să spună cu asta?

Autocarul s-a pus în mișcare cu un zgomot diferit. Femeia mi-a făcut, sarcastic, cu mâna – și, de fapt, abia atunci am devenit conștientă de chicotelile din spatele meu și mi-am dat seama că paranoia mă făcuse să cred că se uita la mine. De fapt, ea se expusese întregului autocar, plin, în majoritate, cu studenți tineri.

Asta m-a făcut să-mi revin. Ed era un om foarte bolnav. Am verificat când fusese trimis mesajul – cu o jumătate de oră în urmă.

L-am sunat, voiam să-i aud vocea, vocea lui normală, nu cântecul acela macabru.

– Bună, Lynn. Cum merge? Părea perfect normal și inima mea și-a încetinit bătăile.

– Bine. Suntem în autocar, vom ajunge la timp, pe la nouă și jumătate. Ne instalăm, facem repetiția, apoi la ora unu are loc festivitatea. Tu ce faci? Ai dormit bine?

– Da, am dormit – leuștean. Am pus rufe la spălat. S-ar putea să ies la prânz cu Mike.

– Grozav... Ed?

– Da?

– Am primit un mesaj foarte ciudat de la tine.

– De la mine?

– Da. Mi-ai trimis un mesaj vocal în care cântai.

A început să râdă.

– Cântam? Ce cântam?

– Nu știu. Un cântec sinistru, despre cineva care mă privește.

A urmat o pauză scurtă.

– Nu știu despre ce vorbești. Nici măcar nu te-am sunat azi.

Am oftat. Ce sens avea să ne certăm? Deja uitase.

– OK. Important e că ești bine. Trebuie să-nchid. Te anunț când vin acasă – ai grijă să mănânci de prânz. Ai ingrediente pentru salată în frigider. Suzan e peste drum, dacă ai nevoie de ceva.

Am închis telefonul și m-am uitat pe geam, la pereții pătați de fumul țevilor de eșapament și la acoperișurile decolorate, la casele din sudul Londrei, degradate de traficul care nu se oprea niciodată. Mă simțeam destul de măcinată și eu, și nu doar pentru că ziua începuse devreme și mă epuizase deja. Acesta era abia începutul.

Am șters mesajul lui Ed din telefon, dar n-am putut să șterg și cuvintele din minte. Acestea continuau să se repete, șoptite și amenințătoare: *„Cine-va te priveșteeeee...“*

15

În orele ce-au urmat, am fost mult prea ocupată pentru a mă mai gândi la mesajul acela îngrozitor și la ce însemna pentru mine sau pentru Ed. A trebuit să-l asist pe Alvin la repetiții, în timp ce lucra cu orchestra, cu corul și cu ansamblul de tobe djembe, exersând intrările și așezarea pe scenă. Era ca și cum aș fi încercat inutil să stăpânesc o clasă de copii mici. Studenții erau în extaz la gândul că aveau să cânte într-un loc emblematic, în fața unei audiențe impresionante și, după cum mă prevenise Alvin, am avut parte de nelipsita porție de lacrimi, vărsături și obiecte pierdute. Însă, în cele din urmă, totul a fost pus la punct, fiecare *părea* să știe, cel puțin, ce avea de făcut, sandviciurile de la prânz fuseseră mâncate în cabine și festivitatea era gata să înceapă. Aveam, în sfârșit, puțin timp și pentru mine.

Am rămas puțin în cabina fetelor, printre ambalajele de hârtie și resturile prânzului oferit de gazde. La ora unu fix, am auzit măsurile de început ale imnului *Preotul Țadoc*[1] în difuzorul minuscul care transmitea spectacolul. Mi-a sunat telefonul și, văzând că era Ed, l-am dus la ureche, cuprinsă de neliniște.

– Bună, dragul meu.

---

[1] Zadoc the Priest (în engleză în original) (n.tr.)

– Bună, Lynn.

Slavă Domnului, după voce, părea normal.

– E totul în regulă?

– Sigur. Am vrut să te salut și să văd cum merge treaba. Toată lumea se poartă cum trebuie?

– Da, în cea mai mare parte a timpului. Unei soprane i s-a făcut rău, pe hol, dar, din fericire, n-a trebuit să curăț eu. Festivitatea tocmai a început și am un pic de timp liber.

– Și ce-ai să faci?

Am privit în jur, în cabina dezordonată, fără ferestre.

– Nu sunt sigură. Găsesc o canapea și trag un pui de somn, probabil.

A râs.

– De ce nu ieși să iei o gură de aer curat? De fapt, m-am ținut să-ți spun – pentru că tot ești acolo, ai putea să iei un, știi tu, un catalog cu chestiile care se desfășoară la Bărbier?

Până la partea asta, Ed vorbise ca și când n-avea nicio problemă. M-a săgetat dorul de vremurile în care plănuiam ieșiri la teatru și la cinema, la Barbican, cină în oraș și un film, ultimul tren spre casă, sex după câte o beție și sărutul tandru de noapte bună... Îmi lipseau toate acestea.

– Bine, ai dreptate. Mi-ar prinde bine o schimbare de peisaj. O să merg în foaier să iau un calendar al evenimentelor.

Nu că ar fi avut vreun sens, mi-am spus. Până ajungeam acasă, seara, Ed mai mult ca sigur avea să uite, nu numai că mă rugase să iau un program, dar și ce era Barbican. Și, cu siguranță, nu ar mai fi reușit să reziste în sală până la sfârșitul unui spectacol.

– Pari un pic...

– Cum? Încercam să nu las să mi se simtă iritarea.

– Tristă.

Un nod uriaş mi s-a pus în gât şi am încercat să-l înghit.

– Sunt bine, dragul meu. Doar obosită. Este o zi lungă, din care n-a trecut decât jumătate. Numai la gândul că trebuie să adun din nou cincizeci de stative pentru partituri şi să le car la autocar... sunt prea bătrână pentru treburi de genul acesta.

– Spune-le să te ajute.

– Sigur. Dacă aş putea să-i dezlipesc de telefoane suficient de mult. Bine – merg să-mi iau o cafea. Mulţumesc pentru telefon. Mă bucur că te-am auzit, scumpule.

Mi-am croit drum prin labirintul de coridoare şi scări din spatele scenei în foaierul principal al centrului Barbican, cu disperare în priviri şi cu inima grea. Viitorul îmi apărea, în acelaşi timp, încremenit în loc şi destrămându-se în faţa ochilor mei, ca un ghem de lână încurcată, cu care nu mai poţi face nimic. Ca plăcile de pe creierul lui Ed. Nu-mi aminteam să mă mai fi simţit vreodată atât de abătută.

Foaierul vast îţi dădea sentimentul acela tulburător pe care-l au spaţiile ample, imediat ce au fost golite de masele largi de oameni, care parcă îşi lăsaseră energia în urmă, când îşi ocupaseră locurile în sală. Cu toate acestea, eram uşurată să nu mai fiu în spatele scenei. M-am îndreptat către cea mai apropiată cafenea şi priveam absentă meniul, când am băgat de seamă că cineva mă fixa insistent.

Mi-am ridicat privirea şi-am întâlnit-o pe a lui. Era un bărbat înalt, suplu, cu o căciulă gri şi un hanorac Gore-Tex, desfăcut, sub care se vedea un sacou. Îmi părea cunoscut şi, la început, m-am gândit că era, probabil, vreun actor, vreo vedetă de televiziune. Mi-am ferit rapid privirea, de teamă să nu presupună că voiam vreun autograf sau să-mi fac poză cu el.

– Waitsey!

Mi-a stat inima în loc, apoi a început să bată cu repeziciune, ceea ce mi-a cauzat o ușoară amețeală.

– Tu ești, nu-i așa? S-a apropiat și m-a prins delicat de ambele brațe. L-am privit iar și nu-mi venea să cred că nu-l recunoscusem de prima dată.

– *Adrian*? Ce faci aici?

Nu mi-a răspuns, învăluindu-mă, în schimb, într-o îmbrățișare care, inițial, m-a făcut să mă crispez, dar pe urmă am râs și l-am îmbrățișat, la rândul meu.

– Ai timp să stăm la o cafea? a întrebat el, eliberându-mă și privindu-mă cu un zâmbet atât de larg încât puteam zări sclipirea unei plombe în fundul gurii. Ar trebui să fiu în sală, la ceremonia de absolvire a nepoatei mele. Dar am pierdut trenul și am întârziat, așa că va trebui să-i caut la finalul evenimentului. O să le spun că m-am strecurat în spate, după începere; soră-mea nici n-o să-și dea seama. Ceea ce contează este că sunt aici. Dar tu?

– Nepoata ta merge la Universitatea Hampton? Nu se poate! Eu lucrez acolo, la Facultatea de Muzică, în clădirea Fairhurst – am sosit cu studenții, de dimineață, cu autocarul. Așa că, tehnic, sunt liberă în următoarea oră, mai mult sau mai puțin... dar nu preferi să intri, totuși? Au început acum zece minute. Nu ai ajuns prea târziu.

M-am uitat la el și-am râs. Trecuseră mai mult de nouă ani de când ne văzusem ultima oară, dar nu se schimbase deloc, cu excepția câtorva fire de păr alb în barbă și a urmelor slabe de nicotină de pe dinți – acestea fie erau recente, fie nu le băgasem eu de seamă, cu ani în urmă, când vedeam totul în roz.

– *Prefer* să stau de vorbă cu tine, a spus el, clătinând din cap cu uimire.

Am comandat cafele – pe care a insistat să le plătească – și ne-am așezat la o masă, pe niște cuburi din piele. Adrian și-a dat jos haina și căciula, ocazie cu care am observat că nu mai purta verighetă. Nu îmi era clar cum mă simțeam. Pentru o clipă, am avut un sentiment de regret. Să fi știut că mariajul lui avea să se destrame, n-aș fi renunțat la noi. Nu l-aș fi cunoscut pe Ed, n-aș fi agonizat asupra deciziei de a mă căsători cu el sau nu, n-aș fi ajuns să-mi ascult soțul iubit cântându-mi cântece de amenințare la telefon și să fiu lovită în cap... într-o altă dimensiune, eu și Adrian am fi putut veni împreună la ceremonia de absolvire a nepoatei lui, am fi stat unul lângă altul, în public, privindu-l pe Alvin cum dirijează orchestra și corul intonând *Preotul Țadoc*, am fi chicotit, comentând apariția lui caraghioasă, cu părul acela înfoiat și membrele ca niște bețe. Nici n-am fi întârziat, pentru că eu m-aș fi asigurat că nu pierdeam trenul...

Pe de altă parte, nu-mi puteam imagina să nu-l fi întâlnit pe Ed.

– Așadar, Waitsey. Spune-mi tot!

Uitasem cât de intensă îi era privirea.

– Pentru început, nu mai sunt Waitsey. Aproape mi-a stat inima în loc atunci când m-ai strigat așa. Știi că m-am mutat în Hampton?

Adrian a sorbit din cappuccino. Văzându-l cum își linge spuma de pe buza superioară, m-am cutremurat, dar nu știam să spun dacă de dorință, ori din teama provocată de faptul că viețile mele, cea trecută și cea prezentă, se întâlniseră în felul acesta. Nu eram sigură. Aproape că simțeam mirosul clorului, de la prima noastră întâlnire. Și atunci fusese vorba și de cafea.

– Nu știam. Ai dispărut de pe fața pământului. Am vrut să iau legătura cu tine, dar nu ți-am putut da de urmă. Ceea ce m-a făcut să fiu mândru – însemna că te descurcaseşi. Aşa că, pune-mă la curent... Mi-a zărit verigheta. De când eşti căsătorită?

– De opt ani. Şi tu – ai divorţat?

A dat din cap.

– De câţiva ani. Am şi demisionat.

– Nu! Serios? Cum aşa? Mai aveai puţin până la pensie.

Adrian şi-a ţuguiat buzele şi bărbia i s-a încreţit ca o nucă. Mi-am amintit expresia aceea, pe care o avea când îl deranja ceva.

– Eh, era o mizerie, oricum. Mi-a făcut-o unul care a avut un dinte împotriva mea încă de la început.

– La naiba, am spus. Îmi pare rău.

Bietul Adrian – să fi lucrat atâţia ani la loc de muncă şi să fii nevoit să pleci, cel mai probabil fără pensie. Trebuie să fi fost devastat.

– Asta e. Se mai întâmplă. Spune-mi despre tine, lucrurile merg bine?

Am dat din cap, apoi mi-am amintit de telefonul lui Ed, din cursul dimineţii şi am clătinat din cap.

– Ei bine, mergeau. Totul a fost grozav până acum câteva luni. Am sorbit lung din cafeaua neagră şi am simţit cum cerul gurii mi se contractă şi se încreţeşte. Oh, la naiba!

– Ce s-a întâmplat? În afară de faptul că te-ai fript cu cafeaua.

Am oftat. Chiar voiam să vorbesc despre asta? De fapt, voiam, dar mă simţeam atât de obosită şi de vulnerabilă încât mă temeam că voi izbucni în plâns – şi în mod clar nu voiam să fac *asta*. Poate că eram la premenopauză? Grozav. Încă ceva pentru care să-mi fac griji.

– A, nimic deosebit. Cum ai spus şi tu, aşa e viaţa.

Am mai vorbit vreo zece minute, despre nepoata lui, despre activitatea lui de liber-profesionist ca şi consultant pe probleme de securitate, despre faptul că, după divorț, se mutase în Ewell. Lucruri obișnuite. Adrian n-a insistat ca eu să vorbesc despre „viață" și nici eu nu l-am întrebat despre motivele care-l determinaseră să facă asemenea schimbări drastice în viața lui.

De fapt, nu l-am întrebat nimic despre familia lui. Nu voiam să mă întrebe și el, la rândul lui; să pună întrebări care să-l facă să înțeleagă ce făcusem, când plecasem.

În plus, chiar și după atâția ani, tot mă mai simțeam vinovată că făcusem sex cu el, în timp ce soția și copilul lui îl credeau la serviciu.

Nu că i-aș fi datorat ceva ei, fostei doamne McLaughlin – în caz că-i știusem vreodată numele mic, nu mi-l aminteam acum –, dar mă mândream că sunt feministă și să mă culc cu soțul altei femei nu era chiar un gest de fraternitate... nu încetase nicio clipă să-mi fie rușine de ceea ce făcusem.

Atunci, de ce mă întrebam dacă avea pe altcineva?

16
2006

– Rândul tău, Waitsey!

Weller s-a năpustit înapoi în cârciumă, mirosind puternic a fum de țigară. Când a trecut pe lângă scaunul meu, ca să ajungă la al lui, m-a ciufulit atât de rău că a trebuit să-mi netezesc părul care arăta ca un cuib de păsări. Mereu făcea asta și mereu mă enerva teribil. Era genul de individ care strâmba tablourile pe pereți doar ca să calce oamenii pe nervi. Felul în care-mi ciufulea mie părul se încadra în aceeași categorie.

– Interdicția asta de-a fuma în locurile publice mă scoate din minți, a spus el, lăsându-și trupul masiv să cadă pe băncuța pe care ne înghesuiam amândoi. E ridicol să fiu nevoit să ies în stradă, ca un lepros, de fiecare dată când vreau s-aprind o țigară.

– Lasă-te de fumat, atunci, Wells. Nu e sănătos. Ce bei? l-am întrebat, golindu-mi halba și ridicându-mă, ca să mă alătur mulțimii îngrămădite în fața barului. Mi-am dat jos jacheta și-am legat-o la brâu, lucru pe care-l amânasem cât putusem de mult, pentru că, pe dedesubt, purtam un maiou strâmt, dar căldura din bar era insuportabilă.

– O altă halbă de Badger, ce fată cuminte! Așa cum mă așteptasem, Wells se holbă la sânii mei, în timp ce-mi întindea paharul lui gol.

Era vineri, seara de karaoke la The Bell și o tradiție pentru mine și colegii mei de la secție. În timp ce așteptam să ajung la bar, la coada pe patru rânduri, mă gândeam că nu-mi plăcea niciunul dintre ei foarte mult – cu excepția lui Sal, pe care-l adoram și care, uneori, îmi doream să fi fost singur. Din păcate, avea o prietenă atât de frumoasă încât complexul meu de inferioritate dezvolta, la rândul lui, un complex de inferioritate ori de câte ori o vedeam. Colegii mei erau o gașcă destul de amuzantă, dar după ce petreceam o întreagă săptămână obositoare și stresantă cu ei la birou, mă întrebam de ce continuam să stau cu ei și în timpul meu liber.

Deși, dacă n-o făceam, mi-aș fi petrecut, cel mai probabil, weekendurile singură. Adrian nu era niciodată disponibil în weekend – acela era timpul pentru familie. Fapt care ridica următoarea întrebare, dacă weekendurile erau dedicate familiei și zilele săptămânii erau dedicate serviciului, când era Timpul pentru Waitsey?

Exprimarea lui, nu a mea.

Timpul pentru Waitsey, după toate aparențele, erau câteva ore furate ici și colo, când putea pretinde că avea de lucru până târziu și, în două rânduri, două nopți fantastice și jucăușe, în Londra, sub pretextul unei conferințe.

Întâlnirile noastre din oraș aveau loc la căsuța terasată a mamei lui decedate de curând, care era amplasată chiar peste drum de parcarea cârciumii în care mă aflam. Dacă mă întorceam să privesc pe fereastra cu stinghii de lemn în formă de cruce, îi zăream ușa micuță, ca a unei case de hobbit. Stabilisem să nu ne-ntâlnim acolo în vinerile de karaoke de la The Bell. Am fi ajus subiect de bârfă pentru colegii noștri, adunați în jurul halbelor cu bere. Câteodată, mă treceau sudori reci la gândul că Wells ar putea fi afară, trăgând cu poftă din cel de-al șaptesprezecelea Marlboro Red, și l-ar zări pe Adrian – inspector-șef McLaughlin pentru el, sau Cluffers, fără știrea acestuia – deschizând ușa scundă a casei, aplecându-se să nu se lovească de pragul de sus, în timp ce ne strecuram amândoi în casă, pentru o noapte fierbinte pe covoarele cu model spiralat, pline de praf, în mijlocul ornamentelor de paradă pentru cai și al tablourilor sentimentale reprezentând copii din epoca victoriană, ale mamei lui moarte.

Nu că Weller ar fi privit lucrurile în felul acesta. Nu, el m-ar fi văzut pe mine, modestul ofițer de poliție Waites, furișându-se pentru o partidă interzisă cu șeful. Apoi ar fi răspândit vorba în toată secția, în cel mai scurt timp, iar cariera mea s-ar fi dus pe apa sâmbetei. Gândul era greu de suportat, căci îmi dorisem dintotdeauna să lucrez în poliție – dar chiar și așa, îmi era imposibil să rezist avansurilor lui Adrian.

Totodată, dacă nu m-aș fi alăturat colegilor mei cu prilejul ieșirilor de vineri seara, aș fi fost ținta și mai multor comentarii malițioase cu privire la viața mea privată. Doar pentru că nu eram căsătorită și n-aveam copii, ca toți ceilalți, însemna că trebuia să suport întreaga paletă de speculații, între care ori eram lesbiană, ori eram într-o relație secretă (adevărat, dar ei nu știau asta), ori, pur și simplu, mă temeam de angajament. Urâtă nu eram – după cum mă informase Weller, cu generozitate, de curând, în timp ce se holba, ca de obicei, la sânii mei –, așa că trebuia să existe un motiv pentru care eram singură, deși mă apropiam de patruzeci de ani.

– Am treizeci și șase de ani. Mai am destul până la patruzeci, l-am informat.

Chiar nu voiam să știe nimeni care era adevăratul motiv.

Adevărul era că îmi era rușine de faptul că eram amanta cuiva. Era împotriva tuturor principiilor mele, iar mama și tata, dacă ar mai fi trăit să știe, ar fi fost și ei rușinați. Speram tot timpul că nu mă priveau, de sus, întrebându-se când se stricaseră lucrurile atât de rău.

Toate gândurile acestea mă apăsau și, tristă fiind, beam mai mult. Când, în sfârșit, am ajuns să fiu servită, am comandat întâi halba mea și, până să mă-ntorc cu băuturile la masă, băusem deja trei sferturi.

– În sfârșit, Waitsey, murim de sete aici! a zis Weller înșfăcând halba de pe tavă, înainte să apuc s-o așez pe masă, sorbind cu poftă și râgâind prelung.

– Cu plăcere. Mi-am ridicat părul de pe ceafă, încercând să mă răcoresc un pic. E îngrozitor de cald aici. Chiar vreți să stăm pentru programul de karaoke? Eu cred că mă retrag, sunt frântă.

– Nicio șansă, a spus Sal, îmbrățișându-mă dintr-o parte și împingându-și bărbia ascuțită în scobitura claviculei mele. E abia nouă și jumătate! Nu poți să pleci acum. Mi-ai promis că vom cânta împreună *Islands in the Stream* și știi foarte bine că nu pot ține ritmul fără tine.

Salim Palekar, treizeci și trei de ani, cu gene lungi și dese, păr negru lucios ca de focă și picioare subțiri, adorabile. Poate că nu avea voce, dar cânta, se pare, excepțional la vioară – nivel de expert, îmi spusese, cândva, ceea ce mi se păruse foarte tare. De ce tipii drăguți erau întotdeauna luați?

O întrebare care-și dădea singură răspunsul, dacă stăteai să te gândești.

Am oftat și l-am împins într-o parte.

– Unde e Gemma? Ea are voce mult mai bună decât a mea.

– A ieșit cu fetele. Nu prea-i place să-și piardă nopțile de vineri cu noi.

– Nu pot spune că n-are dreptate, am răspuns, privindu-l pe Weller cum se scobește adânc în ureche, apoi inspectează rezultatul.

– Deși pe tine te place, a spus Sal, iar eu n-am știut dacă să mă simt flatată sau ușor deprimată că superba prietenă a lui Sal nu mă vedea, sub nicio formă, ca pe o amenințare.

– Așadar, cum rămâne? a zis el arătând cu capul înspre scena mică, amplasată de cealaltă parte a barului, unde barmanul instala amplificatorul și ecranul TV.

– În regulă, am mormăit. Facem asta și pe urmă plec. Am lucruri de făcut, oameni de văzut...

Întâlnirea mea era cu o baie fierbinte și un film thriller de calitate, dacă aveam noroc. Proprietăreasa mea, Nicky, ieșea de obicei în serile de vineri, iar eu rareori aveam ocazia să am casa la dispoziție, doar pentru mine. Era o casă micuță, cu două camere la parter și două dormitoare la etaj, cu o scară atât de îngustă între etaje, încât cu greu puteau trece doi oameni unul pe lângă altul și, când Nicky era acasă, aveam mereu sentimentul că-i stăteam în drum. Dacă întindeam brațele, stând pe pat, atingeam ambii pereți ai camerei. Dar era aproape de secție și mă înțelegeam destul de bine cu Nicky.

La vârsta mea, era jenant că locuiam într-o cameră minusculă, închiriată. Îmi spusesem că avea să fie o situație temporară, că voi găsi ceva mai bun – dar trecuseră aproape doi ani de-atunci. Dacă era să fiu sinceră cu mine, speram că Adrian își va părăsi nevasta și noi doi ne-am putea muta împreună, dar scenariul acesta devenea din ce în ce mai puțin plauzibil.

Weller m-a înghiontit.

– Ia fi atentă – ăla nu-i nemernicul pe care l-am arestat luna trecută?

Arăta către un adolescent cu o expresie șireată care înghesuia la perete o fată îmbrăcată într-o rochie strâmtă. Am ridicat din umeri.

– Posibil. Au fost atât de mulți, nu-i așa, Weller? O grămadă de ratați și drogați, pe bandă rulantă. Nu te deprimă?

Weller și-a trecut mâna prin părul tuns foarte scurt. Era un tip masiv și până și țeasta părea că-i tremură sub degete.

– Nu. Specificul meseriei, nu-i așa?

Băutura îmi dădea o dispoziție filosofică.

– Dar este atât de plictisitor. Numai scursuri umane și infracțiunile lor mărunte.

– Ador asta. Nu mă mai satur să-i bag la răcoare.

– Da, și pe urmă eu trebuie să-i interoghez. Nu-mi spune că asta nu e plictisitor de moarte.

Asta era viața mea, la momentul acela, legată de birou, cinci săptămâni în trei luni, de interogat hoți mărunți și soți violenți, în încăperi fără ferestre, urmate de ore întregi de transcriere a declarațiilor. Părea așa o ratare, după un început de an atât de promițător – reținusem singură un hoț, în timp ce se pregătea să fugă din magazinul pe care-l jefuise, doborându-l cu o lovitură bine plasată de taekwondo, care-l trimisese direct într-un perete. Eram convinsă vă voi fi promovată. În schimb, fusesem trimisă la interogatorii. Eram iritată și nerăbdătoare, deși știam că era o etapă necesară a avansării în carieră și pentru a ajunge la promovarea din viitor la care se făcuse aluzie. Abia așteptam.

– Vreau ceva care să mă pasioneze.

Weller s-a aplecat spre mine, cu o sclipire în ochii cenușii, umflați.

– Cum adică – altceva decât șeful, vrei să zici?

A spus asta în timp ce-mi dădeam halba peste cap și vorbele lui m-au făcut să mă lipesc, șocată, de spătarul capitonat al băncii, dând cu dinții în buza halbei și vărsând restul de bere pe mine.

– Ce mama naibii vrei să spui cu asta? M-am uitat la el de atât de aproape încât îi vedeam porii deschiși. Vorbesc serios, Weller, ai fost complet deplasat. Vorbești prostii. De parcă aș face așa ceva!

– Ușurel, Weller, așa iau naștere zvonurile, a intervenit și Sal, privind neliniștit către mine, într-un fel care m-a făcut să mă gândesc: *„La naiba, au aflat"*.

N-aveau cum să afle. Fața mi s-a aprins ca focul doar la gândul că ar fi știut. Dar dacă totuși știau?

– Nu este nimic între mine și Cluffers, am insistat, folosind porecla pe care știam că o detesta, afișând o mină inocentă. Nu-mi place câtuși de puțin. E mult prea bătrân. Și mult prea însurat.

Weller m-a privit, îngustând pleoapele.

– Cu toate acestea, știm cu toții că are o slăbiciune pentru tine, Waitsey.

– Așa, și? Asta nu înseamnă nici pe de parte că am o aventură cu el, nu-i așa? Am încercat să râd, dar simțeam picături de sudoare alunecându-mi pe șira spinării. În orice caz, înainte să mă acuzați că mi-o trag cu întreaga secție, doar pentru că nu sunt măritată și n-am doi virgulă patru copii, cred că a venit momentul să vă spun că vă iubesc și să mă retrag. Deși nu vă iubesc în felul la care vă gândiți, înțelegeți ce vreau să zic...

Au râs, dar Sal părea stânjenit. Însă nici măcar pe jumătate cât mine.

– Îmi pare rău pentru *Islands of the Stream*, Sal. Poate data viitoare, da?

L-am îmbrățișat scurt – nu pe Weller, el putea să se ducă naibii – și mi-am făcut loc prin cârciuma ticsită de oameni, ieșind în aerul răcoros al nopții, fără să mă deranjez să-mi iau la revedere și de la ceilalți, așezați la masa vecină.

Casa mamei lui Adrian stătea, impasibilă, peste drum de parcare, cu ferestrele întunecate și-am simțit un fior de tristețe la gândul că nu puteam să merg, pur și simplu, acolo, să descui ușa, cu propria mea cheie, să intru și să-l găsesc pe Adrian așteptându-mă, cu zâmbetul irezistibil în colțul gurii.

În schimb, am pornit spre casă, prin centrul orașului, până la drumul de centură, pe sub podul de cale ferată, acoperit de excremente de porumbei, spre monumentul masiv, din fier, care era uzina dezafectată de gaz în umbra căreia stătea pitită casa lui Nicky.

I-am trimis un mesaj lui Adrian, pe telefonul „secret", dar n-a răspuns. Simțindu-mă paranoică și neiubită, m-am dezbrăcat și-am spălat berea de pe mine sub un duș rece – nici nu m-am deranjat să-mi pregătesc o baie – și m-am băgat în patul ridicol de îngust, unde am zăcut ca o bucată de lemn, cu brațele întinse, cu capul învârtindu-mi-se din cauza prea multor beri.

Așa avea să fie viața mea de-aici înainte? Mi-am mai verificat telefonul pentru o ultimă oară – tot nu răspunsese –, apoi am privit către fotografia de pe noptieră: eu, salutând către aparatul de fotografiat, în ziua absolvirii Academiei de Poliție, încântată, în uniforma mea nouă, imaculată, privind către un viitor plin de posibilități. M-a făcut să zâmbesc și, negreșit, să mă simt mândră.

Să-l ia naiba pe Adrian. Ce făceam așteptând după el, să-mi ofere câteva scurte momente de plăcere? Meritam mai mult de-atât, voiam un soț, copii, o familie a mea.

Mi-am jurat s-o termin cu el săptămâna care urma. Să cer un transfer, dacă era necesar. Voiam să fac atât de multe alte lucruri înainte de-a avea copii. Puteam aplica la Forțele Speciale. Eram în formă fizică bună, aș fi trecut testul de rezistență, seria de probe fizice eliminatorii. Nu erau mulți candidați femei, astfel încât mă gândeam că aveam șanse destul de bune.

Am adormit imaginându-mi ce grozav avea să fie să port un Glock[1] – și cum avea să fie încă mult mai grozav să adulmec mirosul dulce, de lapte, al părului moale al bebelușului meu.

---

[1] Produs de compania austriacă Glock Ges m.b.h., Glock au devenit cele mai folosite arme de către forțele de ordine din SUA, aflându-se, de asemenea, în dotarea unui număr foarte mare de forțe armate și agenții de securitate din întreaga lume. (n.tr.)

17

Luni, la prima oră, i-am trimis un e-mail lui Adrian, solicitând o întrevedere, dar fără să-i comunic motivul. Nu-l văzusem și nu vorbisem cu el deloc peste weekend și, cu fiecare oră de tăcere, hotărârea mea devenea și mai nestrămutată.

Nu aveam interogatorii programate pentru dimineața aceea și eram la zi cu transcrierea celorlalte, așa încât nu aveam nimic de făcut decât să beau cafea de proastă calitate și să-mi ascult colegii discutând despre cât de slab și de eronat era noul serial polițist difuzat de BBC 2. Adrian mi-a răspuns, pe un ton oficial, spunând că mă putea primi la ora unsprezece.

La unsprezece fără un minut mi-am aranjat sacoul, mi-am netezit fusta și i-am bătut în ușă.

– Intră, a spus el cu voce gravă și inima mi-a tresărit, spre marea mea nemulțumire.

– Bună dimineața, șefu'. Am încercat să am un ton cât mai neutru.

– Neața. Ia loc. Mi-a zâmbit așa cum o făcea când nu mai era nimeni altcineva în preajmă.

M-am așezat, evitând să privesc fotografia care-i înfățișa pe Adrian, pe soția acestuia și pe fiul lor, surprinși alunecând, cu gurile deschise într-un strigăt de entuziasm, pe un tobogan acvatic. Kit, fiul lui, era genul de băiat care avea, probabil, să-i semene mult, când creștea, dar care, pentru moment, trecea printr-o etapă mai nefericită de exces de greutate. Se vedea că-i semăna lui Adrian, dat fiind că soția lui – trebuia să admit, deși nu-mi făcea plăcere – era chiar drăguță.

Nu reușisem să-mi dau seama ce găseam atât de irezistibil la Adrian. Chel și rotund la față – dacă-l vedeai doar de la gât în sus, ai fi zis că era obez –, era, de fapt, suplu ca un șarpe. Era, pur și simplu, fermecător. Nici nu deschidea bine gura, că mă simțeam fremătând de dorință. Ceva în felul lui de a vorbi mă făcea să zâmbesc și să-mi doresc să-l ascult cât era ziua de lungă.

Poate nu și-n dimineața asta, totuși. Părea relaxat și odihnit, după cele două zile libere, în vreme ce eu mă simțeam palidă și iritată, încordată de nerăbdare.

– Ai avut un weekend frumos?

Nu eram sigură că voiam să aud răspunsul.

A ridicat din umeri.

– N-a fost rău. L-am dus pe Kit la înot. Am luat prânzul cu socrii, lucruri de genul acesta.

„Lucruri de genul acesta, care se fac în familie", am gândit. Genul despre care eu nu știu nimic. Îl dusese pe Kit la aceeași piscină unde începuse relația noastră, cu optsprezece luni în urmă. Îl știam deja, desigur, de la serviciu, dar când l-am văzut înotând viguros pe culoarul de viteză, într-un slip strâmt, putea la fel de bine să fi purtat hijab, așa era de bine deghizat. Când s-a oprit în capătul cu apă mică al bazinului, să-și șteargă ochelarii de înot, cu umerii înălțându-se și coborând, în ritmul respirației, cu apa alunecând pe capul lui chel, mi s-a părut cunoscut, dar n-am reuşit să-mi dau seama de unde-l ştiam până nu am dat peste el în foaier.

– Oh! Am fost, pur şi simplu, şocată fizic în momentul în care am realizat cine era, ca descărcarea electrică pe pielea umedă. Bună ziua, domnule.

El alegea nişte monede în faţa unui automat de cafea.

– Waitsey. A dat din cap, zâmbind, iar eu m-am îmbujorat. Nu ştiam că avea habar de existenţa mea, darămite să-mi cunoască şi porecla. Te-am văzut înăuntru. Eşti o înotătoare rapidă.

– Şi tu la fel, şefu'.

– Nu e nevoie să mi te adresezi aşa, în afara orelor de program. Sunt Adrian. Vrei o cafea?

A introdus o serie de monede de douăzeci de pence în fanta aparatului şi a apăsat butonul pentru cappuccino – pesemne pentru el –, dar nu s-a întâmplat nimic, nici atunci când a apăsat butonul pentru returnarea monedelor. Cu un interes apatic, am observat că apăsase atât de tare pe buton încât vârful degetului alb, încreţit de statul îndelungat în apă, i se făcuse roşu aprins.

– Legile lui Murphy în acţiune. Ziceai că vrei şi tu cafea?

Am deschis gura să răspund, dar el a continuat:

– Uite cum facem, hai să mergem la cafeneaua de după colţ. Cafeaua e mult mai bună şi este servită în ceşti, nu în pahare de plastic, să te frigi la degete.

Aşa a început. Inofensiv la început, sesiuni de înot, urmate de cafea. Apoi cafelele au devenit halbe clandestine şi sărutul pe obraz s-a transformat în săruturi pasionale... şi iată-ne aici, optsprezece luni mai târziu, sex ocazional pe covoarele mamei sale moarte, eu îndrăgostită şi simţindu-mă dureros de singură. Cea mai slabă adiere de clor îmi va aminti, pentru totdeauna, de el.

Înapoi, în birou, l-am privit drept în ochi și i-am spus:

– Pentru mine nu mai merge așa, domnule.

De obicei, îi spuneam „domnule" doar dacă erau și alții prin preajmă.

– Ce nu mai merge, Waitsey? Vocea îi era preocupată, dar și precaută. Noi doi aveam o înțelegere tacită, să nu discutăm chestiuni personale la birou.

– Aș dori să solicit un transfer.

A părut surprins, dar nu rănit sau supărat.

– Unde?

– Nu am vreo preferință. Undeva unde să pot s-o iau de la început. N-ar trebui să fie foarte greu să găsim un loc, nu-i așa? Mi-ar plăcea să fac pregătirea pentru Forțele Speciale, astfel încât merg bucuroasă oriunde se desfășoară pregătirea în viitorul apropiat, în afară de Wiltshire, desigur. N-am nici soț, nici copii, nici măcar o ipotecă.

Nu voisem să vorbesc cu amărăciune, dar, probabil, așa a părut.

– Dar prieteni?

Am ridicat din umeri.

– Doar Sal, de fapt. Sunt sigură că vom păstra legătura.

Adrian m-a privit lung, iar eu am fost nevoită să-nghit cu dificultate și să-mi feresc privirea.

– O să ne pară rău să te pierdem, Waitsey.

– Nouă?

N-a mușcat momeala, prefăcându-se că n-a înțeles insinuarea și acela a fost momentul în care mi-am dat seama că povestea se terminase, cu adevărat, și nu mai aveam de ales, trebuia să merg până la capăt. N-aveau să-mi lipsească Weller și Quint sau patul meu îngust de la Nicky. Avea să-mi fie dor de ea, de Sal și, desigur, de Adrian – dar n-aveam să-i dau satisfacția să știe lucrul acesta.

– De cât timp eşti la noi?

– Aproape trei ani, domnule.

– Numai atât? Pare mult mai mult. Faci parte din decor.

Am strâns din dinți.

– Vreau să spun, într-un sens bun. Ești un membru al echipei.

Am stat aşa, tăcuți, câteva momente, privindu-ne în ochi. Eu am fost cea care și-a ferit prima privirea, de teamă să nu-mi dea lacrimile. Oare ce avea să facă după plecarea mea, o să treacă direct la următoarea polițistă naivă?

– De fapt, s-ar putea să fie ceva... a spus el, gânditor. Nu sunt sigur însă dacă este potrivit. Dă-mi voie să verific şi vorbim din nou, mâine.

Măcar părea că are rețineri, iar asta m-a făcut să mă simt un pic mai bine.

18

– Agent sub acoperire? Credeam că am discutat despre Forțele Speciale!

Nu mă gândisem niciodată să devin agent sub acoperire. Eram confuză. Trecuseră două zile de când îi solicitasem transferul și acum eram din nou în biroul lui, iar el părea că ezită.

– Un tip pe care-l cunosc, de la poliția din Surrey, a menționat în treacăt, săptămâna asta, că au nevoie de cineva, așa că atunci când ai spus că vrei să faci o schimbare, l-am sunat pentru mai multe informații. Le trebuie o femeie, cam de vârsta ta, drăguță, să-l tragă de limbă pe un tip despre care ei cred că și-a ucis soția. N-a găsit pe nimeni, în secția lor, dispus să se infiltreze sub acoperire, pentru că toți au familii și așa mai departe. Dar trebuie să înțelegi – nu ești obligată să accepți. Vei trece printr-un stagiu de pregătire și este o misiune foarte importantă. N-am crezut că te-ar accepta, dat fiind că n-ai mai făcut asta, dar când i-am spus cât ești de isteață, a părut interesat.

– O capcană? Sub acoperire? Eu? Glumești.

– Da. N-au reușit să găsească nimic împotriva lui, dar sunt convinși că omul ascunde ceva. Operațiunea e complet confidențială, evident, și, chiar dacă descoperi ceva, trebuie să fii foarte atentă cum prezinți lucrurile în tribunal.

– Toată treaba pare un pic dubioasă, am spus.

– Este, consimți el. Dar, serios, nu te simți presată! Pot să mă interesez și la Forțele Speciale, dacă preferi.

– Dar chiar nu pot găsi pe altcineva s-o facă? Mă gândeam că puteam oricând aplica pentru Forțele Speciale, mai târziu...

– Nu. Colegul din Surrey a devenit foarte atent când i-am vorbit despre experiența și despre discreția ta.

Am pufnit.

– Adică, ce, că am o aventură cu șeful meu?

– Nu! Nu este necesar să menționăm *asta*.

Puteam paria că nu este, mi-am zis în sinea mea. Și cu toate acestea, simțeam un fior de nerăbdare la gândul misiunii. Ar fi fost cu mult mai bine decât să stau în închisoarea din Salisbury, transcriind interogatorii. Viața mea ar fi intrat într-o fază nouă. La naiba cu Adrian și cu covorul cu model spiralat al mamei lui, la naiba cu nopțile de karaoke și cu pătucul meu din cel mai mic dormitor din lume.

– Ce pregătire va trebui să fac?

– Bravo, spuse el, deși eu nu confirmasem că accept. Dacă ești sigură. O să fie Nivelul 1 de Filaj, pentru început, apoi nivelul următor, presupun. Nu te vor implica de la început în chestiile complicate, nu-ți face griji. Am să te pun în legătură cu sergentul Metcalfe, în Guildford, iar el îți va explica tot ce trebuie să știi.

Din câte știam eu, Nivelul 1 de Filaj te pregătește doar să fii client fals – pe scurt, mă califică să pretind că sunt un consumator și să cumpăr droguri – cu siguranță aveau să mă instruiască mai mult de-atât.

Ca și cum mi-ar fi citit gândurile, Adrian a adăugat:

– De fapt, dacă mă gândesc mai bine, cu siguranță te vor trece și prin Nivelul 2. În felul acesta vei acoperi pregătirea de bază pentru misiuni sub acoperire. Oricum, în mare, sunt chestiuni de bun-simț.

Eram atât de entuziasmată, că nu mai aveam stare.

– Să-i dăm drumul, domnule, i-am spus. Mulțumesc pentru oportunitate.

– Să nu mă dezamăgești, Waitsey, spuse el și zâmbetul pe care mi-l adresă îmi strânse inima, un pic.

Totul s-a petrecut amețitor de repede. În aceeași zi i-am dat preaviz lui Nicky pentru cameră, mi-am eliberat biroul la secție, și mă pierdeam în fantezii despre cum aveam să devin un fel de Mata Hari, mai puțin spectaculoasă. Și, cu puțin noroc, fără plutonul de execuție.

Partea cea mai neplăcută a fost că a trebuit să-l mint pe Sal. Nu aveam voie să spun nimănui ce urma să fac, așa că i-am spus doar că mă transferam, pe același post, la altă secție, în Surrey, și că aveam să-l sun imediat ce mă instalam. Nici măcar nu ne-am mai întâlnit la un pahar de rămas-bun. Nu l-am mai revăzut de-atunci.

M-am mutat, într-o locuință temporară, în Londra, ca să iau parte la cele două cursuri de pregătire, de câte șase săptămâni fiecare, pe care le-am făcut unul după altul, în timp ce echipa mea din Surrey punea la punct celelalte detalii.

În 2006, în ajunul Crăciunului, stăteam pe o canapea necunoscută, din piele sintetică neagră, într-o garsonieră micuță din Hampton, purtând o căciulă de Moș Crăciun și întrebându-mă ce naiba făceam, în afara faptului că mâncasem, de stres, o întreagă cutie de plăcintă cu carne.

Nu cunoşteam pe nimeni acolo şi nimeni nu mă cunoştea. Sentimentul era, în aceeaşi măsură, terifiant şi eliberator.

Nici cu Adrian nu avusesem parte de vreun rămas-bun emoţionant. După întâlnirea în care-mi comunicase informaţiile nu-l mai văzusem decât o dată. Cu câteva zile înainte de Crăciun, mă întorsesem în Wiltshire pentru a-mi recupera şi restul lucrurilor şi ne văzusem pentru ultima oară.

Sperasem că îmi va spune că-i părea rău sau că-şi va cere iertare pentru felul în care se jucase cu mine – depăşisem de mult etapa în care speram la mai mult, dorindu-mi să aud: „Îmi voi părăsi nevasta, pentru că vreau să-mi petrec restul zilelor alături de tine“, dar totul a fost atât de diferit de o despărţire sentimentală încât era aproape amuzant. A permis totuşi să facem dragoste pe cearceafurile reci şi umede de pe patul din camera de oaspeţi, în loc de covoarele mamei sale. Asta era, probabil, ideea lui de despărţire romantică.

Cu siguranţă, nu era şi a mea, pe salteaua cu cocoloaşe şi cu o scobitură atât de adâncă în mijloc, încât am alunecat amândoi în ea şi ne zbăteam, agitându-ne braţele şi picioarele, ca nişte pescari care se înecau. Am realizat că-mi plăcea de el mai mult când era îmbrăcat în uniformă. Dezbrăcat, mă făcea să mă gândesc la ceva moale şi lipsit de formă, ca o moluscă fără cochilie.

A fost destul de evident că amândoi depăşiserăm situaţia.

După aceea, în faţa ceştilor cu ceai, în bucătăria acoperită cu muşamale şi linoleum a doamnei McLaughlin, Adrian a spus:

– Sper să găseşti ceea ce cauţi, Waitsey.

– Ce vrei să spui?

– Vreau să spun... să cunoşti pe cineva cu care să te aşezi la casa ta. Să ai copii și toate celelalte.

Care celelalte? mi-am zis în sinea mea. Uram când oamenii spuneau „și toate celelalte". Iar el o făcea frecvent.

– Chiar îmi doresc copii, am recunoscut.

– Ştiu, spuse el. Sunt sigur că vei avea. Probabil fix când vei ajunge la concluzia că e ultimul lucru la care te gândeşti și cu persoana cu care nu ai crede că vei ajunge, atunci vei realiza, subit, că este ceea ce ți-ai dorit dintotdeauna.

Aceasta era o observație foarte enigmatică. Adrian nu era înclinat spre filosofie – poate acesta era felul lui de a-și exprima regretul.

– Cine știe, am zis, îndesându-mi tricoul în pantaloni. Înainte să se întâmple asta, am totuşi o treabă de făcut.

Înapoi în garsoniera mea din Hampton, mi-am spus mie însămi că acesta nu era primul Crăciun pe care-l petreceam singură și, oricum, nu-mi păsa, nu cu adevărat. Nu eram sigură că m-aş fi descurcat cu ceea ce majoritatea oamenilor considerau un Crăciun ideal în familie; copii agitați, alergând care-ncotro, zgomotoşi, adulți ciondănindu-se și bând peste măsură, rude problematice cu care te-ntâlneşti o dată pe an şi tot e prea mult...

Și când eram copil, de Crăciun, eram doar eu, mama, tata și, uneori, câte-o mătușă sau alta, care, până la Crăciunul următor, dădea ortul popii. Lipsa rudelor nu m-a deranjat cu adevărat, până la moartea părinților mei, și chiar și atunci, întâlnirile cu rudele erau mai degrabă jenante decât neplăcute. Dacă eram invitată la câte un prieten, refuzam, preferând să fiu singură decât să suport veselia stângace a rudelor îndepărtate ale altcuiva.

Am aruncat la gunoi cutia în care fusese plăcinta și-am luat decizia să nu deschid sticla de vin decât după câteva ore de lucru. Crăciun sau nu, noua mea slujbă urma să înceapă și aveam multe de făcut.

Nu primisem încă toate detaliile misiunii mele, dar Metcalfe îmi dăduse numele țintei, Ed Naismith, și pe al soției acestuia, Shelagh, așa că am deschis laptopul și m-am cufundat în studiul tuturor articolelor on-line pe care le-am găsit cu privire la dispariția acesteia. Apoi am căutat pe Facebook – aflat încă la începuturi și, drept urmare, de niciun folos în cercetările mele –, firește, toate aceste demersuri fuseseră deja făcute, dar era necesar să verific și eu, în caz că apăruseră elemente noi. Lumina zilei începea să dispară, iar eu mi-am imaginat că noaptea era sfântă și avea aromă de vin fiert, dincolo de ferestrele murdare ale camerei mele, aburite de răsuflarea festivă a tuturor celorlalți.

Am studiat fiecare fotografie a lui Ed Naismith pe care am găsit-o on-line, imagini din timpul conferinței de presă pe care o susținuse și fotografia pe care el însuși o pusese la dispoziția presei, care-i înfățișa pe el și pe Shelagh așezați la o masă în ceea ce părea a fi un *country club* sau un club de tenis (în spatele lor se aflau multe panouri care afișau turnee înscrise cu litere aurite), amândoi îmbrăcați în echipamente de tenis, ridicând câte un pahar cu vin către cel aflat în spatele aparatului de fotografiat. Shelagh zâmbea, dar mi s-a părut că privirea îi era tensionată – sau vedeam eu lucruri care nu existau, în lumina a ceea ce urma să li se întâmple. Am studiat chipul lui Ed până când aș fi putut să-l desenez din memorie.

Era un bărbat bine; înalt și lat în umeri, cu o coamă de păr blond ce începea să încărunțească și cu niște ochi albaștri, strălucitori. Încrezător, probabil arogant, părea mult mai tânăr decât cei cincizeci și unu de ani ai săi. Mi-am stăpânit fiorul interior de ușurare, văzând că era în formă; avea să-mi fie mult mai ușor să flirtez cu el. Mă întrebam cum ar fi fost cel mai bine să plănuiesc felul în care aveam să-l întâlnesc. Nu părea să aibă câine, lucru care m-a dezamăgit. Mi-ar fi plăcut să am și eu un câine și aceea ar fi fost o soluție ideală, să ni se încrucișeze drumurile, în timp ce plimbam câinii... Sau poate să mă înscriu în clubul unde fusese făcută fotografia aceea? Problema era că eram dezastru la tenis, iar golf nu jucasem niciodată. Totuși, când vrei... Am căutat toate cluburile de tenis și sportive din zonă și am printat o listă cu adresele. Aveam să trec pe la fiecare, până-l identificam pe cel unde fusese făcută fotografia. Era un punct de plecare.

În momentul acela am primit un mesaj de la Nicky: *CRĂCIUN FERICIT, DRAGA MEA. SPER CĂ TE DISTREZI, ORIUNDE TE-AI AFLA! XXX* Ar fi trebuit să fi scăpat de telefonul acela. N-o făcusem. Sperasem că aveam să primesc și alte mesaje, de la Sal, sau Weller, chiar și de la Quint, dar timpul sentimentalismelor trecuse – deși mă întrista gândul că nici măcar Sal nu-mi scrisese.

Crăciunul era perioada în care aveam să mă separ. I-am răspuns lui Nicky, apoi am scos cartela din telefon și am tăiat-o în fâșii foarte mici, cu forfecuța de unghii. Am resetat telefonul, ștergând toate informațiile anterioare și am inserat o cartelă nouă. Un număr nou, o viață nouă, un obiectiv nou. Gândul că eu însămi puteam fi o nouă persoană era incitant și amețitor.

19
Ianuarie 2007

În cele din urmă, nu a fost nevoie să merg în recunoaștere pe la niciun club sportiv sau să iau lecții de tenis. Noul meu șef, sergentul Metcalfe, stabilise deja cum aveam să-l întâlnesc pe Ed Naismith.

– Ai jucat vreodată teatru, Waites?

Am crezut că se referea la misiunile sub acoperire – ce erau acelea, dacă nu teatru? Mă pregăteam să-l liniștesc cu privire la abilitățile mele, dar el a continuat:

– Mă refer la artă dramatică pentru amatori. Aspectul fizic pe primul plan. Mirosul fardurilor de machiaj, operetă, Romeo, oh, Romeo, ce-mi văd ochii, acela este un pumnal? Și așa mai departe.

– Oh – teatru adevărat, pe scenă? De când am terminat școala, nu.

Metcalfe a râs.

– În cazul acesta, ar trebui să-ți reîmprospătezi tehnicile Stanislavsky.[1] O să dai probă pentru o piesă de teatru.

„Poftim?"

---

[1] Konstantin Sergheevici Stanislavsky (n. 5 ianuarie 1863 – d. 7 august 1983) a fost un regizor și teoretician rus al teatrului, inovator în teatrul și arta actoricească. (n.tr.)

Nu era vorba că n-aş fi putut – sau că n-aş fi vrut –, doar că mă luase prin surprindere. Ed Naismith nu era actor, decât dacă nu-mi scăpase mie acest detaliu.

– Dar parcă era medic de familie, nu actor.

Metcalfe a încuviințat.

– Așa este. Dar este, în același timp, un actor amator și regizor împătimit și, din fericire pentru tine, e pe cale să pună în scenă o piesă pentru tovarășii lui de la MADS. Este ocazia perfectă pentru tine să-l cunoşti, aşa că ar fi minunat să obții un rol, nu crezi? Îți sugerez să devii, rapid, foarte interesată de arta dramatică pentru amatori...

Conversația avea loc într-o sală mică de interogatorii de la secția de poliție din Woking.

– Pare amuzant, am spus, reticentă. Presupun că era de preferat, decât să mă înscriu în vreun club de tenis, în condițiile în care abia știam de care capăt să apuc racheta.

Sergentul Metcalfe mi-a înmânat un dosar gros.

– Aceasta este Biblia ta, a spus el cu voce gravă, clipind într-un fel ciudat, care părea să fie gestul său sugestiv că era vorba de o chestiune serioasă. Făcuse asta de nenumărate ori, de când îl cunoscusem, cu o oră înainte. Note cu privire la dispariția lui Shelagh Naismith, transcrierile discuțiilor cu membrii familiei și cu prietenii. Ed Naismith nu are alibi pentru noaptea dispariției și, după cum știi, trupul victimei nu a fost găsit.

– Așadar, de ce credeți că el a făcut-o?

Metcalfe și-a țuguiat buzele. Era un individ masiv, cu buze excesiv de cărnoase și care chelea, în mijlocul smocurilor de păr înălțându-se, ca o insulă, creștetul acoperit de câteva fire răzlețe. *Amice, ar trebui să razi firele alea imediat,* am gândit, încercând să nu mă holbez. Era cu totul neatractiv fizic, dar era blând și politicos. M-am gândit că o să ne înțelegem bine – ceea ce era un noroc, dat fiind că el avea să fie punctul meu fix în noua lume în care ajunsesem. Supervizorul meu, singurul meu contact și confident.

– E ceva cu el, spuse. E un nemernic alunecos, prea arogant pentru binele lui. Nu pare nici pe jumătate necăjit de dispariția soției lui. Asta și faptul că sora ei e convinsă că el a ucis-o. O să vezi, e totul acolo, a zis lovind cu degetul în dosar. Îți voi arăta și casetele cu interogatoriul lui, să-mi spui ce crezi. Se crede actor și totul pare foarte bine exersat. L-am adus pentru discuții de trei ori, i-am percheziționat locuința, dar n-am găsit nimic cu care să-l putem reține. O ține una și bună că ea era depresivă și e posibil să-și fi pus singură capăt zilelor.

– Și are dreptate? Era depresivă?

A încuviințat.

– Găsești în dosar raportul medicului.

– Să înțeleg că nu era un doctor de la clinica unde lucra și Naismith?

– Nu. Iar doctorul ei pretinde că nu-l cunoștea pe el – știu ce gândești, așa am crezut și eu, dar s-a dovedit a fi o pistă falsă. Tu ești ultima noastră speranță, Waites. Dacă nici tu nu descoperi nimic, vom fi nevoiți s-o clasăm drept persoană dispărută și cu asta, basta. Poate că vreun nefericit îi va descoperi trupul în timp ce își plimbă cățelul prin pădure, la un moment dat, și atunci măcar vom afla ce s-a petrecut, dar în afară de asta, ne bazăm pe tine să găsești ceva cu care l-am putea înfunda. Ai întrebări?

– Hm... va trebui să ajung să-l cunosc destul de bine, ca să-l fac să vorbească despre căsnicia lui. Nu sunt interesată să mă prostituez, știți ce zic?

Peticul de păr de pe scăfârlia lui Metcalfe s-a ridicat automat, în timp ce acesta a ridicat din sprâncene.

– De parcă ar sugera cineva așa ceva!

– Atunci, cum anume aș putea să-i câștig încrederea?

– Femeile și bărbații pot fi prieteni, nu-i așa? Mă gândesc că soluția cea mai sigură este să devii noua persoană de încredere din viața lui. Un pic de flirt nu strică. Poți flirta, nu-i așa, Waites? Nu ești urâtă. Sunt sigur că dacă-ți pui mintea...

– Mulțumesc, am spus cât am îndrăznit de sarcastic.

– Mai verifică-i o dată casa, când e plecat, în caz că ne-o fi scăpat ceva. Ține urechile ciulite, poate obții vreun indiciu cu privire la relația lor. Vorbește cu băiatul, dacă e posibil, fără să trezești vreo bănuială. Orice detaliu ce ar putea, în cele din urmă, să conducă la dovada de care avem nevoie. Inspector-șef McLaughlin vorbește foarte frumos despre tine și m-a asigurat că te vei ridica la înălțimea provocării.

Am simțit o emoție la auzul numelui lui Adrian. Tristețe? Măgulire? Pierdere? Mi-era greu să spun ce era.

– Mulțumesc, domnule.

– Poți să-mi spui Brian, Waites.

Am râs de ironia alăturării[1] și a râs și el – dar nu imediat. Era genul de individ sobru.

– Și acum ce urmează, Brian?

S-a aplecat în față, sprijinindu-se cu ambele mâini pe birou.

– Îți construim o identitate. Înainte de asta, îți alegem un nume nou. Acesta este obiectivul nostru pentru această după-amiază. De fapt, să mergem. Mai vorbim pe drum.

Eram confuză.

---

[1] Brian Waites (n. 1 martie 1940) este un jucător profesionist de golf din Marea Britanie. (n.tr.)

– Unde mergem? Deja îmi conturam în minte imaginea extravagantă a unui departament în cadrul poliției din Surrey, numit Departamentul Numelor, unde mergeai să semnezi de primire pentru un nume nou, cum fac cei de la Forțele Speciale cu armele, înainte de un raid.

– Vei vedea, a spus el, ridicându-se.

Am mers cu Metcalfe la Centrul de Evidență a Populației din Clerkenwell și, cinci ore mai târziu, aveam un nume nou. Cara Lynn Jackson. Îl alesesem eu însămi – mai exact, îl furasem de la o fetiță moartă. Erau atât de mulți copii decedați, atât de multe nume. M-am uitat pe sute de coloane, căutând o fată născută în același an cu mine și care să fi murit tânără. Trebuia să aibă, totodată, un nume de familie obișnuit – nu Smith sau Jones, acestea erau prea comune –, ci unul care să nu atragă atenția și să nu poată fi găsit cu ușurință la o căutare on-line. Trebuia, de asemenea, să fie un nume creștin: asta era puțin mai dificil, dar, în cele din urmă, am găsit certificatele de naștere și deces ale unei fetițe pe nume Cara Lynn Jackson, născută cu trei luni mai târziu decât data mea de naștere reală și care murise la vârsta de trei ani, de meningită. Perfect pentru nevoile mele.

Biata Cara, am gândit eu, în timp ce solicitam o copie după certificatul ei de naștere. Mi-am imaginat-o, un copil rotofei, alergând pe piciorușele scurte și dolofane, jucându-se veselă în groapa cu nisip – apoi am văzut uimirea pe chipul ei chinuit de febră, urletele pierzându-se treptat într-o tăcere amenințătoare, pe măsură ce febra creștea și pe părinții ei – Debbie și Cliff – devenind din ce în ce mai disperați, în timp ce viața fiicei lor se scurgea sub ochii lor, pentru ca identitatea ei să fie furată, ani mai târziu...

Dintr-un motiv sau altul, m-am simțit mai afectată de moartea Carei decât de moartea părinților mei.

Își trăise scurta viață într-o locuință socială, în Rayleigh, Essex, și, ulterior, am vizitat-o, privind de-afară la pubelele revărsate și fațada scorojită a clădirii. Părinții ei nu mai locuiau acolo, verificasem – divorțaseră la câțiva ani de la moartea Carei. Cliff plecase în străinătate și Debbie se recăsătorise, iar aceste informații îmi erau foarte utile. Era greu să li se dea de urmă, în caz că cineva devenea bănuitor.

După ce am fost la apartament, am mers în cimitirul din Rayleigh, în căutarea mormântului Carei. Era mărginit de o piatră funerară din granit, în formă de inimă, cu un ursuleț trăgând cu ochiul peste marginea din stânga sus a pietrei; inscripția de pe mormânt spunea: „Scumpa noastră fetiță: te vom purta mereu în inimă, dar am fi dorit să te avem în brațele noastre", cu datele nașterii și morții săpate în piatră, dedesubt.

M-am forțat să-mi scot toate acestea din minte, să mi-o scot pe Cara din minte. Ea nu mai era. Acum, *eu* eram Cara Lynn Jackson; până și pașaportul meu susținea asta. Dar toată lumea avea să-mi spună Lynn.

20

Spre sfârşitul lui ianuarie, conform instrucţiunilor, m-am prezentat să susţin proba în cadrul audiţiilor deschise de la MADS. Era o piesă cu subiect din timpul războiului, despre nişte fete care munceau pământul. Eram destul de sigură că nu voi obţine unul dintre cele patru roluri, dat fiind că nu mai jucasem din timpul liceului, dar mă gândisem că erau multe alte feluri în care m-aş fi putut implica – n-avea importanţă, tot ce conta era să mă infiltrez.

M-am strecurat în sală la ora programată şi l-am recunoscut imediat pe Ed Naismith, înalt şi impresionant, îmbrăcat într-o pereche de jeanşi scumpi şi o geacă de piele fină, cu o croială frumoasă. Avea un păr bogat, blond, iar ochii păreau mai albaştri decât în fotografiile pe care le studiasem. Mi-a zâmbit, în timp ce luam din cutie un exemplar al scenariului şi nu e greu de imaginat că, din momentul acela, mi-am dorit cu ardoare să obţin un rol.

– Nu-i aşa că e superb! a şoptit femeia de lângă mine, o slăbătură la patruzeci şi ceva de ani, cu păr negru, rar, adunat într-o coadă. Nu m-ar deranja să-mi dea nişte instrucţiuni! A chicotit obscen, cu voce scăzută, aşezându-se pe un scaun în rândul al treilea.

Recunoscătoare că aveam cu cine vorbi, m-am strecurat pe un scaun lângă ea, privind în jur la cele câteva zeci de femei aflate acolo, care, mai toate, păreau să se cunoască între ele.

– Marion, a zis femeia, întinzând către mine o mână uscățivă, căreia, când am strâns-o, i-am simțit venele pronunțate jucând sub degetele mele.

– Lynn, am spus, zâmbind, în timp ce răsfoiam scenariul. Sunt nou-venită.

– Hei, și eu la fel. Ar trebui să stăm împreună. Și, ia spune – l-ai recunoscut, nu-i așa? a întrebat noua mea prietenă, cu un aer confidențial, având grijă să nu fie auzită de ceilalți.

M-am întors și l-am privit pe Ed, cu o expresie de nedumerire nonșalantă.

– Pe el? Nu – de unde să-l recunosc? Apare la televizor sau ceva? După cum arată, ar trebui.

Marion a zâmbit, dezvelind niște dinți de fumător, strâmbi, care-i stricau brusc aspectul.

– Nu chiar. Nu-ți amintești, a fost pe toate posturile locale de știri, anul trecut? Soția lui a dispărut.

Am clătinat din cap.

– Nu... Abia m-am mutat aici, așa că n-am văzut nimic, dacă n-a fost difuzat pe postul național. Bietul de el! Și biata femeie – ce s-a întâmplat cu ea?

Marion a ridicat din umeri, cu o privire ce exprima mai degrabă încântare decât îngrijorare.

– Nimeni n-a mai văzut-o! Exact ca Richey Manic[1], îți amintești, cântărețul de muzică pop? Se pare să suferea și

[1] Richard James Edwards (n. 22 decembrie 1967 – dispărut 1 februarie 1995), cunoscut și sub numele de Richey James sau Richey Manic, a fost compozitorul și chitaristul trupei Manic Street Preachers. (n.tr.)

de depresie. Acela, de-acolo, e fiul lor. Nu înţeleg ce caută *el* aici. Probabil aşteaptă să-l ducă undeva.

– Îngrozitor, am comentat, privindu-l pe Ed, care era pe scenă, vorbind cu o doamnă în vârstă.

Fiul lui, un adolescent voinic, îmbrăcat în uniformă de şcoală, era aşezat pe unul dintre scaunele rabatabile, departe de restul lumii, ocupat cu telefonul şi afişând o mină dispreţuitoare. În ciuda părului nespălat şi a tenului acneic, asemănarea cu tatăl lui era vizibilă. O să fie arătos, cândva, mi-am zis.

Doamna în vârstă a bătut din palme, pentru a atrage atenţia tuturor. S-a prezentat, o chema Sandra şi era producătorul. Purta o pereche de jeanşi strâmţi şi o bluză lipită de corp, bătătoare la ochi, dar chipul îi dezminţea vârsta. Un strat gros de fond de ten şi de pudră îi acoperea fiecare rid şi, în momentul în care şi-a aranjat-o mai bine, a devenit evident că purta perucă.

L-a prezentat pe Ed – fără a menţiona, fireşte, situaţia lui personală, ci vorbind despre cariera lui îndelungată în cadrul MADS, atât ca actor, cât şi ca regizor.

– Vă mulţumesc tuturor celor care sunteţi aici, a încheiat ea. Mă bucur să văd atât de multe chipuri noi. În regulă, acum haideţi să începem. Vă vom chema în grupuri de câte patru şi veţi citi, fiecare, câteva replici.

În prima „rundă" am citit rolul lui Mabel, o slujnică din Stevanage. Apoi o parte din replicile lui Joan, o fată de la fermă care era, în secret, lesbiană; au urmat Millie, mondena, şi, în cele din urmă, Doris, o croitoreasă din East End. Ed şi Sandra, producătorul, ne-au urmărit, impasibili, dar, la un moment dat, l-am văzut pe Ed că s-a aplecat şi i-a şoptit Sandrei la ureche, în timp ce arăta spre mine. Sandra a încuviinţat scurt. Părea că merge bine.

În cele din urmă, a trebuit să cântăm, câte patru, un vers din *The White Cliffs of Dover*. Eu stăteam lângă Marion, dar femeia avea o voce de ziceai că zgâria o tablă cu unghiile, lucru care m-a indispus total. Speram să nu se creadă că era vocea mea.

În noaptea aceea, m-am întors acasă cu un sentiment de împlinire, în ciuda faptului că eram, în continuare, convinsă că nu voi primi un rol, dar asta mă deranja încă și mai puțin decât înainte de audiții, pentru că, dacă aș fi primit un rol, însemna că aveam să mă aflu pe scenă un sfert din timpul spectacolului, în fața unei săli pline. Sigur, îmi plăceau provocările, dar așa ceva depășea cu mult zona mea de confort. Cu siguranță, Metcalfe nu se aștepta să fac și asta.

Îl cunoscusem pe Ed, aceasta fusese însărcinarea mea. Chiar dacă nu obțineam un rol, subliniaseră exact ceea ce mă așteptam, respectiv faptul că aveau nevoie și de asistenți de costumieri, de persoane care să rupă biletele și de personal pentru bar. Erau o mulțime de alte căi prin care puteam să mă apropii de el.

Astfel încât, a doua zi de dimineață, cu uimire, încântare și emoție, am primit vestea că mi se atribuise rolul lui Mabel. M-a sunat Ed însuși. A fost de-a dreptul fermecător, lăudându-mi vocea și felul în care interpretasem. Prima întâlnire cu toată echipa avea să aibă loc peste două zile, ca să ne cunoaștem și să trecem o dată prin tot textul. Am închis telefonul și-am lovit, triumfător, cu pumnul în aer. Mă infiltrasem. Metcalfe avea să fie foarte mândru de mine. Și eu eram destul de mândră de mine.

21

Prima întâlnire a distribuției piesei *Make Do and Mend* a avut loc la Ed acasă, la câteva zile după audiții. Am mers pe jos până acolo, deși s-a dovedit a fi mult mai departe față de apartamentul meu din Hampton decât mi se păruse. Mă înfofolisem, pentru că era o zi geroasă, dar am sfârșit prin a-mi scoate de câteva ori pe drum căciula, fularul și mănușile, îndesându-le de fiecare dată în geantă. Ed locuia într-o zonă de care nici nu auzisem până atunci, numită East Molesey, care s-a dovedit a fi o zonă în conservare, în apropiere de Hampton Court Palace. Casa lui era impresionantă, o vilă în stil victorian timpuriu, cu frontoane, vitralii deasupra ușii de la intrare și obloane originale din lemn.

Am călcat, transpirată, pe aleea din fața casei până la ușă, unde am tras de cordonul clopotului-sonerie – era unul dintre acelea foarte gălăgioase, care părea că nu mai termină de sunat și te făcea să pari un musafir agresiv, când tu nu doreai decât să-ți anunți prezența, cu un clinchet scurt. A deschis un adolescent ursuz, cu pielea palidă și pătată. Fiul lui Ed, cel care stătuse retras la audiții.

– Cine ești? m-a întrebat el, privindu-mă încruntat.

– Sunt Lynn. Ed, ă, este acasă? am întrebat, deși știam foarte bine că era.

– Nu, am vrut să spun ce personaj ești? Pe fața lui se citea, „evident". Realizasem, după aceea, de multe ori, că Ben nu încetase niciodată să mă privească astfel.

– Oh! O interpretez pe Mabel, slujnica.

M-a privit din cap până-n picioare apoi a pufnit.

– Da, a spus. Îmi dau seama acum.

Am rezistat tentației să-i dau, din greșeală, un cot în față, în timp ce, fără tragere de inimă, mi-a făcut loc să intru în holul pavat cu gresie alb-negru.

– Ce casă drăguță! am spus, dar el m-a ignorat.

– Ta-ta! a strigat. A mai venit una.

Figura lui Ed a apărut peste balustrada bogat decorată, cu sângele colorându-i obrajii deja aprinși și care tremurau ușor, precum obrajii unui cățel, în desenele animate. În momentul acela, nu mi-a plăcut deloc de el.

– Lynn, te rog, vino sus, în sufragerie. Mă întrebam dacă nu cumva adăugase ultimele cuvinte în caz că aș fi presupus cumva că mă invita în iatacul lui. Ne-am adunat aproape toți.

– Îmi cer scuze, am întârziat cumva? am întrebat, prefăcându-mă tulburată. Capul i-a dispărut, pentru ca să apară apoi cu întreg trupul, în capul scărilor.

– Nici vorbă, nici vorbă. Văd că l-ai cunoscut pe Benjy.

I-am zâmbit lui Benjy, care nu mi-a zâmbit înapoi.

– Tata! Ți-am spus să-mi zici Ben de-acum, a strigat el spre Ed.

Pe peretele din capul scărilor, înrămată, era o fotografie mare înfățișându-i pe Ben, Ed și Shelagh, în mod clar făcută cu ani în urmă, pentru că Benjy – Ben – era la vârsta la care avea doar cei doi dinți din față, mari ca o lespede de mormânt. Interesant, am gândit, în timp ce treceam pe lângă fotografie, încercând să nu mă holbez. Shelagh era, sau fusese, deosebit de frumoasă, cu un păr lung, castaniu, ochi verzi și câțiva pistrui delicați pe un nas foarte fin.

– Intră, a spus Ed, gesticulând către sufragerie. Ben o să ne aducă imediat cafele. Nu-i așa, Benjy?

De jos s-a auzit un mormăit, „mă cheamă Ben", cu un accent foarte pronunțat pe „n", astfel încât s-a auzit Ben-nh.

– Ea este April, care o joacă pe Doris, și cred că ți-o amintești pe Sandra, adorabilul nostru producător? Și-a pus un braț în jurul Sandrei, care s-a prefăcut că-l îndepărtează, dar care, de fapt, era peste măsură de încântată.

April era o blondă mignonă cu un chip atât de frumos că îmi atrăgea privirea ca un magnet. Ori de câte ori zâmbea, obrajii ei roz se rumeneau și mai mult și dezvelea un șir de dinți albi, perfecți. Prin comparație, eu mă simțeam ca un elefant stângaci, deși, în realitate, April și cu mine aveam aceeași statură. Conformația mignonă a lui April părea mai delicată și mai feminină față de aspectul meu, mai androgin.

Amândouă femeile m-au salutat, iar April s-a ridicat să-mi strângă, formal, mâna.

– Ești nouă, nu-i așa? a întrebat ea.

– Da, m-am mutat de curând în zonă.

April avea genul acela de privire intensă, în care parcă te simțeai captiv.

– Nu-ți face griji, suntem prietenoși cu toții. O mare familie, nu-i așa?

Nu m-a întrebat de unde venisem sau cu ce mă ocupam – ceea ce a fost o ușurare pentru mine, deși îmi repetasem povestea de acoperire și o știam foarte bine: divorțasem de curând și venisem aici ca să încep o viață nouă; dintotdeauna îmi dorisem să revin și să locuiesc în zonă, pentru că aveam amintiri minunate din vacanțele de vară petrecute cu bunica, pe Tamisa, în casa ei plutitoare; îmi căutam de lucru ca secretară.

Ceilalți au râs, ca la o glumă bună, când April a spus că erau ca o familie.

– April e căsătorită cu Mike, cel care va fi scenograful nostru, a explicat Ed, iar April a întins pumnul strâns, expunând un inel de logodnă cu un diamant enorm pe un cerc gros din aur, ca și cum abia se logodise, deși, după cum aveam să aflu ulterior, aveau copii gemeni, în vârstă de unsprezece ani. Iar Sandra este mama lui Mike.

– A, este un inel foarte frumos, am spus, politicos, deși era mult mai ostentativ decât orice inel pe care l-aș fi ales eu. April a strălucit de mulțumire.

– Nu-i așa că e grozav? Abia aștept să-ncepem. A ridicat o copie a scenariului de pe canapea și a început să citească – am observat că evidențiase cu galben neon toate replicile ei – cu un exagerat accent londonez, oprire glotală și interpretare emfatică: „Astfel am chibzuit c-aș putea să mă urnesc și să-mi caut de lucru la vreo fermă. E pentru prima oară că ajung prin părțile acestea..."

– Minunat, draga mea, a spus Ed. Mie îmi sunase sarcastic, dar April a făcut o mică plecăciune, părând încântată. Obținuse, oare, rolul doar pentru că producătorul era soacra ei?

– Așa, mai trebuie să apară Robina. S-a întors către mine. O interpretează pe Joan. Cel de-al patrulea membru al distribuției noastre este Pat, dar ea nu poate ajunge azi. O vei cunoaște la repetiția de săptămâna viitoare.

Am dat din cap, ascultătoare, și m-am așezat pe canapeaua uriașă și umflată. Era una dintre acele canapele foarte adânci, pe care nu puteai sta decât drept, pe margine sau, dacă te rezemai, trebuia să-ți urci picioarele cu totul, ca un copil.

– Frumoasă casă, am spus, privind împrejur, la artefactele africane – măști din lemn, perne cu imprimeu zebră – și suvenire din teatru, afișe înrămate ale spectacolelor și postere. Casa părea recent amenajată, cu toate ușile interioare, din lemn natur, curățate și ceruite, iar pe balustrade și pereți nu se vedea nicio urmă sau zgârietură.

– Mulțumesc. Mă bucur că-ți place. Ah – au sosit gustările.

Ben revenise, apatic, ducând o tavă mult prea mare pentru brațele lui și care se clătina în mod periculos. Un ibric cu cafea și patru cești s-au ciocnit unele de altele, iar o farfurie plină cu biscuiți Party Rings a alunecat pe suprafața lucioasă a tăvii, cât pe ce să cadă, în timp ce Ben s-a împleticit spre măsuța de cafea. Sandra a interceptat-o la timp.

Clopoțelul de la intrare a sunat din nou, dar, de data aceasta, așa cum îmi dorisem când îl acționasem eu – un clinchet scurt, discret. Era clar că și Robina mai fusese acolo.

Privind în urmă, nu-mi amintesc prea multe despre Robina de atunci, de la prima noastră întâlnire. Era drăguță – cu toții erau –, dar ceea ce mi-a rămas fixat în memorie erau ochii albaștri și tenul de porțelan al lui April. Asta și magnetismul lui Ed.

Era amuzant, aveam să înțeleg mult mai târziu, cum atât de mulți oameni din grupul acela artistic au ajuns, de-a lungul vremii, să joace un rol atât de important în viața mea, în anii ce-au urmat. Ed, evident; April și Mike, Benjy cel enervant, fiul meu vitreg. Costumiera, Maddie, care avea să devină cea mai bună prietenă a mea.

La început, Ed n-a dat niciun semn de interes în ceea ce mă privea, în afara rolului pe care-l aveam de jucat în piesa regizată de el – și, de fapt, de ce ar fi făcut-o? Trecuse abia un an de la dispariția soției lui. Mă gândeam că fusesem ridicol de încrezută să-mi închipui că aș fi putut să dau buzna și să-i câștig încrederea, pur și simplu, cu atât mai mult cu cât totul era o prefăcătorie.

Dar apoi, după câteva săptămâni, dintr-odată, lucrurile au început să se schimbe.

Începusem să mă întreb dacă nu cumva îmi imaginam noua chimie dintre noi. Părea prea frumos ca să fie adevărat, atât din perspectiva misiunii, cât și din punct de vedere personal. Uneori, când privirile ni se întâlneau, sentimentul era atât de puternic, albastru exploziv, inefabil, alteori, nu era nimic. Mă simțeam confuză, dar cu atât mai determinată. Trebuia să-mi dozez perfect atitudinea – dacă mă arătam prea indiferentă, nu aveam nicio șansă să aflu ceva, dacă eram prea nerăbdătoare, riscam să-l îndepărtez.

Astfel, în primele săptămâni de repetiții, m-am străduit să leg prietenii cu ceilalți trei membri ai distribuției, dar și cu Sandra și Ed. Când Ed mă lăuda, primeam complimentele cu detașare, pe când celelalte trei roșeau, dacă ele erau cele apreciate. M-am prefăcut că nu observ când privirea îi zăbovea asupra mea și am hotărât că eu aveam să-l fixez cu privirea foarte rar, doar cât să-l fac să creadă că aș putea – *aș putea* – fi interesată. După vreo două săptămâni, am realizat că funcționa – era clar că-mi acorda mai multă atenție.

22

A mai trecut o lună de flirt discret, dar consecvent până când Ed m-a invitat să ieşim, cu câteva săptămâni înainte de premiera piesei *Make Do and Mend.* Fireşte, am acceptat fără ezitare.

Aceasta era şansa mea.

– Aşadar, spune-mi despre tine, a zis Ed, turnându-mi încă un pahar dintr-o sticlă de Malbec fin. Mi-am zis să nu mai accept încă unul, eu trebuia să fiu cea care deţinea controlul. Ce a adus-o pe Lynn Jackson la Molesay? Sau, nu, parcă ai spus că stai în Hampton?

Ne aflam într-un restaurant plictisitor de scump, decorat în nuanţe de bej; covoare, pereţi şi scaune. Ed se scuzase deja cu privire la aspectul ca de hotel al restaurantului, dar lăudase peste măsură mâncarea. El ieşea în evidenţă, îmbrăcat într-o cămaşă de un albastru care-i făcea ochii şi mai strălucitori, în contrast cu bejul scaunului, şi m-am întrebat dacă nu-l alesese tocmai pentru acest motiv. Observasem că era foarte atent cu înfăţişarea lui; nicio şuviţă nelalocul ei, niciodată cu pantofii nefăcuţi, se verifica cu coada ochiului în toate oglinzile sau suprafeţele lucioase pe lângă care treceam. De fiecare dată, jeanşii păreau nou-nouţi.

Mi-am muşcat buza, ca şi cum întrebarea lui stârnea amintiri neplăcute, în timp ce priveam pierdută în farfuria goală, pe care fusese aperitivul.

– În Hampton Hill, de fapt.

Ed a ridicat din sprâncene.

– Nimic deosebit, am continuat, recitând povestea îndelung repetată, pe un ton adecvat de trist. Căutam un nou început. O despărţire urâtă, ştii cum e? M-am căsătorit mult prea tânără, soţie de militar, l-am însoţit pe Dave peste tot. Ultimul post unde am fost împreună a fost în Cipru, acum el este în Afganistan. Aici veneam când eram copil, la bunica mea – avea o casă plutitoare, pe aici pe undeva, deşi n-am reuşit să aflu locul exact – aşa că ştiu, un pic, zona şi am amintiri foarte plăcute. Nu mi-am permis să locuiesc în Londra, aşa că Hampton a părut un compromis rezonabil, fără să fie prea la periferie. Aşadar, acesta este noul meu început. Îmi asum riscuri şi încerc tot felul de lucruri noi – cum ar fi teatrul.

El a zâmbit.

– Doar n-o să-mi spui că n-ai mai jucat înainte. Ai un talent înnăscut.

Am înclinat capul.

– Vai, mulţumesc! Dar adevărul este că nu, nu de când am interpretat rolul Şoarecelui în *Alice în ţara minunilor*, în timpul şcolii.

Cel puţin, partea asta era adevărată.

– N-aş fi zis. Şi cum este la noul loc de muncă?

De vreo lună, lucram ca office manager în biroul plictisitor al unui consultant financiar, din apropiere.

– E bine, mulţumesc. E uşor, ştii ce zic? Transcriu scrisori şi aranjez întâlniri pentru un consultat financiar pe nume Henry. Un preţ mic de plătit, dacă-mi permiţi o glumă, ca să-mi pot achita facturile și am parte de distracție, după orele de lucru, la MADS, așa că e bine...

– Noi doi ne-am putea distra pe cinste, m-a întrerupt Ed, cu o sclipire în ochi, întinzând mâna și mângâindu-mă pe degetul încolăcit pe piciorul paharului de vin.

Știam deja că mă place, dar chiar și așa, m-a trecut un fior de nerăbdare și – am descoperit cu îngrijorare – de dorință.

– Și eu cred că am putea, am spus. Dar...

În momentul acela, a venit ospătarul să ne ridice farfuriile. Avea o figură ștearsă, de parcă fusese ales special pentru a se pierde în decorul anost și umbla aplecat de spate. Am așteptat să plece.

– Dar ce? a întrebat Ed. Ești căsătorită încă?

– Mă pregăteam să spun că *tu* ești căsătorit încă, nu-i așa?

Era pentru prima dată că unul dintre noi o pomenea pe dispărută.

– Te deranjează că am adus vorba?

Gura mi se uscase, așa că am luat o înghițitură de vin și am simțit cum limba mea îl absoarbe, ca un burete scufundat în apă.

Ed a oftat.

– Ei bine, trebuia să vină și momentul acesta. Așadar, prespun că știi povestea?

– Nu chiar, am spus. Doar câteva lucruri pe care le-am auzit ici și colo, că a dispărut și nimeni nu știe unde este.

– E moartă, a spus el răspicat. Sunt sigur că este. Ochii i s-au umplut de lacrimi, pe care a încercat să le alunge clipind cu îndârjire.

– Oh, Ed, îmi pare rău. N-am vrut să te necăjesc.

Ed mi-a luat mâna, împletindu-și degetele cu ale mele. Atingerea lui mi-a provocat un fior neașteptat, ca și cum o clepsidră a dorinței se răsturnase înăuntrul meu. Hopa, mi-am zis. A fost un moment sincer care mi-a reamintit că, de la moartea părinților mei, nu mai avusesem pe nimeni în viața mea căruia să-i pese, cu adevărat, de mine.

– Nu e vina ta, a spus el. Sunt necăjit, da, dar, după un an de când s-a întâmplat, sunt mai necăjit pentru că a putut fi atât de egoistă încât să-i facă așa ceva lui Benjy, să provoace atâta stres și neliniște tuturor.

– Crezi că s-a sinucis?

– Sunt sigur. Era depresivă. Amenința tot timpul că o va face. Căsnicia noastră n-a fost una fericită, Lynn. Ca și tine cu soțul tău, ne-am căsătorit mult prea tineri și eram atât de diferiți. Ea era foarte timidă și paralizată de neîncredere în ea. Avea tot felul de probleme – dismorfofobie, știi ce este?

Am clătinat din cap – deși știam ce era. Citisem într-una dintre discuțiile poliției cu prietenii sau familia lui Shelagh privind dispariția acesteia. De fapt, cred că Ed fusese cel care făcuse mențiunea. A trebuit să caut on-line, să văd ce însemna.

– Este atunci când aspectul tău este unul normal, dar tu te crezi imens.

– Ca anorexia?

– Oarecum. Deși Shelagh nu era anorexică. Era bulimică și se automutila. Cred că își dorea să fi fost anorexică și faptul că nu reușea să se înfometeze era un alt motiv pentru care era atât de dură cu ea însăși...

– Dar era atât de frumoasă, am spus. Fotografia pe care am văzut-o, cea din capul scărilor, la tine acasă – era superbă. Mă întrebam dacă avea să mă corecteze, că vorbisem la trecut, dar n-a făcut-o.

– Chiar era, a consimțit el. Păcat că nu și-a dat și ea seama. Am încercat să o fac să se implice în MADS, să facă ceva amuzant. Dar n-a interesat-o. Nu-i plăcea că eu făceam asta, dar nici n-a vrut să ni se alăture.

– Avea alte preocupări sau interese?

A ridicat din umeri.

– Nu chiar. Îi plăcea să citească și să alerge.

– Ambele, activități solitare.

– Da. Însă era foarte apropiată de sora ei și, de cele mai multe ori, serile, stăteau de vorbă ore întregi la telefon. Ellen locuiește în afara orașului Edinburgh, așa că nu se vedeau prea des.

– Lui Ellen trebuie să-i fi fost greu când a dispărut Shelagh.

Ed a dat din cap.

– Și-a pierdut mințile. A făcut tot felul de acuzații la adresa mea. A fost un coșmar.

M-am aplecat ușor în față, cu ochii măriți de surpriză prefăcută.

– Sora ei a crezut că tu ai ucis-o?

În momentul acela, ospătarul ne-a adus cina, pe farfurii bej, enorme, așezându-le pe masă cu un gest obosit. Ed își ciupea sprâncenele, semn că era preocupat. Când ospătarul s-a retras, a spus:

– Nu, nu a mers atât de departe. M-a acuzat doar că eu am îndepărtat-o. A pufnit, apucând cuțitul și furculița și decupând o bucată mare dintr-un capăt al fripturii de pe farfurie. Doamne, dacă ar fi știut cât de greu era să trăiești cu sora ei.

– Ți-e dor de ea; de Shelagh, adică? am întrebat, analizând puiul cu sos din farfuria mea. Se pare că alesesem un fel care se asorta perfect cu pereții, covoarele și ospătarul. Mi s-a făcut, dintr-odată, poftă de sfeclă roșie sau de broccoli, ceva colorat și plin de energie.

Sau poate mi-era poftă de Ed, cu cămașa lui azurie și ochii asortați. Era o adevărată ușurare că vorbeam, în sfârșit, despre Shelagh, după ce aceasta fusese, atâtea săptămâni, elefantul din cameră[1]. De fapt, elefantul care *lipsea* cu desăvârșire din cameră, am gândit.

– Putem schimba subiectul, dacă vrei, am adăugat precipitat. Oh, puiul ăsta e delicios!

A schițat un zâmbet.

– E în regulă, Lynn, serios. Tot trebuia să vorbim, odată și-odată. Da, îmi lipsește uneori. În general, îmi lipsește în ceea ce-l privește pe Benjy. O adora. Sunt furios că i-a făcut așa ceva. N-a lăsat nici măcar un bilet...

A înfipt furculița într-un cartof prăjit, cu maxilarul încleștat.

– Adevărul este că, dacă ar reveni acum, aș divorța într-o clipă. Cel mai greu de suportat, pentru mine, este această incertitudine. Faptul că nu știu ce s-a întâmplat mă împiedică să merg înainte. Îmi doresc să-i găsească odată trupul, astfel încât să încheiem cu toții acest capitol.

– Cum de ești atât de sigur că e moartă?

Restaurantul începea să se aglomereze, astfel încât amândoi ne aplecasem unul spre celălalt, aproape șoptind, pentru ca nimeni să nu ne audă.

– Trebuie să fie. Dacă n-ar fi așa, ar fi luat legătura cu Ben, sunt sigur că ar fi făcut-o.

---

[1] Expresie care se referă la un subiect incomod

– E atât de trist. M-am simţit realmente emoţionată. Bietul Ben. De parcă n-ar fi fost destul că trecea prin adolescenţă, trebuia să aibă de-a face şi cu sentimentul de abandon, şi cu suferinţa neînţeleasă pe care dispariţia mamei lui trebuie să le fi declanşat. Sper că face vreun fel de terapie? Eu aveam douăzeci de ani când mi-am pierdut părinţii şi ştiu cât de greu este – şi moartea lor n-a fost nici pe departe atât de traumatizantă, cum este în cazul lui Ben.

Ed a pufnit.

– Terapie? Nu scoate o vorbă, decât dacă e vorba să comande pizza la telefon. Altfel, comunicarea se realizează exclusiv prin mormăituri sau mesaje.

– Mie mi se pare comportament tipic de adolescent.

Mă întrebam dacă nu cumva Shelagh plecase ca să trăiască undeva, mai aproape de sora ei, în Edinburgh, iar furia lui Ellen la adresa lui Ed nu era un fel de dublă cacealma răzbunătoare. Deşi în acest caz ar fi fost, cu adevărat, crud din partea lui Shelagh să îşi ignore fiul mai mult de un an.

– În orice caz, hai să vorbim despre lucruri mai vesele. Îţi place la repetiţii?

– Foarte mult! Serios, Ed, zilele de luni şi de joi sunt punctul culminant al săptămânii. Toată lumea este atât de drăguţă şi cred că sunt ani întregi de când n-am mai râs atât de mult. Lucrul acesta era adevărat. Uitasem cum era să râzi până te dureau burta şi obrajii. Şi le iubesc pe fete.

Cu celelalte trei doamne din distribuţie, April, Robina şi Pat, printr-o fericită coincidenţă, împărtăşeam un simţ al umorului uşor deocheat, ceea ce însemna că repertoriul nostru de glume creştea cu fiecare săptămână – adeseori pe socoteala Sandrei, producătorul, care avea tendinţa să critice şi să caute nod în papură.

– Nu-mi vine să cred că n-am făcut mai multe lucruri de genul ăsta, cu ani în urmă, am zis, adunând ultima furculiță de piure cu usturoi copt și parmezan.

– Ei bine, noi ne bucurăm să te avem. Ed m-a privit cu o expresie inconfundabilă de dorință. Apoi s-a aplecat spre mine. Însă, te rog, să rămână între noi. Știi că oamenilor le place să vorbească și n-aș vrea ca ceilalți să devină invidioși...

Nu mi-am dat seama dacă glumea sau nu, cu privire la invidie, dar am consimțit imediat, copleșită de un val de adrenalină în mijlocul a tot ceea ce se întâmpla: noul meu început, piesa, invitația lui Ed.

Ceea ce nu înțelegeam totuși era motivul pentru care mă simțeam atât de fericită de progresele misiunii mele. Era pentru că Metcalfe avea să fie mulțumit de mine – sau pentru că-mi plăcea de Ed?

– Hai să mai bem un pahar cu vin, am spus cu însuflețire.

23
Octombrie 2016

În săptămâna ce-a urmat, când am ajuns acasă, după un drum la Tesco, l-am găsit pe Ed așteptându-mă lângă ușa de la intrare, agitat, dând târcoale în holul întunecat. Era ca un câine așteptându-și stăpânul și mi l-am imaginat încolăcit, pe covorașul de la intrare, cu o expresie resemnată pe chip. Îmbrăcase haina peste bluza de pijama, singura concesie pe care o făcuse în privința hainelor, în ziua aceea.

Am așezat cele cinci sacoșe pline cu cumpărături, am aprins lumina în hol și mi-am agățat jacheta în cuier.

– Bună, scumpule. Mă așteptai?

A scotocit în buzunarul hainei, de unde a scos o coală A4, împăturită și mototolită, pe care mi-a întins-o.

– Uite. Am printat-o cât ai fost plecată, a zis el cu mândrie.

Era un nou e-mail, datat cu o săptămână în urmă. Am despăturit hârtia, curioasă.

– Așadar, ți-ai amintit parola?

– Da.

– Care este?

– Ce să fie?

– Parola.

– Am uitat-o din nou.

M-am uitat la el, mijind ochii, incapabilă să împiedic gândul, *„Ce convenabil"*.

– Data viitoare când îți mai amintești, scrie-o!

– Bine, șefa.

– Ha, ha. Ai de gând să mă ajuți? am întrebat, arătând către sacoșe, în timp ce mi-am aruncat cu repeziciune ochii pe e-mail, citind cu voce tare:

> Dragă Domnule Doctor Naismith, eu sunt doctor Ellie Webster și colaborez cu colegul nostru comun, Bill Brown, la Faza 3 a studiului clinic pentru aducanumab. Mi-a părut rău să aflu despre diagnosticul dumneavoastră și îmi dau seama că treceți, împreună cu familia, printr-o perioadă dificilă. Vă mulțumesc că ați ales să participați și vă aștept pentru prima perfuzie intravenoasă miercuri, 25 octombrie, la ora 11.00. Voi trimite un taxi la ora 10.00, să vă preia. Am adresa dumneavoastră. Aștept cu nerăbdare să vă cunosc.
>
> Am încredere că, în urma administrării acestui nou medicament, veți constata, în scurt timp, ameliorări remarcabile mai ales în domeniul cognitiv, în ceea ce privește memoria, comportamentul...

Mi-am amintit senzația mâinii mari a lui Ed lovindu-mă peste cap, în toiul nopții, și-am tresărit. Bill Brown. Așadar, acesta-i era numele de familie – era bine de știut. Nu luasem încă legătura cu el, pe adresa personală de e-mail, pentru că aveam nevoie să intru în calculatorul lui Ed pentru asta. Apoi am realizat.

– Ed, 25 a fost ieri! Ai ratat întâlnirea!

– Da, a spus Ed, distrat, în timp ce ridica două sacoşe. Vreau să spun, nu, n-am ratat-o. Am fost.

– *Poftim?* Vorbeşti serios?

– Tu erai la serviciu.

– De ce nu mi-ai spus? m-am tânguit, ridicând celelalte trei sacoşe şi urmându-l în bucătărie.

A ridicat din umeri.

– Erai la serviciu.

M-am prăbuşit pe un scaun, la masa din bucătărie şi mi-am prins capul în mâini.

– Dar n-ai zis nimic azi-noapte. Te-am întrebat ce-ai făcut toată ziua şi mi-ai spus: „Nimic!"

– Uitasem cu desăvârşire. Scuze.

Am băgat de seamă că sprâncenele lui trebuiau tunse. Ed avea în baie un raft întreg cu aparate de îngrijire pentru bărbatul adult: trimmer pentru părul nazal, pensete, unghiere şi aşa mai departe, dar era clar că nu se apropiase de niciunul, în ultima vreme. Mi l-am amintit cum era înainte: părul tuns impecabil, fără fire de păr răzleţe pe faţă, bărbierit și îmbrăcat frumos, în costume scumpe și cămăși de calitate, înalt și stăpân pe situație. Toate perechile acelea de jeanși de firmă și puloverele de cașmir care umpleau dulapurile, iar el umbla acum doar în pijama! Oare și la doctor fusese tot în pijama? Cu ochii minții, l-am văzut iar cum era când l-am cunoscut prima oară, cu expresia aceea inconfundabilă, de îngâmfare nonșalantă reflectată în ochii albaștri, pe care o găsisem dintotdeauna irezistibilă.

Chiar și atunci când încă mai credeam că ar fi putut fi un criminal.

Cu toții îmbătrânisem, desigur... Eu nu mai arătam nici pe departe atât de bine ca la treizeci de ani – și totuși... mi-ar fi plăcut să-l am pe Ed cel de dinainte, înapoi.

– Ei bine – cum a fost?

– Bine, a spus el, așezând o pungă de spanac congelat în mașina de spălat vase. Doctorița a completat o listă lungă.

– O fișă? Nu-ți face griji, dragule, lasă cumpărăturile, le pun eu la locul lor.

– Da. Apoi mi-au făcut o injecție, aici – arătă către îndoitura cotului – a durat ceva. Apoi am venit acasă. N-a fost mare lucru.

Aveam atât de multe întrebări, încât nu știam de unde să încep. Atât de multe, că n-am rostit niciuna. Ed era într-o stare care n-ar fi generat decât răspunsuri monosilabice și, în condițiile în care el uitase și c-a fost acolo, era greu de crezut că mi-ar fi dat răspunsuri mulțumitoare.

– Ia să văd. I-am ridicat mâneca bluzei. Avea un plasture din acela rotund, micuț, peste una dintre venele purpurii vizibile sub piele, dar nu era nici urmă de vânătaie. Ed se învinețea ușor, de fiecare dată când i se lua sânge pentru analize, dar poate era diferit atunci când, în loc să i se scoată sânge, i se introducea ceva în braț... ce știam eu?

– Oh, iubire, am spus cu emfază, în timp ce recuperam punga cu spanac și o puneam în congelator. N-ar fi grozav să funcționeze? Să te vindeci?

Am mers lângă el și l-am îmbrățișat, dar el s-a retras.

– Aș vrea să încetați cu toții să faceți atâta caz. E doar o *răceală*.

Mai târziu, în noaptea aceea, după ce Ed s-a dus la culcare, mi-am luat telefonul, ezitând o clipă înainte să formez numărul Lindei. Linda era numele sub care-l salvasem pe Adrian și încropisem deja și o poveste, cum că Linda era administrator la una dintre facultăți, cu care mă împrietenisem recent. Conversațiile telefonice cu „Linda“ erau deja un lucru obișnuit – în cele zece zile care se scurseseră de când dăduserăm unul peste altul, vorbisem cu Adrian de trei ori. Mă simțeam ciudat și neplăcut în privința asta, dat fiind că nu avusesem niciodată un amic bărbat, în afară de Sal, colegul meu de la secție, dar Adrian mă încurajase să vorbesc, să mă descarc, să plâng – nu că aș fi făcut-o, nu încă. A fost consternat când a aflat, și atât de înțelegător încât abia așteptam să-i cer sfatul. Cumva, îmi era mai ușor să vorbesc cu el decât cu April sau cu Maddie, prietena mea, care se mutase în Jersey. Poate din cauză că el era neutru?

Știam că trebuia să fiu foarte atentă, să nu intru pe terenul instabil al „infidelității emoționale“ – dar el nu spusese și nu făcuse nimic care să poată fi interpretat drept flirt, în afară de faptul că-mi spusese că arătam încă foarte bine, atunci când ne despărțisem, la Barbican. Nu era interesat de o altă relație, spusese, nu pentru moment.

S-a bucurat să mă audă, se simțea în vocea lui.

– Waits – ă, Lynn! Ce faci? Așteaptă să opresc focul sub tocană și să-mi iau un pahar cu vin...

Și am vorbit. I-am povestit despre studiul clinic, cum Ed mersese fără mine. Despre cum mă simțeam, să-l închid noapte de noapte în camera lui. Am adoptat un ton mai relaxat, făcându-le să pară toate niște pățanii amuzante și râsul sănătos al lui Adrian m-a făcut și pe mine să râd, așa cum n-o mai făcusem de foarte multă vreme. Când ne-am spus noapte bună, am mers la culcare înviorată, aproape fericită, ca o femeie care era încă atractivă, care capta atenția și care putea face un bărbat să râdă.

Nimic altceva, nimic complicat.

Cel puțin, asta mi-am spus.

24

După două săptămâni de dormit singură și până mai târziu, m-am trezit, m-am întins și m-am răsucit, încălzită, înainte de a mă fi dezmeticit, în patul meu – ce repede ajunsesem să-l numesc patul „meu". Oare aveam să-l mai împart vreodată cu Ed?

Sigur că da, mi-am spus, scoțându-mi picioarele de sub pături și ridicându-mă, bucuria trezirii fără să fi fost agresată încărcându-mă de un optimism proaspăt și generalizat. Fusese doar o fază. Poate vom încerca să dormim iar împreună, săptămâna următoare. Trebuia să-mi păstrez optimismul, să fiu recunoscătoare pentru lucrurile bune, altfel o luam razna. Serviciul era grozav, incidentul din ziua porților deschise părea dat uitării. Aveam prieteni buni, un loc de muncă plăcut, eram sănătoasă, Ben și Jeanine erau fericiți, așezați la casa lor... Convorbirile telefonice cu Adrian mă ajutau să fac față situației – îi tot spuneam că ar trebui să se recalifice ca terapeut. Eram convinsă că el juca un rol determinant în felul în care ajunsesem să accept boala lui Ed. Puteam face față, am gândit, în timp ce-mi îmbrăcam halatul. După câteva nopți de somn bun, puteam fi optimistă în toate privințele.

Singura umbră la orizont o reprezentau sentimentele mele, în creștere, pentru el; pentru Adrian. Stabilisem să luăm prânzul împreună şi-am descoperit că aşteptam cu o nerăbdare mai mare decât ar fi trebuit.

Mi-a sunat telefonul şi-am zâmbit la gândul că era, probabil, Adrian. Dar zâmbetul mi-a dispărut rapid. Era April.

– Mike n-a ajuns acasă şi nu răspunde la telefon, a spus ea. Vocea ei avea un ton acuzator, care, știam, era, de fapt, îngrijorare, dar oricine altcineva l-ar fi interpretat ca fiind ostilitate.

– Oh! Unde a fost plecat? Am privit, mijind ochii, spre ceasul de pe noptieră şi am clipit surprinsă – era aproape zece şi jumătate! Nu dormisem niciodată atât de târziu. Bine că era ziua mea liberă. Abia m-am trezit – îți vine să crezi?

April m-a ignorat.

– A fost la pescuit peste noapte. Dar întotdeauna se întoarce până-n zori, i se face foarte frig spre dimineață. În perioada aceasta a anului, nici măcar nu aşteaptă răsăritul – zicea că să se-ntoarcă acasă, pentru un mic dejun cald, era partea cea mai frumoasă.

– În primul rând, nu-mi pot imagina de ce-ar merge cineva la pescuit noaptea, am spus, înăbușind un căscat și strecurându-mă înapoi sub pături, ca să vorbesc cu ea. Iartă-mă, asta n-ajută, nu-i aşa? S-o fi dus undeva, să ia micul dejun? Baterie descărcată? Am aruncat o privire spre uşa închisă a dormitorului meu și mi-a scăpat un geamăt involuntar. Oh, la naiba! April, așteaptă o secundă, nu-nchide! Trebuie să merg să...

N-am putut s-o spun: „Să-i dau drumul lui Ed". De parcă ar fi fost o pisică, mieunând lângă ușă. Am sărit în picioare, aruncând telefonul pe pat și-am alergat pe palier, spre dormitorul de oaspeți. Dacă s-a accidentat? Dacă strigase și lovise cu pumnii în ușă și acum era furios pe mine? Nu – l-aş fi auzit; sau m-ar fi sunat pe telefon. Nu aveam somnul greu.

Am scos cheia din buzunarul halatului şi-am descuiat. Ed era în pat, treaz, îmi zâmbea în timp ce se uita la ceva, pe iPhone.

– Neaţa, scumpete! Ai dormit bine?

Am respirat uşurată.

– Foarte bine. Îţi vine să crezi ce târziu e? Am mers lângă el şi l-am sărutat, simţindu-i respiraţia stătută. Şi tu abia te-ai trezit? Merg să pun de ceai. Eram la telefon cu April, Mike n-a ajuns acasă şi e îngrijorată.

Ed s-a frecat la tâmple, de câteva ori, cum făcea în fiecare dimineaţă.

– Îşi face prea multe griji. Omul a ieşit doar să, ăă, ăă, cum se cheamă? A zis el imitând gestul cuiva care aruncă undiţa şi înfăşoară firul pe mulinetă.

– Pescuiască! Da, aşa m-am gândit şi eu. În orice caz, lasă-mă să merg să termin convorbirea cu ea.

M-am grăbit înapoi în dormitor, iar covorul de lână din hol a fugit uşor sub tălpile mele goale, şi a fost cât pe ce s-alunec, din grabă.

– Hei, April, iartă-mă pentru întrerupere. A trebuit să merg să văd ce face Ed. Mai eşti acolo?

Nu spusesem nimănui despre aranjamentul nostru nocturn. Mi se părea mult prea degradant, pentru noi amândoi.

– Da, a răspuns April, fără vlagă. Îl întrebi pe Ed dacă a vorbit cu el? Dacă nu, o să merg la lac, să văd dacă maşina lui e acolo. Să nu fi avut vreun accident, un infarct sau ceva. Probabil a îngheţat de frig, idiotul.

– Ştii locul exact unde-a mers? Stai aşa, să întreb – Ed!

Am acoperit telefonul cu mâna şi l-am strigat pe Ed, care acum era în baie şi făcea pipi, cu un entuziasm deosebit şi cu ușa larg deschisă. Ed, ai vorbit cumva, aseară, cu Mike sau ți-a trimis vreun mesaj? Te sună, uneori, când e la pescuit și se plictisește, nu-i așa?

– Nu, nimic, a răspuns Ed, strigând mai tare decât era necesar.

– Nu, draga mea, Ed nu știe nimic, i-am transmis lui April. Unde ai zis că a ieșit să pescuiască?

– N-am zis. Iritarea lui April creștea cu fiecare minut. Mi-a zis că merge la locul obișnuit, lacul Colly. Urmărea, de ceva vreme, să prindă un anumit soi de crap și a închiriat un loc, în apropiere de zona unde altcineva a prins unul de curând. Lynn, vii cu mine, să vedem dacă e bine? Nu lucrezi, vinerea, nu-i așa?

Am făcut o pauză și-am coborât vocea. Ed trăsese apa și mă putea auzi.

– Nu pot. Nu vreau să-l las pe Ed singur mai des decât e necesar.

– Pentru numele lui Dumnezeu, a spus April și, chiar și într-o împrejurare ca aceea, m-am simțit ușor ofensată de lipsa de înțelegere a prietenei mele față de situația noastră. Roag-o pe vecina voastră să te ajute – asta faci când ești la serviciu, nu?

– Suzan e plecată. Și trebuie să iau prânzul cu... cineva de la serviciu.

– Atunci, ia-l cu tine.

– Hm... bine. Avem nevoie de o jumătate de oră, să luăm micul dejun și să ne pregătim. Noi abia ne-am trezit.

– E în regulă, a spus April. Cam atâta îmi ia să ajung la voi. Dacă mă sună între timp, te anunț. O să-i las un bilet, în caz că se-ntoarce cât sunt eu plecată.

25

April era o șoferiță îngrozitoare, iar nivelul crescut de stres nu-i îmbunătățise abilitățile. Abia am apucat să-nchid portiera, după ce urcasem pe bancheta din spate, că a demarat în trombă, zgâriind caroseria mașinii în mărăcinii tufelor de mure de pe marginea aleii.

Ed, așezat pe scaunul de lângă șofer, așteptase, ascultător, să-i fixez centura de siguranță, dar părea ușor confuz, lucru care nu era deloc surprinzător dacă ne gândim că, în urmă cu doar douăzeci de minute, era încă în pat. Micul dejun, o felie de pâine prăjită cu marmeladă, era încă în mâna lui. De la locul meu, în spatele lui April, îl vedeam cum privea în jos către ea, parcă întrebându-se ce trebuia să facă.

April conducea cu o mână pe volan, în timp ce pe cealaltă și-o trecea neîncetat prin păr, făcându-l să stea ridicat. La vederea rădăcinilor nevopsite, am simțit, cumva, nevoia să o protejez.

– Vrei să conduc eu? am întrebat când a virat brusc, să evite o groapă.

– Nu. Eu știu drumul, așa că e mai ușor, a răspuns April. Vocea i s-a mai înmuiat. Vă mulțumesc că veniți cu mine.

– Unde mergem? a întrebat Ed, cu o voce subțire și ascuțită, ca de copil.

M-am aplecat în spațiul dintre cele două scaune.

– Mergem să-l căutăm pe Mike, îți amintești? Nu s-a întors acasă, azi-noapte.

– Pungaș nerușinat, a râs Ed.

April nu a zâmbit.

– E o situație gravă, Ed, sunt foarte îngrijorată. Întotdeauna, când merge la pescuit, vine acasă la micul dejun.

A încetinit – din fericire – odată ajunsă la intersecția în formă de T-ul din capătul aleii. M-am uitat la stânga, apoi la dreapta, din nou la stânga, neavând încredere că April va găsi momentul potrivit să se încadreze în traficul aglomerat.

– Acum, i-am zis, și April a accelerat.

– Faci pe șoferul de pe bancheta din spate, a chicotit Ed.

– Nu înțeleg ce găsești atât de amuzant, a spus April, conducând cu viteză pe șosea. Declanșa toate semnalizatoarele care avertizau: *REDUCEȚI VITEZA! 30 KM/ORĂ* pe lângă care treceam, luminile lor sonore părând să se repeadă asupra noastră.

– Nimic, am răspuns eu.

– Nu vorbi în locul meu, m-a repezit Ed.

– Scuze, dragul meu. Ascultați, ce-ar fi să ne relaxăm un pic? April, sunt sigură că Mike e OK. Dacă mașina lui nu e acolo, vom ști că n-a avut un accident.

– Nu lângă lac, poate, dar dacă a avut pe drum, la întoarcere?

April ridica iar vocea, așa că am încercat să vorbesc eu cât mai blând cu putință.

– S-ar fi întors pe drumul acesta, ceea ce înseamnă că, dacă a avut vreun accident, vom vedea echipajele de poliție sau ceva. Dacă nu dăm de el nicăieri, ne interesăm la spitale.

Telefonul mobil al lui April a sunat din geanta aflată pe banchetă lângă mine, iar ea a apăsat frâna, în mijlocul şoselei aglomerate, proiectându-ne pe toţi în faţă, dureros, în strânsoarea centurilor de siguranţă.

– April! am strigat amândoi.

– Scuze. Lynn, răspunde, te rog, ar putea fi el!

Am scotocit în geanta scumpă, din piele de culoarea untului, şi i-am scos telefonul. Ecranul afişa „număr necunoscut".

– Alo, telefonul lui April Greening. Cine sunteţi? Nu – îmi pare rău, conduce acum... Eu sunt prietena ei, vă pot ajuta cu ceva?

Am continuat să ascult preţ de câteva momente, simţind cum frica şi greaţa mi se ridică în stomac. April şi Ed asistau tăcuţi, pe scaunele din faţă, April încetinind instinctiv, de parcă ar fi simţit, făcând şirul de maşini din spatele nostru să semnalizeze şi să claxoneze.

– Opreşte, am spus în cele din urmă, dar April deja trăgea pe dreapta, indiferentă la gesturile furioase ale şoferilor care treceau pe lângă noi. După cum îi căzuseră umerii, îmi dădeam seama că se temea de ce era mai rău.

– Era poliţia. Vor să mergi acasă, acum.

April a gemut.

– L-au găsit?

– Nu ştiu. Nu mi-au spus.

– O, Doamne! Asta înseamnă că l-au găsit şi că este mort. Dacă era bine, mi-ar fi spus, nu-i aşa? Dacă era rănit sau bolnav, ne-ar fi trimis la spital. E mort, Lynn, Mike e mort! Vocea i s-a transformat în bocet, iar Ed a bătut-o uşurel, stângaci, pe spate.

Am coborât din maşină, am deschis portiera pe partea ei, am oprit motorul şi-am scos cheile din contact.

– Nu ştim asta. O să conduc eu. Mergi în spate.

April mi-a smuls cheile, cu o privire sălbatică şi rimelul curgându-i pe obraji.

– Cu traficul ăsta, ne ia patruzeci şi cinci de minute să ajungem înapoi acasă. Mai avem un kilometru şi jumătate până lângă lac – acolo merg întâi. Dacă poliţia este acolo, atunci voi afla mai repede.

– Nu, April, nu cred că este... am vrut să-i iau cheile din mână, dar April m-a împins.

– Lynn, dacă vrei să vii, urcă înapoi în maşină, sau jur că plec şi te las aici.

Nu voiam să rămân pe marginea drumului – cu atât mai mult cu cât asta ar fi însemnat să-l las pe Ed singur, într-o maşină condusă imprudent, cu April într-o stare avansată de tulburare, aşa că am urcat cuminte înapoi pe bancheta din spate. April a reintrat în trafic, fără să arunce măcar o privire în oglinda retrovizoare.

– Doar condu cu atenţie, am implorat-o. Nu ajută nimănui dacă faci un accident.

În câteva minute intra pe drumul care ducea spre lacul Colly. Am mers în tăcere, pe poteca îngustă, dar chiar înainte să ajungem la bariera de metal de la intrarea în parcare, am zărit, printre copacii rari care înconjurau lacul, albul imaculat al maşinilor şi dubelor de poliţie.

Am privit-o pe April. Avea mâinile încleştate pe volan şi o expresie crispată.

Banda inscripţionată cu „locul crimei“ prinsă de trunchiurile copacilor izola aria de lângă lac şi oameni în costume albe de protecţie şi botoşi din plastic mişunau peste tot. Singurele maşini care nu erau ale poliţiei, în parcare, erau maşina lui Mike şi o ambulanţă privată, neagră.

– E mort, a şoptit April. Ştiam eu.

Am închis ochii îngrozită, în timp ce simţeam cum mă cuprindea ameţeala.

26

După ce am adus-o pe April la noi acasă, doi detectivi au venit și ne-au comunicat oficial vestea.

Cineva îi tăiase gâtul lui Mike, în timpul nopții, când acesta pescuia pe unul dintre pontoane, apoi îi aruncase trupul în lac; apele îl aduseseră la țărm, descoperirea traumatizantă fiind făcută de un om care-și plimba câinele. Intrusul nu lăsase urme și nu existau camere de supraveghere în jurul lacului, nici măcar în parcare. Mike avusese ghinionul să se afle acolo complet singur.

Se angajase în vreo dispută întâmplătoare cu un alt pescar sau fusese urmărit până acolo de cineva, care pândise dintre copaci, îndoind sârma – căci o sârmă fusese arma crimei – cu mâinile înmănușate? Nu existau martori, nimeni nu-l văzuse nici măcar pe Mike sosind, darămite pe cel care-l atacase.

Cu degete tremurătoare, i-am trimis lui Adrian un mesaj: *A INTERVENIT CEVA. NU AJUNG LA PRÂNZ. TE SUN CÂND POT XX*

Șase ore mai târziu, cei doi detectivi care discutaseră cu noi întreaga zi au plecat în sfârșit, lăsând în urma lor o tăcere dureroasă în care ne-am scufundat cu toții, sleiți de puteri și zdruncinați nu numai din cauza veștilor devastatoare, dar și din cauza întrebărilor – oricât de gentil adresate: avea Mike dușmani, era posibil să fi plecat să se vadă cu cineva, cu cine se întâlnea, de obicei, când mergea la pescuit? Noi unde fuseserăm cu o noapte în urmă? Și așa mai departe. A trebuit să declar că Ed dormise sub cheie, dar m-am bucurat, deși detectivul m-a privit pieziș.

– Ca să-l împiedic să plece și să se rătăcească, am spus, nevoind să aduc vorba despre violențele nocturne.

April le dăduse detectivilor numele unuia dintre partenerii de afaceri ai lui Mike, un fost asociat ce fusese exclus din comitetul director înainte de vânzarea companiei și care, se părea, păstrase resentimente puternice de-atunci, dar, cu excepția acestor informații, niciunul dintre noi n-a fost de prea mare ajutor.

Ed era devastat. Cu toții eram. Nu era genul care să plângă în fața altora, dar avea ochii umflați și înroșiți și-am bănuit că plânsese în baie. Eram aproape la fel de îngrijorată în privința lui pe cât eram în privința lui April – primise vestea atât de rău încât mă temeam că i-ar putea deteriora și mai rău starea de sănătate. Părea, dintr-odată, foarte slăbit – a trebuit să-i deschid eu borcanul cu cafea. Încercase să o facă el, străduindu-se câteva minute bune, dar când, în cele din urmă, îmi întinsese borcanul, cerându-mi să i-l deschid, capacul se desfăcuse din prima. Nu mai avea pic de energie și părea să obosească după câțiva pași. Doctorul Deshmukh ne avertizase că acesta era un alt simptom – dar, desigur, putea să fie și o reacție provocată de șocul veștilor.

Cea mai mare parte din zi, April și-a petrecut-o urlând, chircită pe canapea, înconjurată de șervețele mototolite. N-am plecat de lângă ea nicio clipă, decât ca să văd ce făcea Ed și să comunic vestea celor care mai trebuiau înștiințați. Deși nu știu cât îi eram de folos. Nici eu nu mă puteam opri din plâns. Accesul meu recent de optimism era de mult uitat. Acum mi se părea că totul se prăbușea în jurul meu și eram iar cuprinsă de paranoia. Mike fusese ucis, la fel cum fusese Shelagh, cu ani în urmă. Cum era posibil ca doi dintre oamenii atât de apropiați lui Ed să-și piardă viața așa? Care ar fi fost șansele? Mai adăugam și boala lui Ed și se părea că eram urmăriți de nenorocire. În această stare de spirit sumbră, nu mă puteam împiedica să nu mă gândesc din nou la toate acele incidente îngrijorătoare: oameni umblând pe lângă casă. Cineva fumând în fața porții, la patru dimineața. Comportamentul din ce în ce mai inexplicabil al lui Ed...

M-am cutremurat. Mi s-a părut c-am văzut acele lucuri, asta trebuia să fie. Iar dacă Ed se purta ciudat era din cauza bolii. Șocul uciderii lui Mike mă afecta, făcându-mă să nu mai judec rațional. Vedeam monștri și fantome acolo unde nu era nimic...

Ziua sumbră a devenit o seară și mai întunecată, pentru ca totul să se transforme, în cele din urmă, într-o tăcere istovită. Ardeam de nerăbdare să vorbesc cu Adrian, dar nu voiam să-i las pe April și pe Ed singuri. M-am gândit că nu era o idee bună să deschid televizorul, dat fiind că frânturile de știri pe care le prinsesem la postul local de radio conțineau informații privind uciderea lui Mike. Să ne fi uitat la orice altceva – o comedie, un film – părea nepotrivit și, oricum, niciunul dintre noi nu era capabil să se concentreze.

Telefonul încetase, în sfârșit, să sune – după plecarea poliției, dădusem și primisem neîntrerupt telefoane, către și de la prieteni înmărmuriți, între care Maddie și Naveeta, amândouă copleșite de durere. Deși făcusem focul, casa mi se părea rece și tăcută. L-am sunat pe Ben și i-am spus și lui, convenind că, date fiind împrejurările, era mai bine ca el și Jeanine să nu mai vină la noi pentru cină, așa cum fusese stabilit. Jeanine împlinise douăzeci și șase de ani cu o săptămână în urmă, iar aceasta ar fi trebuit să fie o petrecere întârziată, de ziua ei.

Ben a fost, desigur, surprins, dar nici pe departe atât de necăjit pe cât mă temusem. Mike îl știuse pe Ben de când acesta era în scutece, dar nu fusese pentru el mai mult decât un prieten de familie. Ben s-a arătat mai îngrijorat în privința lui Ed; cum se mai simțea, în general, și cum făcea față situației.

Înainte să închidă, Ben a zis:

– Poate că nu este cel mai bun moment să aduc vorba, dar presupun că nu știi cât i-ați oferit, tu și tata, lui Jeanine, de ziua ei.

– Ba da, știu. Treizeci de lire, nu atâta a fost?

Îi cumpărasem o felicitare, cu o săptămână în urmă, și-l rugasem pe Ed să meargă la Marks and Spencer să-i cumpere un voucher cadou, în valoare de treizeci de lire, pe care-l strecurasem în plic, după ce-l semnaserăm amândoi.

Ben a râs sec.

– Au fost trei sute, Lynn. Ne-am gândit că trebuie să fi fost o greșeală. Nu-ți face griji, nu-i va cheltui. O să-i luați înapoi, când puteți.

Am suspinat. Incapacitatea lui Ed de a recunoaște valoarea banilor părea să fie noul element pe această pantă descendentă urâtă și din ce în ce mai rapidă a demenței – nu era prima dată când se întâmpla ceva de genul acesta. Cu câteva zile înainte, Ed insistase să achite zece lire pentru o comandă în valoare de douăzeci și șase de lire, pentru mâncarea chinezească, și fusese gata să se încaiere cu omul care făcuse livrarea. Și cu o săptămână în urmă, când încercasem să plătesc on-line o factură, descoperisem că nu mai aveam acces la contul nostru comun. La început, m-am gândit că făcuse Ed ceva – poate că încercase, de prea multe ori, o parolă greșită –, dar când l-am întrebat a scuturat din cap, părând să nu aibă habar despre ce vorbeam. În ziua următoare, când am încercat din nou, am reușit să fac plata, ceea ce însemna că fusese totuși doar o eroare a sistemului de operare, iar acum descopeream cadoul de trei sute de lire pentru Jeanine. Am oftat la telefon. Ben avea dreptate, aveam lucruri mai grave de gestionat, pe moment, dar asta nu făcea decât să-mi sporească îngrijorările. Mi-am mușcat interiorul obrazului și am luat hotărârea să verific și celelalte conturi ale noastre, imediat ce mă puteam ocupa de chestiuni administrative. Era clar că Ed reușise să acceseze iar calculatorul și Dumnezeu știe ce era în stare să facă dacă se apuca să-și bage nasul și acolo. Trei sute de lire! Poate era mai bine să schimb parola și să nu-i mai permit deloc accesul la conturi, de acum înainte. Deși numai gândul la reacția lui, când ar fi descoperit asta, m-a făcut să pălesc.

– Mulțumesc, Ben, am spus, simțind cum mi se umpleau ochii de lacrimi. Era un copil bun. Amândoi erau, și el, și Jeanine – ar fi fost atât de ușor să nu fi spus nimic și să fi folosit voucherul.

April luase un calmant și zăcea ghemuită într-un colț al canapelei, cu ochii sticloși, într-o stare catatonică. Nici Ed nu era mai bine, așezat în fața ei, în fotoliul Pembroke, cu brațele atârnând de-o parte și de alta. În ultimele câteva ore fusese neobișnuit de tăcut, deși chipul îi era încă aprins de supărare. Sperasem că demența avea să fie pentru el un fel de scut; să-i fi amorțit cumva simțurile, în felul în care acționa calmantul asupra lui April, dar el părea pe deplin conștient de ceea ce se petrecuse.

– Am pus aşternuturi noi pe pat, în camera de oaspeţi.

Mi-am aşezat mâna pe braţul lui April, care stătea cu privirea fixă. Nu era decât ora opt seara, dar, sinceră să fiu, abia aşteptam să se termine odată ziua aceea. În faţa ochilor mi s-a derulat cu repeziciune filmul zilei, în care eu pendulasem între ei doi – unul amuţit de durere, celălalt aruncat de demenţă într-o confuzie apatică.

– Mersi, a spus April, fără să-şi ridice privirea.

Era vorba de camera în care dormise Ed, cea care se încuia cu cheia, dar mă gândisem că nu puteam s-o las pe April să doarmă în cealaltă cameră de oaspeţi, care era mai mică. Aceea avea un pat de o persoană, atât de îngust încât părea un pat de copil, şi era tare ca piatra. De fiecare dată când îl priveam, îmi aminteam de cămăruţa mea din Salisbury şi apoi de Adrian. Ed şi cu mine voiserăm să-l aruncăm de multă vreme, deoarece era folosit extrem de rar, dat fiind că Ben, când rămânea peste noapte, dormea în patul dublu.

Aşadar, trebuia să-mi asum riscul să dorm iar lângă Ed. Mă întrebam dacă l-aş putea convinge să ia şi el un calmant, sau să-i strecor, pe neştiute, unul în băutură – apoi am stat de vorbă cu mine însămi. Nu puteam să-mi droghez soţul... Sau puteam?

– Să mergem la culcare, cu toţii. Cred că ne-ajunge pentru ziua de azi, nu-i aşa? Ed, ne încălzeşti tu nişte lapte?

Ed s-a îndreptat greoi, ascultător, spre bucătărie. Părea încă în stare să folosească aragazul şi nu lăsase gazul pornit decât o dată, dar aveam, oricum, să mă duc imediat după el.

April şi-a ridicat capul, încet, precum o broască-ţestoasă, şi m-a privit. Pentru prima dată, mi s-a părut că îşi arăta vârsta, toţi cei patruzeci şi cinci de ani.

– Ai dreptate, a spus ea. Mi-a ajuns pe ziua de azi. Dar știi ceva? Mike nu se va mai întoarce, așa că ziua de mâine nu va fi cu nimic mai bună. Nici poimâine, nici ziua următoare, niciodată... fața i s-a schimonosit și a început iar să urle. Pentru că un nenorocit l-a ucis... Oh, Lynn, n-am să-l mai văd niciodată. Nu pot suporta asta!

Nici n-a terminat bine de vorbit și a izbucnit din nou într-un plâns cu hohote care zguduia canapeaua, scândurile dușumelei și făcându-mă să-mi simt propria inimă tremurând în piept ca într-o cușcă. Am îmbrățișat-o strâns și am început iar să plâng la gândul dispariției lui Mike cel plin de viață, arțăgosul, generosul Mike, cel care făcuse parte din viața lui Ed atât de mulți ani. Părea de neconceput că el nu mai era.

Am sprijinit-o pe April pe scări în sus, până în camera de oaspeți, am ajutat-o să se schimbe, ca pe un copil, trăgându-i cu blândețe puloverul peste cap, apoi tricoul, apoi să îmbrace o pijama de-a lui Ed. Lăsasem deja pe patul ei o pernă cu apă fierbinte, pe care April a strâns-o în brațe fără cuvinte imediat ce-am tras păturile și i-am ridicat picioarele în pat.

– Pastila pe care ai luat-o te va ajuta să dormi, i-am spus, sărutându-i fruntea.

Aș fi vrut să mai adaug ceva, gen: „E și mâine o zi“ sau „Mâine te vei simți mai bine“, dar am realizat că niciuna din platitudinile acelea nu era de vreun ajutor. În schimb, am închis ușor ușa și am coborât să mă asigur că la parter era totul în ordine, înainte să ne retragem și noi la culcare, că Ed n-a lăsat laptele pe foc, că ușile și ferestrele erau închise, că pisica era în casă și ușița ei închisă peste noapte. Mă simțeam ca un zombi, clătinându-mă pe picioare prin bucătărie, amorțită de stres și de șocul întâmplării.

Cinci minute mai târziu, când am urcat și eu, l-am găsit pe Ed deja în pat, cu pătura trasă până sub bărbie. O lacrimă i s-a rostogolit pe obraz.

– Știu, i-am spus. Știu.

Când m-am băgat în pat, lângă el, mi-am dat seama că era încă îmbrăcat, nu-și scosese decât pantofii. Mă pregăteam să mă dau jos din pat și să-l ajut să se schimbe în pijama, dar am fost copleșită de un val de oboseală atât de intens încât m-am lăsat înapoi pe saltea și-am închis ochii. Am adormit înainte să apuc să gândesc: „Ei, și ce dacă doarme o noapte în haine de stradă?"

Peste un timp, m-am trezit și am mijit ochii prin întuneric, căutând ecranul ceasului electronic. Arăta ora trei. Am întins brațul spre Ed, dar locul lui în pat era gol și rece. Speriată, m-am ridicat în capul oaselor și-am aprins veioza. Ușa de la baie era deschisă și Ed nu era înăuntru, dar ușa dormitorului era închisă. Apoi mi-am amintit că se dusese la culcare îmbrăcat și îngrijorarea mea a crescut. Dacă se gândise că s-a făcut ziuă și plecase?

Am coborât din pat și mi-am pus UGG-urile ponosite, pe care le purtam prin casă. Căldura se oprise și aerul era încremenit și rece. Mi-am tras pe mine halatul de casă și am deschis ușa, cu grijă, să n-o deranjez pe April, iar inima îmi bătea atât de tare încât, m-am gândit, probabil o auzeau și rațele de pe râu.

Eram la jumătatea scărilor, coborând fără să fac zgomot, când am auzit voci. M-am oprit, cu un picior în aer. Categoric erau voci, nu radioul, un murmur scăzut se auzea dinspre bucătărie. Mi-am încordat auzul. Tăcere, apoi o voce mai ridicată.

Am răsuflat uşurată. Ed nu dispăruse, vorbea cu April în bucătărie. Cum naiba de nu-i auzisem pe niciunul ridicându-se? Dormeam profund în ultima vreme. Poate din cauza hormonilor.

Mi-am continuat drumul, fără grijă că făceam gălăgie. Uşa bucătăriei era închisă şi am ezitat în faţa ei – nu voiam să dau buzna peste April, dacă ea găsea mai uşor să jelească împreună cu Ed, care fusese cel mai vechi prieten al lui Mike. Sau poate April îl ajuta pe Ed? Gândul mi-a declanşat un nod în stomac. O iubeam pe April, dar voiam ca *eu* să fiu cea căreia i se destăinuia Ed, nu ea.

Când am deschis uşa, amândoi şi-au ridicat privirea. Fiecare avea un pahar de scotch în mână şi sticla de Glenfiddch era deschisă, pe masa de brad, lângă ei. Ed mâzgălea ceva pe colţul ziarului local gratuit. Toate sertarele erau trase şi toate uşile dulapurilor de bucătărie erau deschise, un lucru obişnuit, în ultimul timp, căci Ed niciodată nu găsea ce-i trebuia sau nu-şi mai amintea ce pornise să caute, din capul locului.

– Bună, am spus, făcând turul bucătăriei şi închizând totul pe unde treceam. N-aţi putut dormi? Nu pot să cred că eu am reuşit. Am adormit imediat. M-am încruntat, privind paharul lui April. Nu sunt sigură că ar trebui să bei asta, nu cu calmantul pe care l-ai luat.

April a ridicat din umeri.

Mi-am luat şi eu un pahar şi-am întins mâna către sticla de scotch.

– Daţi-mi şi mie. Despre ce vorbeaţi?

April a privit în jos, către masă.

– Nimic deosebit.

Avea ochii înroşiţi şi umflaţi de parcă o lovise cineva.

Buzele lui Ed erau strânse, formând o linie îngustă, probabil din cauză că fusese trezit și era dezorientat, am gândit eu. Nu-i plăcea să-i fie tulburat somnul. Am mers lângă el și l-am sărutat pe creștetul ciufulit.

– Ești bine, dragule?

Ed s-a ridicat, cu hainele șifonate, cu piciorul stâng încălțat în șosetă, în timp ce dreptul era desculț și un colț al gulerului de la cămașă ridicat.

– Sunt bine. Mă duc înapoi în pat.

– Ai pijamaua sub pernă, i-am spus fără ocolișuri. Vin și eu imediat.

Ed a urcat scările cu pas încet și greu, cu umerii căzuți și capul plecat. Tot ce-i lipsea, ca să fie tabloul complet, era o pătură pe care s-o târască în urma lui, într-o mână, și un ursuleț de pluș ținut de ureche, în cealaltă.

– Nu e genul lui să se trezească în toiul nopții, am spus după ce plecase, sorbind din pahar.

April stătea cu coatele pe masă și cu bărbia sprijinită în palme. I-au dat lacrimile.

– Ed tocmai mi-a făcut avansuri, a spus ea brusc, fără altă introducere. Îmi pare rău, Lynn.

– Poftim? am fost atât de surprinsă încât m-am înecat cu băutura și am început să tușesc, cu gâtul ars. April s-a ridicat și mi-a umplut un pahar cu apă, cu o încetineală atât de enervantă, încât i-am făcut semn cu mâinile: „Grăbește-te, mor aici!" Sorbind din apă, cu lacrimile curgând, mi-am recăpătat, treptat, suflarea.

Știusem dintotdeauna că, la un anumit nivel, Ed era atras de April – cine n-ar fi fost? Era superbă! Dar mereu se plânsese că era foarte pretențioasă. Obișnuia să-mi povestească, atunci când se-ntorcea de la bar, unde băuse cu Mike, cu o uimire indiscretă, ultimele pretenții și extravaganțe ale acesteia, talentul ei la cheltuit banii, valoarea serviciilor la coafor.

– N-aş fi suportat atâtea aiureli, spunea el. Vacă proastă şi vanitoasă.

Mi-am amintit cum îl certam pentru astfel de comentarii.

– E prietena noastră!

– Știu, rânjea el. Dar mă bucur că m-am însurat cu tine.

Mi-am amintit și cum vorbele acelea mă făceau să mă simt bine.

– Ce s-a întâmplat? am întrebat, nefiind sigură că vreau să aflu.

April și-a plimbat degetul pe buza paharului, de parcă voia să cânte la el.

– N-am putut dormi, nici cu pastila. De fapt, am ațipit, dar după o oră eram trează. Apoi am auzit un zgomot, era Ed pe scări, și am ieșit să văd dacă era bine. Când am ajuns aici, el stătea în mijlocul bucătăriei și era uşor... pierdut. La început, n-a părut să știe unde se afla, sau cine eram eu. I-am spus, Ed, sunt eu, April, vrei să bem un ceai? Am pus ceainicul să fiarbă și următorul lucru pe care-l știu este că Ed își pusese brațele în jurul meu și mă săruta pe gât. Inițial, am crezut că-și amintise ce s-a întâmplat cu Mike și mă îmbrățișa, pur și simplu – sau poate că era necăjit el însuși și simțea nevoia de o îmbrățișare, nu știu – așa că m-am întors și l-am îmbrățișat și eu, dar el... el...

Ochii i s-au umplut iar de lacrimi. Mi-am aşezat mâna peste mâna ei.

– Este un simptom, știi asta, nu-i așa? Comportament inadecvat, dispariția inhibițiilor? Terapeutul ne-a avertizat că se poate întâmpla. Este atât de atașat de tine, încât poate a devenit confuz. Am făcut o pauză. Într-un fel, nu vreau să știu, dar, în același timp, vreau – ce-a făcut apoi?

April și-a mușcat buza.

– S-a lipit de mine și a încercat să mă sărute. L-am împins și a părut să priceapă că făcuse ceva nepotrivit. Îmi pare rău, Lynn. Dar vreau să știi că n-am făcut nimic să-l încurajez.

Am ocolit masa și-am îmbrățișat-o.

– Sigur că știu, April. Te rog, uită de asta. Săptămâna trecută a încercat să sărute unul dintre Martorii lui Iehova, care venise la ușă. Este din cauza bolii.

April a zâmbit printre lacrimi.

– Bietul ticălos! a comentat ea și a fost rândul meu să lăcrimez – din nou.

– Știu.

– Cel puțin, chinul lui Mike s-a sfârșit în câteva secunde, a spus ea. Vorbele ei fuseseră, poate, puțin mai dure decât puteam eu tolera, în acel moment, să-mi reamintească de anii lungi de suferințe care mă așteptau. Dar dacă făcea pierderea ei mai ușor de suportat, fie și pentru o clipă, presupun că o puteam lăsa să spună asta. Am umplut iar paharele și am luat o înghițitură zdravănă, simțind cum mi se așază pânze subțiri de păianjen peste creier, amorțind, vremelnic, durerea.

– Dimineață își va aminti ce-a făcut? a întrebat April, cu voce moale. N-aș vrea să ne afecteze prietenia. Sau ca el să se simtă ciudat.

I-am zâmbit, cu tristețe.

– Nu cred că-și va aminti sau, în orice caz, dacă o face, nu va considera asta ca pe ceva de care ar trebui să se simtă rușinat. Este foarte ciudată anularea aceasta a inhibițiilor. Sper sincer să fie doar o fază și să se încheie curând. Apoi mi-am amintit ceva. Ți-am povestit vreodată despre tatăl lui, când era internat în azilul acela? Spunea cele mai scandaloase, cele mai deplasate lucruri unui îngrijitor de culoare de-acolo. Eu n-am asistat niciodată – nu l-am văzut decât de puține ori –, dar Ed îmi povestea că era cumplit. De câte ori tipul acela se apropia de Victor, acesta începea să-i strige: „Lasă-mă să ți-o sug!" Deși omul a fost ofițer de poliție și heterosexual toată viața lui, până s-o ia razna. Groaznic. Am reflectat asupra celor spuse câteva momente, apoi amândouă am reușit să chicotim, scurt, deși ochii încă ne usturau de lacrimi.

– Dumnezeule, a spus April. Îți poți imagina? Apoi chipul i s-a întristat din nou. Cred că Mike mi-a spus, cândva, povestea asta, despre tatăl lui Ed.

Am oftat.

– Ei bine, în orice caz, te rog, nu-ți face griji în legătură cu ceea ce a făcut Ed. Să sperăm că nu se va mai repeta, dar dacă se mai întâmplă, fii categorică și spune-i că nu se cuvine.

– Și-l plesnesc peste nas cu ziarul făcut sul, a spus April, dar fără să zâmbească, golindu-și paharul. Merg și eu la culcare. Sper să apuc să dorm un pic, acum. Am atât de multe de făcut mâine, numai lucruri îngrozitoare. Poliția vrea să vorbească din nou cu mine, trebuie să declar moartea lui Mike și să aflu când îi vor elibera trupul. Pregătiri pentru înmormântare, anunțul în *The Times*, băieții vin acasă...

– Asta o să te ajute, nu-i așa?

Nu i-am spus că era posibil să dureze câteva luni până când aveau să elibereze trupul lui Mike, pentru înmormântare. Mai mult ca sigur vor dori să facă o a doua autopsie când și dacă vor acuza pe cineva de moartea lui. Este foarte greu pentru familii să nu poată avea parte de împăcarea pe care o oferă înmormântarea. Mi-am zis să țin minte să sugerez o slujbă de comemorare, dacă nu se întâmpla nimic în câteva luni.

April a scuturat din cap, apoi a încuviințat, cu vocea tremurând.

– Nu. Da. Presupun. Dar sunt devastați, iar eu va trebui să fiu puternică pentru ei, când tot ce vreau este să zac și să plâng...

– Știu. Să îmi spui dacă te pot ajuta cu ceva, promite-mi! Suntem aici pentru tine, zi și noapte.

27

– Îmi iubesc soțul, am spus, plimbându-mi încet mâna peste pieptul gol al lui Adrian. Eram dezbrăcați amândoi, întinși pe patul din apartamentul lui – cea mai insipidă proprietate de închiriat pe care-mi fusese dat s-o văd, amenajată în nuanțe de bej și crem, fără tablouri pe pereți sau fotografii pe rafturile mobilei. Nu se petrecuse – încă – nimic *semnificativ* între noi, doar un pic de „amestec și întrepătrundere", cum obișnuiam să glumesc cu prietenele mele, însă, pe de altă parte, nu mă gândisem niciodată că lucrurile ar putea ajunge nici până aici.

Era una dintre zilele mele libere, la două săptămâni de la uciderea lui Mike. Ben era cu Ed; April era cu băieții ei. Le spusesem că merg la un spa, cu prietena mea de la serviciu – „Linda". Luasem prânzul cu Adrian, în apropiere de casa lui, în Ewell, și insistasem să văd unde locuia. Nu băusem decât două pahare de vin, dar când ne sărutasem, pentru prima oară după zece ani, după nici două minute, ne strecuram goi în așternuturile de satin bej de pe patul lui. I-am cerut să ne oprim un pic, să procesez ce se petrecea.

– Înțeleg. E în regulă.

– Ei bine, nu e chiar în regulă, nu-i așa?

– Nu te gândi prea mult la asta. Ai nevoie de o supapă de siguranță. Presiunea în care trăiești... este copleșitoare.

Nu eram convinsă. Suna ca scuza cuiva care vrea să înşele. M-am întrebat oare de câte ori îşi înşelase nevasta în anii în care fuseseră căsătoriţi. Nu l-am întrebat, întrucât presupuneam că fuseseră câteva.

Nu puteam alunga bănuiala că plecarea lui prematură din poliţie trebuia să fi avut de-a face cu vreo femeie, dar nu reuşisem să-l fac să vorbească, indiferent de câte ori încercasem să aflu mai multe. Mă întrebam dacă nu cumva se culcase cu nevasta cui nu trebuia sau altă abatere de genul acesta.

– Îmi fac griji pentru tine, Waitsey a continuat el. Nu arăţi bine. Eşti superbă – desigur –, dar nu eşti bine. Faci faţă situaţiei?

M-am răsucit pe spate şi m-am gândit. Făceam?

– Nu ştiu. În cea mai mare parte a timpului, da. Dar sunt foarte tulburată de moartea lui Mike. Vreau să spun, fireşte că sunt tulburată – un vechi prieten a fost ucis. Dar nu pot alunga gândul că Ed...

N-am putut rosti vorbele.

Adrian era şocat.

– Crezi că Ed l-a ucis?

– Nu! Nu. Sigur că nu. Ed n-ar face aşa ceva. Şi, oricum, era acasă, cu mine. Doar că... Mă gândesc să nu fi spus ceva, cuiva – ceva nesăbuit despre Mike, iar persoana aceea să nu fi realizat că Ed este bolnav şi poate nu ştie ce vorbeşte. Sau, mai rău, să nu se fi încurcat cu persoanele nepotrivite şi, din cauza bolii, să nu-şi fi dat seama că se foloseau de el – nu ştiu, ca să afle informaţii despre situaţia financiară a lui Mike sau ceva. Nici eu nu ştiu exact, e doar un sentiment care nu-mi dă pace. Ţi-am spus că acum câteva luni mi s-a părut că am văzut pe cineva în dreptul porţii noastre, în toiul nopţii, nu-i aşa? Şi cu altă ocazie – cred că a fost în ziua în care am aflat diagnosticul lui Ed –, am auzit pe cineva dând târcoale casei. Am auzit pași pe pietrișul aleii. Foarte ciudat... Atunci m-am gândit că mi se păruse sau că visasem – din cauza stresului, știi? Dar acum...

Adrian s-a ridicat într-un cot și s-a întins după țigareta electronică – o concesie făcută mie, deoarece aveam o aversiune față de fumat.

– Nu crezi că ar trebui să vorbești cu poliția? a zis el expirând un nor mare de abur prin colțul gurii.

M-am ridicat, crispându-mă la acest gând.

– Uneori cred că, probabil, ar trebui. Însă pe urmă îmi dau seama că nu pot, nu în starea în care este. Nici nu-mi pot imagina ce-ar însemna pentru el, să vină poliția din nou pe capul nostru, scotocind, punând și mai multe întrebări. A fost suficient de neplăcut cu uciderea lui Mike și cu dezastrul de la ziua porților deschise.

A fost cât pe ce să zic: „A fost suficient de neplăcut după uciderea lui Shelagh", dar nu voiam ca Adrian să știe despre asta, ca să nu-și dea seama că Ed era tipul pe care fusesem trimisă să-l investighez. Mă întrebase despre misiunea mea sub acoperire și cum mersese, desigur, și-i spusesem, pe scurt, că nu aflasem nimic care să-mi incrimineze „ținta" și că, mai târziu, altcineva mărturisise crima. Apoi schimbasem subiectul. Chiar nu voiam ca el să știe. Sinceră să fiu, eram puțin jignită că *nu știa*, că nu se deranjase să afle ce se întâmplase. Totuși, toate acestea erau în trecut.

– Ar înțelege măcar ce se întâmplă?

– Probabil că nu. Îmi dai un fum?

Adrian mi-a întins țigareta electronică. Deși detestam fumatul, îmi plăcea pretextul pe care-l oferea vapatul, satisfacția expirării acelui abur. Nu făcusem asta decât cu el.

Totuşi, aşa cum mă simţeam, stoarsă de puteri, chinuită de dezastrul în care ajunsese viaţa mea, dacă aş fi avut un pachet, probabil că l-aş fi fumat pe tot.

– Aşadar, nu crezi că Ed a avut ceva de-a face cu moartea lui Mike, nu?

Am clătinat din cap.

– Nu, sigur că nu. E imposibil. Mike era un tip foarte bogat, care i-a deranjat pe mulţi când a vândut afacerea. Sunt sigură că uciderea lui are legătură cu asta. Explicaţia cea mai plauzibilă este, de obicei, cea corectă – amândoi știm asta... Îmi dădeam seama că nu sunase convingător; nici eu nu eram convinsă.

Am stat aşa, în tăcere, câteva minute, trecând ţigareta de la unul la altul. Dar tot nu mă puteam relaxa.

– Nu l-am înşelat niciodată până acum, m-am pomenit spunând.

Adrian m-a cuprins cu braţul.

– Îţi aminteşti când ne-o trăgeam pe covorul mamei mele?

Am reuşit să râd.

– Cum să nu. M-ai dus în cele mai rafinate locuri...

Mi-a revenit în minte imaginea acelei căsuţe murdare, cu ornamentele pentru cai deformate şi pânze de păianjen în fiecare colţ, casa unei femei moarte, unde pernele canapelei încă păstrau urma trupului ei. Cel puţin, pentru un moment, nu mă mai gândeam la Ed.

– Îmi pare rău, a spus el, cuprinzându-mi un sân cu palma şi trecându-şi degetul peste sfârc. Acum, că mă gândesc, a fost jalnic din partea mea. Încercam să fiu practic – era aproape şi era gratis. Dar nu te-am răsfăţat nici pe departe aşa cum aş fi vrut.

– Ce e drept, m-ai dus la hotel. De două ori.

– Așa este.

M-a privit, continuând să mă mângâie. L-am cuprins în brațe, recunoscătoare pentru faptul că încerca să mă facă să mă simt mai bine. Se simțea altfel decât Ed; era zvelt, fin, catifelat la atingere, pe când Ed era musculos și păros.

– Ți-a fost dor de mine, când am plecat? Nu căutam complimente din partea lui, curiozitatea mea era sinceră.

– Da. Destul de mult, de fapt. Dar am simțit, totodată, un sentiment de... ușurare. Mă puteam concentra mai mult asupra celorlalte... relații ale mele.

Se sfia oare să se refere direct la căsnicia lui sau chiar voia să spună „să se concentreze asupra celorlalte aventuri?" Nu știam și nici nu voiam să știu.

– Nu-l pot părăsi, sub nicio formă. Iar ce se petrece acum nu va deveni obișnuință, OK? Suntem prieteni, atâta tot.

– S-a-nțeles, doamnă Naismith.

A lăsat țigara deoparte și m-a sărutat din ce în ce mai pasional, rostogolindu-se peste mine, astfel încât să-i simt erecția. M-am luptat cu dorința și cu sentimentul de vinovăție, o luptă scurtă – nu era încă prea târziu să spun nu –, dar n-am putut. Nici nu voiam.

– Prieteni cu beneficii, a murmurat Adrian, pătrunzându-mă cu un deget și făcându-mă să gem de plăcere.

28
Aprilie 2017

În cele din urmă, viața și-a reluat ritmul obișnuit. Așa cum bănuisem, Mike nu a putut fi îngropat, întrucât nu se găsise ucigașul, dar, cu vreo două săptămâni în urmă, avusese loc o slujbă de comemorare, unde se plânsese din belșug.

Ed și cu mine am fost alături de April cât am putut de mult, iar ea își revenea, încet, deși era încă foarte tăcută și retrasă, nu mai amintea deloc de April cea extrovertită. Pe Adrian, în schimb, am căutat să-l văd cât mai puțin, dar tot vorbeam zilnic și ne vedeam o dată pe lună. El voia să ne-ntâlnim mai des și, deși prezența lui calmă și blândă îmi făcea bine, mă simțeam atât de vinovată că-l înșelam pe Ed, încât nu putusem accepta. Mă bucuram însă de convorbirile noastre telefonice și de întâlniri mai mult chiar decât de sexul ocazional. Oricât de satisfăcător era sexul – cu atât mai mult cu cât Ed nu se mai arăta interesat de mine și îmi respingea avansurile, atunci când le făceam –, era mult prea umbrit de vină și de remușcări ca să mă bucur cu adevărat de el.

Starea lui Ed părea că se ameliorase, pe parcursul ultimelor luni – ori poate mă adaptam eu traiului cu un partener afectat de demență. Totuși, părea mult mai bine. Nu mai încurca cuvintele atât de des și găseam din ce în ce mai rar, prin casă, lucruri nelalocul lor. Totodată, dormeam din nou împreună, de câteva luni – nu aveam parte de sex, dar nici de violență. Participa încă la studiul acela clinic, dar refuza cu încăpățânare să-mi spună când mergea acolo, strigând la mine să nu „mă agit“ sau să-l „bat la cap“ ori de câte ori îl întrebam despre asta, astfel încât, în cele din urmă, am încetat să mai pun întrebări și l-am lăsat să facă ce voia. Cei de la clincă trimiteau, de fiecare dată, un taxi după el, așa că nu era ca și cum putea păți ceva pe drum. Nu înțelegeam însă de ce refuza atât de categoric să-l însoțesc la acele programări. Poate că se simțea rușinat și umilit de întreaga situație. Sau poate chiar uita datele programărilor și-și amintea abia atunci când se trezea cu taxiul la poartă. Am căutat cu mare atenție e-mailul cu datele de contact ale lui Bill, sau pe cel trimis de colega lui Bill, cel pe care Ed îl printase, dar, oricât am încercat, nu le-am mai găsit. Am presupus că le ștersese el. M-am consolat constatând ameliorarea treptată a stării lui. Calul de dar nu se caută la dinți, îmi spuneam.

Cu toate acestea, într-o joi dimineață, după luni de încercări eșuate, Ed mi-a spus pe neașteptate:

– Am o programare la zece și jumătate. Vrei să vii cu mine?

El era proaspăt bărbierit și îmbrăcat, în vreme ce eu eram încă în pijama, citind ziarul și savurând cafeaua de dimineață, bucurându-mă că era o zi în care nu trebuia să lucrez.

– Cum? Ce programare? Unde?

– Bill vrea să discutăm rezultatele tomografiilor. Vrei să vii? El a zis că ar fi bine să fii și tu prezentă. Trimite el o, o, cămilă.

– Ed! Da, desigur! Dar – ai făcut o tomografie? Când? Cum a fost? Trebuie să merg să mă îmbrac.

– Nu mai știu când a fost. Dar a fost bine. Nu m-am panicat. Am fost băiat cuminte. A afișat o expresie adorabilă și am râs, dar începusem deja să mă agit.

– Asta înseamnă că vei putea zbura cu avionul, în curând? Am putea merge undeva la căldură, în concediu, vara asta?

Ed a rânjit.

– Poate. Nu sunt sigur. Un tomograf de zece minute e ceva, un zbor lung cu... avionul e cu totul altceva.

Bineînțeles, la nouă și jumătate fix, un taxi – nu o cămilă, dar înțelesesem ce voise să spună – a oprit în fața casei și a claxonat. Abia avusesem timp să-mi pun niște pantaloni și cămașa pe care o purtasem și cu o zi în urmă și să-mi dau cu niște rimel, ca să nu arăt ca o fantomă. Ed era calm și lucid, aproape ca înainte. Îmbrăcase chiar o pereche de jeanși nou-nouți atât de țepeni, că mergea ca un soldat la paradă.

– La ce adresă mergem? l-am întrebat pe șoferul taxiului, un nord-african mic de statură, cu mustață și barbă rare.

– Clinica Chelsea, a răspuns acesta, privindu-mă în oglinda retrovizoare.

– L-ai mai dus pe Ed acolo? m-am interesat eu, dar chipul lui Ed s-a întunecat.

– Lynn! Nu fi băgăcioasă! Nu m-a mai dus. De fiecare dată, vine altcineva... cred, a adăugat el, nesigur.

– Compania noastră colaborează frecvent cu clinica, a răspuns șoferul, apoi ne-am continuat drumul peste Hampton Court Bridge în tăcere.

Patruzeci de minute mai târziu ajungeam la destinație, o clădire modernă, din oțel și sticlă, cu vedere spre Tamisa.

– Frumos, am spus. Aici vii de fiecare dată?

Ed a dat din cap. I-am scuturat câteva fire de mătreață de pe puloverul de cașmir verde-lime și i-am zâmbit afectuos. Era atât de plăcut când avea câte o zi bună – și, în ultima vreme, cele bune păreau să fie mai dese decât cele rele. Numai de-ar dura, mi-am zis.

Uși automate de sticlă fumurie s-au retras silențios și am intrat într-o sală de așteptare încăpătoare și răcoroasă. Am privit în jurul meu și tocmai mă îndreptam spre recepție, când un domn scund și rotofei ne-a interceptat și i-a luat mâna lui Ed, scuturând-o viguros, apoi s-a întors spre mine.

– Iar tu trebuie să fii Lynn. Nu-mi vine să cred că nu ne-am întâlnit până acum. Bill Brown. Mă bucur să te cunosc.

– Bună, am zis, apoi am avut parte de un salut la fel de entuziast. Da, nici mie – tu și Ed sunteți prieteni din timpul facultății?

– Așa este, a răspuns el, cu un zâmbet larg, precum al pisicii de Cheshire. Dar cu o pauză de cel puțin, cât să fi fost, douăzeci și cinci de ani? Am pierdut legătura după absolvire, iar eu am locuit mulți ani în străinătate. Noroc cu internetul, nu? Ce ne-am face fără LinkedIn?

– Chiar așa, am murmurat eu, studiindu-l. Părea să fie de vârsta lui Ed, dar arăta mult mai tânăr, cu chelia lui rotundă, lucioasă și pielea întinsă pe obraji.

– Poftiți, a spus el, conducându-ne din recepție spre un coridor. Iertați-mă dacă par un pic cam agitat, dar sunt într-o stare – ei bine, vecină cu euforia.

– Serios? Am schimbat o privire cu Ed, care mi-a zâmbit. I-am luat mâna și i-am strâns-o.

Bill ne-a condus într-un cabinet cu diplome și certificate înrămate pe pereți, o vază uriașă plină cu flori tropicale și geamuri din podea până la tavan, cu vedere spre apă.

– Uau, am exclamat. Impresionant!

– Luați loc, vă rog, a spus el, indicând spre două scaune din piele, așezate în fața biroului lui. Fremătând de entuziasm, a ridicat un plic mare, maro, de pe biroul îmbrăcat în piele, de lângă o fotografie ce-l înfățișa cu brațul în jurul unei tinere atrăgătoare, pistruiate. Speram, fără prea mare interes, că aceea era fiica și nu soția lui, când a răsturnat plicul, din care au alunecat câteva planșe cu rezultatele unor tomografii. Și-a pus pe nas ochelarii ce stătuseră până atunci în buzunarul halatului, a fixat o planșă în caseta luminoasă de pe perete și a aprins lumina.

– Aceasta este tomografia lui Ed, făcută cu mai bine de șapte luni în urmă, unde se vede clar începutul formării plăcilor de amiloid în zonele acestea, aici și aici, a spus el, indicând cu un deget mic și fin.

Eram confuză.

– Dar Ed n-a făcut nicio tomografie cu șapte luni în urmă. A refuzat. Am fost acolo. În cabinetul doctorului Deshmuck.

– Am făcut, iubito, a spus Ed. A doua oară când am fost la el. A insistat atâta încât am renunțat, nu.... am cedat. Am cedat. Nu ți-am mai spus pentru că a fost foarte deprimant. Apoi am uitat. Dar a fost destul de bine.

– În orice caz, a ciripit Bill, asta a fost atunci. Lynn, după cum știi, Ed a participat la acest studiu, pentru un nou medicament, galdonimene, care ne încântă pe toți. I-am evaluat constant starea cognitivă și pe cea generală, de sănătate, prin chestionare și discuții, alături de electrocardiograme, teste de sânge și așa mai departe și... A făcut o pauză, devenind serios și i s-a adresat lui Ed. Ed, i-ai explicat, nu-i așa, că n-ar trebui să fac asta?

– Să faci ce anume? m-am alarmat.

Ed s-a încruntat.

– Hmm, nu sunt sigur. Ți-am explicat, dragă?

– Mi-ai spus doar că Bill vrea să te însoțesc, de această dată, pentru a discuta evoluția studiului.

– Oh. Înseamnă că am uitat. Scuze, Bill.

Bill a tras adânc aer în piept.

– În calitate de doctor, m-am frământat mult cu privire la aspectul etic ale situației, dar mă tem că, în cazul de față, loialitatea mea față de Ed a fost mai puternică decât regulile studiului – care prevăd că rezultatele nu vor fi făcute cunoscute până la sfârșitul celor optsprezece luni, cât durează această fază. Dar, așa cum spuneam, i-am evaluat starea de sănătate și am constatat îmbunătățiri considerabile în privința percepției și a vocabularului – ai văzut și tu, Lynn?

– Da... am văzut. Nu eram sigură dacă nu cumva era că m-am obișnuit eu cu el bolnav, dar, da, mi s-a părut că e mai bine. Așadar...?

Inima îmi bătea cu putere și capul mi se învârtea de parcă știam că numele meu urma să fie rostit în fața unui stadion plin cu oameni. În cabinet, tensiunea era palpabilă.

Cu o mișcare teatrală a mâinii, Bill a scos o altă planșă pe care a fixat-o lângă prima.

– Așa arată creierul lui Ed acum. Mai exact, acum două săptămâni, a spus el indicând cele două zone de mai înainte și până și eu am putut vedea că erau diferite, cea nouă părând mai pronunțată. Sunt zone evidente de ameliorare.

Chipul îi era luminat.

– Sunt peste măsură de încântat să vă spun – strict confidențial, înțelegeți – că în doar șapte luni și jumătate, plăcile din neuronii lui Ed s-au dizolvat, permițând acestora să se regenereze, în loc să fie distruși. Medicamentul a acționat spectaculos asupra lui! Și nu avem niciun motiv să ne îndoim că va continua să o facă, fără niciun risc de efecte secundare – ne temuserăm puțin că ar putea cauza edeme cerebrale, cum s-a întâmplat în cazul testelor pe șoareci –, dar nu, nici vorbă de așa ceva. Dacă lucrurile continuă la fel, creierul lui Ed este foarte posibil să redevină cel care era cu cinci ani în urmă. Este un adevărat miracol și este descoperirea pe care o așteptam.

I-au dat lacrimile și le-a șters cu o batistă pe care a scos-o din buzunarul pantalonilor. Cu vocea tremurând de emoție, a continuat:

– După cum sunt sigur că vă dați seama, acest lucru are implicații pozitive profunde în ceea ce privește tratarea și vindecarea demenței de toate tipurile. Profunde! Radicale, oameni buni. Și sunt atât de fericit că ți s-a întâmplat ție, prietene...

S-a grăbit să vină lângă Ed, pe care l-a ridicat din scaun, să-l îmbrățișeze, lipindu-și fața de puloverul lui de cașmir. Îi vedeam vârful roz al urechilor fremătând, în timp ce Ed îl îmbrățișă la rândul lui, râzând și plângând în același timp.

Rămăsesem fără cuvinte. Eram cuprinsă de atâtea emoții încât îmi era greu să înțeleg. Ed fusese *vindecat*? Categoric, avea să fie primul om vindecat de demență... Ed avea să fie bine!

– Îi putem spune lui Ben? am reușit să rostesc printre lacrimile care, acum, îmi curgeau fără reținere pe obraji.

Bill s-a desprins din îmbrățișare și m-a apucat de braț.

– Nu – îmi pare rău, Lynn, dar trebuie să-mi promiți că nu veți spune nimănui. Nimănui! Dacă observă și alții ameliorarea stării lui Ed, poți spune că ia parte la un studiu clinic și că pare să funcționeze, dar nu veți ști cu certitudine decât la sfârșitul celor optsprezece luni ale programului. Te rog, te rog, promite-mi că nu vei spune! Mi-aş pierde serviciul. V-am chemat acum pe amândoi doar pentru că Ed îmi este prieten și știam că ai fi vrut să afli.

Mi-am șters ochii, privindu-l pe Ed de parcă atunci îl vedeam pentru prima oară.

– Este... este incredibil. Ești sigur că nu este un efect trecător? Sau au încurcat tomografiile – vreau să spun, ești sigur că ambele sunt ale lui Ed?

Bill a râs.

– Știu că pare greu de crezut, a zis el arătând pe planșe numele lui Ed și datele investigațiilor, cea cu imaginile bolii, din luna septembrie a anului trecut, și cea nouă, făcută cu două săptămâni în urmă. Dar nu este ceva trecător. Este real. Trebuie să sărbătorim. Luăm prânzul împreună, mâine, Ed, prietene? Fac cinste.

Ed a rânjit, a încuviințat, apoi m-a tras de pe scaun. Picioarele îmi tremurau, în timp ce Ed și Bill m-au prins de mâini și-au început să mă învârtească, veseli, acolo, în cabinet, până ce ne-am ciocnit unii de alții, într-o grămadă veselă, nevenindu-ne să credem ceea ce se petrecuse.

29

A doua zi, ameţită de la şampania pe care Ed şi cu mine o băuserăm cu o noapte înainte, am ajuns la serviciu cu câteva ore mai târziu, după ce l-am lăsat mai întâi pe Ed la gară, de unde avea să ia trenul spre Londra, pentru prânzul festiv cu Bill. Aş fi vrut să merg cu ei, dar Ed nu-mi propusese şi mă gândisem că poate voia să fie doar ei, băieţii. Oricum, aveam destulă treabă.

Nu că mă puteam concentra, după veştile senzaţionale date de Bill Brown. Uşurarea şi încântarea mea erau temperate de confuzie – şi, trebuia să recunosc, o mică doză de scepticism. Mă tot gândeam că trebuia să fie o greşeală. Bill încurcase tomografiile lui Ed cu ale altui pacient. Nimeni nu mai fusese *vindecat* de demenţă până atunci! Era prea frumos ca să fie adevărat. Pe de altă parte, acesta era scopul studiilor clinice făcute pentru medicamente noi, nu? Speranţa unor astfel de descoperiri. Apoi mi-am făcut singură reproşuri. Ar fi trebuit să fiu mândră ştiind că Ed va intra în istorie. Iar uşurarea *era* cu adevărat copleşitoare, fără îndoială. Atunci, de ce mă simţeam atât de neliniştită?

Poate era din cauză că abia mă obişnuisem cu noua realitate, a bolii lui Ed, pentru ca, dintr-odată, să mă trezesc eliberată. Acum, aveam din nou un viitor – speranţă, libertate. Mă simţeam ca un viţel scăpat din abator, care zburda precaut în lumina soarelui, neştiind prea bine ce să facă cu libertatea proaspăt dobândită.

Studenţii erau în vacanţa de Paşte şi în clădirea Fairhurst părea să domnească tăcerea, o linişte aproape palpabilă ricoşând din decoraţiunile pereţilor şi tavanul înalt al sălii comune. Margaret îşi luase concediu, iar profesorii nu mai veneau nici ei, odată ce cursurile se încheiaseră. *„Lucrez de-acasă“* părea să fie un eufemism pentru *„Mă urc în avion şi merg într-un loc cu soare, de Paşte“.*

Mi-am permis, pentru o vreme, să sper că acum, pentru că era mai bine, Ed s-ar fi încumetat la ceea ce făcea mai toată lumea, să meargă într-o vacanţă. Ce n-aş fi dat să pot merge pe o plajă tropicală!

L-am sunat pe Adrian, simţind nevoia să dau voce confuziei.

– S-a întâmplat ceva nemaipomenit, i-am spus. Eram lângă copiator, multiplicând *Recviemul* lui Fauré pentru Corul de Cameră, de care aveau nevoie în semestrul următor.

– Oh?

– Ştii studiul clinic la care participa Ed? Se pare că dă rezultate. Rezultate fantastice! Deja l-a vindecat de demenţă. Nu ne vine să credem. La celălalt capăt era linişte. Ade?

– Sunt aici, a spus şi apoi a tuşit. Dar... *chiar aşa*? Credeam că este un program de optsprezece luni?

– Aşa este. Dar până acum rezultatele au depăşit aşteptările. A făcut o nouă tomografie.

– Parcă ziceai că nu voia să facă?

Am făcut o pauză.

– Da – aşa am crezut şi eu. Se pare însă că a făcut una la începutul studiului, doar că uitase de ea. Este ciudat totuşi că eu n-am ştiut de *niciuna* dintre ele... nu-i aşa?

– Hmm, a zis Adrian meditativ. Și da, și nu. Este foarte posibil să fi avut de gând să-ți spună, dar memoria lui pe termen scurt era complet varză. Dar – e uimitor. O să se scrie despre el peste tot?

– Încă nu. Ameliorarea este semnificativă, doctorul spune că tomografiile arată aproape perfect – deși, ieri, Ed a spus că urma să mergem cu cămila în loc de taxi, așa că e clar că nu și-a revenit complet –, va parcurge programul până la sfârșit, să se asigure că nu a fost o eroare. Ni s-a spus să nu vorbim cu nimeni, deocamdată.

– Ei bine, asta e grozav, a spus el, cu o voce fără inflexiuni. Presupun că asta înseamnă că nu ne vom mai putea vedea. Vreau să spun, acum că ți-ai recuperat soțul...

A fost rândul meu să tac. Eram teribil de rușinată de mine însămi. Era exact același sentiment pe care-l avusesem și înainte, punctul de cotitură care mă făcuse să cer transferul; ca o iluminare bruscă, după care nu mai e cale de întoarcere – sau, mai bine spus, o revenire la sinele pierdut.

– Nu m-am gândit la asta... dar acum că ai spus-o... Îmi pare rău, Adrian. Îmi ești foarte drag. Te rog, putem rămâne prieteni? Dar nu mă mai pot culca cu tine. Nu în ultimul rând pentru că, acum că Ed își recapătă toate facultățile, ar putea descoperi.

– Sigur, a spus Adrian, bosumflat. Adică nu era o problemă pentru tine să-l înșeli când era mai puțin probabil să descopere...

Am tăcut. Cam așa era.

– Îmi pare rău, am repetat, ușor iritată, totuși. Îi spusesem foarte clar, de la bun început, că lucrurile nu puteau duce nicăieri. Poate, într-o zi, vom fi amândoi liberi și atunci vom încerca așa cum trebuie.

– Poate.

În cele din urmă, am încheiat convorbirea, atât de tensionată încât aproape aveam cârcei. Însă mă simțeam ușurată de acea decizie spontană. Ed își revenea și părea că aveam din nou un viitor. Și dacă, ferească Dumnezeu, avea să se dovedească o eroare, cu atât mai mult trebuia să profităm la maximum de timpul pe care-l mai aveam împreună.

Abia așteptam să mă-ntorc la soțul meu abia vindecat, să discutăm planuri de vacanță. Am plecat de la serviciu cu o oră mai devreme, gândindu-mă, tot drumul, la locurile unde am fi putut merge.

Cât am parcat în spatele casei, apoi am ocolit să ajung la ușa din față, aproape că simțeam pe limbă gustul înțepător al unui cocktail Dark and Stormy. Auzeam clinchetul cuburilor de gheață în pahar, în timp ce amestecam cu paiul, simțeam senzația surprinzătoare a paharului rece pe burta mea dezgolită, cum stăteam întinsă pe șezlong, pe plaja pustie, încinsă...

Casa noastră era pustie și rece, așa că am pornit căldura și am pus de ceai, luându-mi la revedere de la imaginea soarelui fierbinte și a apelor turcoaz și întrebându-mă, în schimb, în timp ce așteptam să fiarbă apa, cum se descurcase Ed în oraș. Nu-mi răspunsese la mesajul trimis, dar poate era încă cu Bill. Însă chiar și un prânz luat mai târziu trebuia să se fi încheiat până la ora aceea. Mă obișnuisem atât de mult cu Ed acasă și cu sentimentul de neliniște, gândindu-mă la ce puteam găsi la întoarcere, încât acum parcă îmi lipsea ceva, era ca atunci când îți amintești brusc că ai uitat sacoșa de cumpărături în parcarea magazinului. Chiar și acum, că știam că starea lui se îmbunătățise, sentimentul încă era acolo.

L-am sunat, dar a intrat imediat mesageria vocală.

– Bună, scumpule. Cum a fost? Mă întrebam cu ce tren te întorci, ca să vin să te-aştept la Hampton Court. Anunță-mă. Abia aştept să aflu cum a fost! Sună-mă! Te iubesc.

Am reprimat un sentiment de uşoară iritare că nu mă sunase când se terminase prânzul. Apoi a venit celălalt sentiment, şi mai supărător, de îngrijorare, pe care-l aveam ori de câte ori nu ştiam unde era. Dar dacă ameliorarea fusese una temporară şi boala revenise? Sau se înşelase Bill? Cum ar fi fost să fi trecut prin toate astea, iar Ed să revină la alunecarea înceată în nebunie, cum ar fi fost ca speranța să ne fie smulsă tocmai când începeam să ne obişnuim cu el că era mai bine...?

Mi-a bâzâit telefonul – dar nu era Ed. Era un mesaj de la April: *„Bună, draga mea, voiam doar să-ți spun să-ți verifici e-mailul. Tocmai ți-am trimis unul. Xxxx*“

Am deschis laptopul şi am intrat în Outlook Express, unde mă aştepta un e-mail nou, intitulat *„Ghici ce?!?*“ Era plăcut s-o ştiu pe April, în sfârşit, entuziasmată de ceva, după ce fusese atât de îndurerată în ultimele şase luni. Am deschis e-mailul şi am citit, cu sprâncenele ridicate:

> Dragă Lynn,
>
> Te rog, nu te supăra pe mine, dar am făcut ceva cam impulsiv. Îmi pare rău că nu ți-am spus şi că nu mi-am luat la revedere, dar dacă aş fi făcut-o, probabil n-aş fi fost în stare să merg până la capăt.
>
> Am plecat în Australia!! Am luat hotărârea cu doar câteva zile în urmă, după slujba de comemorare – care, aşa cum probabil ai observat, a fost insuportabil de dureroasă, astfel încât îmi doresc să mă îndepărtez cât mai mult de moartea lui Mike. Bineînțeles că ştiu că nu-l voi putea uita niciodată,

indiferent cât de departe aş călători, chiar şi pe Lună de-aş ajunge. Nu voi uita niciodată ce-am trăit împreună şi viaţa pe care am construit-o. A fost sufletul meu pereche şi încă nu ştiu cum să trăiesc fără el.

Nu-ţi face griji, n-am de gând să fac vreo prostie. Mă gândesc la copii – chiar dacă au crescut. Vreau să fiu bunică (una fermecătoare, desigur!). Poate, într-o zi, voi cunoaşte pe cineva şi mă voi recăsători, deşi acum mi se pare de neimaginat.

Lynn, întotdeauna ai fost o prietenă bună. Să ştii că te iubesc şi că îmi pare rău. Că am plecat aşa, fără să-mi iau rămas-bun. Deşi, fireşte, mă voi întoarce! Nu ştiu când, probabil peste câteva luni. Îţi aminteşti de cartea pe care am citit-o, la Clubul de carte, anul trecut, *Wild*? Despre femeia aceea care, după moartea mamei ei, a pornit singură într-o călătorie, de-a lungul coastei Pacificului, peste munţi şi văi? La vremea respectivă, m-am gândit că trebuie să fi fost nebună, dar acum înţeleg perfect de ce a simţit nevoia să facă asta. A trebuit să părăsească fizic locurile cunoscute, pentru a se vindeca emoţional.

Imediat ce ajung (acum sunt în Singapore, pentru escală, şi-ţi scriu de la un calculator din aeroport), te sun pe Skype – dacă am acces la internet, desigur. Se pare că nu există conexiune stabilă.

Merg într-un fel de tabără yoga – nu, asta sună prea hippie –, este mai degrabă o staţiune, administrată de Doug, un vechi coleg de şcoală al lui Mike. A aflat despre el şi mi-a scris pe LinkedIn. Staţiunea este undeva, în sălbăticie, la o stână. Îţi poţi imagina?

> Mi-a oferit o cameră, gratuit, atât cât am nevoie, să îmi revin. Meditație, masaje și – lucrul cel mai important – o schimbare totală de peisaj.
>
> Încă o dată, îmi pare rău că nu mi-am luat rămas-bun, dar știi că nu-mi plac despărțirile și cred că am plâns pe umărul tău cât să-ți ajungă pentru o viață, așa că m-am hotărât să plec, pur și simplu. Totodată, m-am temut că s-ar putea să încerci să-mi bagi mințile în cap și aș fi sfârșit prin a rămâne... Sper că nu fac o greșeală îngrozitoare. Aș vrea să fi venit cu mine, dar știu că nu-l poți lăsa pe Ed.

„Ei bine, puteai măcar să mă-ntrebi", am rostit cu voce tare, clipind, când am ajuns la rândurile acelea. „O decizie destul de subită, nu crezi?" Mă rănea faptul că April crezuse c-aș fi încercat s-o opresc – de ce aș fi făcut așa ceva? Să călătorească era o idee excelentă.

> Este singurul lucru care m-ar putea ajuta să nu mă mai gândesc la bietul Mike măcar puțin. Tot nu-mi vine să cred că nu mai este și mi se rupe inima în fiecare dimineață în care mă trezesc fără el. Își dorise dintotdeauna să mergem împreună la Ayres Rock, dar n-am reușit, așa că, presupun, va trebui s-o fac eu pentru amândoi, acum că a avut loc și slujba de comemorare...

Am oftat. Avea dreptate, era greu pentru ea.

> Băieții m-au încurajat. Sunt atât de ocupați cu treburile lor, încât s-au bucurat să audă că îmi iau o pauză și se simțeau vinovați că nu m-ar fi putut

vedea decât o dată la câteva săptămâni. Nici mie nu-mi place să mă simt o povară pentru ei, așa că pare să fie cel mai bine pentru toată lumea, să plec o vreme. Cum spuneam, nu știu sigur când mă voi întoarce – am un bilet cu data de întoarcere flexibilă.

Te iubesc, scumpo. Vă îmbrățișez pe amândoi.
A. XXX

Nu știam ce să cred. Mă bucuram pentru April, pentru faptul că încerca să scape, că făcea ceva pentru a mai alina din durerea surdă a doliului – dar era atât de subit! Cine pleca în Australia așa deodată? Speram să nu ajungă să regrete. Și avea să-mi fie dor de ea.

Voiam să-i spun lui Ed, iar asta mi-a amintit de tăcerea lui prelungită, așa că i-am trimis un nou mesaj: ÎNCEP SĂ-MI FAC GRIJI, DRAGULE, TE ROG, SUNĂ-MĂ! XXX P.S. GHICI CE, APRIL A PLECAT ÎN AUSTRALIA!!!

Am mai sunat de câteva ori și de fiecare dată m-a întâmpinat mesageria vocală, ca și cum își oprise telefonul sau, mai plauzibil, rămăsese fără baterie. Telefonul lui Ed se descărca foarte repede.

Am alergat în dormitor să verific și am fost impresionată să descopăr că încărcătorul lui nu era acolo. Bun. Să sperăm că reușea să-și încarce telefonul în tren. Multe trenuri aveau prize acum.

Am aprins focul, mi-am făcut o omletă, am hrănit pisica, mi-am turnat un pahar cu vin – doar unul, presupunând că trebuia să conduc până la gară, mai târziu.

Ora opt a venit și-a trecut, apoi ora nouă, apoi zece. Poate că-și pierduse telefonul și nu știa numărul meu, ca să fi împrumutat telefonul cuiva și să mă anunțe.

Cu toate acestea, știa numărul de telefon fix și nu sunase nici la acela...

Am căutat Clinica Chelsea, pe Google, și am lăsat un mesaj pe robotul telefonului, pentru Bill, să mă sune de urgență – dar era vineri, așa că era posibil să nu asculte mesajul până luni. Am căutat apoi Bill Brown, dar am găsit aceleași date de contact de la clinică.

Am intrat în birou și am observat că Ed își luase laptopul cu el. Nu era chiar neobișnuit. Îi plăcea să se uite la filme când călătorea cu trenul. Poate că vechile lui obiceiuri reveneau, într-adevăr, mi-am spus.

Apoi m-a săgetat un gând, o suspiciune; o reminiscență a antrenamentului meu din poliție, care nu va dispărea niciodată – m-a făcut să deschid sertarul biroului unde țineam documentele importante. Nu mai umblasem acolo de multă vreme. Aveam un dosar cu certificatele de naștere și diverse diplome și un altul cu pașapoartele și permisele de conducere. Am văzut coperta verde a pașaportului meu, care aparținuse mamei mele și pe care o luasem eu la moartea ei.

Pașaportul lui Ed lipsea.

N-am închis ochii toată noaptea, resimțind absența lui Ed mai acut decât în orice altă perioadă în care fusesem departe unul de altul. Cu fiecare oră întunecată, ce se scurgea încet, mă simțeam tot mai vinovată pentru zilele în care fusese bolnav și în care mă bucurasem singură de patul nostru, în timp ce el dormea încuiat în camera de oaspeți. Când, în cele din urmă, am ațipit, m-am trezit după o jumătate de oră din coșmarul recurent pe care nu-l mai avusesem de câțiva ani. Îl aveam cu regularitate, înainte, și mă trezeam întotdeauna cu lacrimile pe obraji;

eram în grădină, exersând lovituri și mișcări de taekwondo, dar în vis eram, de fiecare dată, însărcinată în opt luni. La un moment dat, loveam atât de puternic, încât fetusul țâșnea din mine și era dus departe de un șuvoi gros, învolburat de sânge, agitându-și brațele și strigându-mă în timp ce se îndepărta, șuvoiul revărsându-se apoi în apele Tamisei, colorându-le în roz întunecat, luând cu ele copilul, pentru totdeauna.

Acum părea că și Ed dispăruse. Ce cruzime ar fi fost asta, ca imediat după ușurarea de nedescris a vindecării lui, să mă fi părăsit, pur și simplu?

Sau poate avusese un accident? Dispariția pașaportului nu era neapărat relevantă – de fapt, m-am convins singură că nu era deloc relevantă. Ed nu se mai folosise de pașaport de ani de zile, dat fiind că teama lui de zbor ne împiedicase să călătorim în afara țării, în concedii. Probabil îl pusese în altă parte sau rămăsese în valiza cu care călătoriserăm ultima oară în străinătate, cine știe când.

M-am forțat să-mi amintesc, în încercarea de a alunga rămășițele coșmarului. Spania, în 2009? Nu, vacanța petrecută la vila închiriată cu April și Mike, în 2011, aceea fusese ultima oară.

Am luat hotărârea ca, dacă nu avea să revină până la ora șase dimineața, să încep să sun pe la toți prietenii ca să...

Deodată, m-am ridicat din pat și am gemut, fulgerată de oroarea unui gând pe care ar fi trebuit să-l fi avut cu ore bune în urmă. Un gând căruia, fie dintr-o teamă subconștientă, fie din neglijență, nu îi dădusem atenție: mi-am amintit-o pe April, cu câteva luni în urmă, sunând să întrebe dacă Ed știa ceva de Mike, pentru că acesta nu ajunsese acasă, în zori, după ce fusese toată noaptea la pescuit.

Mike nu ajunsese acasă și fusese găsit, a doua zi dimineață, cu beregata tăiată.

Ed nu ajunsese acasă și nu putea fi contactat...

Am înșfăcat receptorul telefonului fix și am format trei cifre, cu degete tremurătoare, diamantul inelului meu de logodnă licărind în lumina slabă a dimineții ce se strecura printre draperii.

– Poliția, vă rog!

30

Mi-a stat inima-n loc atunci când am văzut-o la ușă pe polițista cu zâmbet permanent, cea care venise după ce Ed îl pocnise pe Alvin; ofițerul de poliție „poți să-mi spui Martine" Knockers. Priveam în gol, de la fereastră, spre apele fluviului, când am văzut-o pe alee, îndreptându-se spre casă, împreună cu un alt ofițer. Celălalt era un individ corpolent, cu o față roșu-aprins și cu niște picioare foarte lungi, iar Martine trebuia să meargă mai repede pentru a putea ține pasul cu el. Am observat că părea îngrijorată, în timp ce zâmbea – lucru care nu mi-a inspirat prea multă încredere.

Am plecat privirea și-am realizat că purtam o salopetă roz, flaușată, de casă. Nu voiam să primesc vestea morții soțului meu îmbrăcată ca un copil supradimensionat. M-am dezbrăcat repede, aplecându-mă să nu fiu văzută de-afară. Dar *ce* se cade să porți când primești vestea că soțul ți-a fost ucis? Jeanși? Rochie?

Nu mi-au spus nimic imediat. Martine Knockers mi-a făcut o ceașcă de ceai grețos de dulce pe care a așezat-o pe masă, fără să folosească un suport. Ed ar fi fost furios să fi văzut așa ceva. Dacă ar fi văzut.

– Nu avem motive să credem că soțul dumneavoastră a pățit ceva, a spus polițistul cel roșu la față, ofițerul Laurie, printre strănuturi. Începuseră imediat ce intrase în sufragerie. Scuze, sunt alergic la pisici, adăugase el.

Am răsuflat uşurată. Ed nu murise... cel puţin, din câte ştiau ei. Martine i-a întins colegului ei un şerveţel pe care-l scosese dintr-un pachet, din buzunarul tuncii, iar acesta şi-a şters ochii şi şi-a suflat nasul, de parcă eu eram cea care-i dăduse lui veşti rele. L-am ridicat pe Timmy, care a protestat, şi l-am scos afară din cameră, apoi m-am aşezat pe canapea şi mi-am strâns picioarele sub mine, cu ceaşca în mână, de parcă mă pregăteam să mă uit la televizor.

– Aşadar, doamnă Naismith, a început Laurie, scoţând un carneţel, cu voia dumneavoastră, haideţi să aflăm nişte informaţii. Când l-aţi văzut ultima dată pe soţul dumneavoastră?

– Ieri-dimineaţă, pe la unsprezece şi jumătate. L-am dus la gară, în staţia Hampton Court, de unde a luat un tren spre Londra. Se întâlnea să ia prânzul cu un fost coleg de facultate, pe nume Bill.

– Este sigur pentru el să călătorească singur? Vocea lui Martine sunase dezaprobator, în spatele zâmbetului. Cel puţin îşi amintea ceva de la întâlnirea noastră anterioară, deşi n-am apreciat tonul critic.

– De fapt, de opt luni participă la un studiu clinic, şi a avut rezultate excelente. Am ezitat, nu trebuia să vorbesc despre asta. Dar, cu siguranţă, Bill nu se referise la poliţie! Este strict confidenţial – dar pentru că Bill este doctorul care coordonează studiul şi este un vechi prieten al lui Ed, ne-a spus, neoficial: starea sănătăţii lui s-a ameliorat considerabil. Desigur, nu m-aş fi încumetat să-l las să călătorească singur, nu până de curând. Este aproape un miracol. Dar, aşa cum am spus, nu putem vorbi despre asta, am semnat un acord de confidențialitate. Ed pare deja un alt om. Pentru asta se întâlneau, să sărbătorească.

– Dumnezeule! a exclamat Martine. Asta e grozav! Poate că există speranță pentru noi toți!

M-am încruntat. Păruse atât de superficială.

– La ce restaurant au fost? a întrebat Laurie.

– Nu știu, am mărturisit. Nu mi-a spus.

– Înțeleg. Atunci, unde se desfășoară acest studiu și care este numele de familie al lui Bill?

– Nu știu dacă este la fel pentru toți cei înscriși în program, dar Ed era tratat la Clinica Chelsea. Doctorul Bill Brown.

– La ce oră a spus că se va întoarce? Ați încercat să luați legătura cu el?

– Sigur că am încercat. Dar am presupus că a rămas fără baterie. Și-a luat încărcătorul, așa că am crezut că-l va încărca, în tren, în drum spre casă. Nu mi-a spus când voia să se întoarcă, dar de câte ori merge la Londra – vreau să spun, de câte ori mergea, înainte să se îmbolnăvească –, de obicei se-ntorcea cu trenul de opt. Vrea să evite ora de vârf.

– Un prânz lung, a comentat Martine. Altă dezaprobare tăcută. Îmi venea s-o plesnesc.

– Probabil a mers să viziteze vreo galerie sau altceva. Face asta uneori.

– Ne puteți da mai multe informații despre doctorul Brown?

– Mă tem că nu. Asta este tot ce știu. Atunci l-am cunoscut, joi, în cabinetul lui, dar Ed l-a văzut în fiecare lună, pe el sau pe unul dintre colegii lui, începând din luna octombrie a anului trecut... am lăsat un mesaj pentru Bill, la clinică, pentru că nu am numărul lui de telefon, dar clinica este închisă peste weekend.

– O să luăm și noi legătura cu ei, firește. Ed călătorește des în capitală? a întrebat Laurie.

În capitală. Ed ura când oamenii se exprimau așa. Am scrâșnit din dinți.

– Evident, așa cum am spus deja, nu a mai călătorit deloc, de când s-a îmbolnăvit. Înainte de asta, mergea uneori și petrecea câte o zi cu fiul lui – sau mergeam împreună, vizitam muzee și galerii sau ne întâlneam cu prieteni.

– Și n-ați fost tentată să-l însoțiți la acest prânz?

Am smuls un fir ce ieșea din țesătura canapelei.

– Eu am lucrat. Dintr-un motiv sau altul, n-am vrut să recunosc că nu fusesem invitată.

– Cu ce vă ocupați, doamnă Naismith? a întrebat Laurie.

– Spuneți-mi Lynn, vă rog. Sunt administrator muzical la Universitatea Hamptons, organizez concerte. Dar cred că știți asta, de data trecută când ofițerul Knockers a fost nevoită să intervină, când Ed era bolnav.

Stresul mă făcea urâcioasă.

– Îmi cer scuze, a spus el, scriind preocupat. Și când ați început să vă faceți griji pentru Ed?

Mi s-a părut să simt o urmă de reproș și în glasul lui – ca și cum voise să întrebe: *„De ce nu ne-ați alertat aseară?"* Dar nu-l puteam acuza. Și eu aș fi gândit la fel, când eram în poliție.

– Mi-am făcut griji, aseară, când n-am avut nicio veste de la el, dar m-am gândit că poate au mers în altă parte, după prânz, să bea ceva sau la vreo expoziție. Ori că și-a pierdut telefonul, nu s-a gândit să mă sune când era cu Bill, a pierdut ultimul tren... însă abia azi-dimineață, când m-am trezit, pe la cinci, și am văzut că tot nu sunase – și tot atunci mi-am amintit ce i s-a întâmplat lui... Brusc, mi-am dat seama că nu puteam s-o spun. Lui...

Cei doi ofițeri de poliție se aplecaseră ușor în față, cu expresii tensionate, așteptând să continui.

– Lui Mike Greening, prietenul lui? a intervenit Martine, iar eu am încuviințat.

– Nu știu de ce nu m-am gândit mai devreme. Mă simt groaznic! N-au trecut nici șase luni de la moartea lui Mike, dar pare atât de greu de crezut că cineva a putut face asta. Însă nimeni nu i-ar vrea răul lui Ed, nimeni!

Am închis ochii. Nu mai eram furioasă, eram gata să izbucnesc în lacrimi.

– Sper sincer că așa este, Lynn, dar va trebui să luăm în calcul această coincidență, faptul că soțul tău l-a cunoscut pe Mike Greening...

– Știu.

Doar pentru că nu-mi puteam eu imagina că cineva i-ar fi putut face rău lui Ed, nu însemna că așa și era.

– Haideți să rămânem optimiști.

Da, să rămânem, am gândit.

– Înainte să venim aici, ne-am interesat și nu s-au raportat evenimente în care să fi fost implicat cineva care să corespundă descrierii soțului tău. Dacă ar fi fost vorba de vreun accident sau alt incident, l-ar fi descoperit cineva până acum. Ne vom interesa la spitale și vom lua legătura și cu Poliția Metropolitană, să vedem dacă s-a raportat ceva acolo. Dacă n-ar fi uciderea lui Mike Greening, aș spune că e prea devreme să ne facem griji.

– Îmi cer scuze că v-am deranjat, am spus. Aveți dreptate. Probabil trebuie să apară din clipă în clipă...

Am privit pe alee, dorindu-mi ca Ed să se materializeze instantaneu. Ar trebui să le spun despre pașaport? Ei nu întrebaseră. Iar dacă le spun, vor presupune automat că a plecat de bună voie şi n-ar mai trata chestiunea la fel de serios.

Raţionamentul ofiţerului Laurie părea să se îndrepte în aceeaşi direcţie:

– Ce a mai luat soţul dumneavoastră ieri cu el? Vreau să spun, lipsesc din lucrurile lui?

Am scuturat din cap atât de viguros că vârful cozii m-a plesnit peste obraji.

– Nimic. În afară de telefon, încărcător şi laptop. Nu şi-a luat nicio valiză cu el, doar o geantă de pânză, ştiu pentru că eu l-am condus la gară. N-a dispărut *în mod intenţionat.* Am făcut o pauză, apoi m-am hotărât să le spun. Dar nu-i găsesc paşaportul.

A urmat o nouă pauză. Am surprins un schimb rapid de priviri între ei.

– E drept că nu l-am mai văzut de câţiva ani, m-am grăbit să adaug. Nu am mai călătorit în străinătate din 2011. Asta nu înseamnă că l-a luat cu el. Poate că i-a schimbat locul – când era bolnav... înţelegeţi...

Laurie a sorbit din ceai. Degetele butucănoase îi erau la fel de roşii precum chipul. Şi-a dres glasul, într-un mod surprinzător de delicat.

– Şi în ce stare de spirit aţi spune că era când v-aţi despărţit de el?

– Era fericit, am spus, iritată că nu-mi puteam controla tremurul din voce. Cu adevărat fericit. Îşi revenise, era încântat de cât de mult i se îmbunătăţise memoria. Recunoscător că se simţea din nou bine. Spunea că se simte ca şi cum fusese graţiat. Singurul lucru neplăcut era cât de mult îi lipsea Mike. Ei doi... erau prieteni buni.

Voisem să spun: „Fuseseră prieteni buni", dar, nu știu de ce, n-am făcut-o.

– De ce și-ar fi luat laptopul cu el, dacă mergea doar să ia prânzul cu cineva?

– Întotdeauna îl lua când călătorea în oraș. Spunea că ecranul telefonului era prea mic pentru a putea citi cu ușurință ceva. Și-i place să se uite la filme, în tren. Nu m-am gândit că ar putea însemna altceva, decât că era un alt semn că-și revenise – în ultima vreme nu mai fusese interesat de filme.

Laurie umpluse câteva pagini în carnețelul lui. Scria în liniște, când deodată Martine a țipat scurt, luată prin surprindere de Timmy, care sărise pe pervazul ferestrei și mieuna, indignat că fusese alungat.

– Scuze, am rostit amândouă, în același timp.

– Așadar, credeți că este posibil să aibă pașaportul asupra lui? întrebă Laurie.

M-am ridicat atât de repede încât am amețit.

– Nu! Nu am spus asta. Am spus că nu-l găsesc. Cine știe unde l-o fi pus? Și, oricum, n-avea cum să plece în străinătate – îi e groază să zboare cu avionul.

Martine și-a așezat, liniștitor, mâna pe brațul meu și abia m-am abținut să nu o resping.

– Știu, știu, a spus ea, înțelegător. E foarte greu. Dar trebuie să punem aceste întrebări, înțelegeți?

M-am așezat înapoi pe canapea.

– Da. Înțeleg. Iertați-mă.

– Așadar, după toate aparențele, este încă în țară. Laurie arăta pe cât de neplăcut mă simțeam eu.

– Sunt sigură. Dar puteți verifica, nu-i așa?

Laurie a mai scris ceva.

– Putem, desigur. O ultimă întrebare, apoi vă lăsăm: s-a schimbat ceva în comportamentul sau personalitatea lui Edward de la vindecarea lui miraculoasă?

Aceştia erau, amândoi, nişte cauze pierdute. M-ar fi înnebunit să fi făcut echipă cu ei.

– Îl cheamă Ed, nu Edward. Şi, da, sigur că s-a schimbat – anul trecut suferea de demenţă, iar acum nu mai suferă!

– Scuze. Altceva am vrut să spun. Este personalitatea lui Ed diferită faţă de cea pe care o ştiaţi, *dinainte* de a se fi îmbolnăvit?

M-am gândit, amintindu-mi-l pe Ed cum era atunci. Amuzant, sarcastic, irascibil, afectuos.

– Nu, am spus, considerând că nu avea nicio relevanţă să menţionez episoadele de violenţă sau mesajele ocazionale de ameninţare. Aş spune că, în ansamblu, este la fel ca înainte.

După ce Laurie şi Martine, au plecat, în sfârşit, luând cu ei şi o listă cu hainele pe care le purtase Ed în ziua respectivă – haina, o pereche nouă de jeanşi, pantofi, pulover verde de caşmir – şi fotografii cu el, pe care le-au luat de pe poliţa căminului şi cărora le-am simţit lipsa imediat, casa a fost cuprinsă parcă de o atmosferă de amorţeală şi pustiu.

Am trecut dintr-o cameră în alta, incapabilă să mă opresc într-un loc. Am sunat-o pe April şi i-am lăsat un mesaj vocal, fără să-i spun de ce-i ceream să mă sune – nu voiam să o necăjesc, fiind atât de departe.

Ca să nu stau degeaba, mi-am făcut unghiile cu ojă argintie. Apoi am început să scot vasele din maşina de spălat, înainte ca acestea să se fi uscat suficient şi trei unghii s-au stricat imediat.

– La naiba, am spus cu voce tare, aruncând suportul din plastic pentru tacâmuri, gol, în partea cealaltă a bucătăriei, unde a lovit castronul cu mâncarea lui Timmy, împrăștiind biscuiții acestuia peste tot, pe podea. La naiba, la naiba, la naiba!

Nu mă mai simțisem niciodată atât de singură, nici când Ed era bolnav. Ce se întâmplase cu mine? *Waitsey* n-ar fi fost atât de jalnică. Cum de mă schimbasem atât de mult, când devenisem atât de dependentă?

În acel moment, mi-am văzut viața și pe mine așa cum mă temusem că aveam să devin: în cel mai bun caz, o cârpă, în cel mai rău, un pion într-o schemă mult mai complexă, la care refuzasem să mă mai gândesc, de ani buni.

31

Am sunat-o pe Maddie, în Jersey.

– Mads, am spus imediat ce-a răspuns, auzind, în surdină, sunetul valurilor izbindu-se de țărm, Ed a dispărut.

Am auzit o exclamație scurtă.

– N-a venit acasă, azi-noapte, m-am grăbit să adaug înainte ca ea să reușească să spună ceva. Se petrece ceva foarte ciudat. Am vorbit cu poliția și mai aștept puțin, să văd dacă apare, dar... dar am sentimentul că nu va apărea.

M-a șocat să-mi aud gândul rostit cu voce tare, pentru prima dată.

– Oh, a spus Maddie, apucând, în sfârșit, să răspundă. Cum adică, nu crezi că va apărea? Îmi pare foarte rău să aud asta, draga mea. Cât de stresant, după ceea ce s-a întâmplat cu Mike! Ești bine, Lynn? Nu pari să fii în apele tale... pari altfel.

– *Mă simt* altfel. Îmi pierd mințile. Dacă nici azi nu vine acasă, o să plec după el, să-l caut!

– Crezi că s-a rătăcit?

– Nu, nu e asta. Știu că sună ciudat... dar ceva-mi spune că dispariția lui nu are de-a face cu boala.

Maddie nu știa, firește, că Ed era vindecat; că programul funcționase. Nici noi nu știuserăm până ieri.

– Serios? E o persoană vulnerabilă – așa că, dacă s-a implicat poliția, sunt convinsă că vor face o investigație serioasă. A postat cineva vreun apel pe Twitter? Îl vor găsi, nu-ți face griji.

Ea credea că sunt în stare de șoc. Îmi dădeam seama din tonul calm și calculat cu care mi se adresa.

Motanul mi-a sărit în poală și l-am mângâiat, cu un gest automat, iar el s-a așezat confortabil și a început să-mi frământe picioarele cu gheruțele, în timp ce lăsa fire roșcate de blană pe jeanșii negri. Durerea ascuțită îmi păstra atenția trează.

Nu trebuia să le fi spus polițiștilor despre recuperarea miraculoasă a lui Ed. Mă simțeam de parcă-i semnasem condamnarea la moarte. Nu aveau să-l caute cu prea multă atenție dacă se gândeau că se ascundea din proprie inițiativă – îmi spuseseră deja că situația dispariției lui era considerată una „de risc scăzut spre moderat". De ce nu mi-oi fi ținut gura?

– Oh, Maddie. E complicat – nu trebuia să spun nimănui, pentru că este vorba de confidențialitatea privind studiul clinic, dar am spus poliției și acum îmi doresc să n-o fi făcut...

– *Ce* le-ai spus? părea alarmată. Ce anume este confidențial în cadrul studiului...?

Am respirat adânc.

– Ei bine, e grozav – sau cel puțin era. Acum, mă tem să nu fie vorba de mai mult.

– Spune odată, Lynn, nu înțeleg nimic!

Așa că i-am spus despre vizita la Clinica Chelsea, despre tomografii, lacrimile de bucurie ale lui Bill Brown, sărbătorirea cu șampanie. Maddie a ascultat, înmărmurită, în tăcere şi pentru că nu spunea nimic, am întrebat dacă mai era la telefon.

– Da... Dumnezeule... Lynn, asta este... incredibil! Chiar nu-mi pusesem prea mari speranţe în studiul acela.

– Nu. Nici eu. Este incredibil şi nu-ţi pot spune cât de uşuraţi suntem – am fost –, dar acum, o zi mai târziu, a dispărut. Ce ar trebui să înţeleg, după toate celelalte lucruri ciudate care s-au întâmplat? Uciderea lui Mike, comportamentul lui Ed – ştii, uneori spunea şi făcea lucruri care nu păreau să aibă legătură cu boala lui.

– Greu de spus, totuşi, nu-i aşa?

Nu era vorba că se îndoia de cele ce-i spuneam, ştiam asta. Era o întrebare sinceră, pe care mi-o pusesem eu însămi, de multe ori. Am respirat adânc. Nu mi-am putut păstra temerile doar pentru mine.

– Paşaportul lui a dispărut.

A icnit din nou, surprinsă.

– Pe de altă parte, e drept că nu l-am mai văzut de câţiva ani. E posibil să fie pus în altă parte, prin casă. Îi ofeream lui Maddie aceeaşi explicaţie pe care le-o dădusem şi poliţiştilor. Şi a doua oară a sunat la fel de improbabil.

– Doar nu crezi că a fugit?

– Nu ştiu! m-am tânguit, brusc tare. Nu ştiu absolut nimic, în afara faptului că ceva nu se leagă. Am ezitat. Şi acum, a mai plecat şi April în Australia.

– Serios? Cum aşa, în vacanţă? Nu mi-a spus nimic! Am vorbit cu Naveeta azi-noapte şi nici ea n-a spus nimic – ştii că ar fi spus, dacă ştia ceva.

Era adevărat: Naveeta era o mare bârfitoare.

– Am primit un e-mail lung de la ea – de la April vreau să spun – în care spunea că era deja la jumătatea călătoriei, fusese o decizie de moment, spunea. Merge într-o tabără de yoga, pentru cel puțin două luni.

– Doar nu te gândești... Maddie se opri. Aproape că o auzeam cântărindu-și vorbele. Nu sugerezi cumva că Ed a fugit cu ea, nu?

Am tăcut. Mi-a revenit în minte noaptea în care murise Mike; ei doi, singuri în bucătărie. April pretinzând că Ed îi făcuse avansuri. Era ca și cum amintirea aceea așteptase cuminte, în spatele unei uși închise.

– Nu mi-a dat niciodată motiv să cred că pusese ochii pe Ed. E prietena noastră. N-ar face așa ceva. Dacă ar fi să bănuiesc pe cineva, aceea ar fi Naveeta, știi cât îi place să flirteze cu el. Dar poate durerea a făcut-o pe April să se poarte altfel decât de obicei?

Maddie a oftat.

– Oh, Lynn! Și April flirtează – dar ai dreptate, nu și-ar fi permis. Știa, cel puțin, că Ed a fost „vindecat“?

Am observat cum rostise cuvântul „vindecat“ și mi-am imaginat-o adăugând ghilimelele imaginare. M-am înfuriat. Ed *fusese* vindecat cu adevărat!

– Nu. Doar dacă i-a spus Ed.

– Ei bine. Nu cred că aveau cum să planifice o fugă în Australia în douăzeci și patru de ore de la aflarea veștii.

Avea dreptate. Nu înțelegeam cum de mă putusem gândi la așa ceva.

– Îmi pierd mințile, Mads. M-am simțit de-a dreptul paranoică și... ei bine, speriată. Îngrozită, presupun. De câteva luni, dacă e să fiu sinceră. Este ca și cum am avut un presentiment că se va-ntâmpla ceva rău. Apoi Mike a fost ucis și Ed dispare. Dacă există vreo legătură? Dacă cel care l-a ucis pe Mike este acum pe urmele lui Ed?

Maddie vorbea cumpătat.

– Știu câte griji ți-ai făcut, dar am crezut că totul avea legătură cu boala lui Ed. Poliția crede că este vreo legătură?

Am ridicat din umeri, de parcă m-ar fi putut vedea.

– Habar nu au. N-au nicio idee cu privire la cine l-ar fi putut ucide pe Mike și nici vreun indiciu, așa că n-au nimic de care să se lege.

– Este îngrozitor, a spus Maddie. Aș vrea să fiu acolo, să te pot ajuta. Te rog să vii să stai aici dacă... dacă...

– ...dacă am nevoie, am terminat eu, cu voce apatică, niciuna dintre noi nefiind în stare să rostească gândul de neimaginat. Mulțumesc, Mads. Așa voi face. Ascultă, acum trebuie să închid. Poliția ne verifică toate conturile bancare și ar trebui s-o fac și eu. Nu vreau să mă trezesc și cu alte surprize neplăcute.

– Bine, draga mea. Te rog, promite-mi că mă anunți dacă pot să te ajut cu ceva. Să sperăm că va veni curând acasă. Poate doar s-a lăsat luat de val și a petrecut mai mult, de bucuria vindecării. Eu așa aș fi făcut, în locul lui.

– Poate, am răspuns. Apoi, din nou, mai încet, cu încrederea slăbită, poate.

32

După un weekend în care n-am făcut mai nimic decât să mă agit, să aştept şi să mă cert cu mine însămi - cutreierând casa şi grădina şi cotrobăind peste tot, prin fiecare ungher, în căutarea paşaportului dispărut, luni dimineaţa, în sfârşit, am primit nişte veşti.

Martine - ofiţerul Knockers - a sunat să-mi spună că poliţia luase legătura cu Clinica Chelsea.

Nu exista niciun doctor Bill Brown care să aibă cabinet acolo şi nici nu existase vreodată.

Preţ de câteva momente, n-am reuşit să articulez niciun sunet.

Existau câţiva William Brown în registrul Colegiului Medicilor, se grăbise să adauge. Poliţia va lua legătura cu toţi. Făcuse o pauză, apoi continuase. Niciunul dintre aceştia nu era însă specializat în demenţă, astfel încât era greu de crezut ca vreunul dintre ei să fi fost Bill Brown pe care-l ştia Ed.

Eu tot nu puteam vorbi. Gândurile mi se învălmăşeau în minte. Bill fusese un impostor? Dacă da, cine era cu adevărat? Nimic din toate astea n-avea sens. Iar dacă Bill fusese un impostor, însemna că şi studiul clinic fusese o escrocherie. Iar Ed fie fusese folosit, ca un pion - fie, mai rău, ştiuse tot timpul sau poate chiar el pusese totul la cale.

Situație în care scopul fusese acela de-a mă prosti pe mine. Nu existase un diagnostic real, nici tomografii, nici boala Pick. Doar minciuni. Luni, ani întregi de minciuni.

M-am gândit la ambiguitățile lui Ed, la parolele uitate, la e-mailurile pierdute, la programările despre care eu aflam ulterior. La tomografiile pe care nu le putea face, apoi le făcuse. La pașaportul dispărut și la rezultatele miraculoase, ce trebuiau păstrate sub tăcere. La noaptea în care mă strânsese de gât și mă amenințase. La multele nopți în care mă atacase. Fuseseră acestea simptome reale ale unei afecțiuni reale – sau simptome false ale unei boli inventate?

Ce naiba se întâmpla? Nu mi-ar fi făcut tocmai mie așa ceva. Nu se putea.

Am acceptat, abătută, să-i transmit puțina corespondență pe care o aveam cu privire la studiul clinic – care era ca și inexistentă, din cauza pretextelor inepuizabile ale lui Ed, de la refuzul lui de a-l însoți la consultații până la scuzele că nu-și mai amintea parolele. Martine a mai spus că aveau să solicite fișele medicale ale lui Ed de la doctorul Deshmukh și de la medicul lui de familie.

Apoi mi-a spus că verificaseră listele de pasageri și că Ed nu părăsise țara – în orice caz, nu cu avionul. Dar poate se ascundea pe undeva, prin vreun hotel, m-am gândit. Sau se strecurase afară din țară cu mașina sau cu autocarul, știind că așa trecea mai ușor neobservat. Am spus asta, ceea ce a făcut-o pe Martine să comenteze că, dacă Ed se hotărâse s-o șteargă, poliția nu putea face mare lucru.

– Dacă nu s-a comis nicio infracțiune, concluzionase ea.

– Nicio infracțiune? Cum rămâne cu asumarea unei identități false? Cu închirierea unor cabinete medicale sub un pretext fals?

– Asta este cu totul altceva și, firește, un delict. Dar eu mă refeream la soțul dumneavoastră, domnul Naismith.

– Dar nu înțelegeți? Dacă Bill Brown este un impostor, atunci Ed nu s-a vindecat. Iar dacă n-a fost vindecat înseamnă că ori este, în continuare, bolnav – ori *n-a fost* bolnav niciodată!

– Da... lucrurile nu sunt foarte clare, nu-i așa? Dar trebuie să fi fost bolnav. Îmi aduc aminte când l-am văzut pentru prima oară, după întâmplarea de la universitate. Nu era deloc bine.

– Întocmai, am strigat. Așa că, puteți, vă rog, ridica nivelul de risc de la scăzut măcar la mediu? Îmi doresc să nu vă fi spus că a fost vindecat.

Martine m-a asigurat că făcea tot posibilul și că, în cazul în care Ed încerca să părăsească țara, sistemul de monitorizare avea să semnaleze imediat, informând poliția.

– Îl vor reține?

– Dacă se va dovedi că reprezintă un risc pentru el însuși sau pentru alții, cel mai probabil, da.

Martine a încheiat discuția spunând că va reveni a doua zi cu informații, iar eu i-am spus că aveam să stau la niște prieteni, dar voi avea telefonul mobil mereu asupra mea.

Am închis telefonul, într-o stare de frustrare greu de descris. Mă simțeam ca și cum m-aș fi învârtit în cerc, iar mintea îmi era atât de amețită încât nu mă puteam ține pe picioare.

Nu mai avusesem nicio intenție să vorbesc cu Adrian, după ce mă despărțisem de el – dar acum simțeam nevoia s-o fac. Aveam nevoie să-i aud vocea caldă, liniștitoare. I-am lăsat un mesaj, apoi m-am răzgândit, încercând să înlătur isteria din vocea mea.

„Eu sunt. Sper să nu crezi că mă folosesc de tine și nu trebuie să mă suni, dacă nu vrei – dar Ed a dispărut. N-avea cum să fi aflat despre noi, nu-i așa? A dispărut, pur și simplu, acum trei zile. Ceva nu se leagă în toată povestea asta. Oh, Ade, încep să mă tem că totul a fost o înscenare, de la bun început, că n-a fost niciodată bolnav... Cred că..."

M-am pierdut complet și era cât pe ce să zic: „Am dat-o în bară"; era cât pe ce să recunosc, față de Adrian, că poate mă pripisem să-l consider pe Ed nevinovat în cazul dispariției lui Shelagh.

Îmi pierdeam mințile.

Am închis telefonul și m-am așezat la masa din bucătărie, cu laptopul deschis în fața mea. Cu golul din stomac adâncindu-se, m-am conectat să verific conturile bancare.

Ultima oară când verificasem, erau aproape nouăzeci de mii de lire, fondul nostru de rezervă, exclusiv pentru situații neprevăzute. Când vânduse vila din Molesey, la un an după ce începuse relația noastră, Ed cumpărase căsuța fostului paznic al digului, cu banii jos, și-i mai rămăseseră cam șaptezeci de mii de lire. Numele meu nu apărea în actele casei, pentru că nu contribuisem cu nimic la cumpărarea ei și nici nu eram căsătoriți, la vremea aceea. Păruse firesc să fie așa. La fel de firesc cum păruse și să îmi bag economiile în același cont. De-a lungul anilor, pusesem deoparte, cu grijă, lună de lună, o parte din salariul meu, și atunci când lucrasem pentru compania de consultanță financiară, dar și acum, la universitate. Desigur, nu se compara cu economiile lui Ed, dar se adunase totuși o sumă frumușică. De-a lungul ultimelor luni, mă resemnasem cu gândul că economiile acestea aveau să fie direcționate în viitor către azilul lui Ed. Dar acum, acum, aveam un sentiment foarte neplăcut cu privire la ce aş fi putut descoperi. Imediat ce pe ecran a apărut SOLD, temerile mele au fost confirmate. În cont mai erau trei lire şi patruzeci şi doi pence.

Diferenţa o transferase ieri, lăsându-mă fără nimic.

– NEMERNICULE! am strigat, ridicând laptopul şi oprindu-mă în ultima clipă să nu-l trântesc pe podeaua bucătăriei.

Poate cineva, ucigaşul lui Mike, îi pusese lui Ed pistolul la tâmplă, obligându-l să golească contul nostru de economii – deşi îmi venea greu să cred. Toată furia mea s-a adunat ca într-o pilulă rece, amară, greu de înghiţit, care-mi rămăsese înţepenită în piept, făcându-mă să respir sacadat.

M-am lăsat pe scaun, gâfâind din cauza şocului.

Sub nicio formă nu aveam să las lucrurile aşa.

Abia mult mai târziu, după ce stătusem afară un timp, privind cursul apei şi vizualizând cum frânturi din viaţa mea alături de Ed se îndepărtau purtate de valuri, am luat o decizie. Cu inima grea, am înţeles că nu aveam încotro: trebuia să reiau investigaţia cu privire la dispariţia lui Shelagh. Întotdeauna gândul acesta fusese ca o cutie a Pandorei pe care refuzasem s-o deschid, de teamă să nu descopăr că făcusem o greşeală îngrozitoare. Dar acum ştiam că trebuia s-o fac. Nu mai aveam de ales.

Trebuia să vorbesc cu sora lui Shelagh – dacă o găseam. Mi-am amintit că aveam încă agenda cu adrese a lui Shelagh; era folositoare de Crăciun, pentru adresele rudelor îndepărtate, din partea ei, aşa că am alergat în casă, am luat-o din birou şi m-am apucat să caut începând cu litera A, dat fiind că nu-mi aminteam numele de familie al lui Ellen.

Nu mi-a luat mult să găsesc, doar până la litera B, unde am găsit-o – Ellen Brigstock Lamb. Ea trebuia să fie, pentru că Brigstock era numele lui Shelagh dinainte de căsătorie. Dar sub scrisul de mână delicat și îngrijit al lui Shelagh apărea o adresă din Scoția. La naiba – Ed îmi spusese, cu câțiva ani în urmă, că se mutase de-acolo. Dar unde? Nu-mi aminteam. Tot ce-mi aminteam era că Ed spusese: „Călătorie sprâncenată vacii ăleia afurisite", atunci când se întâmplase – ceea ce însemna că se mutase destul de departe. Aflase doar pentru că-i spusese Ben, când primise din partea ei o felicitare de ziua lui. Nici Ben n-o suporta, așa că-mi venea greu să cred că-i păstrase adresa.

Totuși, măcar acum îi aveam numele de familie.

Dar *unde* se mutase oare? Mi-am frământat creierii atât de intens încât era aproape dureros. Aveam impresia că undeva pe o insulă, de-a lungul coastei Marii Britanii. Isle of Man? Orkney? Jersey? Cum să fac să aflu?

M-am grăbit înapoi la laptop și am intrat pe Facebook. Eu nu avusesem niciodată cont – nu era privit cu ochi buni în poliție, din motive de securitate, mai ales în zilele de început ale Facebook-ului, când tot ce puteai să faci părea să fie să-i „împungi"[1] pe alții sau să cumperi animale desenate pentru fermă. După aceea, n-am vrut să risc să fiu descoperită de vreunul dintre foștii mei colegi, chiar dacă aveam un alt nume. Acum însă era necesar.

Mi-am făcut un cont sub un nume fals – Christine Ellingham – și am căutat-o pe Ellen Brigstock Lamb. Am găsit-o imediat. În Alderney. Bingo! Știusem eu că era vorba

---

[1] Poking (în engleză în original), una dintre opțiunile oferite de aplicația Facebook (n.tr.)

de o insulă. Am simțit fiorul familiar al descoperirii, ca și cum simțurile adormite de polițist se trezeau la viață.

Nu apăreau însă date de contact și nici detaliile prezentate la profil nu ofereau mai multe informații. Fotografia de profil reprezenta o plajă pustie la apus. Am apăsat pe mesaj și s-a deschis o casetă de dialog. Atât de ușor era să intri în legătură cu cineva, chiar și atunci când nu erai prietenul lor pe site? După câte se părea, așa era.

Am ezitat, cu degetele pe tastatură, alegându-mi cuvintele. În cele din urmă, am început să scriu:

> Dragă Ellen, sper să citeşti asta. Vei vedea că mesajul vine din partea cuiva pe nume Christine. Numele meu real este Lynn și, după cum s-ar putea să știi, m-am căsătorit cu Ed Naismith după ce sora ta a fost declarată moartă. Îmi pare rău să te deranjez, dar aș dori să vorbesc cu tine despre el. Acum, și el a dispărut, în urma unor întâmplări ciudate, și m-am gândit că tu ai putea să m-ajuți să înțeleg anumite lucruri. Ți-aș rămâne recunoscătoare dacă ai accepta să ne vedem – aș putea veni la tine, în Alderny. Îți mulțumesc. Sper să primesc vești de la tine, fie aici, fie pe telefon.

Mi-am lăsat numărul de telefon mobil și-am trimis mesajul, întrebând-mă ce va gândi Ellen când – dacă – îl va primi. Ea fusese cea care insistase ca poliția să-l investigheze pe Ed, ceea ce însemna că, în mod evident, nu avuseseră o relație prea bună.

Nu puteam să stau degeaba, așteptând să primesc un răspuns, așa că m-am apucat să dezgheț congelatorul – lucru pe care trebuia să-l fi făcut de ceva vreme, ușa abia se mai închidea –, să-mi fac bagajul și să caut pe Google informații despre cum să ajung în Alderny. Erau zboruri directe din Southampton, dar eu voiam să plec de pe Gatwick, ceea ce însemna că trebuia să trec prin Guernsey. Asta m-a făcut să mă hotărăsc – aveam să trec și pe la Maddie și Geoff, în Jersey. De ce nu? Mi-ar fi făcut bine, m-ar fi făcut să mă simt legată de ceva. Aveam nevoie de sentimentul acela de stabilitate mai mult ca oricând.

Am luat biletele la avion pentru dimineața următoare, plătind cu cardul, apoi am sunat-o pe Naveeta și am rugat-o să aibă grijă de motan, spunându-i că aveam să-i explic când îl aduc.

Înainte să termin de împachetat, am descoperit și alte lucruri legate de dispariția lui Ed, toate de natură să-mi amplifice furia și suspiciunile. Nu lipseau doar pașaportul și economiile – dispăruseră perechea lui preferată de pantofi pe care îi purta pe barcă, certificatul de naștere și inelul de familie cu sigiliu, reprezentând un cap de mistreț, care aparținuse tatălui lui. Mă îndoiam că luase *întâmplător* toate acele articole pentru prânzul lui cu Bill.

„Nemernicule" a devenit mantra mea, în timp ce mă deplasam prin casă. „Nemernicule", în timp ce țineam uscătorul de păr îndreptat către stratul gros de gheață al congelatorului, până când au început să se desprindă bucăți mari, pe care le aruncam cu putere în chiuvetă. „Nemernicule", în timp ce-l sunam, inutil, pentru a treizecea oară și-i trimiteam cel de-al douăzecilea e-mail.

Cu toate acestea, în același timp și în ciuda tuturor evidențelor, nu mă puteam împiedica să nu mă agăț de speranța că poate mă înșelam. Că poate zăcea pe undeva mort, ucis de același individ care-i tăiase gâtul lui Mike. Pendulam între frica de a nu fi pățit ceva și un al șaselea simț care-mi spunea că mă prostise ani de-a rândul; mă legănam între două chinuri.

Sau descoperise că-l înșelasem și mă părăsise?

Casa era cufundată în tăcere, singurul zgomot venind de la ultimele bucăți de gheață care se topeau în congelator, pic-pic, picurând în tava așezată pe podeaua bucătăriei. Mi-a sunat telefonul și m-am repezit să-l iau, rugându-mă să fie Ed.

Era Adrian, care mă suna înapoi. Mi-a făcut bine să-i aud vocea, calmă și liniștitoare, așa cum sperasem.

– Nu cred că a înscenat totul, tu ce zici? a spus el, aproape imediat. Nu l-ar fi inclus în studiul clinic dacă se prefăcea, l-ar fi eliminat fără să stea pe gânduri. Și, în orice caz, nu avea cum să fi falsificat tomografiile. Evident că ești speriată și stresată pentru că a dispărut, dar nu trebuie să te gândești la ce e mai rău.

Însă vocea lui liniștită n-a avut efectul scontat și m-am pomenit că-i răspund mârâind:

– A golit contul de economii. Pașaportul lui nu mai e în casă. Dacă descopăr că și-a bătut joc de mine, îl găsesc și-l omor cu mâna mea.

– O, ho, stai așa! Aduni doi cu doi și-ți dă o sută. Ia lucrurile pe rând, ce zici? Poate a fost constrâns când a luat banii, poate a făcut vreo datorie când era bolnav? Poate a luat pașaportul la el ca să poată scoate banii?

– I-a transferat on-line într-un cont necunoscut. Poate este un cont nou pe care l-a deschis.

– OK, poate că pașaportul s-a pierdut, pur și simplu, chiar tu ai spus că n-a călătorit în străinătate de ani buni.

Am tras aer în piept și am respirat adânc de câteva ori.

– Presupun că e posibil.

– Tot ce spun, frumoaso, este nu complica lucrurile. „Fiecare zi cu povara ei", cum zicea biata mea mamă. Ai puțină răbdare, nu te grăbi să tragi concluzii. Va avea nevoie de tine când se va întoarce.

– *Dacă* se va întoarce.

– Ne putem vedea, dacă te ajută cu ceva. Ce zici de o baie fierbinte și un masaj – exclusiv platonic, firește?

Am pufnit, dar reușise să mă facă să zâmbesc.

– Platonic. Sigur, dacă spui tu...

– Ar putea fi, protestă el. Dacă asta vrei.

– Mulțumesc pentru ofertă, Ade, sincer vorbesc. Și pentru sfat. Probabil ai dreptate, mă pripesc să trag concluzii. Dar am luat deja bilete pentru Channel Islands. Merg în Jersey, s-o văd pe Maddie. Înnebunesc să stau așa și să aștept – și, oricum, nu cred că este înțelept să mă văd cu tine, oricât de ispititor ar fi.

– Foarte ispititor, a recunoscut el. Ei bine, fă ce simți că trebuie să faci. Și, amintește-ți, sunt aici dacă ai nevoie de mine. Încearcă doar să nu despici firul în patru, e prea devreme.

Am încheiat convorbirea, dar nu mă simțeam deloc împăcată. De obicei, aveam încredere în sfaturile lui Adrian, dar simțisem că el găsea ideea ridicolă – că Ed s-ar fi prefăcut și că totul fusese o minciună. Probabil avea dreptate.

Până la lăsarea serii, congelatorul era curat și gol ca și contul nostru de economii. Am înghesuit motanul, împotriva voinței lui, în cușca de transport și am dat o fugă până la Suzan. M-a ascultat, frământându-și mâinile, în cadrul ușii, în timp ce-i povesteam, cât mai pe scurt, ce se întâmplase, fără să-i împărtășesc bănuielile mele.

– Îmi pare tare rău, a spus ea. Ești sigură că nu vrei să-l lași acasă și să merg eu să-i dau de mâncare, de două ori pe zi? Nu va fi stresant pentru el să-l duci în altă parte, dacă nu lipsești decât câteva zile?

A indicat către Timmy, care miorlăia la picioarele mele. Un nor fin de păr de pisică a plutit afară din cușcă, un semn neîndoielnic că era stresat.

– Mulțumesc... dar nu știu cât voi lipsi, iar el are obiceiul să plece dacă nu e nimeni în preajmă, să-l bage în seamă. Nu vreau să-mi fac griji că dispare și el.

– Aș vrea să-l fi putut ține eu, știi...

Nu-mi dădeam seama dacă avea ochii înlăcrimați din cauza alergiei la părul de pisică sau din grijă față de Ed. După toate aparențele, Timmy era o pisică extrem de alergenică.

– Știu. Nici nu mă așteptam la asta, nu îți face griji. Dar, te rog, supraveghează casa și dacă îl vezi pe Ed, sună-mă imediat, indiferent dacă e noapte sau zi.

M-a îmbrățișat, strănutând pe umărul meu.

– Sigur, voi ține ochii deschiși, promit. Și urechile, dacă se poate spune asta și despre urechi.

Am pornit la drum, cu Timmy pe scaunul de lângă mine, privind casa cum se micșora în oglinda retrovizoare, liniștită s-o știu pe Suzan drept paznicul meu personal.

Următoarea oprire a fost la Naveeta. Nu avusesem de gând să-i spun nimic mai mult decât că nu aveam nicio noutate cu privire la dispariția lui Ed – dar pierdusem din vedere abilitățile ei de a trage de limbă și o piatră.

– Ești bine, draga mea? m-a întrebat când am ajuns, punându-și mâna delicată cu unghii lungi pe brațul meu, în timp ce gemenele ei, în vârstă de nouă ani, mă priveau timide, din spatele fustelor ei, așa cum fac de obicei copiii mult mai mici. Se repeziseră toate trei afară, să mă întâmpine pe alee. Ce se petrece? Arăţi groaznic. Intră, intră! Ai noutăţi?

Îşi compusese o expresie preocupată, uşor bosumflată, care, dintr-odată, m-a iritat atât de tare încât m-am întrebat din nou dacă nu cumva intram la menopauză. Schimbările acestea bruşte de dispoziţie mă epuizau – pe de altă parte, mă gândeam, nici nu ştiam cum era normal să te simţi când soţul tău probabil că a fugit cu economiile tale de-o viaţă...

– Nu sunt noutăţi, am răspuns, înghiţind o scuză sarcastică cu privire la faptul că nu arătam impecabil. Ascultă, îţi mulţumesc că ai grijă de Timmy.

Le-am lăsat să mă conducă în hol, unde fetele s-au repezit la cuşca lui Timmy, încercând s-o deschidă şi să îl elibereze.

– Fetelor, ar fi bine să-l închideţi într-o cameră, împreună cu litiera, pentru vreo două zile – nu-l lăsaţi să umble peste tot, pentru că va încerca să fugă.

– Nu vrem să-l încuiem într-o cameră, s-a văitat Bina. O să se simtă îngrozitor!

Mi-au venit brusc în minte toate nopţile în care îl închisesem pe Ed în camera de oaspeţi.

– O să fie bine, am spus, înghiţind cu greu nodul din gât. „Nemernicule!“

În schimb, m-am forţat să gândesc. Dacă, într-adevăr, făcuse asta, îmi doream să-l fi încuiat şi să fi aruncat cheia.

– Când se află în locuri necunoscute, preferă spaţiile închise, credeţi-mă. După ce se obişnuieşte un pic, îl puteţi lăsa să se plimbe şi prin alte părţi. M-am întors către Naveeta. Totuşi, să nu-l lăsaţi să iasă din casă, cel puţin trei săptămâni, te rog.

Naveeta a părut îngrijorată.

– Trei *săptămâni?* Cât timp vei lipsi?

– Nu știu, am răspuns. În seara aceasta, merg să vorbesc cu Ben. Apoi, dacă tot nu primesc nicio veste, merg să stau la Maddie câteva zile. Nu pot să stau singură în casă și s-aștept, întrebându-mă dacă se mai întoarce sau nu. Pur și simplu, nu pot.

Cu siguranță, nu aveam să-i spun că mergeam să vorbesc cu Ellen.

– Draga mea, unde crezi că poate fi? m-a întrebat Naveeta, de parcă vorbea despre un portofel pierdut. Parcă mă așteptam să adauge: „Și când l-ai avut ultima oară?"

Bună întrebare, totuși. Îl avusesem oare vreodată, cu adevărat?

– Nu știu. Poate a fugit cu April, în Australia. Ai auzit că a plecat într-un soi de tabără, acolo?

– Știu! a răspuns ea, părând să scape din vedere gravitatea situației și ca și cum era gata de bârfă, apoi realizând brusc ce spusesem. Nu, cu siguranță n-a făcut așa ceva! De ce spui asta?

– Nu știu, am răspuns, nu cred că au fugit împreună. Dar este totuși o coincidență faptul că au dispărut în același timp.

– April n-a dispărut. A plecat pentru o vreme, să încerce să-și revină după moartea soțului ei!

Am oftat.

– Da, știu. Doar că este ciudat. Întâi Mike, pe urmă recuperarea miraculoasă a lui Ed, apoi plecarea lui April și acum Ed, care nu mai ajunge acasă...

Deja spusesem mai multe decât îmi propusesem. Naveeta avea talentul acesta enervant. Așa cum era de așteptat, s-a repezit să întrebe.

– Ce recuperare miraculoasă? Ce vrei să spui?

Din moment ce întreg studiul clinic fusese probabil o escrocherie, mi-am spus, confidențialitatea nu-și mai avea locul. Iar în această situație, ar trebui să fac cunoscute poliției bănuielile mele – dar nu puteam s-o fac. Nu cât încă nu eram sigură. Fiascoul misiunii mele sub acoperire nu putea fi scos la iveală. Pur și simplu, nu se putea. Pentru că, dacă Ed se prefăcuse că era bolnav, cu ce altceva mai reușise să mă prostească?

– A participat la un studiu clinic am spus, fără prea multă convingere. Medicamentul experimental i-a anulat simptomele.

Aparent.

– Știi, chiar *mi se păruse* că era mai bine! izbucni Naveeta. O, Doamne, Lynn, asta e grozav!

– Sigur – pentru el, am rostit cu amărăciune. Nu la fel de grozav pentru mine, dacă imediat ce s-a făcut bine, a șters-o.

– N-ar face una ca asta! De ce ar fi făcut-o? Și doar nu crezi că are de-a face cu uciderea lui Mike și cu April?

Mi-am revenit.

– Nu, sunt doar tot felul de gânduri. Panica la gândul că ar fi putut păți ceva teribil. Te rog, Nav, nu mai spune nimănui. Îmi promiți?

Și-a făcut cruce în dreptul inimii, scuturând viguros din cap. N-am crezut-o nici măcar o clipă.

– În orice caz, am spus, ar trebui să plec. Văd că fetele abia așteaptă să îl instaleze pe Timmy.

Gemenele au chicotit, împingându-se una pe alta, care să apuce mânerul cuștii, în timp ce urcau scările însoțite de miorlăiturile de protest ale motanului. A trebuit să-mi feresc privirea, copleșită brusc de emoție, în timp ce dispăreau cu el în capul scărilor. Simţeam că îi pierdeam pe toţi deodată.

– Rămâi măcar pentru o ceaşcă de ceai sau un pahar cu vin?

Naveeta a încercat să tragă de mine, spre bucătărie, dar am opus rezistenţă, scoţând cheile maşinii din geantă şi îndreptându-mă spre uşă.

– Nu, sincer, mulţumesc, dar trebuie să ajung în Kingston, mă aşteaptă Ben şi Jeanine.

Mă exprimasem în aşa fel încât să pară că aveam să stau la ei o vreme. Nu voiam ca Naveeta să ştie cât de curând plecam spre Channel Islands, pentru că nu voiam ca ea să-mi simtă teama că Ed nu avea să se mai întoarcă.

33

Am apăsat soneria interfonului de la intrarea în blocul lui Ben. Când a răspuns, în vocea lui distorsionată și spartă se simțea neliniștea.

– Lynn! Ai vreo veste?

În același timp, mi-a deschis, ceea ce m-a făcut să cred că nu se așteptase să-i răspund la interfon. Urcând scările, i-am zărit silueta masivă în cadrul ușii apartamentului de la etajul unu al clădirii legănându-se pe vârfurile picioarelor. S-a repezit și m-a îmbrățișat cu o efuziune pe care n-o manifestase de ani buni.

Bietul Ben. Era tras la față. Nu era unul dintre oamenii mei preferați, dar nu merita asta, mai cu seamă imediat după euforia pe care o trăise la aflare veștii presupusei vindecări miraculoase a tatălui său – evident că-i spusesem. Mirosea a loțiune după bărbierit și a balsam de rufe, cu o ușoară aromă de usturoi și, pentru un moment, m-am agățat de el cu disperarea gândului că n-aveam să mai fiu vreodată mai aproape de Ed ca acum.

– Intră, a spus el. Jeanine este la ora de zumba. Găteam rizoto, ca să mâncăm cu toții, când se-ntoarce.

– Miroase grozav. Eram hămesită. Nu fusese decât un drum de cincisprezece minute, cu mașina, de la Naveeta până la apartamentul lui, dar mă simțeam deja extenuată.

– Așadar, sunt? a întrebat el din nou, în timp ce-mi turna un pahar de vin alb, fără să mă fi întrebat dacă voiam. Noutăți, vreau să spun. Presupun că nu, altfel n-ai fi aici.

Apoi a înghețat cu brațul oprit la jumătatea drumului, cu paharul ca o ispită inaccesibilă.

– Doar n-ai venit să-mi dai personal niște vești îngrozitoare?

– Nu, te rog, nu te îngrijora. Adică, nu mai mult decât până acum. N-am nicio veste.

– Ei bine, presupun că nicio veste e un semn bun. Stai cu mine să vorbim, în timp ce amestec să nu mi se lipească orezul.

M-am rezemat de frigider, încercând să nu-i stau în drum.

A turnat supa într-o tigaie întinsă, cu fruntea încrețită de concentrare, profilul lui fiind atât de asemănător cu al lui Ed, încât am scrâșnit din dinți. Purta chiar un șorț de bucătărie care semăna cu al lui Ed. Orezul a sfârâit în timp ce Ben a continuat să amestece.

– Merg să stau la Maddie, în Jersey, pentru o vreme, am spus precaută.

– Când?

– Zbor mâine, de pe Gatwick – o să iau trenul până la aeroport. Mă întrebam dacă aș putea lăsa mașina aici. Tu și Jeanine vă puteți folosi de ea, desigur.

– Mâine? A așezat lingura de lemn pe un tocător și s-a răsucit să mă privească. Dar dacă tata se întoarce și nu te găsește acasă?

Am oftat, regretând că vorbisem atât de curând.

– Ben... putem vorbi despre asta după cină, când este și Jeanine aici?

A oprit focul sub tigaie cu un gest nervos.

– Nu. Dacă este ceva ce nu-mi spui, vreau să știu în clipa asta. Lynn, unde este tata?

– Nu știu! Bineînțeles că nu știu. Nu te-aș lăsa să treci prin ce trec eu. Dacă aș ști, ți-aș spune.

S-a mai înmuiat un pic.

– Îmi pare rău. Dar sunt foarte îngrijorat.

– Și eu.

Mi-am așezat mâna pe brațul lui, iar el mi-a zâmbit stins.

– Orezul e gata, cred, a spus el, acoperind tigaia cu un capac. Hai să ne facem comozi.

Ed detesta expresia asta, aproape la fel de mult ca „în capitală" sau „la urma urmei". Ben, desigur, și-a amintit asta imediat ce a spus-o și i-a venit în același timp să râdă și să plângă.

Am zâmbit și eu.

– N-o să-i spun că ai zis asta.

Am mers în sufragerie și ne-am așezat fiecare la câte un capăt al canapelei gri, uriașe, în formă de L. Afară se întunecase, dar draperiile nu erau trase și luminile macaralelor de pe șantierul din apropiere erau aproape frumoase.

– Nu-mi vine să cred că pleci când el lipsește, a repetat Ben, dar într-o manieră mai puțin agresivă.

– Aș înnebuni să stau singură, în casa pustie, zi după zi, întrebându-mă dacă-l voi mai vedea vreodată venind spre casă, pe alee. Indiferent dacă este bine, sau dacă boala i-a revenit ori dacă a plecat, pur și simplu... Am lăsat poliției adresa lui Maddie. Am mereu telefonul cu mine. Dar simt nevoia să fiu lângă cineva apropiat, Ben. April a plecat în Australia, într-o tabără sau un spa, ceva, unde nu are conexiune stabilă la internet, așa că nu este disponibilă. Maddie este cealaltă bună prietenă a mea și știu că aș face față mai bine situației dacă sunt cu ea. Dacă apare, mă întorc fără întârziere, promit.

– De ce ar fi plecat? a întrebat Ben, cu voce scăzută.

Am făcut o pauză. Nu știam cât ar fi trebuit să-i spun. Ed era totuși tatăl lui.

– Nu știu. Dar s-au întâmplat prea multe lucruri ciudate. Vindecarea asta miraculoasă, pe de o parte...

– Da. Studiul acela clinic. A fost un demers legitim?

Privirile ni s-au întâlnit.

– Dacă nu a fost, atunci știi ce înseamnă asta, Ben...

Buzele lui Ben s-au strâns într-o expresie înverșunată și, pentru un moment, a rămas tăcut.

– Înseamnă că s-a prefăcut.

– Da, sau că a fost, cumva, atras într-o capcană.

– Asta crezi că a fost?

M-am gândit la contul de economii. Bill era, în mod clar, un impostor. *El* să fi fost răufăcătorul în această mascaradă? Poate îl convinsese pe Ed că studiul nu era gratuit, ci costa nouăzeci de mii de lire, iar Ed nu voia să se confrunte cu situația, cu faptul că plătise toți banii fără să discute cu mine despre asta, așa că plecase? Părea o explicație plauzibilă.

Cu excepția faptului că studiul *avusese* rezultate. Ceea ce sugera că, dacă Bill era un impostor, Ed nu fusese cu adevărat bolnav.

Poliția știa că Bill era, probabil, un impostor. M-am hotărât să le spun și despre dispariția banilor, astfel încât ei să poată lua urma contului în care fuseseră transferați de Ed. Și atunci, aș fi știut.

– Habar nu am. Poate. În momentul acesta, presupun că ambele piste sunt valabile.

Apoi am văzut expresia lui Ben și m-am grăbit să retractez.

– Nu. Nu pot crede asta. Era atât de... pierdut când era bolnav. Și nu îl cred capabil de atâta cruzime, încât să ne facă să credem că suferea de aceeași boală pe care a avut-o bunicul. Știu că pare ușor de crezut că s-a prefăcut, dar chiar crezi că ar fi putut juca teatru atâtea luni la rând? O fi el un bun actor, dar nu este *atât* de bun. Ben, i-am văzut tomografiile, pe cele inițiale, cu creierul afectat, și pe cele noi, unde se văd zonele vindecate. Nu există nicio altă explicație logică, decât că tratamentul a funcționat...

Mă scufundam din nou în confuzie.

Ben s-a ridicat și a început să măsoare camera în lung și-n lat, aplecându-se să evite candelabrul.

– Dar... dar.. Îmi pare rău, ceva nu se leagă. Înțeleg că ni s-a cerut să păstrăm secretul, dat fiind că programul mai durează încă un an, dar de ce nu s-a făcut un apel public, la nivel național, pentru siguranța lui? Poliția își închipuie că el este încă bolnav, că este vulnerabil.

– Le-am spus polițiștilor despre studiu. A trebuit s-o fac.

– Oh! Poate era mai bine să n-o fi făcut. Ar fi tratat cazul cu mai multă seriozitate.

Ben a turnat iar în pahare, dar mie începuse să mi se urce vinul la cap, așa că am lăsat paharul neatins, pe măsuța de cafea. Trebuia să-mi păstrez mintea limpede.

– Ai cumva niște sărățele, Ben?

Sărățele – așa le spunea Ed.

– Scuze. A sărit iar de pe canapea și s-a grăbit în bucătărie. Era amuzant să-l privesc cum era acum, după ce-l văzusem adolescent rotofei și ursuz. Nu-i puteam reproșa însă – la vremea aceea era doar un copil care-și pierduse mama.

Când a revenit cu un castron cu chipsuri, m-am repezit să-i prind mâna liberă, pe care am strâns-o.

– Mulțumesc.

– Pentru sărățele?

Am râs.

– Nu. Pentru că ai crescut frumos. Pentru că ești bun cu mine și ții la tatăl tău. Când te-am cunoscut, treceai printr-o perioadă foarte dificilă. Este un miracol că m-ai acceptat în viața ta.

Ochii i s-au umplut de lacrimi și a clipit repetat, ca un copil.

– N-am crezut că voi putea, a spus el. Nu mi-a venit să cred când tata te-a adus să stai cu noi, atât de curând... dar, presupun, omul se obișnuiește cu orice și te-ai dovedit a fi în regulă, până la urmă. Poate că a fost tot răul spre bine, pentru că m-a forțat să merg înainte și să accept faptul că mama nu se mai întorcea.

– Îți mai amintești ceva din perioada aceea? l-am întrebat, sprijinindu-mă de spătarul canapelei și ronțăind chipsuri, gândindu-mă cât m-ar detesta dacă ar ști adevărul despre felul în care intrasem în viața lor.

– Desigur, îmi amintesc tot. Aveam treisprezece ani când a dispărut, nu trei. A fost al dracului de greu.

– Cu siguranță trebuie să fi fost. Mai ales când poliția l-a considerat pe tatăl tău suspect.

– Eram îngrozit că-l vor lua și-l vor închide, iar eu aveam să-i pierd pe amândoi.

A fost cât pe ce să-l întreb dacă el crezuse că tatăl lui avusese de-a face cu dispariția mamei sale, dar mi-am mușcat buza. Nu puteam să-l întreb așa ceva, nu acum. Fusesem convinsă de nevinovăția lui, dincolo de orice îndoială.

– Ed n-a avut nicio legătură cu asta, am spus în schimb.

– Știu. Dar mătușa Ellen o ținea una și bună cu asta, hoașca afurisită. Acela a fost singurul motiv pentru care poliția și-a băgat nasul atâta vreme.

Faptul că el adusese vorba a picat la țanc.

– Mai vorbești cu ea?

– Mătușa Ellen? a pufnit el. Glumești? L-a acuzat pe tata că a ucis-o pe mama!

– Era necăjită. Probabil regretă teribil acum. Cred că ar fi fericită să vorbiți din nou.

– Nu mai vorbesc în viața mea cu femeia aceea. Nu-mi pasă că, în afară de tata, este singura rudă care mi-a mai rămas... și în afară de tine, desigur, a adăugat el.

– Ai cumva noua ei adresă? am întrebat, cu nonșalanță.

– Nu. Din câte știu, stă tot în Channel Islands, cu soțul ei cel lipsit de bărbie. S-ar putea s-o întâlnești, când mergi la Maddie, în Jersey. Dacă da, te rog să nu-i transmiți salutările mele.

– Când s-a mutat acolo?

Ben ridică din umeri.

– Acum vreo cinci ani? Sper că n-ai de gând să încerci să-i dai de urmă, nu-i așa? Nu va face decât să-ți umple capul cu prostii, cum că tata i-a ucis sora.

– Mă gândisem s-o fac, i-am spus, pe un ton neutru. N-ai de unde să știi, poate are informații despre tatăl tău care ne-ar putea fi de folos. Poate știe de vreun loc unde-i plăcea să meargă, despre care noi nu știm?

– Nu știe. E nebună. Și-l urăște pe tata.

În momentul acela am auzit ușa de la intrare și zgomotul înfundat făcut de o geantă lăsată pe podea.

– M-am întors! Au scos untul din mine! a strigat Jeanine, strecurându-și capul pe ușa sufrageriei, cu fața roșie ca sfecla și șuvițe de păr transpirat scăpate din părul prins în coadă. Sunt – oh, bună Lynn, spunea Ben că s-ar putea să treci pe la noi. Rămâi?

– Doar noaptea asta – dacă nu e nicio problemă. M-am ridicat s-o îmbrățișez.

– Oh, nu mă îmbrățișa! Sunt transpirată toată. E în regulă! Ben, ai pregătit patul în camera de oaspeți?

– Nu-mi pasă că ești transpirată, am spus, îmbrățișând-o, în timp ce Ben își dădea ochii peste cap. Firește că nu pregătise niciun pat. Mă bucur să te văd. Dă-mi cearceafurile, fac eu patul.

– Și eu mă bucur să te văd. Îmi pare rău pentru ce s-a întâmplat cu Ed. Ai noutăți?

– Nu, a întrerupt-o Ben. Iar Lynn se pregătește s-o șteargă în vacanță.

M-am încruntat, desprinzându-mă din îmbrățișare.

– Ben, nu plec în vacanță. E un refugiu, o pauză. Chiar te aștepți să rămân singură închisă în casă, așteptând să sune telefonul?

Jeanine a părut să se necăjească.

– Oh, vă rog, nu vă certați! E greu pentru voi amândoi. Fac repede un duș și pe urmă stăm cu toții la masă – e gata, Ben? Miroase delicios.

– E gata, a răspuns Ben, ocolindu-mi privirea.

– Pun eu masa, m-am oferit.

34

La cină, Jeanine a continuat să privească îngrijorată, când la mine, când la Ben, de parcă stăteam să ne luăm la bătaie. Era ciudat să fiu acolo, cu ei, fără Ed.

Le-am spus ce mai aflasem de la poliție, omițând informația că nu existase niciun Bill la Clinica Chelsea. Adrian avea, desigur, dreptate – nu se puteau falsifica tomografiile. Sau se putea? Nu voiam ca Ben să-și facă și mai multe griji.

– Îngrijorarea mea este ca nu cumva ameliorarea stării lui Ed să nu fi fost o... eroare temporară – ca o lovitură la cap, care a făcut totul să dispară –, apoi boala să fi revenit subit. Poate a uitat unde locuiește sau ceva.

– Dar ai spus că poliția a verificat înregistrările camerelor de supraveghere de la gară și din trenuri? a spus Jeanine, turnând apă cu gheață dintr-o carafă în paharele tuturor.

Am dat din cap.

– Se știe că Ed a luat trenul către Waterloo, dar nu și încotro s-a îndreptat de acolo. Au verificat și listele de pasageri și n-a luat avionul. Nu încă.

– De ce le-ai spus polițiștilor că se vindecase? Ben s-a întors către Jeanine. I-am spus că n-ar fi trebuit s-o facă. Sunt sigur că ar fi depus eforturi mult mai susținute dacă l-ar fi crezut încă bolnav.

– Am crezut că era bine să știe, am spus. Poate ai dreptate, poate nici măcar nu s-a vindecat.

– Dar tomografiile? Ai spus că se vedea clar cum creierul lui se vindecase. Nu știu ce să spun, Lynn, dar cu cât mă gândesc mai mult, cu atât mai greu îmi vine să cred în vindecarea asta.

– De ce nu? Era singurul test clinic pentru un medicament cu șanse de reușită – vreau să spun, altfel de ce s-ar mai deranja? Cred că trebuie să luăm lucrurile ca atare. Pentru că, altfel, va trebui să acceptăm că tatăl tău ne-a mințit cu zâmbetul pe față, pretinzând că e bolnav.

– Oare? Nu e posibil să fi fost tomografiile încurcate sau greșite?

– Am întrebat, atunci, la consultație, am spus. Bill a spus că nu, dar presupun că este totuși posibil. Deși nu ar face o impresie bună, în ce-l privește. Am oftat, simțindu-mă, deodată, foarte singură. Aș vrea ca mama să fi trăit încă, m-am pomenit spunând.

Treceau luni de zile fără să mă gândesc la părinții mei, dar și când le simțeam lipsa, ca acum, era cu o intensitate surprinzătoare.

– Când a murit? a întrebat Jeanine, cu compasiune. Nu te-am auzit niciodată vorbind despre familia ta.

– Nu mai am familie. Tata a murit de cancer, când aveam optsprezece ani, și mama un an mai târziu. Într-un accident de mașină. Nu am frați sau surori. Așa că a fost foarte plăcut să-l cunosc pe Ed atât de curând după ce m-am mutat în Hampton – deși a fost într-un moment cumplit pentru el și pentru tine, desigur. Am arătat către Ben.

– De ce ai ales să te muți tocmai aici? Am uitat, a întrebat Ben.

Mi se părea oare sau avea o sclipire agresivă în privire?

– Tocmai mă despărţisem şi voiam un nou început.

– Da, aşa este. Tipul din armată. Dar nu ziceai că el era detaşat în străinătate?

– Ba da.

– Atunci de ce a fost nevoie să pleci din oraş?

Am ridicat din umeri.

– Am vrut să fac o schimbare. Prea multe amintiri neplăcute.

– Pare ciudat să te muţi într-un loc unde nu cunoşti pe nimeni. N-ar fi avut mai mult sens să te muţi undeva unde aveai măcar câţiva prieteni? Vreau să spun, vorbeşti într-una despre faptul că vrei să te muţi în Jersey, pentru că Maddie şi Geof sunt acolo.

Am râs, fără să fiu amuzată.

– Ce este asta, un interogatoriu? Nu ştiu. Presupun că nu aveam prieteni foarte apropiaţi, după ce fusesem plecată atât de mult, cu Dave. Așa este viața de armată. Nu mai păstrasem legătura cu niciunul dintre prietenii din școală și din facultate.

– Dar cu Dave ai păstrat legătura? a întrebat Ben. Din nou, mi s-a părut ciudat interesul lui subit.

– Deloc. După ce am divorțat, nu am mai dat ochii cu el. Un om îngrozitor. A fost cea mai mare greșeală din viața mea.

Era momentul să schimbăm subiectul. Ca un ecou peste ani, am auzit vocea mamei mele: *„Oh, ce urzeală complicată țesem când învățăm să mințim“*. Shakespeare – sau poate Walter Scott, nu-mi aminteam, dar a făcut să îmi fie și mai dor de ea.

Mama era acum ca un personaj dintr-o poveste, sau dintr-un vis; o amintire îndepărtată cu pulovere de lână mirosind a lemn ars, fuste din stofă și basmale. Dacă părinții mei ar fi fost încă în viață, n-aș fi făcut nimic din toate astea. Nu aș fi putut menține prefăcătoria atâta timp dacă aș mai fi avut legături de familie.

– În orice caz, am spus, cu un ton obosit, ridicându-mă să eliberez masa. Mâncarea a fost delicioasă, Ben, mulțumesc. Să pun ibricul pe foc?

Am făcut cafea, pe care am adus-o la masă, cu trei căni petrecute pe degetele celeilalte mâini. Ben tasta de zor pe telefon, iar Jeanine dispăruse în dormitor, de unde zgomotul uscătorului de păr dezvăluia cu ce se îndeletnicea. Ben și-a înălțat privirea și a deschis gura să vorbească. M-am îmbărbătat, pregătindu-mă pentru alte întrebări dificile, dar, din fericire, părea să fi abandonat subiectul trecutului meu tulbure.

– Care e treaba cu acest Bill? Tata chiar a luat prânzul cu el?

– Cine știe? Am turnat cafea în căni. Pentru asta plecase. Nu știu însă unde au mers și nu am datele de contact ale lui Bill. Poliția face cercetări. Trebuia să-i fi cerut numărul de telefon mobil când ne-am întâlnit, nu știu de ce n-am făcut-o. Ed printase, la un moment dat, un e-mail cu datele lui, dar pe urmă nu l-am mai găsit.

– Nu poți accesa e-mailurile lui?

Am făcut o pauză.

– Acesta este unul dintre lucrurile ciudate, Ben. Când l-am cunoscut, tatăl tău folosea o parolă la calculator, după care a renunțat la ea, ani la rând. Acum are iar una, pe care a schimbat-o de curând. De ce crezi că a făcut asta?

– Într-adevăr, de ce? a spus Ben, cu destulă emfază, turnându-și din nou în pahar. Din cauza bolii, presupun. Demența îi face pe oameni paranoici.

– Posibil, am spus eu, acoperind paharul ca să nu-mi toarne și mie. În orice caz, are laptopul cu el. Îl ia întotdeauna când călătorește cu trenul.

– Îi știi cumva parola de la contul Apple? Dacă le știi, te poți conecta și afli unde este, cu aplicația Găsește-mi iPhone-ul.

Am clătinat din cap. Totuși, era o idee bună. Durerea începea să-și croiască drum sub tâmplele mele și m-am uitat la ceas: nouă și patruzeci de minute. Era prea devreme să mă retrag la culcare – și, în plus, poate aceasta era ultima ocazie pe care-o aveam, pentru o vreme, să scot ceva informații de la Ben. Se îmbătase puțin și asta era bine.

– Presupun că oamenii își parolează calculatoarele când au ceva de ascuns. Cum ar fi o aventură... M-am prefăcut că ideea abia îmi trecuse prin cap. Nu, Ed nu avea o aventură, sunt sigură. Aș fi știut dacă avea.

În timp ce vorbeam, îl priveam pe Ben cu atenție, pândind cel mai mic semn, o privire evazivă sau un gest infim de complicitate, care l-ar fi trădat că știa ceva ce eu nu știam – dar n-am văzut nimic. Iar eu vorbisem serios – nu credeam că Ed mă înșela. Comportamentul lui nu se schimbase deloc de când îl cunoscusem până la declanșarea bolii – eram destul de sigură că mi-aș fi dat seama dacă se întâlnea cu altcineva.

M-a străbătut un fior de vinovăție cu gândul la Adrian. Mă bucuram că nu-l văzusem înainte să plec. Cu siguranță, nu aveam să mă mai culc cu el...

În afară de situația în care Ed nu mi-o făcuse, desigur. În cazul acela – orice devenea posibil. M-am văzut pentru o clipă, împreună cu Adrian, stabilindu-ne undeva, în zona rurală; sobe, focuri în aer liber, un cățeluș și plimbări lungi împreună. Cumva însă n-a durat prea mult și totul s-a dizolvat ca zahărul într-un pahar cu apă.

Ben nu părea nici el să-mi ascundă ceva. A ținut doar să mai spună:

– Tata a fost bolnav aproape întreg anul trecut. Mă îndoiesc că există vreo femeie, în toate mințile, căreia să-i placă un tip care încearcă să facă pipi în raionul de legume de la Tesco Metro.

Am făcut o grimasă, dorindu-mi să nu-i fi povestit lui Ben incidentul acela. Bietul Ed.

Pe de altă parte – cine ar încerca să facă pipi într-un magazin dacă n-ar fi cu adevărat bolnav mintal? Dacă Ed ar fi dorit cu adevărat să fure economiile comune, ar fi scos banii, pur și simplu, și ar fi plecat.

Ceea ce mă făcea să cred că lucrurile erau mai complicate de atât.

Am simțit din nou durerea ascuțită a trădării, săgetându-mă în tot corpul. Fusese cu adevărat atât de nefericit lângă mine, încât imediat ce și-a recăpătat facultățile mintale, n-a mai așteptat nicio clipă înainte să dispară cu economiile noastre? Dacă așa stăteau lucrurile, o ascunsese foarte bine.

– Ben, am spus cât am putut de precaută. Dacă tatăl tău ar fi acționat dintr-un impuls și s-ar fi hotărât să plece pentru o vreme, ai idee unde s-ar fi putut duce? Sincer, cred că asta e posibil să fi făcut. Poate ca reacție la faptul că își recăpătase sănătatea, poate într-un alt context, mai larg. Poate vindecarea l-a surprins în așa măsură că a cedat nervos și de aceea nu s-a gândit să ne spună și nouă unde merge. Era bolnav când a murit Mike – n-a avut ocazia să se împace nici cu gândul acesta. Durerea îi face pe oameni să se poarte ciudat.

Ben și-a țuguiat buzele.

– Îmi imaginez că ar merge să zacă undeva pe o plajă; știi cât de mult îi place să stea la soare. Nu cred că există aici vreun loc cu valoare sentimentală pentru el. Casa în care a crescut a fost demolată cu ani în urmă – acum, pe locul ei, cred că s-a construit un Kwik-Fit[1] sau altceva la fel de hidos.

– Paşaportul lui nu mai e în casă. Şi a mai luat şi o parte considerabilă din economiile noastre cu el, aşa că ar fi putut merge oriunde avea poftă. M-am oprit să spun „toate economiile noastre" – am încercat să fiu blândă.

– Serios?

Mi-am aşezat mâna pe braţul lui.

– Trebuie să recunosc însă că a trecut atât de mult timp de când s-a folosit de paşaport, încât nu ştiu dacă a dispărut abia acum sau lipseşte de ani de zile. Nu putea să zboare cât a fost bolnav şi nici cu vreo doi ani înainte de asta. Îţi aminteşti când ne-aţi invitat atunci, la vila aceea închiriată în Toscana, şi n-am putut veni pentru că Ed nu voia să călătorească cu avionul?

– Hmm, dar acum, dacă e mai bine...?

– Detest gândul că ar fi putut pleca undeva fără mine, am izbucnit. N-am stat departe unul de altul niciodată, de când ne-am cunoscut.

– E mai bine decât să zacă mort, în vreun şanţ, a spus Ben. Biata de tine, Lynn, tu ieşi în pierdere pe toate planurile, se pare.

Mi-am suflat nasul într-un şerveţel de hârtie.

– Pur şi simplu, nu înţeleg de ce n-a dat niciun semn, dacă doar a plecat.

Dar intenţionam să aflu.

---

[1] Service auto din Marea Britanie (n.tr.)

35
2007

La trei săptămâni după ce Ed și cu mine începusem să ne vedem, m-am strecurat în casa lui, folosindu-mă de cheile pe care le duplicasem cu o zi înainte, agățând cheile lui de rezervă înapoi la locul lor, în suportul de lângă cuier, fără ca el să fi observat. Ed și Ben plecaseră la o ședință cu părinții, la școala lui Ben, iar eu m-am strecurat pe poarta din spate, apoi pe ușa bucătăriei.

Fusesem deja de mai multe ori invitată în casă. Cunoșteam dispunerea camerelor. Știam unde ținea aspiratorul, în ce coș de gunoi ajungea corespondența nesolicitată, care era sertarul cu timbre – și parola de la calculator.

M-am furișat în bucătărie și am rămas nemișcată. Mirosul de șuncă prăjită persista în aer, peste izul, mai slab, al conținutului coșului de gunoi. Casa avea, categoric, nevoie de mâna unei femei, mi-am spus observând o porțiune lipicioasă pe podea în apropierea frigiderului și o lămâie solitară, stricată, în coșul de fructe.

Mergând tiptil prin hol, mă pregăteam să urc scările spre biroul lui Ed, când ușița cutiei de scrisori s-a legănat zgomotos pe balamaua basculantă și un teanc de plicuri a căzut cu un pocnet pe mozaicul alb-negru al gresiei. Am tresărit speriată, apoi am rămas pe loc, de teamă că poştaşul mi-ar fi putut zări silueta prin vitraliul uşii de la intrare. Haina lui roşie s-a apropiat şi pentru o clipă îngrozitoare am crezut că-şi va lipi nasul de geam, dar s-a retras imediat, estompându-se, în timp ce se îndepărta, iar eu am putut respira din nou.

M-am furişat pe scări în sus, ţinându-mă cât mai aproape de perete, trecându-mi mâinile acoperite cu mănuşi de unică folosinţă peste vopseaua netedă de pe panouri. Ştiam şi că peretele acela fusese, până de curând, acoperit cu tapet Anaglypta, texturat, atât de popular în anii şaptezeci – îl auzisem pe Ed spunând cuiva că îl îndepărtase recent.

Când am ajuns în capul scărilor, nu m-am îndreptat spre sufragerie, de teamă să nu fiu zărită întâmplător de-afară, ci am luat-o la dreapta, spre încăperea micuţă şi dezordonată pe care Ed o folosea drept birou. Nu avusesem încă ocazia să arunc o privire mai atentă acolo.

Am început prin a frunzări mormanul de documente de pe biroul lui, dar nu am găsit nimic de interes, doar vreo două cataloage pentru comenzi on-line, meniuri pentru livrări la domiciliu, facturi – achitate şi neachitate –, câteva coli A4 acoperite cu scrisul mâzgălit al lui Ben; o analiză a piesei *Inspectorul de poliţie*[1] pe marginea căreia Ed făcuse, cu superioritate, adnotări şi câteva exemplare din scenariul *Make Do and Mend.*

Am tras de sertarele fişetului amplasat în dreapta biroului. Conţinea dosare suspendabile, etichetate, cu denumiri precum „MADS – abonamente", „MADS – calendar spectacole", „MADS – AGM"[2] şi, undeva mai în spate,

[1] *An Inspector Calls*, de J. B. Priestley (în engleză în original) (n.tr.)

[2] AGM – Annual General Meeting (în engleză în original), Adunarea Generală a Membrilor (n.tr.)

„Fluturași salariu", „Renovare casă" „Carnete de cec vechi", „Rapoarte școlare Benjy". În fundul sertarului, mai erau câteva dosare neinscripționate, așa că am extras unul voluminos, în care am descoperit articole decupate din ziare și articole printate din presa on-line cu privire la dispariția lui Shelagh. Fotografia folosită în mai toate expunerile era aceeași, un instantaneu în care ea fusese surprinsă așezată călare peste un pârleaz, încălțată în cizme verzi, din cauciuc, purtând o jachetă Barbour, râzând, cu capul răsturnat pe spate și cu un deget îndreptat spre fotograf. Categoric, nu părea deprimată.

M-am întrebat dacă era normal, pentru un soț îndurerat, să adune decupaje din presă cu privire la dispariția soției lui. Nu eram sigură că eu aș fi făcut asta, să fi fost vorba despre partenerul meu de viață. Ce sens ar avea? Le-am răsfoit pe toate, deși, firește, cunoșteam povestea în detaliu. Articolele scurte nu mi-au dezvăluit nimic nou. Aceleași expresii ieșeau în evidență, de fiecare dată: „comportament atipic", „vă rugăm, contactați", „soțul și fiul ei de paisprezece ani sunt neconsolați". Nicăieri nu exista vreo mențiune cum că poliția era îngrijorată de starea sănătății ei mintale, ori că ar fi suferit de depresie sau vreun indiciu din care să reiasă că ar fi fost atât de instabilă pe cât mi-o prezentase Ed.

Am aranjat dosarele în aceeași ordine și, instinctiv, m-am hotărât să verific și sub ele, înainte să închid. Le-am tras cu putere spre capătul din față al sertarului – n-am găsit nimic altceva în partea din spate – apoi le-am împins în direcția opusă, pipăind cu degetele pe dedesubt. Tot ce am găsit acolo a fost o fotografie Polaroid decolorată, pe care am extras-o și am studiat-o. Fusese făcută în casă, chiar din fața ușii camerei în care mă aflam eu acum, ghemuită, către sufragerie. Pereții erau, într-adevăr, la vremea aceea, acoperiți cu tapet Anaglypta și o vopsea galben muștar, nu foarte atrăgătoare. Podelele erau acoperite cu covoare bej, în locul scândurilor lustruite de acum, iar cele două uși deschise erau acoperite cu un strat de vopsea albă, nu lemn natur, cum erau în prezent.

Fotografia alunecase, cel mai probabil, din dosarul „Renovare casă", dacă nu cumva fusese ascunsă de Ed pe fundul dulapului. Nu îmi puteam imagina de ce ar fi făcut-o, dar am băgat fotografia în buzunarul jachetei și am distribuit dosarele suspendate de-a lungul sertarului.

M-am uitat la ceas. Mai aveam cel puțin vreo patruzeci de minute până să se-ntoarcă Ed – școala lui Ben era la o jumătate de oră de mers cu mașina –, dar nu voiam nici să fiu la limită. Am căutat printre și prin spatele cărților așezate pe un corp de bibliotecă din metal, cam șubred, cu speranța că voi găsi un jurnal al lui Shelagh, deși, firește, ar fi fost mult prea simplu... Am avut o viziune scurtă, intensă, în care găseam unul, înțesat cu descrieri ale abuzurilor lui Ed și disperarea ei de a se elibera, înainte ca el să o ucidă... De parcă ar fi fost posibil! Așa un noroc chior. Poliția l-ar fi găsit oricum, cu mult timp în urmă.

Rafturile gemeau de scenarii de teatru, volume de poezie, dramaturgie, exemplare vechi, îngălbenite, despre *Disfuncțiile articulației temporo-mandibulare*[1], din timpul activității profesionale a lui Ed, și câteva tomuri medicale uriașe pe care le-am atins, din greșeală și care s-au prăbușit ca niște piese supradimensionate de domino, într-un nor de praf. Nimic care să prezinte interes.

---

[1] TMJ – Temporomandibular joint disorder (în engleză în original) (n.tr.)

Am pornit calculatorul lui Ed, care a prins viață acompaniat de semnalul sonor, puternic al sistemului de operare Windows, făcându-mă să tresar. Am introdus parola și-am trecut prin cât de multe documente am putut, în timp ce așteptam să i se transfere fișierele pe stick-ul de memorie pe care-l introdusesem în unitatea centrală. Ed nu-mi lăsase impresia c-ar fi genul care să țină un jurnal, dar nu poți ști niciodată. Nu era greu să ascunzi un document personal între atâtea altele, dar partea aceea nu mai era treaba mea. Altcineva, cu mai mult timp la dispoziție, avea să caute printre toate acele documente, cu echivalentul digital al unui pieptăn foarte des. Informațiile odată transferate, am recuperat stick-ul de memorie, l-am închis în buzunarul cu fermoar al jachetei, alături de fotografia polaroid, și am aruncat o privire în jur, să mă asigur că locul părea neatins.

Era timpul să plec.

36
Mai 2007

M-aş putea obişnui cu asta, mi-am spus, în timp ce mai făceam o plecăciune. Firele de praf străluceau în jurul meu, în lumina reflectoarelor, învolburate de aplauzele frenetice ale publicului. Poate dacă renunţam la poliţie ca să mă căsătoresc cu Ed, aveam să mă fac actriţă. Era nemaipoment să-mi ridic privirea şi să văd primele rânduri din public, atâtea feţe strălucind de încântare, susţinându-ne, aplaudând.

Era pentru prima dată când îmi trecea prin minte un astfel de gând – să mă retrag din poliţie, nu să mă fac actriţă – şi m-a şocat. Până la momentul acela, fusesem în stare să-mi justific timpul petrecut în Molesey drept nimic altceva decât o sarcină de serviciu, chiar dacă viza pe cineva de care mă simţeam atrasă, ştiind că la un moment dat, în câteva luni, totul avea să ia sfârşit, iar eu aş fi revenit la patrulare, sau în birou, sau m-aş fi înscris în programul de pregătire pentru Forţele Speciale, aşa cum intenţionasem. Am alungat imediat, deşi nu fără regret, gândul că, în curând, va trebui să-mi iau la revedere de la Ed şi să redevin Waitsey.

L-am văzut pe Ed lângă orga de lumini, aplaudând, zâmbind spre mine, în timp ce executam ultima plecăciune la rampă, lângă tractorul autentic, din 1940, care era, în egală măsură, un personaj ca și noi.

Am fost asaltată de un amestec amețitor de emoții, realizând că, în timpul celor două ore aferente fiecăreia dintre cele șase reprezentații, din ultima săptămână, nu mă oprisem nicio secundă să apreciez impactul pe care îl avea asupra mea ceea ce aveam să pierd, odată cu încheierea misiunii; legătura care se construise în orele lungi de pregătire și de repetiții petrecute împreună – mai ales între mine și April. Nu mai avusesem niciodată o prietenă atât de apropiată. Ca și cum mi-ar fi citit gândurile, April mi-a strâns mâna, zâmbind în timp ce ne plecam, pentru a treia oară, în fața publicului. Mi-ar fi lipsit foarte mult. Am înțeles perfect de ce oamenii spuneau că fiorul interpretării artistice creează dependență.

Nu-mi venea să cred că-mi trecuse prin cap gândul să demizionez și să fiu cu Ed. De când mă știam, nu-mi doream altceva decât să lucrez în poliție – cel puțin, până să-l cunosc pe el. Aș fi fost catalogată drept o ratată, un eșec, o risipă a banului public. Era de neînchipuit, era rușinos.

Dar l-aș fi avut pe Ed, iar gândul reîntoarcerii la o viață din care el nu făcea parte începea să fie insuportabil. Waitsey începea deja să devină o amintire îndepărtată, o persoană pe care o cunoscusem cândva. În cele cinci luni petrecute ca Lynn Jackson, îmi depășisem atât de mult zona de confort, încât îmi părea că eram într-o țară străină. Fusesem trimisă să-l investighez pe Ed, și făcusem asta cât putusem de bine – și îmi schimbase viața. Aveam un loc al meu (sigur, prin amabilitatea secției de poliție din Surrey și, dacă aș fi plecat, eram nevoită să-l părăsesc sau să preiau chiria), prieteni noi – mai ales April și Maddie – și o nou descoperită încredere în mine, pentru că reușisem să joc într-o piesă de teatru.

Cum stăteam pe scenă, cu ocazia ultimului spectacol, transpirate și euforice, în costumele noastre de fete de la țară – eu și Pat în salopete bej și cămăși kaki, Robina și April în pantaloni de călărie și pulovere de culoare verde-închis –, expresia „Fii precum frunza pe o creangă" îmi alerga amețitor prin minte, ca o pungă de plastic purtată de un vânt învolburat. Citisem cuvintele acelea într-o carte despre cum să descoperi fericirea și găsiseră în mine un ecou. Cartea o găsisem pe rafturile lui Ed, ponosită și acoperită de praf. Trebuie să fi fost a lui Shelagh – ea citise foarte multe cărți de dezvoltare personală; nu că ar fi ajutat-o cu ceva. Expresia aceea voia să spună: să faci parte dintr-o comunitate cu oameni asemenea ție, în mijlocul cărora te simți confortabil, iar eu exact asta făceam.

Nici nu coborâserăm bine de pe scenă, să ne pregătim pentru petrecerea finalului de stagiune, că am și fost copleșită de sentimentul de vinovăție că mă foloseam de munca mea în beneficiul dezvoltării personale; că fericirea mea, în momentul acela, se baza pe necazul și pierderea suferite de Ed și Ben. Era, în cel mai fericit caz, o lipsă crasă de profesionalism și, în cel mai rău, o imoralitate din partea mea. Mi-am adus aminte de acei agenți sub acoperire, bărbați, care, cumva, reușiseră să reprime astfel de gânduri și să mențină relații pe termen lung, chiar să aibă copii, din această postură, sub nume false. Și nu-i pedepsise nimeni. Eu de ce n-aș fi putut? Consideram aspectul, inevitabil, de sminteală al meseriei un pic mai problematic decât fusese pentru colegii mei bărbați, înaintea mea.

Ed și cu mine deveniserăm din ce în ce mai apropiați în ultimele luni. Noaptea, când ajungeam în camera mea, retrăiam amintirea atingerii lui, senzația pielii lui fine de la încheietura cotului și mirosul gâtului lui; aftershave amestecat cu mireasma lui irezistibilă. Stăteam în pat, ațâțată de amintirea săruturilor lui și a degetelor care îmi mângâiau scobitura spatelui. Poate era așa de puternică pentru că nu merseserăm încă „până la capăt". Crezusem că avusesem parte, cu Adrian, de fiorul acela tulburător pe care-l dă o relație interzisă, dar ceea ce simțeam pentru Ed depășea cu mult trăirea aceea.

Cu toate acestea, îl investigasem. Cotrobăisem, spionasem și răscolisem peste tot, raportând apoi, în detaliu, sergentului Metcalfe. Nu descoperisem niciun semnal de alarmă, nimic care să-mi fi atras atenția ca fiind ciudat, în legătură cu ceea ce-mi povestiseră Ed sau Ben despre incident. Nimic care să fi demonstrat sau să fi indicat măcar că Ed avusese vreo legătură cu dispariția lui Shelagh.

Dacă ar fi aflat ce făceam, totul se termina între noi.

În cadrul MADS, toată lumea bârfea despre noi, mă informase April, cu prilejul uneia dintre întâlnirile pe care noi două și Maddie le aveam de-acum, în mod obișnuit, la o cafea. Am fost stânjenită, la început, să vorbesc cu ea despre asta, din cauza prieteniei lor îndelungate, a ei și a lui Mike, cu Ed și, presupuneam, chiar cu Shelagh – dar ea-mi mărturisise că, de fapt, nu se-nțeleseseră chiar atât de bine cu ea. Amândurora li se păruse rece și distantă. Informațiile lui April însă, sub aspect profesional, îmi erau foarte folositoare. Amatoare de bârfe, îmi dezvăluise fără rezerve convingerea ei că Shelagh își pusese singură capăt zilelor.

Când întrebasem, discret, dacă Shelagh și Ed avuseseră o relație tumultuoasă, April râsese, scuturând din cap.

– Nu cred că vreunul din ei avea energie să se certe, spuse ea. Shelagh se plângea mereu din nimic. Apoi April a părut apăsată de vină și și-a cerut iertare, deși nu mi-a fost clar dacă mie sau spiritului dispărutei.

– Dă-i mai departe, îmi spusese ea cu prilejul petrecerii de la finalul spectacolului, acasă la ea și la Mike, cu privirea strălucind de o emoție pe care nu o putusem descifra. Este atât de plăcut să-l văd din nou fericit!

Fiind regizorul, Ed dorise ca petrecerea să aibă loc la el acasă, dar April nu voise s-audă. Nu eram sigură dacă ea insistase pentru că i se păruse că nu se cuvenea, din cauza situației, să se petreacă la Ed acasă, sau dorise să se laude cu propriul ei cămin, care era, ce e drept, impecabil. Era o vilă în stil Tudor, cu frontoane, de prin anii douăzeci, situată la ieșirea din Esher, amenajată până în cele mai insignifiante detalii, mirosind a lăcrămioare și a spray de mobilă. Baia de la parterul casei expunea, pe un raft, cele mai pufoase și delicate prosoape pe care-mi fusese dat să le văd vreodată și care m-au făcut să mă gândesc cu amărăciune la cele două cârpe jalnice, uzate, pe care le numeam prosoape, din baia mea minusculă.

Adevărul era că bucătăria ei era de trei ori cât tot apartamentul meu – dar sentimentul pe care-l aveam nu era de invidie, ci de recunoștință vinovată că făceam parte din viața ei. Stătusem alături de ea, pe scenă, fără ca ea să știe că Lynn Jackson era un alt rol pe care-l interpretam. Mă simțeam ca o păpușă rusească, Waitsey în interiorul lui Lynn Jackson, în interiorul lui Mabel, fata de la țară.

Petrecerea era încinsă și gălăgioasă, alimentată de bucuria că totul mersese strună și de șampania pe care Mike o distribuia cu generozitate tuturor celor din MADS. După vreo oră, dansam cu toții în bucătăria încăpătoare,

Ed executând împreună cu mine mișcări de Ceroc[1], în timp ce toți ceilalți pretindeau că sunt la o petrecere din anii nouăzeci, lucru care, nu știu de ce, mă făcea să nu mă pot opri din râs. Ed m-a învârtit și m-a răsucit dintr-o parte în alta, până am amețit, în timp ce, lângă noi, April dansa „pește mare, pește mic, cutie mare, cutie mică“[2] în acordurile cântecului *Goin' To a Go-Go* al trupei Rolling Stones. Cei doi voluntari mai în vârstă, care ajutaseră cu partea administrativă a spectacolului, stăteau de vorbă retrași într-un colț, iar Keith, directorul de scenă, se mișca greoi de-a lungul camerei, într-un dezacord total cu ritmul muzicii.

– Ar trebui să se uite în manual, mi-a șoptit Maddie, când m-am oprit să-mi trag sufletul, făcându-mă să râd încă și mai tare – în cea de-a doua seară de spectacol, Keith se referise la scenariu numindu-l „manual“, spre amuzamentul tuturor.

– Nu-mi vine să cred că s-a terminat, i-am spus lui Ed, mai târziu, în aceeași noapte.

– Ce s-a terminat? a întrebat el, trăgându-mă aproape și lipindu-mi obrazul de țesătura moale de bumbac a cămășii lui, în acordurile de început ale cântecului *I Heard it through the Grapevine.* Maddie și Geoff dansau îmbrățișați lângă noi, făcând semne către April și Mike să li se alăture, dar aceștia erau ocupați să umple paharele și să deschidă și mai multe sticle cu șampanie, izbucnind în urale când dopul țâșnea către tavan.

---

[1] Din franțuzescul C'est le Roc, dans descris cel mai bine ca o combinație între salsa și jive (n.tr.)

[2] Se referă, probabil, la cântecul și dansul pentru copii Big Fish, Little Fish, Cardboard Box (n.tr.)

– Spectacolul, prostuțule! Nu m-am distrat atât de bine de când mă știu.

– Nu e obligatoriu să fie așa, spuse el zâmbind larg. Poți să dai probă pentru următorul. Vom monta *Don't Get Your Vicars in a Twist*.

M-am gândit că în curând mă voi afla într-un cu totul alt loc – nici măcar nu știam unde – și, imediat, m-am simțit tristă și pierdută, dezrădăcinată din nou, odată ce misiunea mea avea să se încheie. Aveam deja strategia de retragere pusă la punct, un telefon neașteptat din partea pretinsului meu fost soț, care mă implora să mai acordăm căsniciei noastre o șansă. O deplasare iminentă în Cipru. Câteva zile de agonie cu privire la decizia potrivită, apoi hotărârea, cu părere de rău, să mai încercăm o dată. După aceea, aș fi dispărut fără urmă, cu excepția celor câteva fotografii de 20 x 25 cm, în care apăream alături de restul distribuției, care fuseseră adăugate pe panoul din foaierul teatrului și care aveau să ajungă într-un dosar inscripționat, „Producții – 2007".

Dar acum nu mai voiam să plec. Nu voiam să-i părăsesc pe Ed, pe April și pe Mike și restul grupului, nici măcar micul meu apartament.

Tot ce am răspuns a fost:

– Nu cred că farsele de budoar sunt genul meu.

Pe măsură ce petrecerea continua și se consuma tot mai multă șampanie, a trebuit să-mi mușc buzele ca să nu-i cer lui Ed să facem sex. Îmi venea să-l iau de mână și să-l scot de-acolo, să mergem la mine. Sau chiar pe malul apei. Era o noapte caldă, am fi găsit cu ușurință un loc retras, în zona parcului, unde puteam să o facem sprijiniți de un copac sau chiar pe o bancă... eram înnebunită de dorință când îmi imaginam că îmi ridică fusta scurtă, îmi trage chiloții în jos și mă pătrunde pe la spate. De câte ori mă îmbrățișa, îi simțeam penisul în erecție completă apăsându-mă pe coapse sau sub pântec, în așa fel încât începusem să mă tem că și ceilalți vor observa, prin pantalonii lui largi.

Nu îmi imaginasem vreodată că mi-ar putea plăcea un bărbat care poartă pantaloni largi, dar iată că-mi plăcea, chiar și cu diferența de vârstă dintre noi, de paisprezece ani. Eram atrasă de Ed cu fiecare terminație nervoasă, cu fiecare fibră și cu fiecare oscior. Totul din cauză că ne abținuserăm, vreme de atâtea luni, eram convinsă. La fel era și pentru Ed, probabil, pentru că nu mai făcuse sex de foarte multă vreme – cu cel puțin un an înainte de dispariția lui Shelagh, după propria lui mărturisire.

Însă gândul la cenzura sergentului Metcalfe mă oprise. Asta și faptul că ar fi putut ajunge vorba la urechile lui Adrian McLaughlin sau că indiscreția ar fi ajuns în dosarul meu, unde ar fi rămas până la sfârșitul veacurilor... Nu puteam să fiu atât de lipsită de profesionalism, pur și simplu, nu puteam.

Cel puțin, așa gândisem până la cel de-al șaselea pahar de șampanie... sau era cel de-al șaptelea? Ajunsă aici, cu toții mi s-au șters din minte, Adrian, Metcalfe, instructorul meu de la pregătirea pentru misiuni sub acoperire, toți colegii pe care-i avusesem vreodată. Eram beată și îmbătată în același timp de fericire, iar profesionalismul meu zăcea acum pe podeaua cabinei de schimb, alături de salopeta fetei de la țară pe care o interpretasem. Noaptea era fierbinte, eu îmi jucam magistral rolul și eram, împotriva principiilor mele, îndrăgostită fără scăpare.

Așa că, atunci când Ed m-a scos în grădină și mi-a spus, cu mâna pe sânii mei, „Hai să plecăm de-aici, ce zici?

Facem o plimbare pe malul apei", n-am pretextat că eram obosită sau că nu mă simțeam bine, sau că era „prea devreme". Am dat din cap, reamintindu-mi imediat gândurile de mai devreme, și l-am lăsat să mă ducă de-acolo, fără să-mi iau rămas-bun de la cineva.

Dacă aș putea schimba ceva, ar fi decizia aceea.

În noapte aceea, în acordurile delicate ale unduirilor apei, punctate de strigătul îndepărtat al unei vulpi, Ed a făcut dragoste cu mine atât de desăvârșit încât am crezut că puteam muri de fericire – până când mi-am revenit din beție și am început să înțeleg în ce încurcătură intrasem.

Trei săptămâni mai târziu am înțeles și mai clar, când mi-am dat seama că eram însărcinată.

37
2007

Eram o idioată. Ce aveam să fac acum?

Până să mă hotărăsc, trecuseră șase săptămâni de grețuri matinale și indecizie, care îmi întorceau stomacul pe dos. Ajunsesem să cunosc foarte bine interiorul de porțelan al toaletei mele.

Evident, nu îi mărturisisem lui Metcalfe, la niciuna dintre întâlnirile noastre bilunare. Eram îngrozită și rușinată peste măsură, pierdută în confuzie și paralizată de spaimă, pendulând între programările pentru întreruperea sarcinii – făcusem trei, apoi le anulasem – și visând cu ochii deschiși la bucuria absolută a faptului că urma să am un copil.

Imediat după incident – și înainte de a descoperi că rămăsesem însărcinată –, îi spusesem lui Ed că sexul fusese o greșeală făcută la beție și că îmi părea rău, dar, deși fusese minunat, nu trebuia să se mai întâmple. I-am spus că primisem vești de la fostul meu soț, Dave, și că acesta insista să ne întâlnim să discutăm despre ce nu mersese în căsnicia noastră.

Ed a părut sincer tulburat de atitudinea mea și m-am simțit îngrozitor, dar trebuia să spun ceva. Eram la un pas de a pierde controlul.

Acum că reprezentațiile luaseră sfârșit, am continuat să ne vedem, o dată pe săptămână, dar emoțional, eu eram rezervată, discutând nimicuri și respingându-i în mod repetat avansurile, atât cât să nu-l descurajez complet, recompensându-l când și când cu câte un zâmbet și o fluturare din gene în stil Jane Austen, pe care nici nu știam că puteam s-o fac. Eram surprinsă că nu-mi spusese să mă duc învârtindu-mă.

În tot acest timp, îmi era dor de el și nu aveam nici cea mai vagă idee despre cum aș fi putut să ies din această situație fără să-mi provoc și mai multă durere.

Dacă alegeam să păstrez copilul, îmi pierdeam locul de muncă și poate chiar și pe Ed – deși el spusese, de câteva ori, că își dorea și alți copii, nu puteam ști cum ar fi reacționat pus în fața faptului împlinit.

Dacă întrerupeam sarcina, nu eram sigură că m-aș fi împăcat cu această alegere. Aveam treizeci și șapte de ani – timpul trecea și poate aceasta era singura mea șansă... Cum aș fi putut să renunț la ceva ce-mi doream cu ardoare?

Am păstrat aparențele cât am putut de bine. Am continuat să-l trag pe Ed de limbă cu privire la situația lui, în timp ce evitam să dezvălui prea multe despre mine, mai ales noutățile recente.

Știa că părinții mei nu mai erau, că nu mai aveam frați sau surori, că mă despărțisem de Dave și nu aveam copii sau alte rude apropiate. Mă născusem în Rayleigh, Essex, studiasem limba engleză la Institutul Politehnic Leicester înainte ca acesta să devină universitate și aveam o cicatrice pe picior, de la o căzătură de pe cal, când aveam nouă ani și când osul gambei plesnise sub ochii mei, ieșind prin piele, ca un iadeș de curcan, când îți pui o dorință. Era ca și cum participam la emisiunea aceea de televiziune,

Woud I Lie To You? Uneori îmi era greu să separ realitatea de ficțiune – cu excepția aglomerării de celule vii din pântecul meu, care creștea cu fiecare zi și pe care, destul de curând, aveam să n-o mai pot ascunde.

Mă concentram să aflu cât mai multe despre Ed, cu încă și mai mult sârg după ce ne culcasem împreună, ca și cum în felul acesta compensam lipsa de profesionalism de care dădusem dovadă. Nopțile, stăteam trează, rememorând:

> *„Trimis la internat în Anglia, la vârsta de opt ani, părinții locuiau în Kuala Lumpur.*
>
> *Cicatrice deasupra buzei superioare, de când i-a fost extirpată o tumoare canceroasă, cu zece ani în urmă.*
>
> *A cunoscut-o pe Shelagh la stomatolog – ea era asistentă, iar el își extrăgea o măsea de minte.*
>
> *A cerut-o de nevastă în roata mare dintr-un parc de distracții, iar ea l-a refuzat preț de trei rotiri și a acceptat la cea de-a patra. A lucrat ca medic de familie timp de douăzeci și patru de ani, avea groază de pacienții cu afecțiuni ale piciorului sau genitale, fiind dezgustat de infecțiile micotice și altele asemenea.*
>
> *Priceput la lucru manual, gătit și dans, lipsit de talente vocale.*
>
> *La dracu', sunt însărcinată!*
>
> *La dracu'!"*

Începusem chiar să-mi doresc să găsesc vreo dovadă că o ucisese pe Shelagh, pentru că atunci aș fi știut ce să fac cu privire la relația noastră.

La aproximativ șase săptămâni de la ultima reprezentație a spectacolului nostru, *Make Do*, când eram amândoi într-o drumeţie, în Surrey Hills, mă oprisem să-mi leg puloverul peste mijlocul deja îngroşat şi întrebasem cu dezinvoltură:

– Ia spune – care este cel mai rău lucru pe care l-ai făcut vreodată?

Abordarea mea cu siguranţă nu se regăsea în niciun Manual de Pregătire a Agentului sub Acoperire, dar eram disperată.

Ed se oprise lângă mine, privindu-mă surprins.

– Rău, în ce sens? întrebase.

Era obişnuit cu mine să pun multe întrebări.

– Hm... nu ştiu, rău, pur şi simplu. Cum ar fi, lucrul pe care îţi pare cel mai rău că l-ai făcut.

Rămăsese pe gânduri, ştergându-şi fruntea cu mâneca. Dealul era abrupt şi ziua foarte călduroasă.

– Am sărutat-o pe Mandy Jennings, deşi eram prieten cu Susie Holliday. Aveam şaptesprezece ani.

– Fii serios, râsesem eu. Ăsta este cel mai rău lucru pe care l-ai făcut?

– Dar tu? Al tău care este?

– Eu am întrebat prima.

– Iar eu am răspuns, spusese el, cuprinzându-mă pe la spate şi încercând să mă gâdile. Am chicotit şi m-am eliberat, aşteptând în continuare să-mi răspundă.

– Vorbeşti serios? Vrei mai mult de-atât?

Mă prefăcusem serioasă. Fireşte că nu mă aşteptasem să spună, „Ă, să vedem – da – mi-am ucis soţia“, dar îl urmăream cu atenţie să văd orice schimbare în expresia lui.

– Trebuie să ştiu cum este bărbatul căruia, la un moment dat, în viitor, m-aş putea încredinţa...

Chipul i se luminase, iar eu nu îmi putusem împiedica o tresărire de bucurie.

– Serios? Vrei să mi te încredințezi?

Ridicasem din umeri.

– Ei bine, a trecut – cât timp oare? Patru luni, de la prima noastră întâlnire?

– Patru luni, două săptămâni și patru zile, spusese el, luându-mi mâna. Când ne-am culcat împreună, am crezut că asta este, că am devenit un cuplu. Apoi tu te-ai retras atât de mult.

– Ți-am explicat de ce, răspunsesem, rușinată. Îmi pare foarte rău, Ed. Știi că nu este vorba că nu-mi place de tine sau că nu vreau să fim împreună, dar...

– Știu, mă întrerupsese Ed, nerăbdător.

Habar nu ai, îmi spusesem în sinea mea.

– Dar de ce ai vrea să te întorci la cineva care te-a înșelat și și-a bătut joc de tine atâția ani? continuase el.

Asta îi spusesem, că „Dave“ avusese o aventură cu o subalternă. I-o descrisesem pieptoasă, pe cât eram eu de scândură, cu buze pline, roșii ca cireașa și păr castaniu-închis, ondulat. Voluptuoasă și plină de viață, flirtase cu el până când nu-i mai putuse rezista. Aventura lor durase ani de zile, dar el jura că se încheiase, acum că ea – Sinead, după cum o botezasem – se căsătorea cu altcineva.

Mă așezasem brusc pe rădăcina groasă a unui copac, ce ieșea din pământ ca un scaun natural și îi făcusem semn cu mâna să se așeze lângă mine. Ed se lăsase jos, cu broboane de sudoare strălucindu-i pe frunte și pete vizibile întinzându-se la subraț, iar eu îi întinsesem o sticlă cu apă.

– Nu am făcut sex decât o dată. Îl privisem deschizând sticla, cu dexteritate, și bând din ea.

– Mie-mi spui, răspunsese el pătimaș. Nu te exprimi deloc ambiguu, să știi.

– Nu eram pregătită. Atunci s-a întâmplat doar pentru că eram amețită de băutură, spusesem pe un ton afectat.

Mă privise provocator, ridicându-și ochelarii de soare, astfel încât să-l pot privi în ochii lui albaștri, pătrunzători.

– Și crezi că ai fi pregătită pentru asta, în viitorul apropiat? N-aș vrea să pierd în fața lui *Dave*. Îi rostise numele strâmbându-se ca la un miros urât.

De fapt, sunt mai mult decât pregătită, gândisem, oprindu-mă din fericire înainte să-mi iasă pe gură, sporind, în acest fel, mesajele contradictorii. Bietul Ed. Dar îl doream atât de mult. Mă cutremurasem. Mă lipisem de el, trăgând cu nesaț în piept mirosul trupului lui transpirat. Până și sudoarea lui mă tulbura.

Acesta era un alt detaliu pe care nu eram pregătită să i-l comunic lui Brian Metcalfe în raportările mele bilunare.

– Ed, adevărul este că vreau, spusesem, compunându-mi o expresie îndurerată. A fost fantastic atunci când – ei bine, ce-mi mai amintesc din ce s-a întâmplat, desigur. Chiar îmi doresc să fiu cu tine, dar...

– Dar, ce? răspunsese cu o voce agasată, înlăturându-mi o șuviță de păr transpirat de pe frunte.

Îmi ferisem privirea, fixând-o asupra unei ciori care ciugulea ceva în iarbă.

– Lăsându-l pe Dave la o parte, ce se întâmplă dacă...?

– Dacă, ce?

Era clar că abia se stăpânea să nu-și piardă răbdarea cu mine. *Ține-ți firea*, îmi spusesem.

– Ce se întâmplă dacă ne implicăm serios în această relație și, dintr-odată, Shelagh se hotărăște să revină acasă? Ce facem atunci?

Se lăsase cu spatele pe trunchiul copacului, oftând adânc.

– Așadar, asta era.

– Păi, nu e că nu te plac, asta e clar, spusesem cu însuflețire. Și mă preocupă mai mult decât cele câteva e-mailuri de la Dave, care, probabil, se simte singur și excitat. Îmi place viața pe care o am aici. Nu vreau să plec.

Cel puțin asta era adevărat.

Timp de câteva minute, niciunul nu vorbise.

– Ascultă, spusese el, în cele din urmă. Nu-ți pot promite că Shelagh nu va apărea, pentru că nu știu unde este. Așa cum ți-am spus de la bun început, bănuiala mea este că s-a sinucis, pentru că nu o cred în stare să-l fi abandonat pe Ben, așa cum pare că a făcut-o. Nu a lăsat niciun bilet – ceea ce, presupun, sprijină ideea că ar putea fi în viață – și știu că asta nu te ajută cu nimic.

Se aplecase din nou către mine și îmi atinsese brațul, înfiorându-mă, ca un mic val de dorință arzătoare.

– Tot ce pot spune, Lynn, este că îmi ești foarte, foarte dragă. Ne văd împreună, serios. Și ți-am mai spus-o deja, și dacă Shelagh ar intra pe ușă azi, tot cu tine aș vrea să fiu. M-aș bucura că s-a întors, firește, pentru că Ben și-ar avea mama înapoi – dacă ar putea-o ierta, vreau să spun –, dar în ceea ce privește relația mea cu ea? Nicio șansă. Aș vrea să fie posibil să divorțezi de o persoană declarată dispărută, dar nu se poate. Trebuie să treacă șapte ani înainte să o pot declara, legal, moartă, dar imediat ce o fac, sper că noi doi ne vom căsători.

Mă sărutase încet, lung, pătimaș.

– Te ajută cu ceva? Cu tine vreau să mă căsătoresc. Te iubesc, Lynn.

Acela fusese argumentul hotărâtor.

– Sunt însărcinată, spusesem dintr-o suflare, apoi izbucnisem în lacrimi. Se trăsese în spate, șocat, și îmi stătuse inima în loc, dar apoi chipul i se luminase de zâmbet, îi dăduseră lacrimile și mă strânsese tare în brațe, aproape strigându-mi în ureche.

– O, Doamne! Serios? Vorbești serios? O, Lynn, asta este... vai... asta este... Când? Un copil! Abia aștept!

Întotdeauna îmi voi aminti de momentul acela ca fiind cel mai fericit din viața mea. Întotdeauna.

38
2007

– Chiar vrei să pleci? De ce?

Aceasta era întrebarea care mă îngrozea de câteva săptămâni.

Nu voiam să-i spun inspectorului-şef Nicholls motivul adevărat pentru care voiam să ies din poliţie, dar ştiam că trebuia să mă confrunt cu situaţia. Neoficial, îl informasem pe sergentul Metcalfe, iar reacţia lui de dezgust mă înfiorase. Îi spusesem că nu mă simţeam în elementul meu, că nu beneficiasem de pregătire suficientă pentru a fi trimisă sub acoperire fără să fi acumulat, mai întâi, puţină experienţă în nişte situaţii mai puţin solicitante, dar vocea îmi sunase plângăcioasă şi lamentabilă, deşi aveam dreptate. Să vorbesc cu şeful *lui*, pe care nici nu-l cunoscusem până atunci, îmi era şi mai greu, dar eram sigură că nu îmi va refuza demisia, de teamă să nu fie acţionat în justiţie.

– Îmi pare rău, domnule, dar aceasta a fost prima mea misiune sub acoperire şi a fost prea mult pentru mine. Ar fi fost şi dacă Ed şi cu mine nu ne-am fi îndrăgostit unul de celălalt. Ne-am logodit, iar eu vreau să trăiesc alături de el. Sunt însărcinată cu copilul lui. Îmi voi păstra noua identitate şi nu am legături cu trecutul. Nimeni nu va şti adevărul. El n-are nici cea mai mică idee. Nimeni nu are.

– Sfinte Dumnezeule!

Nu-mi imaginasem că era posibil să mă privească cineva cu atâta dezaprobare. Şi-a scos chipiul şi şi-a trecut mâna, îngrijorat, prin părul rar, castaniu.

Era ciudat să mă aflu iar în clădirea unde făcusem pregătirea. Mă simţeam ca şi cum eram concediată – ceea ce, cu toată sinceritatea, s-ar fi întâmplat dacă nu le-aş fi luat-o eu înainte. Nivelurile 1 şi 2 ale pregătirii mele, împreună cu misiunea ulterioară, fuseseră un eşec total şi o risipă a banului public, dat fiind că nu găsisem nici urmă de dovadă că Ed şi-ar fi ucis soţia.

Iar acum, nici măcar nu mai credeau că încercasem.

Inspectorul-şef Nicholls a scuturat din cap.

– Ei bine, nu mă aşteptam la asta. Trebuie să te întreb, Waites, eşti sigură, sută la sută sigură, că Naismith nu te manipulează pentru interesul lui personal; nu cumva s-a prins ce facem?

– Sunt sigură, domnule. Am făcut tot ce-am putut, în ciuda lipsei de experienţă. Am fost martora debusolării şi tristeţii lui nemăsurate cu privire la dispariţia soţiei sale. Am căutat foarte amănunţit în toată casa, iar Brian a fost de acord că nu există absolut nicio informaţie care să indice că ar fi avut vreun amestec. Shelagh Naismith avea probleme de sănătate mintală şi se afla sub tratament medicamentos pentru depresie. Aveţi aici raportul meu complet.

Am aşezat dosarul pe biroul lui, iar el a înălţat uşor bărbia în semn de confirmare, în timp ce eu am continuat.

– Interacţiunea lui cu ceilalţi – nu a fost umbrită de nicio suspiciune. Casa – curată, nimic compromiţător. Preocuparea lui constantă cu privire la problemele ei de sănătate mintală sunt susţinute de fişele medicale şi de declaraţiile verbale ale fiului lor, Ben, care îşi aminteşte că a auzit-o, în repetate rânduri, spunând că dorea să-și ia viața și că, dacă n-ar fi fost el, ar fi făcut-o.

– *Dacă n-ar fi fost el*, a repetat inspectorul-șef, accentuând. Așadar, de ce am crede c-a făcut-o?

– Cu tot respectul, domnule, nu văd niciun motiv pentru care să credem că n-a făcut-o, cu excepția afirmațiilor surorii ei. Afirmații care, conform interviurilor cu Ellen Brigstock pe care le-am studiat, se bazează doar pe propriile îngrijorări cu privire la sora ei și ura declarată față de Ed Naismith. În plus, am adăugat, știind că aceasta era adevărata problemă, nu există absolut nimic admisibil în instanță. Absolut nimic. Nu a dorit să-și părăsească fiul, dar, bolnavă fiind, s-ar fi putut convinge singură că acestuia i-ar fi mai bine fără ea.

– Atunci, cum explici lipsa cadavrului?

– Se poate întâmpla, domnule. Sunt sigură că rămășițele trupului ei vor fi găsite, la un moment dat. Ed este convins că ea s-a dus undeva, într-un loc foarte retras.

– Și chiar ai de gând să te căsătorești cu el? a mai întrebat el, fixând diamantul discret al inelului de pe mâna mea stângă.

– Da, domnule, la un moment dat, în viitor, după ce Shelagh Naismith va fi declarată moartă, în mod oficial. Suntem pe deplin conștienți că s-ar putea să fim nevoiți să așteptăm șapte ani pentru asta.

M-am ridicat, cu o ținută puțin mai demnă, privind defensiv într-un punct fix, pe lângă urechea lui dreaptă.

Ratase un punct, când se bărbierise, și un smoc de fire de păr de pe obrazul lui mi-a distras, pentru o secundă, atenția.

– Știi că nu te poți căsători legal sub un nume fals?

– Sigur, domnule. I-am spus că voi pleca pentru câteva săptămâni, ca să finalizez divorțul și formalitățile aferente.

În perioada aceasta, mă voi ocupa, de fapt, să îmi schimb numele în Jackson printr-un act unilateral. L-am lăsat deja să creadă că Jackson a fost numele meu dinainte de căsătorie și că încetasem să mă mai folosesc de numele soțului, după ce ne-am despărțit.

Nicholls a mârâit, fără să încerce măcar s-o ascundă.

– Așadar, vei rămâne Lynn Jackson pentru totdeauna?

– Numai până ne căsătorim, domnule. Atunci, voi lua numele lui. Sunt sigură că nu mi se poate da de urmă sub numele de Lynn Waites. Nu am avut niciodată conturi pe rețelele de socializare. Nu am familie și am întrerupt orice legătură cu prietenii înainte de a veni în Hampton. Nimeni nu știe că lucrez – că am lucrat – în cadrul poliției, iar Waites nu este un nume atât de neobișnuit. Mi-am luat toate măsurile de precauție, astfel încât să nu las urme, pe parcursul investigației mele.

M-am gândit, cu teamă, la dosarul cu dovezi pe care-l păstrasem. Îl ascunsesem foarte bine, dar trebuia să scap de el imediat ce ajungeam înapoi în Molesey. Aveam să ne mutăm în curând, într-o casă mai mică, pe malul Tamisei. Ed vânduse vila în stil victorian, atât pentru a ne oferi un nou început, împreună, cât și din motive financiare. Abia așteptam ca viața mea alături de Ed să înceapă cu adevărat, fără ca umbra vinovată a duplicității să mă însoțească la tot pasul.

Nu mă deranja să îmi schimb numele în mod oficial. Nu era important. Într-o zi, aveam să-l schimb din nou, la oficiul stării civile, cu Ed. Până atunci, Lynn Jackson era un nume la fel de bun ca oricare altul.

Ca să îmi mai iau gândul de la cuvintele grele și reacțiile dezgustate ale colegilor mei din poliție, m-am consolat fericită la gândul că, într-o zi, eu și Ed ne vom căsători.

Îmi imaginam că, atunci când va veni timpul, între noi avea să stea o fetiță cu fundițe în păr, ca domnișoară de onoare, sau un băiețel îmbrăcat în marinar, purtătorul inelelor.

Partea aceasta însă nu era sortită să fie.

Am pierdut copilul la o lună după ce am ieșit din poliție. Fără niciun avertisment. Ed și cu mine merseserăm la culcare, făcuserăm dragoste, mă sărutase pe pântec, apoi adormiserăm – ca să ne trezim în mijlocul unui film de groază, în toiul nopții; copilul nostru, mult iubitul meu bebeluș, o bucățică minusculă de carne în mijlocul unei bălți de sânge cu miros metalic, pe saltea, iar eu incapabilă să realizez că urletul pe care-l auzeam venea din gâtul meu. Țipam, *„Nu mă părăsi, nu mă părăsi!"*, fără să știu dacă mă adresam copilului sau lui Ed.

– O să mai încercăm! insistase Ed, mânjit cu sângele meu, cu disperare în voce. Vom mai avea copii, îți promit! Doi – trei – câți vrei tu, draga mea. Nu te voi părăsi niciodată! Tu să nu mă părăsești pe mine, te rog!

Firește că nu l-am părăsit. Îl iubeam, chiar dacă promisiunea lui nu s-a adeverit.

În cele din urmă, nu a trebuit să așteptăm șapte ani pentru a ne putea căsători. Un an mai târziu, am primit un telefon care ne informa că Gavin Garvey mărturisise că o ucisese pe Shelagh. Garvey refuzase să spună ce făcuse cu cadavrul ei, dar lănțișorul acesteia se aflase în buzunarul lui, în noaptea în care fusese arestat.

A avut loc un proces, de care m-am ținut cât mai departe, sub pretextul că mă tulbura peste măsură. În realitate, am vrut să evit să fiu recunoscută în ziar sau cu prilejul scurtelor relatări televizate preluate de postul național, de către cineva din trecut, care mă știa pe când fusesem

Waitsey. Mă temusem că Ed se va supăra că nu dorisem să-l însoțesc la tribunal, dar, spre surprinderea mea, n-a părut să-l deranjeze câtuși de puțin.

Deși lipsea cadavrul, Gavin Garvey a fost găsit vinovat și condamnat la cincisprezece ani de închisoare, iar Shelagh a fost declarată moartă, în mod oficial.

O lună mai târziu, într-un oficiu de stare civilă din Waybridge, în prezența unui grup restrâns de martori, între care April și Mike, Maddie și Geoff și mama lui Mike, Sandra (producătorul nostru de la *Make Do*) și alți câțiva, Ed și cu mine deveneam domnul și doamna Naismith.

Nu am avut o domnișoară de onoare zâmbitoare sau un purtător de inele lângă noi când ne-am rostit jurămintele, dar bucuria lui Ed m-a ajutat să uit de golul dureros din stomac și din inimă. A fost un sentiment foarte ciudat, de sărbătoare și de doliu în același timp.

Dar îl aveam pe Ed și-mi repetam că acesta era lucrul cel mai important.

39
MAI 2017

Maddie m-a întâmpinat cu brațele deschise pe aeroportul din Jersey.

– Mă bucur să te văd, Lynn. Îmi pare foarte rău pentru ce s-a întâmplat cu Ed, dar o să apară, sunt sigură.

– Ben mă consideră o persoană groaznică pentru că am plecat acum, când tatăl lui lipsește. Am îmbrățișat-o la rândul meu, inspirând adânc aroma familiară de levănțică. Maddie era palpabilă și liniștitoare, ca întotdeauna, suplă și tonifiată de la câtă yoga făcea, era persoana mea preferată de îmbrățișat. Purta întotdeauna haine largi și moi, straturi peste straturi de bumbac și in în culori naturale, pastel. Nu voiam să-i mai dau drumul.

– O, la naiba cu ce crede el! Probabil că și-ar dori ca tu să aștepți douăzeci și patru de ore din douăzeci și patru, șapte zile pe săptămână, în timp ce el își vede în continuare de viața lui, ca de obicei, dar asta nu este deloc rezonabil, nu-i așa!

Am zâmbit și am scormonit în buzunar după un șervețel.

– Ar trebui să lucrezi în sistemul de sănătate publică, am spus, suflându-mi nasul. Și, în orice caz, n-am de gând să stau cu mâinile în sân cât sunt aici. Nu ți-am spus la telefon, dar am dat de urma surorii lui Shelagh. Locuiește în

Alderney. Voi merge la ea. I-am trimis un mesaj pe Facebook, în care o întrebam dacă mă primește, dar, sinceră să fiu, și dacă spune nu, tot merg. Trebuie să vorbesc cu ea.

– *Shelagh* – Shelagh? Fosta soție a lui Ed? Maddie apucase mânerul genții mele de voiaj și pornise către parcare, dar s-a oprit brusc, provocând un mic ambuteiaj în spatele ei, implicând un cuplu cu un copil în cărucior. De ce vrei s-o vezi?

– Îți povestesc la prânz. Putem merge la localul acela care-mi place mie, în port?

– Am făcut deja rezervare, a spus Maddie.

La nici patruzeci și cinci de minute de la aterizarea avionului, stăteam sub un radiator, la o masă afară, cu vedere spre portul Aubin, uitându-ne pe niște meniuri uriașe, în timp ce un ospătar tânăr și arătos ne umplea paharele cu vin. Soarele sclipea pe suprafața apei, iar eu contemplam, cu ochii mijiți, unduirea catargelor ambarcațiunilor de lângă zidul portului.

– Vreau să merg să mă tund cât stau aici, am anunțat, sorbind cu nesaț din vinul alb, rece. Putem merge azi?

– Sigur, te duc unde merg eu. Gino e grozav, dacă e disponibil. Vrei să-ți iei vârfurile?? Maddie a întins brațul și a apucat vârful unei șuvițe din bobul meu lung și blond. Mie mi se pare că arată bine.

– Nu, tot. Îl vreau scurt ca al tău.

– De ce? Nu e o măsură cam drastică? Și credeam că lui Ed îi place să porți părul lung.

– Așa este. Așa era. Dar, la naiba cu Ed. Cred că s-a prefăcut bolnav, iar acum a dat bir cu fugiții.

– *Poftim?* Maddie a vorbit atât de tare încât doamnele de la masa alăturată s-au uitat toate la noi. Nu se poate, Lynn! Ed nu ar face așa ceva.

Își sprijinise bărbia în palmă, iar vorbele mele o tulburaseră atât de tare încât își înfipsese unghiile în obraz, iar acum avea trei urme mici de semilună.

– Dar nu a vrut ca eu să-l însoțesc la Londra, în ziua în care a dispărut. Pașaportul lui lipsește – la fel și banii din contul nostru de economii.

– O, Dumnezeule!

Maddie a umplut paharele, picurând pe masă apa din frapieră. Îi tremura mâna.

– Stai puțin, totuși. Nu înțeleg de ce asta înseamnă că s-a prefăcut a fi bolnav, aproape un an întreg?

– Cred că își pregătea plecarea și a pretins că este bolnav ca diversiune, știind că în felul acesta nimeni nu va suspecta ceva. Cu siguranță, eu n-am bănuit nimic.

– Pentru că, probabil, nu a făcut asta! Maddie era din ce în ce mai tulburată. Lynn, gândește-te! Știu că suferi și că ești disperată și poate că a plecat, într-adevăr, dar lucrurile nu se leagă! De ce ar fi mințit pe toată lumea cu atât de mult timp înainte? Ai luat în calcul toate posibilitățile? Poate a fost jefuit în Londra, amenințat cu arma să retragă toți banii voștri, apoi și-a pierdut memoria sau a avut un accident?

– Contul nostru de economii nu avea un card atașat, am spus. A transferat banii on-line, într-un alt cont. Iar poliția a verificat la toate spitalele, căutând pe cineva cu semnalmentele lui, adus în ziua respectivă. Știu că sună ca și cum aș fi paranoică – dar nu crezi că e ciudat cum pare să se fi vindecat complet, după numai câteva luni de participare într-un studiu clinic, despre care mi-a permis să știu foarte puține lucruri?

– Recunosc, pare că s-a vindecat foarte rapid, a admis Maddie. Dar în ceea ce privește pașaportul, mi-ai spus la telefon că nu-l mai văzuseşi de ani de zile, aşa că nu poţi fi sigură că este la el. Și spui că Ben a confirmat că studiul a fost real. Eşti sigură că nu e totul în imaginaţia ta?

Pentru prima oară de când ne știam, am fost iritată de atitudinea lui Maddie, nu în ultimul rând pentru că suna exact ca Adrian.

– Ai puţină încredere în mine. Cine crezi că sunt, vreo femeie isterică, iraţională, pasionată de teorii ale conspiraţiei? Studiul clinic o fi fost real, dar doctorul a fost un impostor! Nu spun lucrurile acestea cu uşurinţă.

– Știu că nu, m-a alinat ea.

A început să rupă dintr-o felie de pâine proaspătă.

– Totuși – să presupunem că era înțeles cu doctorul și că *s-a prefăcut* a fi bolnav, nu ar fi avut mai mult sens să dispară lăsând lumea să creadă că era încă bolnav, decât după ce, chipurile, s-a vindecat? Le-ar fi fost tuturor mai uşor să presupună că s-a rătăcit sau că a căzut în apă.

– Ba da, dar, dacă se prefăcea, știa că o persoană dispărută care suferă de demenţă avea să fie căutată mult mai asiduu decât una sănătoasă, care s-a hotărât să-și facă bagajele și să plece. Poate că de aceea a pretins că s-a vindecat. Sau poate că se săturase să pretindă că și-a pierdut minţile.

– Atunci, de ce să fi pretins, din capul locului? Nu pare că a fost foarte plăcut nici pentru el.

Asta era o întrebare la care nu voiam să răspund. Din fericire, Maddie a schimbat-o cu una mai uşoară.

– Cum erau lucrurile între voi?

Comanda noastră de crab cu cartofi prăjiţi a sosit și am tăcut cât ospătarul mi-a umplut paharul cu apă.

– Tocmai asta e – cât a fost bolnav, abia dacă am mai făcut sex. Relaţia noastră se schimbase complet. Îţi aminteşti cum înainte el trebuia să hotărască totul: maşina, vacanţele, chestiunile administrative? Ei bine, evident, bolnav fiind nu mai putuse – sau nu mai voise – să facă nimic din toate acestea. A trebuit să preiau eu totul, și, într-un fel, presupun, l-am cocoloșit. Am auzit de cupluri care au făcut chiar mai mult sex după ce unul din ei s-a îmbolnăvit de Alzheimer sau ce-o mai fi, dar nu a fost cazul nostru. De când a primit diagnosticul, n-am făcut-o decât de vreo două ori, iar înainte de asta eram ca iepurii...

Maddie părea îngrozită. Ea și Geoff aveau o viață sexuală activă, după toate aparențele, și știam că ideea unei vieți lipsite de sex i se părea de neconceput. Cu toate acestea, n-am fost în stare să-i spun că înlocuisem lipsa de acțiune cu Ed cu întâlnirile pe ascuns cu Adrian.

– De fapt, în ultimele săptămâni a dormit în camera de oaspeți, sub cheie, pentru că începuse să aibă coșmaruri și mă lovea în somn. A fost îngrozitor. Asta s-a întâmplat cam în aceeași perioadă în care a fost ucis Mike.

– Oh, Lynn, să fim serioși, cum ai putea să crezi că s-a prefăcut în halul ăsta? a spus Maddie. Nu cred că ar fi făcut așa ceva – și, mai ales, de ce ar fi făcut-o? Iar diagnosticul a fost pus de un specialist, nu-i așa? – pe acela n-avea cum să-l fi fabricat.

– Ei bine, și aici e ceva ciudat. Când am fost cu el la doctor, pentru diagnostic, Ed a refuzat să i se facă o tomografie, din cauza claustrofobiei...

– N-a suferit niciodată de claustrofobie.

Maddie îl știa pe Ed cu mult dinaintea mea – când o cunoscusem eu cu prilejul montajului piesei *Make Do and Mend,* era deja costumiera grupului de ani de zile. „Mads din cadrul MADS“, așa îmi fusese prezentată.

– Exact, am spus. Se pare că a căpătat-o cu puțin timp înainte de a se fi îmbolnăvit. Asta și teama de zbor. Doctorul a spus că putea fi un simptom – dar putea fi la fel de bine un pretext... Apoi însă, fii atentă, în ziua în care am fost împreună la Londra, pentru discuția cu Bill – individul care, chipurile, coordonează studiul clinic –, acesta ne-a arătat niște planșe cu rezultatele tomografiei lui Ed care arătau semnele bolii. Ed a pretins că nu-și amintește să le fi făcut, dar, firește, se părea că reușiseră să-l convingă. Așadar, acesta este un alt punct pe agenda mea – să verific cu doctorul Deshmukh, cel care i-a pus diagnosticul. El trebuie să fi fost cel care l-a convins pe Ed să facă tomografiile – dar cum de nu l-am dus eu la spital? Și dacă n-am fost eu, cine a fost?

– Să fi fost April? Poate ea l-a dus la spitalul ei și le-a făcut acolo.

M-am oprit, cu furculița la jumătatea drumului spre gură.

– April...

April lucrase ca radiolog într-un spital privat, la câțiva kilometri de Guildford, dar renunțase de câțiva ani, după ce Mike se îmbogățise. Niciodată nu vorbise prea mult despre serviciul ei, în așa fel încât și uitasem că lucrase vreodată.

– Știi ceva? Nu m-am gândit la asta. Dar de ce nu mi-ar fi spus? Și, în orice caz, ar fi putut-o face, oare? Nu mai lucra acolo de ani de zile, nu cred că poți reveni, pur și simplu, să soliciți tomografii pentru prieteni!

– E posibil să fi ales să nu-ți spună – s-o fi gândit că te-ai putea supăra că Ed a fost de acord să meargă cu ea, nu cu tine...?

Am făcut o grimasă.

– Serios? Crezi tu asta? Îi voi scrie s-o întreb – tu ai luat legătura cu ea?

– Da, i-am trimis un mesaj, după ce mi-ai spus tu că a plecat. Nu mi-a răspuns încă. Totuși, cred că a fost un pic pe nepusă masă, nu? M-am întrebat dacă nu cumva unul dintre motivele pentru care ai vrut să vii aici este că și ea era plecată. Dar tu zici că este pentru că vrei s-o vizitezi pe sora lui Shelagh...

– Oricum voiam să vin, prostuțo. Tu mă binedispui întotdeauna. De fapt, mă bucur că April a plecat, pentru că m-aș fi simțit vinovată s-o părăsesc, dacă ar fi fost încă acasă.

– Ei bine, mă bucur că ești aici. Hai să achităm nota de plată și să mergem să vedem dacă te poți tunde.

Telefonul mi-a bâzâit, anunțând o notificare și am zâmbit către Maddie în timp ce-l ridicam să verific. Apoi zâmbetul mi-a dispărut.

– Mi-a răspuns Ellen la mesajul de pe Facebook, i-am spus.

Mai târziu, în aceeași seară, proaspăt tunsă și așezată în fața unui foc strașnic, i-am citit mesajul de la Ellen și lui Geoff, după ce-l informasem și pe el care era situația:

„Dragă Lynn, dacă dorești să mă vezi, te aștept. Mă găsești în apartamentul situat deasupra băncii HSBC, pe Victoria Street, strada principală din St. Anne (singurul oraș din Alderny). M-aș fi oferit să te aștept la aeroport, dar mi-am rupt un picior și, din păcate, nu pot conduce. Anunță-mă cu ce zbor sosești și voi trimite un taxi să te aștepte. Te avertizez totuși, am multe de spus despre Ed Naismith și nimic din toate acestea nu e de bine."

Așezată lângă fereastră, Maddie tivea o fustă, conul de lumină al unei veioze scăldându-i degetele în timp ce băga acul prin material. Și-a ridicat privirea.

– Chiar nu-l place deloc pe Ed, se pare! Vrei să vin cu tine?

Vocea ei era șovăitoare și, judecând după asta și după privirea cu care Geoff a săgetat-o, m-am gândit că nu erau încântați să arunce câteva sute de lire pe bilete de avion și cazare, pentru o zi sau două.

- Nu, Mads, mulțumesc, dar nu e nevoie.

Amândoi au părut ușurați.

– Îți faci cumva griji cu privire la ce ar putea să-ți spună când vă veți vedea? Tu ești convinsă că Ed n-a avut nicio legătură cu asta.

„Asta" fiind dispariția lui Shelagh, o întrebare deghizată în afirmație și, evident, una dificil de rostit pentru Maddie.

Am privit pe fereastră, gândindu-mă cum aș putea răspunde. Afară era aproape noapte și cerul era deja spuzit de stele care, mai târziu, aveau să se înmulțească și să acopere bolta ca o catifea cernită.

– Nu spun că Ed a avut ceva de-a face cu asta – dar vreau să pot exclude categoric această posibilitate, pentru liniștea mea. Nu cred că-mi va spune ceva în plus față de ce a declarat deja poliției, desigur. Doar au obținut mărturia acelui om, Gavin Garvey, câțiva ani mai târziu, nu-i așa? Dar vorbim despre un vagabond care declarase că ar fi preferat să fie la închisoare, unde era cald și primea trei mese pe zi. Nu s-au găsit urme de ADN, iar el n-a știut să spună ce-a făcut cu cadavrul lui Shelagh. Asta mi s-a părut dintotdeauna ciudat, dar e drept că au găsit lănțișorul ei în buzunarul lui, așa că, presupun, el a făcut-o.

Maddie nu știa cât de atent căutasem dovezi prima dată. Cu toate acestea, poate ceva îmi scăpase – sau poate, în mod rușinos, trecusem ceva cu vederea, sub imperiul endorfinelor, când mă gândeam la Ed de o sută de ori pe zi, cu inelul lui de logodnă pe deget și copilul lui în pântec...

Oare Ed îl cunoscuse pe Gavin Garvey? Poate chiar îl plătise? Nu găsisem nicio dovadă, dar totuși... nu însemna că nu era posibil.

O, Doamne, te rog, nu! Dacă era așa, ar fi fost o catastrofă pe toate planurile: personal, profesional, etic. Cel puțin, Ed nu știuse că eu lucrasem sub acoperire, astfel încât indiferent ce pusese sau nu pusese el la cale nu putea avea drept motiv înșelăciunea.

Geoff mi-a văzut expresia îngrozită și m-a atins ușor pe genunchi cu mâna lui bătătorită. Nu era un bărbat arătos - avea un cap nefericit de pătrățos, accentuat de calviție, și o bărbie pronunțată. Dar el și Maddie erau făcuți unul pentru altul; îmbătrâneau confortabil împreună, văitându-se de toate neajunsurile vârstei - genunchii înțepeniți și digestia îngreunată, degradarea vederii și acțiunea gravitației asupra trupului.

– Sper să nu deschizi vreo cutie a Pandorei, mergând acolo.

– Așa sper și eu, Geoff, am spus cu ardoare, așa sper și eu.

40

În Guernsey era neobișnuit de rece. Imediat ce am coborât din avionul cu care venisem din Jersey, în dimineața următoare – erau atât de multe avioane pe distanțe atât de scurte, de ce nu exista o cursă directă Jersey – Alderny? –, am început să tremur, îmbrăcată cum eram, doar cu o jachetă subțire. M-am gândit cu invidie la April, o vedeam executând salutul soarelui pe o terasă cu vedere spre natura sălbatică, obiectul salutului ei încălzindu-i trupul suplu și bronzat. Mi-am imaginat cu plăcere căldura soarelui pătrunzându-mă până în măduva oaselor și îmbujorându-mi obrajii.

Mi-am trecut palma peste ceafa înfiorată de răcoare. În ciuda curentului, îmi plăcea noua mea tunsoare. Lui Ed îi plăcuse dintotdeauna părul lung și nu voia să tai mai mult de câțiva centimetri. Alegerea mea radicală era un act de răzvrătire, încercam să ispitesc soarta, probabil. Să-l facă să vină acasă și să fie iritat că m-am tuns.

Aveam de așteptat o oră, așa că m-am conectat la wifi-ul aeroportului să-mi verific e-mailurile. Spre surpriza mea, am găsit unul de la Alvin; trimis din contul lui personal de e-mail, nu din cel al universității. Îi scrisesem să-i cer o lună de concediu fără plată, din cauza dispariției lui Ed – dar tot îmi venea greu să cred că nu mă concediase încă.

Eram uşurată că n-o făcuse – dacă Ed dispăruse cu adevărat, urma să am nevoie de bani.

> Bună, Lynn, am discutat cu departamentul de Resurse Umane și au fost de acord că, în aceste circumstanțe, îți putem prelungi concediul. Îmi poți spune să-mi văd de treaba mea, dar sunt curios, dat fiind că i-am cunoscut pe Ed și pe Mike, cu ani în urmă, la MADS. Sunt conștient că Ed nu m-a plăcut niciodată prea mult, dar bănuiesc că tu nu cunoști motivul. Probabil nu are nicio legătură cu ce se întâmplă, dar dacă vrei să vorbim, știi unde mă găsești și îți las aici și numărul meu de telefon mobil. Sper cu toată sinceritatea că va reveni în siguranță. Alvin x

Mi-am îndreptat spatele, în scaunul inconfortabil, din plastic, al sălii de așteptare, devenind, dintr-odată, surdă la zgomotele din jurul meu, anunțurile repetate în difuzoare și huruitul roților genților de voiaj. Ce naiba voia să înseme *asta*? Trebuia să-l sun, dar acum nu aveam timp – urma îmbarcarea.

Am tastat repede un răspuns.

> „Alvin, mulțumesc pentru înțelegere, cu siguranță te voi suna, imediat ce pot. Lynn"

Am ezitat o secundă, apoi m-am hotărât să nu adaug un pupic.

Nu primisem nicio veste de la April, așa că i-am trimis și ei un nou mesaj, scurt și la obiect, fără să menționez ceva legat de dispariția lui Ed.

„Bună, draga mea, mor de nerăbdare să știu cum îți merge. Oamenii sunt drăguți? Cum a fost călătoria? Îmi e foarte dor de tine. SCRIE-MI CURÂND și trimite fotografii. Te iubesc, Lynn xxxx PS. Știu că e puțin probabil, dar l-ai dus tu vreodată pe Ed la spital, pentru tomografii?"

Am închis laptopul, am terminat cafeaua și m-am grăbit spre poarta de îmbarcare. M-am simțit, brusc, foarte obosită și tot ce-mi doream era să fiu acasă, înapoi în timp, cu Ed făcându-și de lucru pe lângă mine, înainte ca boala Pick și prieteni uciși să fi apărut în viața noastră. Toată adrenalina care pusese stăpânire pe mintea mea, ca un drog, în ultimele zile, a dispărut, lăsându-mă dezumflată ca un balon.

Cel de-al doilea zbor a fost scurt și plăcut și, în jumătate de oră, geanta mea era singura care venea pe banda rulantă, în cabina micuță din prefabricate, care era terminalul sosirilor aeroportului din Alderney. După cum promisese, Ellen trimisese un taxi să mă preia – șoferul mă aștepta lângă ușă.

Odată ajunsă în mașină, m-am întins după centura de siguranță, dar aceasta nu exista. Am observat că nici șoferul nu avea una. N-a condus decât câteva minute pe poteci înguste de țară și imediat a apărut marea, mărginită de o plajă unduioasă, de nisip alb. Două minute mai târziu, mergeam pe o străduță pietruită, printre magazine în stil victorian, zugrăvite în culori aprinse, și căsuțe de o parte și de alta, legate între ele prin șiraguri de fanioane vesele. Primul meu gând a fost că orașul părea părăsit, al doilea că puteam foarte bine să fi mers pe jos.

– Aceasta este strada principală.

– De ce este atât de liniște?

Șoferul a tras pe dreapta și a parcat.

– E ora prânzului, a spus, ceea ce nu m-a lămurit. A coborât din mașină, mi-a dat rucsacul de pe bancheta din spate și mi-a indicat o casă micuță în stil georgian. Ușa de la intrare, sub emblema băncii HSBC, era deschisă. Era deconcertant să te pomenești că ajungi dintre nori la destinație într-un interval de zece minute. I-am plătit suma neînsemnată pe care mi-a cerut-o.

– Mergeți pe ușa aceea, la etaj.

I-am mulțumit, apoi am bătut la ușa inscripționată „Spațiu privat“ în holul mic al băncii. Nu a răspuns nimeni, așa că am răsucit mânerul și ușa s-a deschis.

– Bună ziua? am strigat spre scări. Tablouri în ulei, foarte mari, în culori îndrăznețe, umpleau pereții până sus, cele mai multe dintre ele strâmbe și m-am stăpânit cu greu să nu le îndrept, trecând pe lângă ele. În capul scărilor era o altă ușă, și aceasta deschisă.

– Ellen? Sunt eu, Lynn Naismith. Ești aici?

De undeva din fundul apartamentului s-a auzit o voce.

– Intră.

Înainte să trec pragul, am ezitat o secundă, conștientă că aveam să cunosc pe cineva care-l ura pe soțul meu din toate puterile.

41

M-am așezat în capătul unei canapele, între două pisici cu aspect amenințător, care mă încadrau ca niște gărzi de corp. În bucătăria alăturată, Ellen țopăia în cârje, respirând zgomotos în timp ce așeza pliculețe de ceai în cești și fierbea apa. Mă oferisem deja de două ori să o ajut, dar mă refuzase. Mă gândeam că mă va lăsa totuși să aduc ceaiul din bucătărie.

Apartamentul mirosea a patchouli, a pisică, a țigări și a mâncare veche. Poate era din cauză că, momentan, Ellen se găsea în imposibilitatea de a face curățenie, dar aveam o bănuială că era mai mult un miros specific. Bibelouri din porțelan, de prost gust, ocupau aproape fiecare suprafață disponbilă din încăpere și erau acoperite de un strat gros de praf. Câteva zăceau pe covor, răsturnate probabil de câte o pisică plictisită. Ardeam de dorință să le ridic.

– Așadar, soțul tău e plecat? Trebuie să fie greu să te descurci singură, în cârje.

Ellen nu era neapărat grasă, dar avea un posterior absolut impresionant, care se legăna în mers, lovindu-se de mobile; era ca și cum șoldurile ei fuseseră modelate după moda corsetelor din vremea reginei Elisabeta I.

– Încep să mă obișnuiesc, a spus ea cu o voce subțire, destul de plăcută, sprijinind una din cârje de blatul din bucătărie, ca să ia un platou și un pachet de biscuiți. Se întoarce în câteva zile.

A tușit, iar cârja a alunecat cu zgomot, pe podea. Am sărit în picioare s-o ridic. Ellen nu mi-a spus unde era plecat și cu ce treburi. Începeam să-mi dau seama că nu avea să fie o discuție relaxată.

– Cum te-ai rănit? am întrebat-o, privind ghipsul albastru deschis care-i îmbrăca piciorul stâng.

– Nimic dramatic, am alunecat pe stradă. Mi-am sucit glezna.

Vorbea cu un accent, pe care n-am putut însă să-l localizez.

– Uf! Pot să iau eu astea? am întrebat-o, arătând spre cănile cu ceai și platoul cu biscuiți, iar Ellen a încuviințat, cu o mișcare a capului, scuturând delicat coama bogată de păr cărunt și creț. În interiorul uneia dintre căni am zărit un fir aspru de păr, așa că, revenind pe canapea, am împins cana respectivă pe măsuță, spre capătul unde ședea Ellen. Ea s-a lăsat să cadă pe canapea, sprijinindu-și piciorul rănit pe colțul măsuței scunde. Degetele piciorului aveau unghii lungi, dezgustătoare, îngălbenite și fire negre de păr, rușinoase ca niște aspecte intime ce n-ar trebui expuse.

Ellen a tușit iar. Am surprins-o privind către inhalatorul așezat pe bufetul din cealaltă parte a încăperii.

– Dă-mi voie. Am sărit în picioare și i l-am adus, iar ea a inhalat adânc.

– Probleme de respirație și o gleznă sucită. Sunt un dezastru.

Am râs, crezând că glumea, dar apoi mi-am dat seama că nu era așa.

Probleme de respirație, zona costieră, asta era, am recunoscut accentul. Într-un fel, Ellen făcea parte din familie.

Făcuse parte din familia lui Ed. Deşi el nu vorbise niciodată despre ea, îmi dădusem seama că nici el n-o plăcuse, cu mult înainte ca ea să-l fi acuzat de crimă. N-avea niciun pic de indulgenţă pentru smiorcăiţi, fumători (cu excepţia lui Mike) şi pentru cei oarecum copilăroşi, iar prima mea impresie despre Ellen era că bifa cu succes toate cele trei categorii.

Am încercat (şi am eşuat) rapid să-mi imaginez un Crăciun în familie, cu Ellen şi Ed faţă în faţă şi curcanul între ei, ea de o parte a mesei, cu ţigara în gură, el de cealaltă parte, cu un cuţit în mână...

– Aşadar, a spus Ellen, după ce respiraţia i-a revenit la normal. Ed Naismith. Ştii că mi-a ucis sora?

Vorbeşti despre soţul meu!

– Nu cred că el a făcut-o, am spus cu voce normală. A fost devastat de dispariţia ei.

– Sigur, devastat, a pufnit Ellen. Domnul Actor în persoană. A interpretat foarte bine, asta e clar. Pun pariu că a repetat ore întregi în faţa oglinzii înainte să se adreseze presei.

– Poliţia a desfăşurat investigaţii amănunţite, în baza declaraţiei tale.

– Nu avea alibi!

– Ba da, era acasă, cu Ben, în noaptea respectivă. Şi, mult mai important, Gavin Garvey a mărturisit. Ce te face să crezi că a ucis-o Ed?

– Avea o aventură. Shelagh a aflat. Apoi a dispărut.

Aproape am sărit de la locul meu.

– Nu-i adevărat!

– De unde ştii tu?

Mi-am reamintit rapoartele şi interviurile poliţiei, pe care petrecusem ore întregi citindu-le, căutările pe ascuns în casă, în lipsa lui Ed, discuțiile intime pe care le ințiasem, căutările frenetice în telefonul lui, imediat ce părăsea încăperea, cu inima bubuind în piept de teama a ceea ce aș putea descoperi și de dorință.

– Pur și simplu. Aș fi știut.

Nu existase niciun indiciu cu privire la vreo aventură, niciodată. Din momentul în care privirile noastre se întâlniseră, eu și Ed am știut că celălalt era „acela“. În afara cazului în care aventura se încheiase înainte să ne cunoaștem?

– Cu cine se presupune că a avut această așa-numită aventură?

Pe peretele opus al camerei era fixată o oglindă mare, ușor înclinată în jos, în așa fel încât ne reflectam amândouă în ea. Lângă Ellen, eu păream minusculă, ca și cum cineva mă micșorase la jumătatea ei. *Dragă, am micșorat soția*, am gândit.

Surprinzător, mi s-a făcut un dor teribil de Ed.

Ellen a ridicat din umeri, îndesând un biscuit întreg în gură.

– O târfă, a spus, cu gura plină de firimituri.

– Te înșeli, i-am spus. Ed și cu mine am devenit un cuplu la câteva luni de la dispariția lui Shelagh – și înainte să te gândești la altceva, nu, nu îl cunoșteam dinainte, abia mă mutasem în zonă. Ne-am îndrăgostit unul de altul destul de repede. Am devenit inseparabili.

Pe cămin erau câteva fotografii înrămate, prăfuite și estompate de trecerea timpului. Una le înfățișa pe Shelagh și Ellen în adolescență sau pe la douăzeci de ani, așezate pe o pătură, la un picnic, pe o plajă bătută de vânt. Deși acum nu mai vedeam nicio asemănare, din fotografie aș fi spus că erau înrudite. Aveau aceleași gropițe în obraji și aceeași bărbie. Cu toate acestea, era evident că Ellen trăsese paiul scurt, cu privire la aspectul fizic.

Era și o poză cu Ben, la cinci-șase ani, în costum de scafandru, pe o plajă. Un băiat dolofan, cu un costum asemănător, stătea lângă el, cu brațul pe după umerii lui. Îmi părea cunoscut. Când l-am cunoscut eu, Ben avea cincisprezece ani și, din câte îmi aminteam, nu mai avea niciun prieten din școala primară. Cu toate aceste, o aluniță de pe obrazul acelui copil îmi amintea de ceva. Mă pregăteam să deschid subiectul cu Ellen, când a dezlănțuit asupra mea un contraatac verbal feroce:

– Inseparabili? Nu ți se pare ciudat, pentru un bărbat, aparent „devastat“ de dispariția soției sale? Dacă ar fi fost cu adevărat devastat, nu s-ar fi îndrăgostit de altcineva atât de rapid.

Am rămas fără aer, ca și cum cineva mă lovise cu o bilă uriașă în stomac. Bineînțeles că mă gândisem la asta, la momentul respectiv, cum să nu? Dar sentimentele noastre s-au dezvoltat foarte repede – ajutate și de bebelușul care creștea în mine –, și cu cât trecea mai mult timp, cu atât eu luam asta drept Dragoste Adevărată. Auzind-o acum, rostită atât de direct, suna de-a dreptul acuzator. La adresa lui Ed, a relației noastre, a mea.

– El a spus că a fost devastat, am reușit să spun cu o voce care nu părea a mea. Însă mulți bărbați, când își pierd partenerul, simt nevoia să își găsească pe altcineva cât mai curând. Nu este ceva neobișnuit, se întâmplă frecvent. În plus, mi-a spus că el și Shelagh avuseseră multe probleme. Nu mai erau fericiți împreună. Desigur, era îngrijorat că i s-ar fi putut întâmpla ceva, m-am grăbit să adaug, și era supărat că Benjy își pierduse mama, dar Ed mi-a spus că mariajul lor era pe butuci, cu mult înainte ca Shelagh să dispară. El era convins că ea se sinucisese.

Ofeream prea multe explicații, mult prea repede.

Ellen și-a dat ochii peste cap, ca la vederea unui copil prostuț – și, în momentele acelea, exact așa m-am simțit.

– Ei bine, sună exact ca și cum o aventură ar fi fost justificată.

– Nu avea, am repetat, simțind că eram gata să izbucnesc în lacrimi, ceea ce nu-mi stătea în fire. Dar dacă Shelagh ar fi crezut că are, atunci nu pare plauzibil ca ea să se fi sinucis din cauza asta, dat fiind istoricul ei de instabilitate mintală?

Acum, Ellen m-a privit cu ostilitate fățișă.

– Nu avea niciun istoric de instabilitate mintală!

Muream de dorință să-i spun că văzusem fișele ei medicale și că femeia lua tot felul de antidepresive. Nările lui Ellen fremătau fie de furie, fie de supărare și începuse iar să respire șuierător, în timp ce vorbea:

– De ce îl aperi, la urma urmei? Se pare că ți-a făcut-o și ție. Nu vrei să-l prinzi și să fie pedepsit?

Încercam, fără succes, să-mi păstrez calmul – deși ceea ce tocmai spusese era exact ce voiam să fac, dacă se dovedea că Ed „mi-o făcuse" și mie. Dar nu aveam de gând să recunosc asta în fața ei.

– Este soțul meu. Îl iubesc și, trebuie s-o spun, nu-mi place să arunci cu acuzații la adresa lui, când nici nu este prezent, să se apere. Tu ești cea care l-a făcut să treacă prin iad, de la început, acuzându-l că i-a făcut rău lui Shelagh și trimițând poliția pe urmele lui, chiar și după ce se convinseseră că el n-a avut nicio legătură cu dispariția ei.

Trebuia să fac un efort supraomenesc să-mi controlez tonul, să nu mă pierd cu firea.

În acest timp, Ellen ridicase una dintre cârje și o ținea îndreptată spre mine, ca pe o mitralieră.

– Ești încă de partea lui? a întrebat ea cu o expresie clară de dezgust. În acest caz, te rog să ieși imediat din casa mea. Acum. Am crezut că vrei să-l faci să plătească, nu să-l ajuți să scape de cine știe ce crime a mai comis între timp! Am auzit că prietenul lui, Mike, și-a găsit sfârșitul și știi care a fost primul meu gând? Ed. Cine altcineva? A făcut-o o dată, de ce n-ar fi făcut-o din nou? Ceea ce trebuie să afli tu sunt motivele. Și aș avea mare grijă, în locul tău. Știe că ești pe urmele lui, așa că tu ești următoarea.

M-am ridicat, cu sângele clocotind și cu inima bătându-mi dureros în piept. Îmi venea să apuc de capătul cârjei și să-l înfig în fața păstoasă a lui Ellen.

Cum îndrăznești, hoașcă bătrână și afurisită! am urlat din toate puterile, în capul meu. Cu voce tare și gâtuită, am reușit să spun:

– Nu-ți face griji, n-aș rămâne să mai ascut mizeriile astea nici dacă m-ai plăti. Ed este un om bolnav și a dispărut. Am crezut că ai putea să mă ajuți, dar este clar că m-am înșelat.

Mi-am aruncat rucsacul pe umăr și m-am îndreptat spre scări. Vocea lui Ellen m-a urmat, atât de puternică, dintr-odată, încât toată lumea de la etajul inferior ar fi putut-o auzi:

– Shelagh era îngrozită. Îmi spusese în repetate rânduri că se temea c-o va omorî. Și a făcut-o. A ucis-o.

Am ieșit clătinându-mă din apartament, pe scări în jos, apoi pe lângă o coadă mică, bizară, de clienți ai băncii, care se formase în fața ușii.

42

Tremuram atât de tare încât am intrat în primul bar care mi-a ieșit în cale și am cerut un coniac dublu pe care l-am băut dintr-o înghițitură, spre surprinderea barmanului. M-am cutremurat simțind arsura băuturii pe gâtlej.

– Ești bine? m-a întrebat. Era un tip în vârstă, grizonant, cu chipul obosit, nasul roșu și ochii urduroși. În jurul mijlocului subțire avea legat un șorț, cândva alb, acum acoperit de urme de cărbune lăsate de degete, în dreptul șoldurilor.

Am dat din cap.

– Sunt bine, mulțumesc. Îmi puteți spune unde este hotelul Blacks?

– Patru case mai jos, pe partea cealaltă, a spus el arătând cu un deget spre ușă.

Mi-a înghețat inima. Carevasăzică, îmi rezervasem cameră la hotel peste drum de apartamentul lui Ellen. Grozav.

Nu era vina ei că-și pierduse sora, cum nu era vina ei că-și rupsese piciorul. De acord, femeia nu era cea mai plăcută persoană pe care o cunoscusem vreodată, dar presupun că și eu aș fi ajuns la fel de înverșunată dacă aș fi suspectat că soțul singurei mele surori a ucis-o și nimeni nu îmi ia în serios bănuielile.

Atâta că poliția *le luase* în serios. Poliția tratase cu seriozitate acuzațiile ei, atât de serios încât mă trimiseseră pe mine să investighez, investind sume considerabile într-o operațiune sub acoperire, ce durase mai bine de un an.

Fusesem convinsă că Ed era nevinovat.

Sau... mai degrabă, mă convinsesem pe mine însămi de nevinovăția lui.

Ceea ce nu era același lucru.

Și asta fusese înainte ca Ed să fie bolnav un an de zile – apoi să se vindece miraculos –, apoi să dispară. Asta fusese înainte ca el să mă amenințe, aflat în ghearele – sau, mai degrabă, sub pretextul – unei psihoze cauzate de demență, înainte ca Mike să fie ucis, înainte ca April să plece subit.

Am ieșit din bar și am pornit, cu pas ușor instabil, sperând că Ellen nu privea pe fereastră. De ce naiba mă încurcasem cu rezervarea la hotel? Treaba mea în Alderny se încheiase în mai puțin de jumătate de oră, mă puteam întoarce și ajungeam la Maddie la timp pentru cină.

Hotelul Blacks nu arăta deloc ca un hotel. Emblema discretă era singurul element de identificare. Am intrat împingând ușa și am fost întâmpinată de o doamnă trupeșă, de o vârstă greu de determinat, îmbrăcată într-o fustă de tweed. Practic, nu exista o recepție, doar un bar cu autoservire, două fotolii și o tavă pentru ceai.

– Lynn Naismith, presupun? a întrebat femeia zâmbind și ochii îi dispărură între falduri de riduri. Ești în Hibernian[1].

Speram că nu va simți aburii coniacului în respirația mea când am deschis gura să confirm că eu eram. Femeia m-a condus pe o scară în spirală, foarte îngustă, la vederea căreia m-am bucurat că nu luasem cu mine geanta mare de voiaj.

---

[1] Privitor la Scoția sau cu specific scoțian (n.tr.)

– Am ajuns, a spus ea, deschizând o ușă scundă și făcându-mi semn să intru prima. Încăperea era micuță și confortabilă – cu tapet ecosez pe pereți, o cuvertură asortată pe pat și un tablou mare cu niște scaieți pe perete.

– Foarte scoțian, am spus. Oh, înțeleg acum – Hibernian.

Femeia a râs cu poftă, ca la o glumă bună, iar eu m-am simțit, din nou, foarte obosită.

Imediat ce am rămas singură, m-am lăsat să cad greu pe spate, pe saltea, încercând să-mi adun gândurile în urma dezastruoasei întâlniri pe care o avusesem cu Ellen.

Ce sperasem oare să obțin? Presupun că sperasem ca, în anii ce urmaseră dispariției lui Shelagh, Ellen să fi revenit la sentimente mai bune, regretând vendeta împotriva lui Ed. Dacă se schimbase ceva, era că devenise și mai înverșunată. Și, acuzându-l pe Ed că ar fi avut de-a face și cu moartea lui Mike, nu făcuse decât să adâncească și mai mult propriile mele temeri. Femeia aceasta fie nu era în toate mințile, fie era clarvăzătoare, într-un mod de-a dreptul înfricoșător.

Am scos telefonul din buzunarul de la spate al jeanșilor și am căutat e-mailul lui Alvin, cu numărul de telefon. Am apăsat și l-am auzit sunând.

– Profesorul Alvin Cornelius.

Mă amuzase dintotdeauna felul lui de a se prezenta, cu titulatura completă. Ținea neapărat ca toată lumea să știe că era profesor.

– Bună, Alvin. Sunt Lynn. Naismith.

– Lynn, bună! Ce faci? În fundal se auzeau zgomote estompate, de trafic.

– Sunt bine, mulțumesc. Momentan sunt în Alderny, în Channel Islands.

– A! În vacanță?

– Hm, nu. Nu chiar. Deşi am venit în Jersey ca să petrec câteva zile cu prietena mea cea mai bună.

– Vreo veste de la Ed?

– Nimic, mulţumesc de întrebare. Am primit e-mailul tău. Putem vorbi acum?

– Sigur. Aşteaptă o secundă, conduc. Stai să te pun pe speaker...

Vocea i s-a estompat, apoi a revenit cu ecou.

– Mă auzi?

– Da, e în regulă. E aşa ciudat să descopăr că l-ai cunoscut pe Ed, cu atâţia ani în urmă. Sper că nu e prea personal, dar mă întrebam – cum era pe vremea când era căsătorit cu prima lui soţie?

A urmat o scurtă pauză şi am crezut că s-a întrerupt, dar apoi am auzit sunetul unei sirene, în depărtare.

– Ei bine. Hai s-o spun în felul următor, când te-ai angajat la Hampton şi am realizat cu cine erai căsătorită, am fost surprins. M-ai întrebat dacă mi-l aminteam, atunci când mi-ai spus despre boala lui, iar eu am evitat să răspund, tocmai pentru că îmi aminteam.

Aveam atâtea întrebări, deşi el nu răspunsese încă nici măcar la cea pe care i-o adresasem deja.

– De ce ai fost surprins?

– Păreaţi atât de...

Probabil avea de gând să spună „nepotriviţi" sau aşa ceva, dar s-a oprit subit şi, în schimb, a spus „atât de diferiţi".

– Serios? Cum aşa?

Nu mă gândisem niciodată cu adevărat la asta, dar presupun că, din afară, puteam fi percepuţi ca fiind diferiţi. Dar Alvin nu ne văzuse împreună, cu excepţia dezastrului din ziua porţilor deschise, astfel încât mi s-a părut o observaţie ciudată venind din partea lui.

– Nu vreau să spun ceva nepotrivit, dar pentru că m-ai întrebat – ei bine, tu ești foarte drăguță. Amabilă, atentă și preocupată de toată lumea. Să fiu sincer, Ed pe care l-am cunoscut era cam... nesimțit. Fără supărare.

N-am putut să nu zâmbesc. Ed era, cu siguranță, un om cu care trebuia să te obișnuiești ca să ajungi să-l placi.

– Nu m-am supărat. L-ai văzut vreodată împreună cu Shelagh?

– Nu am făcut parte din MADS foarte multă vreme. Am făcut un singur spectacol cu ei – o piesă a lui Ayckbourn, dacă nu mă înșel, spre sfârșitul anilor nouăzeci, poate în 2000. Și Ed a avut un rol. Ca actor, era magnific, un talent înnăscut, dar ca persoană, nu m-am putut apropia de el. Nici ca regizor, în scurta mea experiență. L-am văzut împreună cu soția lui – prima lui soție – o singură dată, când a venit la spectacol. Am mers cu toții la un bar, la sfârșit; ea încerca să spună ceva, iar el a început să vorbească peste ea, pe un ton superior. Îmi aduc aminte că mi-a părut rău pentru ea.

– N-ai jucat în *Moartea unui comis-voiajor,* regizată de el? Sunt sigură că așa a spus când i-am menționat numele tău.

Alvin a râs scurt.

– N-am jucat. Am dat probă și n-am fost acceptat, dar deja îmi dădusem seama că Ed nu-mi plăcea deloc, astfel încât n-aș fi acceptat rolul nici dacă mi-l oferea.

Am ezitat.

– E puțin ciudat, dar o să-ți spun: ceea ce a spus, de fapt, a fost că ai făcut o criză, ai trântit scenariul pe scenă, te-ai certat cu el și cu Mike.

De data aceasta, Alvin a râs din toată inima.

– Nici vorbă! Lynn, mă cunoști destul de bine de-acum. Mă vezi făcând așa ceva? Nu mă feresc să țip la un student afon, dar nu sunt genul care-și aruncă jucăriile și pleacă.

– Așa este, am consimțit. Recunosc că mi s-a părut ciudat când Ed a spus asta. Cu greu îmi pot imagina pe cineva mai puțin capabil să aibă un acces de furie. Am presupus că nu-și amintea el corect.

– Nu mă mir însă că ar fi inventat o astfel de poveste, ca să acopere ce-am văzut cu adevărat.

Mi s-a părut că n-am auzit bine.

– Văzut?

– Lynn, nu vreau să pară că bârfesc și, așa cum am spus și în e-mail, probabil că nu înseamnă nimic, dar...

– Ce?

Afară, cerul se întuneca. Vântul se întețise și, de pe pat, vedeam fanionul întins de-a curmezișul străzi zbătându-se frenetic în lumina înserării. Am realizat că-mi țineam respirația.

– S-a întâmplat în ziua audițiilor pentru *Moartea unui comis-voiajor*. Ajunsesem mai devreme, veneam direct de la serviciu, așa că am mers să parchez în spatele teatrului, știai că sunt și acolo câteva locuri de parcare?

Am dat din cap, ca și cum m-ar fi putut vedea.

– Când am ajuns acolo, am văzut un cuplu desprinzându-se rapid dintr-o îmbrățișare. Se sărutau în dreptul ieșirii de urgență. Era Ed cu o femeie, dar n-am văzut cine era, în afară de faptul că avea părul blond, prins în coadă. Au intrat imediat înăuntru, iar el mi-a evitat privirea toată seara. Femeia n-a mai apărut.

– Dar nu era soția lui, am spus cu voce spartă. Shelagh avea părul castaniu închis.

Dar Ed se exprimase tot timpul atât de categoric împotriva infidelității, mereu spunea că era ceva îngrozitor și de neiertat! Cine fusese femeia aceea? Dacă se întâmplase în 2000, asta fusese cu ani buni înainte ca eu să ajung în Surrey.

După ce am încheiat discuția, cu promisiunea să-l țin pe Alvin la curent cu noutățile, m-am întins pe pat și am căzut imediat într-un somn adânc, fără vise, ca și cum sistemul meu de operare cedase brusc și se închisese.

M-am trezit tresărind, două ore mai târziu, cu imaginea lui April, apărută pe neașteptate, în minte.

43

Am rămas în pat, cu imaginația razna, de parcă gândurile mele se alergau unul pe altul, prin încăpere, chițăind și lovindu-se de toți pereții. Frânturi de conversație îmi reveneau iar și iar în memorie, ca o placă stricată. Vocea acidă a lui Ellen, spunând: „Domnul Actor în persoană"; comentariul lui Alvin: „Un actor magnific, un talent înnăscut".

Un fost doctor de familie, cu talent actoricesc, cu siguranță se putea preface convingător că suferă de demență. Mai ales când avusese ocazia să studieze manifestările bolii direct, privindu-și tatăl trecând prin asta. Era o soluție genială în interpretarea metodică. Iar Ed iubea provocările și știam că așa ar fi privit situația, concentrându-se doar pe acest lucru, pregătindu-se luni de zile pentru cel mai impresionant rol al vieții lui.

Dar pentru ce, la urma urmei? Ca să fugă cu economiile noastre? Pentru o altă femeie? Ca să-l ucidă pe Mike sau să pună pe cineva să-l ucidă? De dragul artei?

Am simțit furia crescând în mine și dispărând la fel de repede. N-avea cum să se fi prefăcut. M-am ridicat, hotărâtă să nu mă mai chinuiesc singură. De ce ar fi irosit luni întregi pentru o prefăcătorie elaborată, pentru ca apoi să le anuleze într-o secundă? Hainele murdare, lipsa de igienă și de îngrijire personală – indiferent de motiv, nu-mi puteam imagina că Ed s-ar supune pe el însuși – și pe Ben – la așa ceva de bunăvoie. Vorbim despre un om căruia i se făcea rău la vederea unei șosete murdare. Ed iubea hainele. Întotdeauna ținuse foarte mult la înfățișarea lui.

O aventură părea totuși să fie singurul motiv plauzibil.

Gândul mi-a fugit iar la April și am început să analizez prietenia noastră, felul ei de a fi în preajma lui Ed. Nu surprinsesem niciodată priviri complice între ei sau îmbrățișări pe ascuns. Mi-am amintit de noaptea aceea pe vas, când Mike a strigat la ea pentru că-i băgase ardei iute în ochi, și cum am discutat apoi cu Ed despre cât de turbulentă era căsnicia lor. Dintotdeauna, Ed pretinsese că, deși April era frumoasă, n-ar fi vrut să fie căsătorit cu ea, pentru că Mike bombănea adeseori că era foarte pretențioasă.

Să fi fost și asta o cacealma îndelung exersată?

Din nou, nu se putea. Dacă femeia pe care o văzuse Alvin fusese April, și dacă ei doi continuaseră să se vadă, asta însemna că aveau o aventură de mai bine de zece ani!

Ed mă iubea *pe mine*! Eram convinsă de asta.

Cu excepția situației în care relația lor continuase, cu intermitențe, de-a lungul anilor, iar șocul morții lui Mike, apoi bucuria însănătoșirii lui Ed nu-i făcuse să-și reevalueze viețile și să decidă că voiau să fie împreună...

Mi-am reamintit noaptea în care coborâsem în bucătărie, după uciderea lui Mike, și-i găsisem împreună, la masa mea. Soțul meu cu prietena mea cea mai bună – ei bine, a doua mea prietenă cea mai bună, după Maddie.

M-am dat jos din pat și am mers la fereastră. Dacă-mi lungeam gâtul, puteam vedea fereastra apartamentului lui Ellen. Se făcuse ora opt și deja se întuneca, iar pe stradă erau câțiva oameni, probabil îndreptându-se către restaurante sau baruri.

Peste drum de hotel era o măcelărie, a cărei vitrină era aproape pustie, cu excepția unor fire de pătrunjel și a câtorva pachete cu cârnați. Stomacul a început să-mi chiorăie la gândul cârnaților cu piure și mi-am dat seama că nu mâncasem nimic de dimineață, de la croasantul din aeroportul Guernsey. Am aprins lumina, am tras jaluzelele și mi-am deschis laptopul. Mai întâi câteva e-mailuri, apoi un loc unde să mănânc.

Primul e-mail a fost către Maddie:

> Sunt aici, am fost la Ellen. Ce figură! Sigur, știam că nu era vreo admiratoare a lui Ed, dar a încălcat orice limită. Crede că Ed avea o aventură și insistă că el a ucis-o pe S. A insinuat că tot el l-a ucis și pe Mike!! Am plecat de-acolo imediat. Îți povestesc restul mâine. Xxx

În continuare nu aveam niciun răspuns de la April, lucru care mi-a accentuat senzația neplăcută din stomac – deși era la fel de posibil ca internetul să nu funcționeze acolo, în sălbăticie.

Era totuși o coincidență interesantă faptul că-și făcuse bagajele și plecase în călătorie în aceeași zi cu Ed, m-am gândit iar. Deși, am chibzuit, dacă ar fi *plănuit* asta, cu siguranță ar fi ales să plece pe rând. Ar fi atras prea mult atenția să o facă în același timp. Iar poliția confirmase că Ed nu plecase pe calea aerului.

Am intrat pe Facebook, pe pagina mea cu profil fals și am căutat-o pe April Geening.

Pagina lui April a apărut imediat, cu o fotografie frumoasă de profil, ea împreună cu Mike pe barcă, fotografie pe care eu însămi le-o făcusem cu câțiva ani în urmă – am realizat, cu o tresărire ușoară. Păreau relaxați, fericiți. Nu vedeam alte fotografii, dar, lipsită de experiență în ale

Facebook-ului, nu știam dacă era din cauză că nu mai postase altele sau din cauza setărilor de confidențialitate ale contului, care făceau fotografiile vizibile doar prietenilor.

Am apăsat butonul „Adaugă prieten“ și am trimis următorul mesaj:

> Bună, April, m-am bucurat să te găsesc aici. Sunt nouă pe Facebook – ce dinozaur, nu?! Nici măcar nu-mi dau seama cum să încarc o fotografie. O sămi rog soțul să mă ajute. În orice caz, sper că-ți amintești de mine, am fost colege la școală, în clasa îngrozitoarei măicuțe Margaret. Eu sunt cea care făcusem o pasiune pentru tine – erai, de departe, cea mai frumoasă dintre noi toate. Văd, din fotografia ta de profil, că încă ești. O să pun și eu niște fotografii din vremurile acelea, imediat ce mă prind cum se face. Scrie-mi, te rog, și spune-mi ce mai faci. Locuiesc cu soțul meu în Windsor. Nu avem copii, dar avem doi labradori negri. Pe curând, Christine xxx

April îmi vorbise de multe ori despre Îngrozitoarea Măicuță Margaret care fusese blestemul vieții ei, în fiecare zi, la școala de maici. Nu-mi aminteam să fi menționat pe cineva numit Christine, dar April nu ținea minte numele și era ahtiată după complimente, astfel încât speram să funcționeze.

M-am oprit. Aș fi putut să-mi fac un profil real pe Facebook și să o adaug pe April la prieteni, în felul acesta – ea mă tot bătuse la cap să o fac. Dar voiam să văd dacă răspunde unei cereri false de prietenie, demonstrând, în felul acesta, că avea acces la internet și că ignorase cu bună știință e-mailurile mele.

Am intrat apoi pe paginile lui Monty Greening și a geamănului său, Caspar. Niciunul dintre ei nu avea setări de confidențialitate activate, așa că am văzut nenumărate fotografii cu ei în locații exotice, uneori împreună cu April și Mike, majoritatea cu un ansamblu de fete frumoase în preajmă și alți bărbați de vârsta lor, la fel de bronzați și de atletici, prin diverse baruri, la munte sau la malul mării. Pe pagina lui Caspar, sub o fotografie cu Mike, am citit câteva comentarii: „*Condoleanțe, amice*“ sau „*Sperăm că slujba de pomenire s-a desfășurat cu bine, ne pare rău că n-am reușit s-ajungem. Tu și Monts sunteți în gândurile noastre*“.

Nimic din partea lui April, nu în spațiul public, în orice caz. În secțiunea, „Despre mine“, pe pagina lui Caspar am găsit o adresă de e-mail și am copiat-o. I-am scris câteva rânduri:

> Dragă Caspar, mă întrebam dacă mă poți ajuta cu adresa de corespondență a mamei tale, în Australia. Vreau să-i trimit ceva, de ziua ei, și știu că poate dura câteva săptămâni până ajunge. Cum se descurcă? Nu mi-a răspuns la niciun e-mail – tu ai vești de la ea? Sunt nerăbdătoare să știu ce face. Dacă ai fotografii de la ea, mi le trimiți și mie, te rog? Și dacă vorbiți pe Skype, îi spui, te rog, să mă contacteze de urgență? Trebuie neapărat să vorbesc ceva cu ea (spune-i să nu își facă griji însă!). Toate cele bune ție și lui Monty. Love, Lynn xxx

În timp ce apăsam butonul „Trimite“, m-am gândit să-i scriu iar lui April, dar stomacul meu a protestat atât de gălăgios încât am simțit că mi se face rău și mă ia cu leșin. Mâncare, mi-am zis, și-am închis calculatorul. Acum.

O oră mai târziu, cu stomacul plin de plăcintă cu pește și vin, de la un restaurant de familie, destul de excentric, din apropiere – slavă Domnului, nu dădusem cu ochii de Ellen, doar de seturi de condimente în forma unor personaje de comedie, Rodney și Del-Boy[1] ca recipiente din ceramică, pentru sare și piper – urcam treptele înguste ale hotelului, înapoi către camera mea ecosez. Primul lucru pe care l-am făcut a fost să verific iar e-mailul. Am pornit laptopul și am constatat, o dată în plus, cât de lent era. Foarte enervant, dat fiind că nu-l aveam decât de vreo doi ani.

În cele din urmă, e-mailurile s-au încărcat. În continuare, nu aveam niciun răspuns de la April, dar primisem un mesaj de la Caspar.

> Bună, Lynn, sper că ești bine. Nu, îmi pare rău. Nu am adresa mamei. Tot ce știu este că e într-o stațiune, la o stână, unde se face yoga și altele asemenea – sună aiurea, nu-i așa? Spusese că ne vom auzi pe Skype sau pe FaceTime, dar n-am mai primit vești de la ea, în afara unui e-mail, când a ajuns acolo, și a unei fotografii, pe care ți-o trimit. A spus că pe tipul care administrează locul acela îl cheamă Douglas și că ședințele de yoga sunt plăcute, dar nimic mai mult.

April comunicase cu gemenii, ceea ce însemna că avusese, la un moment dat, acces la internet. Interesant, mi-am spus. Am descărcat fotografia atașată și, încet, pixel cu pixel, în fața ochilor mi-a apărut un peisaj sărac, sub un cer

---

[1] Personaje din sitcomul difuzat de BBC, *Only Fools and Horses,* difuzat din 1981 până în 2003 (n.tr.)

albastru nemărginit, cu balustrada vopsită în roșu-ruginiu a unei verande în prim-plan. Putea fi oriunde.

În câteva secunde am copiat fotografia și am introdus-o într-o căutare pe Google. Aceeași fotografie a apărut aproape imediat pe Flickr ca făcând parte dintr-o colecție privată de imagini din Australia. Colecția cuiva care nu era April, iar fotografia fusese făcută în 2012.

Așadar, nu era fotografia ei.

Am respirat adânc. Nu era o dovadă definitivă că April nu era acolo, dar era destul de acuzatoare. Pentru ce ar fi luat fotografia altcuiva și-ar fi pretins că îi aparține? Și de ce și-ar minți propriii copii cu privire la locul unde se afla?

– Unde ești, ademenitoare nemernică de soți? m-am pomenit zicând, cu voce tare, gâtuită. Dacă m-a trădat și April, asta cred că mi-ar fi rupt inima în mii de bucățele. Singurul lucru care ar putea fi mai rău de-atât ar fi să descopăr că Maddie știa și că-i ajutase cu planul lor.

Am accesat LinkedIn, unde am verificat contactele lui April, dat fiind că așa pretinsese că a primit invitația să meargă în Australia. Nu am găsit pe nimeni pe nume Douglas sau Doug și, de asemenea, pe nimeni stabilit în Australia.

Gândește, Waitsey, gândește. Unde ar fi mers dacă plecau împreună?

Waitsey? Nu mă mai gândisem la mine în felul acesta de ani buni.

Undeva cu soare, acolo ar fi mers.

Mi-am îndreptat spatele, frecându-mi zona lombară, care începea să mă doară de la atâta stat în fața calculatorului. Mi-am imaginat că eram înapoi, în poliție, în camera operativă, în fața tablei albe, pregătită să înregistreze pistele și teoriile noastre.

Să presupunem că Ed plănuise asta ani la rând. Trebuie să fi avut un motiv important. Banii, probabil.

Cum i-ar fi putut aduce o grămadă de bani înscenarea bolii, apoi fuga? *April* era răspunsul evident. Era bogată... foarte bogată. Avea să moştenească întreaga avere a lui Mike, plus o asigurare de viaţă consistentă.

Ed ar fi ştiut asta – dar nu cu trei ani în urmă, când începuse să pretindă că are teamă de zbor.

Nu mă puteam împiedica să revin la gândul pe care Ellen îl plantase în mintea mea: *dacă nu cumva Ed îl ucisese pe Mike.* Plănuise asta în tot acest timp.

Nu, era imposibil. Ed avea un alibi indestructibil, în persoana mea – eu cu mâna mea îl încuiasem în camera de oaspeţi în noaptea respectivă. Era mult mai plauzibil să fi fost cineva care avea resentimente faţă de Mike; un membru al comitetului director, care fusese exclus, poate. Mike însuşi recunoscuse că-şi făcuse câţiva duşmani, la vremea aceea.

Dar... dar... dacă Ed se prefăcuse că are boala Pick, o făcuse cu scopul exclusiv de a mă manipula în a-i asigura alibiul, fără ca eu să-mi dau seama. Ar fi putut foarte bine să-şi fi făcut o dublură la cheie sau să fi angajat un asasin. Dormeam atât de adânc, încât ar fi putut să aibă loc o petrecere dezlănţuită la parter fără ca eu să mă trezesc, aşa că i-ar fi fost simplu să se strecoare afară în toiul nopţii, să încuie uşa şi să-şi ucidă cel mai bun prieten ca să poată fugi cu iubita lui, April, să trăiască de pe urma averii acesteia, undeva, la căldură.

Mi-am reamintit de ziua diagnosticului, de zgomotele pe care mi se păruse că le-aud afară, pe pietrişul aleii. Ar fi putut foarte bine să fi fost el, care se strecurase la studio, ca s-o sune pe April, după ce văzuse c-am aţipit pe verandă, apoi revenise rapid înapoi în pat, prefăcându-se adormit, când urcasem să-l verific. Și dacă-l prindeam, ar fi părut că plecase fără să-și dea seama sau că umbla prin somn, cu telefonul deschis strecurat în buzunarul halatului, cu April ascultând la celălalt capăt al firului, în tăcere...

– Prietena mea, April, am spus cu voce tare, adresându-mă scaietelui din tabloul de pe perete. *Prietena* mea.

M-am forțat să mă așez pe pat. Și dacă mă grăbeam să trag concluzii? Dacă le făceam amândurora o uriașă nedreptate? Poate Ed zăcea prin cine știe ce șanț, iar April era la stâna ei, în poziția lotusului, cu felii de castravete pe ochi.

Dar – și acesta era un detaliu la care nu mă gândisem înainte – eu nu aveam somnul greu, nu până cu câteva zile înainte de a începe să-l încui în camera de oaspeți, ca să nu mă mai lovească prin somn. Acum că mă gândeam, *Ed* fusese cel care venise cu ideea, sugerând să se încuie pe dinăuntru. Știa că nu l-aș fi lăsat să facă asta – dar a făcut așa încât să pară că fusese ideea mea. Și în săptămânile ce au urmat, am dormit ca un nou-născut, în ciuda sentimentului de vinovăție, trezindu-mă amețită, în fiecare dimineață, dar mulțumită că dormisem atât de bine.

Nemernicul îmi pusese ceva în cana de cacao cu lapte dinainte de culcare!

Am gemut tare, nu în ultimul rând pentru că mi-am dat seama că îi datoram lui Ellen Brigstock Lamb niște scuze. Era foarte posibil ca Ed să-i fi ucis sora.

44

Nu m-am întors să-i cer scuze lui Ellen, înainte de plecare, a doua zi dimineață, deși știam că fusesem nepoliticoasă față de ea. Voiam să mă asigur întâi că avusese dreptate, apoi aveam să revin să-mi cer iertare pentru modul furtunos în care plecasem.

Aveam ochii grei de oboseală și de nesomn, în același taxi, pe drumul înapoi spre aeroport, întreg traseul de cinci minute, în timp ce șoferul sporovăia despre vreme, ceață, și pâclă, și fronturi de aer rece.

– În orice caz, iată că am ajuns, spuse el, trăgând în fața modestului terminal.

În momentul în care pășeam, în sfârșit, afară din aeroportul din Jersey, aveam o dispoziție deosebit de proastă, necaracteristică. Nici măcar vederea lui Maddie, care mi-a făcut semn din mașină, unde mă aștepta, nu m-a binedispus.

– Bună.

– Oh, vai, a spus ea, ieșind să mă îmbrățișeze. Pari epuizată. Să-nțeleg că n-a mers bine?

– Au fost foarte multe zboruri, într-un timp foarte scurt. Trebuie să vorbesc cu voi amândoi. Geoff e acasă?

– Da. Oh, Lynn! Ești bine?

– Nu.

– Vom avea noi grijă de tine, spuse ea şi asta m-a făcut să mă simt puţin mai bine.

Însă nu pentru multă vreme. La fel ca soarele, până am ajuns acasă la Maddie şi la Geoff, optimismul meu a dispărut.

Şedeam toţi trei pe veranda lor, cu vedere spre grădină şi spre o fâşie tulbure, învolburată de ocean, în spatele acesteia. Câteva rândunici ciuguleau pe alee, până când o pisică mare, portocalie, s-a apropiat tiptil prin iarbă şi le-a făcut să-şi ia zborul.

– Afurisita aia de pisică! Dacă pun mâna pe ea, îi sucesc gâtul. Mereu face pipi pe hortensiile mele.

Geoff a venit cu o tavă pe care adusese ceai şi prăjitură cu banane făcută în casă. A lăsat în grabă tava pe masă şi s-a repezit să bată în uşa verandei, ca să alunge pisica. Aceasta l-a privit cu dispreţ, şi-a ridicat coada, eliberând un jet subţire de urină pe tufa de ilice din apropiere, scuturându-se teatral.

– Jur că ştie ce face, a spus Geoff, întinzându-mi posac o farfurie cu o felie generoasă de prăjitură.

Nu eram în stare nici măcar să ciugulesc. Mă simţeam mai firavă decât vrăbiile şi mult mai vulnerabilă. O vreme, n-am putut să vorbesc, ştiind cum avea să sune ceea ce urma să spun.

– Vorbeşte cu noi, haide, spune-ne tot, draga mea, m-a încurajat Maddie. Ce s-a întâmplat? Ellen crede în continuare că Ed a ucis-o pe Shelagh?

– Da. Dar nu este vorba atât despre ceea ce a spus, am început să vorbesc, în cele din urmă. Este vorba mai cu seamă despre tot ce s-a întâmplat în ultimii zece ani.

Am surprins un schimb rapid de priviri între Maddie și Geoff.

– Spune-ne.

Am început să vorbesc și le-am împărtășit toate temerile mele, omițând, firește, motivul pentru care venisem în Molesey; le-am spus, în schimb, ce îmi povestise Alvin la telefon, despre femeia pe care Ed o sărutase la MADS și cum femeia aceea se putea să fi fost April. Le-am spus că April nu-mi răspunsese la niciunul dintre mesaje și că îi trimisese lui Caspar o fotografie falsă, de la presupusa stațiune holistică de la stână.

– Vreau să spun – o stațiune holistică la o stână? Cât de autentic sună *așa ceva*?

Maddie nici măcar n-a schițat vreun zâmbet, încercând să asimileze ceea ce spuneam.

– Așadar, acum ești sigură că Ed a plecat undeva împreună cu April?

– Nu numai asta, Mads, dar am sentimentul îngrozitor că a plănuit asta de ani întregi. Apoi s-a prefăcut bolnav de demență pentru a-și construi alibiul în cazul uciderii lui Mike. Încep să cred, ca și Ellen, că a ucis-o și pe Shelagh. Toate acestea pentru a putea fi cu April.

Maddie se albise la față, iar Geoff rămăsese locului, nemișcat. Apoi Maddie s-a ridicat și a început să măsoare încăperea, cu pas mare.

– Lynn, eu... eu nu știu ce să spun. Dar chiar crezi așa ceva? Tu îl iubești pe Ed! Ed te *adoră*! E soțul tău! N-are o aventură cu April. Am fi știut! Ne-am fi dat seama...

Am strâns din dinți, încercând să-mi opresc lacrimile. Așa crezusem și eu, că Ed mă adora. El fusese, cu siguranță, iubirea vieții *mele*.

– Nu spun că au avut o aventură în tot acest timp. Probabil a fost ceva intermitent. Dar trebuie să recunoști că este varianta cea mai plauzibilă. Oh – și mi-am mai amintit că imediat ce am primit presupusul diagnostic, am fost convinsă că am auzit pe cineva umblând prin casă, când îl credeam adormit. Sunt sigură că a fost el. Și au mai fost și alte întâmplări ciudate, cum ar fi jaluzelele coborâte, când eu știam că le lăsasem ridicate, înțelegi, genul acesta de lucruri.

Nu păreau convinși, așa încât am continuat.

– Și ce spuneți despre bani? Banii au dispărut, toate economiile noastre.

– *Toate* economiile? a întrebat Geoff, cu fața schimonosită.

Am dat din cap.

– Întreaga sumă. Fondul nostru de pensie.

Maddie tot nu era pregătită să accepte.

– Dar și dacă a făcut-o, nu înseamnă că a plănuit asta de la bun început. Cum ai spus și tu, dacă este un efect secundar al bolii? Care i-a alterat caracterul, personalitatea... demența poate face asta. Îi schimbă pe oameni.

– Dar starea sănătății lui s-a „ameliorat“, am spus, accentuând, cu ironie. Interesant, nu credeți?

– Există vreo dovadă a acestei vindecări? În afară de ameliorarea comportamentului și a limbajului? Cu siguranță a participat la acel studiu clinic. Nu spuneai că ai văzut un e-mail care vorbea despre asta?

Am oftat.

– Există tomografii care-i prezintă creierul ca fiind normal, din nou, față de primele tomografii, cele despre care vă spuneam că nu știu când le-a făcut, înainte de diagnostic, unde se vedea că era afectat de boală.

– La ce spital? a întrebat Geoff, culegând cu gesturi delicate nucile de pe felia lui de prăjitură și așezându-le pe farfurie.

– Nu știu, dar după ce Maddie a sugerat asta, presupun că a fost spitalul unde a lucrat April. Nu i-ar fi fost foarte greu să solicite un favor, să fure sau să împrumute tomografia altui pacient, să înlocuiască numele cu al lui Ed și să schimbe data. Nu cred că-i lua mai mult de câteva minute în fața calculatorului. Astfel încât atunci când părea să-și fi revenit și repeta tomografia, creierul să apară vindecat.

Maddie s-a sprijinit cu fruntea de ușă, privind în depărtare, către ocean.

– Eu tot nu cred așa ceva. Îmi pare rău, Lynn, știu că tu cauți cu disperare răspunsuri, dar... nu April. Vrei să spui că ea și Ed au complotat să-l ucidă pe Mike? Ea n-ar face așa ceva! Și nici nu-l cred pe Ed atât de ticălos încât să te facă să trăiești un calvar, timp de opt luni, crezând că are boala Pick. De ce ar fi făcut asta?

– Ți-am spus, pentru că avea nevoie de un alibi pentru uciderea lui Mike. În perioada în care Mike a fost ucis, Ed începuse să mă lovească, prin somn – cel puțin, așa am crezut atunci –, astfel încât el a sugerat să-l încui în camera de oaspeți, peste noapte, ca să mă pot odihni și fără să-mi fac griji că el ar putea pleca undeva. De fapt, el venise cu ideea să se încuie singur, pe dinăuntru, dar trebuie să fi știut că n-aș fi fost de acord cu asta și a făcut în așa fel încât să propun ca eu să fiu cea care-l încuie. Ceea ce am și făcut. Astfel încât, în momentul în care poliția avea să pună întrebări, să pot confirma – și așa am făcut – că Ed era bolnav și-și petrecuse noaptea încuiat în cameră, pentru binele lui și al meu. Dar ar fi putut avea, cu ușurință, o cheie de rezervă. Și mai vreți să știți ceva? Cred că-mi punea ceva în ceai, să mă adoarmă.

Îmi era greu să-mi controlez tremurul din voce, dar am încercat din răsputeri să-mi păstrez calmul.

– A ținut la Mike – deși, categoric, în ultimii ani nu mai fuseseră la fel de apropiați ca în trecut. Am pus schimbarea pe seama bolii, dar haideți să presupunem, ipotetic, că April a fost tot timpul cea pe care a iubit-o și cu care voia să fie. Apoi poate că s-au despărțit în primii ani în care Ed a fost cu mine și poate că Ed a fost, atunci, suficient de îndrăgostit încât să fi dorit să încerce...

Maddie a ridicat brațul, ca un polițist în trafic.

– Nu, nu, nu, n-are niciun sens! De ce ar fi ucis-o pe Shelagh ca să fie cu April, pentru ca să se despartă de ea și să se căsătorească cu tine?

Am ridicat din umeri, învinsă.

– De ce ar fi făcut toate acestea? Dar, gândind logic, acum, dacă este nevinovat – unde este? Dacă ar fi avut vreun accident, aș fi aflat până acum. Pașaportul lui și banii au dispărut. April a dispărut. Mike e mort. Ce ar trebui să cred?

– E drept că pare ciudat, a consimțit Geoff. Trebuie să-i găsești. Și dacă nu sunt împreună, asta ar trebui să te ajute să te liniștești.

– Mi-am făcut un cont fals pe Facebook și i-am cerut prietenia, pretinzând că sunt o fostă colegă de școală. April nu ține minte numele oamenilor, așa că, probabil, nu-și va da seama. M-am gândit că dacă-mi va răspunde, atunci aș avea confirmarea că are acces la internet și mă ignoră cu bună știință.

– Și ți-a răspuns? a întrebat Geoff.

– Nu știu, n-am mai verificat. Mă uit acum. Am scos laptopul din husa lui ponosită – ponosită pentru că era culcuşul preferat al lui Timmy. Pisica portocalie de mai devreme mă făcuse să mă gândesc la Timmy și mă-ntrebam cum se descurca cu Naveeta și cu fetele.

Am deschis laptopul și-am așteptat.

– Merge atât de încet în ultima vreme. Chiar nu înțeleg de ce – vreau să spun, nu am multă informație stocată și abia dacă-l am de doi ani.

Geoff și-a lăsat capul într-o parte și pielea de pe gât i s-a adunat ca burduful unui acordeon.

– De cât timp e așa?

– De câteva luni.

– Pot să mă uit un pic?

Pe când locuiau în Surrey, Geoff lucrase în domeniul IT.

– Sigur, dacă vrei, i-am spus, întinzându-i laptopul. Dar, sinceră să fiu, un calculator încet e ultima dintre grijile mele.

Geoff avea mâini mari și puternice, de încredere.

– Nu e asta, spuse el. Vreau să verific ceva.

A tastat niște comenzi, în timp ce Maddie stătea pe brațul canapelei și-și trecea degetele afectuos prin părul lui cărunt. Privea încă spre ocean, cu o expresie tulburată în ochii mari și verzi.

– Nu inventez nimic, am spus, iar ea s-a întors brusc spre mine.

– Oh, Lynn, sigur că nu. Nici nu m-am gândit la asta, nicio secundă. E vorba doar că... este o acuzație foarte gravă, la adresa amândurora.

– La naiba, a spus Geoff, cu degetele nemișcate deasupra tastaturii.

– Ce este? am întrebat în același timp cu Maddie.

– Am făcut niște verificări de rutină, a spus el. Îmi pare rău, Lynn, dar cineva a instalat *spyware* pe laptopul tău.

Maddie și-a dus mâinile la gură.

– Aveți dreptul la trei încercări cu privire la cine ar fi putut face asta, am spus. Așadar, de asta se mișca așa încet?

– Mai mult ca sigur. Îți amintești cumva, mai exact, când a început să meargă așa?

Am suspinat.

– În perioada în care Ed a fost diagnosticat. Îmi aduc aminte că m-am plâns de asta, iar el părea să nu înțeleagă despre ce vorbeam. Dar – dacă a fost Ed, și el trebuie să fi fost – asta înseamnă că, în mod cert, s-a prefăcut a fi bolnav.

– Și mă tem că înseamnă, totodată, că a avut acces la tot ce ai făcut tu pe calculator, de-atunci încoace, a spus Geoff, ca și cum își cerea iertare.

Maddie a sărit de pe brațul canapelei, cu fața spre noi și pumnii strânși. Lacrimile începuseră să-i curgă pe obrajii rotunzi, atât de repede încât părea un personaj din desenele animate.

– Cum puteți să fiți atât de calmi? a strigat ea. Ed... prietenul nostru, Ed, soțul tău, Ed... *s-a prefăcut* în tot acest timp? Este un nemernic care a mințit, te-a înșelat, te-a spionat și, probabil, a ucis pe cineva, fie pe prima lui soție, fie pe cel mai bun prieten al lui – sau poate pe amândoi – și voi stați așa, pur și simplu? Mie îmi vine *să-l omor,* ce mama naibii!

Maddie, care n-ar fi ucis nici măcar o muscă.

– Nu sunt calmă, Maddie, nici pe departe. Dar nu uita că eu am avut mai mult timp la dispoziție să mă gândesc la toate acesta. Am avut niște bănuieli, de ceva vreme – ar trebui să fiu complet naivă să nu le fi avut. April, pe de altă parte, e o cu totul altă poveste. Nu mi-a trecut niciodată prin minte că ea și Ed ar fi putut să...

M-am oprit. Era oare ceva adevărat în toată istoria asta? Mi-am amintit cum flutura April din gene în prezența lui

Ed, cum își așeza mâna peste a lui, la masă, cum striga și îl stropea în joacă, cu apă, în vacanțele petrecute împreună. Întotdeauna mă gândisem că acesta era felul ei de-a fi, dar, pe de altă parte, nu o văzusem niciodată făcând asta cu Geoff, de exemplu. Și mi-am dat seama. Era la fel de afectuoasă cu Mike, dar nu în același fel.

– Ei bine, am consimțit, știam cu toții că lui April îi plăcea să flirteze, dar nu m-am gândit nicio clipă că ei aveau un astfel de trecut.

– Nici eu, s-a smiorcăit Maddie. Așa cum am spus și la telefon, dacă era să fie cineva, m-aș fi gândit la Naveeta, întotdeauna era grămadă pe el.

Geoff a dat laptopul la o parte și m-a îmbrățișat.

– Îmi pare rău, Lynn. Nu meriți așa ceva.

Mi-am amintit entuziasmul inițial cu care acceptasem misiunea, numai ca să scap de aventura cu blestematul de Adrian McLaughlin, pentru ca, ulterior, să revin cu atâta ușurință în patul lui, în timp ce soțul meu se lupta – sau nu – cu o boală cumplită...

Indiferent despre ce era vorba, probabil o meritam.

45

Mi-am unit degetele la ceafă și mi-am masat vertebrele de-a lungul gâtului.

– Așadar, întrebarea este – unde sunt și cum îi găsesc?

– Ai spus că poliția a confirmat că el n-a părăsit țara? a spus Maddie, ștergându-și ochii cu șervețelul pe care Geoff adusese prăjitura.

– E posibil să fi plecat deja. Nu este o persoană dispărută de risc crescut, astfel încât chiar dacă numele lui apare în listele de urmărire ale aeroporturilor, este la discreția personalului aeroportuar dacă să-l rețină sau nu.

– Atunci, ce-ar fi să-i rogi să verifice dacă el și April au plecat undeva împreună? Spune-le ce crezi că s-a întâmplat.

O firimitură de prăjitură rămăsese lipită de obrazul lui Maddie.

– Da, poate.

Mi-am imaginat umilința pe care aș fi îndurat-o mărturisind temerile mele că era posibil ca Ed să fi fost implicat în uciderea lui Mike și, de aceea, foarte posibil să fi avut de-a face și cu moartea lui Shelagh. Să fiu interogată de inspectorul-șef Nicholls sau de către Brian Metcalfe și să fiu nevoită să recunosc, la zece ani distanță, că mă înșelasem amarnic: îi costasem pe contribuali mii de lire, ca să las liber un vinovat, doar pentru că mă cucerise, mă flatase, mă lăsase însărcinată și pretinsese că nu putea trăi fără mine.

Am simțit furia cum mi se ridică din stomac, ca o vomă toxică, verde. Toată compasiunea pe care o avusesem față de Ed, față de biata April, rămasă văduvă. Toate lacrimile pe care le vărsasem la gândul nenorocirilor care-i loviseră, în timp ce ei mințeau și complotau. Se foloseau de mine. Am transformat, în închipuire, lacrimile acelea în picături de acid, care ardeau tot ce atingeau. Desfigurând chipul îngâmfat al lui Ed, alterând frumusețea de piersică pârguită a lui April. M-am răzgândit.

– Nu, am spus cu hotărâre, întinzându-mă și înlăturând delicat firimitura de pe obrazul lui Maddie, încercând să-mi opresc tremurul degetelor. Nu le spun. Nu până nu știu sigur.

– Lynn, cred că trebuie s-o faci. Te spionează!

Nu o mai văzusem niciodată pe Maddie atât de tulburată.

Am pufnit.

– Dacă, într-adevăr, și-a ucis prima soție și pe cel mai bun prieten, spionajul e cea mai mică dintre problemele lui. Dar, revenind la *spyware*, Geoff, un minut, te rog – ce face, mai exact? Asta înseamnă că poate vedea tot ce-am făcut la calculator, în ultimele luni, sau doar anumite lucruri? E-mailurile?

Și Geoff părea să fie destul de afectat. Vârful nasului i se făcuse roz.

– Depinde dacă a fost doar un program care să-ți identifice parolele – situație în care, probabil, a avut acces doar la e-mail – sau a instalat un soft de urmărire care vede tot ce faci.

– Aşadar, el – *ei*, presupunând că April e cu el – ar fi văzut că eu am fost cea care a trimis cererea aceea pe Facebook?

– Trebuie să verific. Lasă-mă o oră, să încerc să aflu.

Mi-am amintit de e-mailul pe care i-l trimisesem lui Maddie, cu o zi înainte, în care îmi exprimam suspiciunile cu privire la plecarea lui April şi dispariţia lui Ed în aceeaşi zi. Cel puţin nu menţionasem numele Waitsey în nicio corespondenţă, iar cu Adrian nu comunicasem niciodată pe e-mail. Măcar atât.

– La naiba. Înseamnă că ştie că-l bănuiesc. Ţi-am scris ţie despre întâlnirea cu Ellen. I-am scris lui Caspar, cerând adresa poştală a lui April – oh, şi i-am scris lui April să mă sune de urgenţă, că sunt îngrijorată...

– Aşadar, crezi că ştie că ţi-ai dat seama că s-a prefăcut bolnav şi că a fugit cu April?

– Nu cu certitudine, nu cred. Dar sigur ştie că-l bănuiesc, dacă a aflat că am fost să vorbesc cu Ellen.

Maddie s-a aşezat pe podea, în poziţia lotus, respirând adânc şi încercând să-şi adune gândurile.

– Dumnezeule, a spus ea. Ne-a prostit pe toţi. Prin câte trebuie să fi trecut... Şi-a ridicat privirea. Crezi că *April* ştia că el nu a fost bolnav?

– Trebuie să fi ştiut, dacă l-a ajutat să falsifice tomografiile. Dar dacă n-a ştiut, atunci el a păcălit-o şi pe ea. Încă îmi vine greu să cred că ea ar fi putut fi de acord ca el să-l ucidă pe Mike. O fi ea o nemernică superficială, vanitoasă şi infidelă, dar nu e o psihopată. Sigur, ea şi Mike aveau problemele şi neînţelegerile lor, dar au fost căsătoriţi atâta vreme... De ce să fi vrut să-l ucidă? Putea să divorţeze, dacă nu-l mai iubea.

– Mike avea bani mulți, nu-i așa? Aș zice că ăsta este un motiv bun, dacă aș fi în locul lui Ed, spuse Geoff, privindu-ne peste marginea laptopului. April, Mike și Ed – cu toții erau buni actori. Este posibil ca toți trei să fi jucat teatru, în tot acest timp. Este *dezgustător,* a zis el mușcându-și buza de jos și mestecând firele de păr din peticul de pe bărbie. Iartă-mă, Lynn. Acum, eu sunt cel care se grăbește să tragă concluzii. Știu că situația nu arată bine, dar, așa cum ai spus și tu, nu avem nicio dovadă concretă. E posibil ca April să te sune în seara asta și să-ți arate cum e la stână, pe iPad, și te vei simți prost că ai bănuit-o.

– Mă îndoiesc, am spus.

Dintr-odată, toți trei am izbucnit în râs; un râs obosit, isteric, izvorât din stres și stupoare. Mi-o imaginam pe April, cu șuvițele ei de trei sute de lire și colanții pentru yoga de cea mai bună calitate, marca Sweaty-Betty, plimbând cu seriozitate iPad-ul pe deasupra țarcurilor pline de balegă de oaie, pășind cu grijă să nu calce în vreo mizerie, sub privirile uimite ale lucrătorilor de la stână, înnegriți de soare, care nu pricepeau ce mama naibii făcea ea acolo.

– De ce râdem? Este îngrozitor ce se-ntâmplă, a spus Maddie, cu vocea spartă.

– Nemernicul, să pretindă că suferă de o boală gravă, am hohotit – dar Maddie s-a oprit.

– Asta chiar nu e amuzant, Lynn, a spus ea, serioasă din nou.

M-am oprit și eu.

– Știu. Dar dacă nu râd, atunci o să... ei bine, nu știu ce-o să fac, dar nu e de bine. Vreau doar să obțin niște dovezi. Să-i confrunt. Dacă nu fac rost de dovezi concrete, Ed o să scape și din asta. Așa că – haideți să ne gândim: dacă Ed și April ar fi să fugă împreună, unde ar merge?

– Undeva cu soare, au rostit Maddie și Geoff în același timp.

– Exact. Asta a spus și Ben – despre Ed, în orice caz. În Caraibi, mă gândesc. De fiecare dată când ziceam să ne mutăm în Jersey, ca să fim mai aproape de voi, Ed spunea că nu e destul de cald. Și glumea că aici nu se găsește bere Banks sau cocktailuri Dark and Stormy.

– Berea Banks e din Barbados, corect?

– Da, dar se găsește peste tot în Caraibi, a spus Geoff, ocupat în continuare cu laptopul meu. Era chitarist și avea unghiile de la mâna dreaptă mai lungi, așa că se auzea tastând ca o secretară cu manichiură.

– Ar merge oare într-un loc unde a fost cu tine? întrebă Maddie.

– Mă îndoiesc. Dacă a plănuit asta de atâta vreme, cred că ar alege un loc care nu are nicio legătură cu mine. Dacă e cu April, ar putea fi pe o barcă sau undeva cu acces la una. Amândoi sunt marinari foarte buni.

– A lăsat în urmă vreun calculator, în care am putea intra? Ar fi interesant de urmărit istoricul căutărilor lui.

– Nu, l-a luat cu el, în ziua aceea, când a plecat la Londra. Am crezut că voia să se uite la filme în tren. Am pufnit iar, cu un dispreț reînnoit față de naivitatea mea.

– Hmm, a spus Geoff. Păcat. Maddie, cât încă sunt la laptopul lui Lynn, aduci tu iPad-ul, te rog? Conecteaz-o la Facebook, să verifice dacă are ceva de la April.

Maddie a scos iPad-ul dintr-un sertar al biroului lor, l-a deschis și mi l-a întins. L-am luat, încruntându-mă în timp ce încercam să-mi amintesc userul și parola pentru contul fals.

– Așa... gata... nu, nimic. Ce dezamăgire.

– Poate și-a dat seama că e ceva putred, pentru că tu – alter ego-ul tău – nu ai niciun prieten, a zis Geoff. Fă-ți câțiva și apoi încearcă s-o abordezi din nou. Cunoști pe cineva care i-a fost coleg cu adevărat, la școală?

– Vorbea des de o fată Sally, am spus, făcând un efort să-mi amintesc. Mi le-am imaginat pe April și pe Sally, școlărițe vesele, adolescente strălucind de frumusețe, pregătindu-se cu seninătate pentru o viață de împliniri, bazată pe aspectul fizic și manipulare.

– Are pe cineva Sally în lista ei de prieteni, a spus Maddie, indicând cu degetul. Pare să fie de aceeași vârstă.

În fotografia de profil, Sally Prentiss era surprinsă călare, în galop, așa că era greu de spus ceva despre ea, în afară de faptul că-i plăcea echitația. Dar se potrivea cu lucrurile pe care le știam despre viața privilegiată pe are o avusese April la internat.

– Să nu uiți, a spus Geoff, că dacă sunt pe vreo insulă îndepărtată, sau pe vreo barcă, s-ar putea să nu aibă acces la interent.

– Ai dreptate. Dar îi cunosc destul de bine să știu că vor dori să verifice lucrurile, o dată la câteva zile, chiar dacă sunt în larg.

Am căutat printre fotografiile postate de Sally Prentiss, sperând să găsesc vreo poză veche, din timpul școlii, dar nu erau decât câteva, majoritatea cu cai.

– Nu știu dacă abordarea asta are sorți de izbândă, am spus. Cred că e o pierdere de vreme. Și dacă îmi răspunde, mă îndoiesc că April i-ar spune lui „Christine“ că a fugit cu soțul celei mai bune prietene, în insulele Seychelles sau în Caraibi. Nu ar demonstra decât că are acces la internet și a ales să-mi ignore mesajele.

– Lista apelurilor telefonice? a întrebat Geoff. Facturile sunt pe numele vostru, al amândurora?

Începuse să plouă și picături mari loveau înfundat acoperișul și pereții de sticlă ai verandei.

– Bună idee, am spus după o vreme. Mai mult ca sigur a renunțat la fostul număr de mobil și are unul nou acum – dar cel vechi era pe numele lui, așa că nu cred că voi avea acces la ele.

– Dar poliția o poate face fără probleme, a protestat Maddie. Lynn, cu toată sinceritatea îți spun, ar fi o prostie să nu le-o ceri.

Am apucat-o de mână.

– Știu că nu are prea mult sens, dar te rog să-mi promiți că nu vei suna la poliție. Îmi promiți? Este foarte important. Nu pot să-ți spun de ce, nu încă, dar trebuie să descopăr singură, înainte să implic poliția și mai mult. Ei știu deja despre lipsa banilor și a pașaportului și investighează. Nu vreau să le aduc pe Shelagh și pe April în discuție înainte să am mai multe informații.

Maddie a oftat și mi-a urmărit privirea, spre geamurile pe care se prelingea ploaia. Apoi m-a privit încruntată.

– În regulă. Dar dacă te hotărăști să pornești pe urmele lor, trebuie să știu că nu ești în niciun pericol, iar dacă te temi că ești, trebuie să-mi juri că vei anunța poliția. Dacă n-o faci tu, o voi face eu. Pricepi?

– Venim cu tine, a spus Geoff.

– Nu fi ridicol! am replicat. Doar dacă aveți de gând să cheltuiți o grămadă de bani pe bilete de avion și cazare pentru ceea ce ar fi, probabil, cea mai puțin plăcută vacanță pe care ați avut-o vreodată. Serios, mă descurc. Nu vreau decât să-i văd și să vorbesc cu ei.

Geoff s-a ridicat, cu efort, gemând.

– E destul de târziu, cine vrea un pahar cu vin?

– Mai puțin pentru mine, mulțumesc, am spus absentă. Maddie, dă-mi asta din nou, te rog, am spus arătând către iPad. Facturile telefonului fix sunt on-line, deși Ed se ocupa de toate acestea... Ce ratată mă făcea să par! Cât de demodată, ca o nevastă din anii cincizeci. Waitsey m-ar fi privit cu dispreț. Vreau să spun, așa îi plăcea lui. Ținea de nevoia lui de control.

Am tastat adresa de e-mail a lui Ed în pagina Virgin Media, cu degetele oprite deasupra tastaturii, la vederea căsuței pentru parolă.

– Era creativ în alegerea parolelor? a întrebat Geoff, întinzându-mi paharul cu vin roșu, plin pe jumătate. Am rezistat tentației să-l golesc dintr-o înghițitură.

– Nu chiar. Nu era genul care să se folosească de parole diferite și pe care le compune din șiruri complicate de cifre și litere...

– ...în așa fel încât să-ți fie imposibil să ți le reamintești, când ai nevoie de ele, a mormăit Maddie, în direcția lui Geoff, care i-a zâmbit, lovindu-și fruntea cu degetele.

– Paza bună trece primejdia rea, a spus el. Așadar, Ed ar fi ales o persoană, sau o dată cu semnificație. Un animal de companie? Vreo personalitate sportivă?

Am încercat tot ce-mi trecuse prin minte, fără succes.

– E în zadar.

– Sună-i și spune-le că soțul tău a plecat, închizând contul vostru comun, iar tu ai nevoie de acces la facturi, ca să le poți plăti. Sunt sigură că s-au mai confruntat cu situația asta.

Maddie mi-a întins telefonul.

– Merită să încerc. Am format numărul și, în cele din urmă, apelul a fost preluat de un operator, căruia i-am explicat că nu-mi mai aminteam parola contului. Nici n-a fost nevoie să-i spun povestea lacrimogenă. Tot ce a trebuit să fac a fost să-i dau numele lui Ed, data lui de naștere, adresa și prima și cea de-a treia literă a „codului de securitate" al contului.

– F și I, am spus, lovind în aer cu pumnul, triumfător. Grozav. Da, vă rog, dacă se poate, să trimiteți parola temporară la adresa maddie.morley@gmail.com.

Când am închis, Maddie mi-a scuturat brațul.

– Ce-a fost asta?

– Acum mi-am dat seama, am râs eu. Dintotdeauna, noi am folosit *Fringilla* ca și cod de sigurață, știi, numele ambarcațiunii lui April? Ed a schimbat toate parolele, sunt sigură, dar a uitat că atunci când suni, ți se cere un cuvânt suplimentar pentru verificare. Iar acesta este rezultatul!

Imediat, Maddie a primit e-mailul cu informația și, în câteva minute, schimbasem parola contului pe Virgin Media și aveam acces la toate facturile telefonului fix din ultimul an, în format PDF.

– Mă voi uita doar la desfășurătorul apelurilor efectuate după ce a fost diagnosticat. Și nu va ști, pentru că mă uit de pe iPad-ul tău.

– Ești extraordinară, Lynn, a spus Maddie. Vorbesc serios, dacă eu aș descoperi că Geoff mi-a făcut așa ceva, aș fi distrusă.

– Nu, n-ai fi, am zis uitându-mă pe listele apelurilor.

– Vrei să spui: „Geoff nu ți-ar face niciodată una ca asta", a zis el dregându-și glasul.

– Da, desigur, se înțelege de la sine. Ia stai – nu recunosc numărul ăsta. Era un prefix pe care nu reușeam să-l identific. A, nu, mi-am amintit, este al mătușii Daphne, din Cotswolds, telefonul pe care i-l dau anual, de ziua ei.

Cele mai multe apeluri fuseseră către numere locale sau către 0345. Nu aveam prea mult de căutat, pentru că nici eu, nici Ed nu foloseam foarte des telefonul fix.

– De unde știi că Ed n-a sunat de pe telefonul mobil să facă toate aceste aranjamente? a întrebat Geoff.

Am pufnit.

– Pentru că e vorba despre Ed – e mult prea zgârcit ca să sune pe un alt continent de pe telefonul mobil. Pot paria.

Am deschis desfășurătorul lunii octombrie, cu șapte luni în urmă, și Maddie a atins ecranul cu degetul.

– Privește, acesta este un apel extern.

Am mărit imaginea.

– Un apel de douăzeci de minute, la ora 4.20 dimineața. Cred că avem ceva aici... prefix 001 – asta înseamnă Statele Unite ale Americii, nu-i așa? Din câte știu, Ed nu cunoaște pe nimeni acolo... așadar, ce stat are prefixul 784?

Am deschis o pagină nouă și am căutat pe Google; când s-a afișat rezultatul, am lovit cu palma peste brațul canapelei.

– Nu este vorba de un stat, este în Caraibi! Insulele St. Vincent and the Grenadines – eram sigură! Ed este atât de previzibil. Se crede teribil de inteligent și noi l-am depistat imediat.

– Sună, a spus Maddie, cu ochii măriți.

– OK. Nu sunt decât cu patru-cinci ore în urmă, nu-i așa?

Am pus telefonul pe speaker și zgomotul estompat al tonului de apel transatlantic a umplut liniștea din cameră, urmat de clinchetul mesajului automat al robotului telefonic. Toți trei am ascultat neclintiți vocea feminină vorbind cu accent american:

Bună ziua. Bine ați venit la Agenția de Turism Mustique[1]. Toți operatorii noștri sunt ocupați momentan, dar, vă rugăm, lăsați un mesaj și vom reveni în cel mai scurt timp. Pentru închirieri proprietăți, apăsați tasta unu, pentru alte solicitări, apăsați tasta doi...

– Mustique! Sigur, are sens, am spus cu amărăciune, închizând. N-ar fi Ed dacă n-ar fi ales una dintre cele mai scumpe, mai exclusiviste din insulele alea afurisite!

Pe *mine* nu mă dusese niciodată în Mustique sau în oricare alta dintre insulele caraibiene, în ciuda îndelung exprimatei dorințe de a merge acolo. Nici măcar în luna noastră de miere; m-a dus în sudul Spaniei. La câțiva ani după aceea, a început să susțină că era claustrofob și se temea să zboare cu avionul.

Să fi plănuit toate acesta un timp atât de îndelungat?

Geoff căuta deja pagina companiei Mustique.

– Așa e, ai dreptate! Nu e ieftin deloc. Nu sunt decât 100 de vile pe întreaga insulă și tarifele pornesc de la nouă mii de dolari pe săptămână, în extrasezon. Priviți, asta costă patruzeci și cinci de mii – pe *săptămână*!

– Nu acolo au avut case prințesa Margareta și David Bowie? a întrebat Maddie, privind peste umărul soțului ei.

În încăpere începea să fie frig, așa că a mers în sufragerie, să aprindă focul în cămin.

– Arată grozav! a comentat ea.

– Sigur că arată, am răspuns. Ed și April n-ar fi trecut prin așa ceva ca să meargă într-un loc mai puțin spectaculos, sunt convinsă. Stomacul îmi era frământat de furie

[1] Insulă privată din Marea Caraibilor (n.tr.)

și dezamăgire. Ei bine, ca să vezi surpriză cu mine acolo, stricându-le frumusețe de plan secret.

– Doar n-ai de gând! a strigat Maddie, de alături. Îngenunchease în fața căminului și căuta să aprindă focul cu niște ziare vechi.

– Ba sigur că da, am răspuns. V-am spus că vreau să vorbesc cu ei.

Maddie s-a oprit și a vorbit fluturând un ziar răsucit.

– Dar ce rezolvi așa? Sigur, poți obține confirmarea că sunt pe acolo, apoi să spui poliției, nu? Și, oricum, nu știi cu certitudine că sunt acolo.

– Nu pot să-l raportez la poliție pentru că a plecat cu o altă femeie. Voi aduna întâi dovezi cu privire la ceea ce a făcut, abia apoi îl raportez. În plus, vreau s-o fac pe April să se zvârcolească, trădătoarea nemernică...

Vocea mi s-a stins. Chiar vorbeam prostii? Și dacă Maddie avea dreptate; dacă îi urmăream până în Mustique ca să descopăr că nu mai erau acolo sau că nici nu fuseseră vreodată? Poate că Ed sunase doar să se intereseze și descoperise că era mult prea scump. Poate erau într-un camping de rulote pe Insula Canvey.

Ha, mi-am spus. Nicio șansă.

Totuși, era un început. Era o dovadă că, în loc să fie încuiat în camera lui, Ed fusese la parter, vorbind la telefon în Caraibi. Era o dovadă că nu suferise niciodată de boala Pick.

– În orice caz, am continuat, încercând să păstrez un ton cât mai relaxat, vor fi mai ușor de găsit pe o insulă atât de mică, precum aceea, decât dacă erau în Barbados. Chiar dacă i-am ratat, cineva trebuie să știe încotro plănuiau să meargă. Voi lua cu mine fotografii cu ei, le arăt tuturor, în caz că s-au cazat sub nume false. Vilele scumpe ca acelea au menajere, poate chiar majordomi. Oameni care să aibă grijă de piscină. Cineva trebuie să știe.

– Nu m-aș fi gândit niciodată la așa ceva, a spus Maddie. Ar trebui să fii detectiv.

M-am întors, să nu-mi vadă chipul.

– Bingo! a exclamat Geoff. Am urmărit programul și se pare că a fost instalat doar pentru e-mailuri. Înseamnă că nu poate vedea nimic altceva, cum ar fi biletele de avion pe care le-ai rezervat.

– Asta e bine. Mulțumesc, Geoff. Poți dezinstala programul? Nu – stai, mai bine nu, pentru că Ed și-ar da seama că sunt pe urmele lui. Aș face bine să trimit câteva e-mailuri de diversiune, să-l fac să creadă că urmăresc alte piste.

Maddie a luat un chibrit și a aprins focul, care a prins viață imediat, în trosnet de surcele.

Am băgat mâna în geantă și-am scos cardul de credit.

– Cât credeți că o să coste un bilet către Mustique? Mâine plec acasă, îmi fac bagajul și pornesc într-acolo.

46

Taxiul m-a lăsat în capătul aleii și am rămas pe loc, privind fluviul curgând liniștit, aproape negru, pe lângă mine. Aveam senzația că firul apei lua cu el viața mea, așa cum o știusem, și o purta departe, în unduiri sinistre și mă întrebam dacă o voi recupera vreodată.

Am târât geanta pe pietrișul aleii, până în fața ușii, ușurată că nu întâlnisem pe nimeni cunoscut în tren, pe drumul înapoi spre casă de la aeroport.

Geanta era grea, plină de mult mai multe haine decât avusesem nevoie pentru vremea schimbătoare din Insulele Channel, dar nu știusem cât aveam să rămân acolo. Acum că mă pregăteam să plec în Mustique, aveam să împachetez o cu totul altă garderobă.

În casă era în continuare foarte frig. Pe hol am văzut cizmele de cauciuc ale lui Ed, iar pe fotoliu un cerc de păr de pisică și am simțit absența amândurora. Mă întrebam, aproape sperând, cum ar fi fost să intru și să-l găsesc pe Ed în sufragerie, în fața televizorului, cu boala cât se poate de reală, revenită, dar casa era exact așa cum o lăsasem cu o săptămână în urmă.

M-am gândit să-l sun pe Ben, dar m-am hotărât să n-o fac, pentru că ar fi trebuit să-i spun că mă pregăteam să zbor în Caraibi. Preferam să știu sigur unde era Ed înainte să agit pe toată lumea – și, în mod cert, nu eram pregătită să vorbesc despre bănuiala mea crescândă cu privire la trădarea lui Ed. Mașina mea era în fața apartamentului lui Ben și deocamdată acolo avea să rămână.

Voiam, totodată, să-l întreb despre fotografia de pe căminul lui Ellen, să aflu cine era băiatul dolofan de lângă el. De ce mi se părea atât de cunoscut, când nu-l întâlnisem pe niciunul dintre prietenii din copilărie ai lui Ben? Întrebarea continua să mă frământe și nu înțelegeam de ce – dar nu puteam vorbi cu el despre asta, pentru că ar fi însemnat să-i spun că fusesem s-o văd pe Ellen. Ben ar fi luat-o razna dacă auzea că mersesem să o iau pe mătușa lui la întrebări.

Și, mai mult ca sigur, nu era nimic deosebit, doar un copil pe care-l cunoscuse la plajă.

Imediat ce am dat drumul la căldură, am verificat corespondența și-am băut un ceai – de plante, dat fiind că uitasem să cumpăr lapte –, am urcat în camera de oaspeți și am scos de sub pat hainele de vară, ambalate în saci vidați, și un geamantan mai mare. Am ales hainele pe care le purtam de obicei la plajă și le-am împachetat, așezându-le cu grijă în valiză. Mă simțeam ciudat făcând asta, în condițiile în care era o misiune nu prea fericită.

Mai aveam un motiv pentru care voisem să trec pe acasă, înainte de călătorie, în afară de bagaje. M-am așezat la masa din bucătărie, cu laptopul în față, și am descărcat un model de testament. Am petrecut următoarea oră completându-l, omițându-l pe Ed cu totul și făcând-o pe Maddie executoarea testamentului meu, apoi l-am printat. În testamentul meu anterior îi lăsasem totul lui Ed și nu aveam de gând să las lucrurile așa. Nu că aș fi avut cine știe ce avere, acum că economiile noastre dispăruseră.

Am anulat, totodată, polița de asigurare de viață pe care o aveam, al cărei beneficiar fusese tot Ed. În cele din urmă, am scris o scrisoare adresată „Celor interesați“, în care mi-am expus, cât am putut de elocvent, gândurile și temerile și în care dezvăluiam locul dosarului din pod. Am închis-o într-un plic și am dus-o la Suzan, împreună cu noul testament.

– Mi-am refăcut testamentul, am spus cât puteam de binedispusă, când a deschis. Am supraviețuit unor zboruri înfricoșătoare în aeronave de mici dimensiuni și mi-am reamintit că voiam să fac asta de ceva vreme – vrei să fii martorul meu, te rog?

– Cum să nu. Intră. Este și prietena mea Minty aici. Ceva vești despre Ed?

Am scuturat din cap. Mă gândisem că aveam să fiu nevoită să abordez vreun necunoscut, pe stradă, pentru cea de-a doua semnătură, astfel încât a fost un adevărat noroc să dau de Minty acolo. Era o doamnă de vârstă apropiată cu Suzan, foarte politicoasă și drăguță. Tot ce mi-am amintit, ulterior, despre ea era un fir de păr sârmos, foarte mare, ce-i creștea pe unul din obrajii păstoși.

Au citit documentul cu o sfială stânjenită.

– O, Doamne, a spus Minty, e ca și cum ai scotoci în sertarul cu lenjerie intimă al cuiva.

Suzan a observat, desigur, absența lui Ed din testament, dar n-a făcut altceva decât să ridice din sprâncene către mine.

– Ești sigură?

– Categoric, am răspuns. Maddie se va asigura că Ed este pe mâini bune. Am încredere deplină în ea.

Suzan nu știa că Ed fusese „vindecat“, iar asta servea scopului meu. Ar fi fost ciudat să-mi încredințez toate bunurile lumeşti cuiva care-şi pierdea rapid capacităţile mintale.

M-au privit datând şi semnând documentul, apoi au făcut la fel.

– Mulţumesc, am spus. Vă sunt recunoscătoare. Diseară plec iar – și dat fiind că nu mă găsesc într-o stare foarte optimistă, am scris și o scrisoare „Celor interesați", în caz că sfârşesc în burta unui rechin – *sau îmi face felul soțul meu cel infidel*, am gândit – sau sub roțile vreunui autobuz. Vrei, te rog, să ai tu grijă de ea? Și dacă Ed apare cumva înainte de întoarcerea mea, mă anunți, te rog, înainte să i-o dai? N-aş vrea să se sperie.

– E totul în regulă, Lynn?

Am ridicat din umeri.

– Păi, atât cât se poate, în condițiile în care Ed e dispărut. Dar îl voi găsi. Te anunț imediat ce o fac și să sperăm că vom fi amândoi înapoi cât de curând...

Suzan m-a privit, strângând din pleoape, dar, pentru că Minty era acolo, nu a comentat. Îmi dădeam seama că mă credea paranoică, probabil gândea asta de câteva luni. Mi-am amintit expresia ei din ziua aceea, când o întrebasem dacă era posibil să fi fost Ed cel care intervenise telefonic în emisiunea aceea, la radio – și, mi-am dat seama acum, eram aproape sigură că el *fusese*.

– Sper, a spus ea, îmbrățișându-mă. Ai grijă de tine!

– Mă voi strădui, am răspuns.

47

Avionul către Barbados era un monstru în comparație cu avioanele care zburau în Insulele Channel, ca și cum acesta le-ar fi înghițit pe celelalte. Părea aproape imposibil de crezut că ar fi putut prinde suficientă viteză încât să se ridice de la sol.

Odată ajunsă în avion, înghesuită pe un scaun în mijloc, am rămas cu privirea pierdută pe hublou, la pista mohorâtă, în timp ce căpitanul aeronavei își începuse discursul. Bărbatul de pe scaunul de lângă geam purta o șapcă de baseball, întoarsă cu cozorocul la spate, peste părul cărunt, prins în coadă și ar fi putut trece drept un bărbat frumos, dacă n-ar fi fost firele scurte de păr ce-i acopereau nasul, până la vârf, precum țepii pe spatele unui mistreț.

– În vacanță? a ciripit, de pe celălalt scaun, o femeie de șaizeci și ceva de ani, cu un strat de fond de ten atât de gros încât îi simțeam mirosul, dezgustător și artificial.

– Da, am mințit, zâmbind, cu speranța că șirul întrebărilor se va opri aici.

– Unde anume în Barbados?

– Din Barbados zbor direct către Mustique. Fratele meu a închiriat o vilă acolo, împreună cu, ă, partenera lui. Împlinește șaizeci de ani, iar eu merg să-i fac o surpriză.

Era parțial adevărat. Sunasem din nou la agenția de turism și vorbisem cu o doamnă veselă din Indiile Occidentale, pe nume Connie, încercând să „verific“ dacă fratele meu, Ed Naismith, închiriase o vilă pe insulă. Am pretins că voiam să-l surprind, de ziua lui, care era, cu adevărat, în săptămâna ce urma, și voiam să mă asigur că-l mai găseam acolo.

Connie fusese enervant de discretă. O ținuse una și bună: „Mă tem că nu am libertatea de a divulga aceste informații, doamnă“, cu o voce miorlăită, la absolut fiecare întrebare pe care i-o adresasem, dacă Ed avea să mai rămână acolo sau dacă era însoțit de cineva.

– Dar sunt sora lui, protestasem eu. O să fie acolo împreună cu soția lui, April.

Încercasem să par cât mai naturală.

– April Greening, am confirmat, înghițind cu greu. Și-a păstrat numele de fată.

– Mă tem că nu am libertatea să divulg informații despre oaspeții noștri, repeta ea cu încăpățânare. Nu fără permisiunea lor.

– Oh, vă rog să nu-i spuneți că vin! Am reușit să strecor și un hohot de râs în exclamația mea. Ar strica toată surpriza!

– Nu spun nimic, doamnă.

– Așadar, am confirmarea dumneavostră că sunt acolo?

– Iertați-mă, doamnă, dar dacă sunteți sora lui, nu v-ar fi spus el însuși unde merge?

Eram pregătită pentru întrebarea asta.

– Mi-a scris doar că vor zbura în Barbados și de acolo vor lua un mic avion spre Paradis. Am presupus că vorbea despre Mustique, pentru că și-a dorit dintotdeauna să ajungă acolo. În orice caz, nu vreau să știe că plănuiesc să vin și eu.

– Nu puteați să discutați cu soția lui, doamnă, dacă au venit împreună?

Am râs iar, fals, deși mi se rupea inima. Sunase ca și cum Connie știa foarte bine că April era acolo.

– O, nu! Nu e în stare să țină un secret. Iar eu doresc tare mult să-i surprind pe amândoi.

În final, Connie nu îmi dăduse nicio informație concretă, dar când o implorasem să-mi confirme că Ed *nu mai era* acolo, astfel încât să pot continua investigațiile, pe celelalte insule din zonă, am simțit zâmbetul reținut din vocea ei când a spus:

– Ei bine, doamnă, mă tem că nu pot confirma nici această informație.

– Mulțumesc, Connie. Mi-ai fost de mare ajutor. Îmi voi lua biletul chiar acum.

Ed era în Mustique, eram convinsă. Și eram pregătită să dau ochii cu el.

Avionul 747 a rulat pe pista aeroportului Gatwick și s-a înălțat în văzduh, în timp ce eu strângeam brațul stâng al scaunului meu – doamna respectabilă și-l însușise pe celălalt, cu o mână grăsuță, acoperită de pete ce indicau afecțiuni ale ficatului. Purta un inel de logodnă cu cel mai mare diamant pe care-mi fusese dat să-l văd, așa că mi-am distras atenția de la zdruncinăturile aeronavei fixând, hipnotizată, fețele multiple și sclipitoare ale acestuia.

Poate că acesta era un alt semn de care trebuia să fi ținut seama. Văzusem inelul de logodnă al lui Shelagh, în fotografia aceea de studio, care atârna pe perete, în fosta casă a lui Ed, și fusese tot un inel mare, ostentativ. L-am privit și pe al meu și, nu pentru prima oară, l-am găsit meschin. Ed nu ducea lipsă de bani și, cu toate acesta, mie îmi oferise un inel cu cel mai mic diamant pe care-l văzusem vreodată.

L-am răsucit, gânditoare, pe deget. La vremea respectivă, mă gândisem că fusese un soi de reacție față de pierderea lui Shelagh; că Ed voise să-și reajusteze viața într-o direcție minimalistă, poate ca un fel de ușurare vinovată, nerostită, a faptului că nu mai era nevoit să răspundă nevoilor ei complicate. Acum însă, mi se părea mult mai plauzibil că nu voise să cumpere un alt inel foarte scump; că nu mă iubise suficient încât să vrea să facă asta. Că voise, pur și simplu, să o înlocuiască pe Shelagh, cât mai curând, poate chiar ca un paravan pentru aventura lui cu April...

Doamna de alături îi dădea înainte despre vizita la fiul ei, care locuia în Barbados cu familia lui, deși eu nu o întrebasem nimic. Două însoțitoare de zbor se apropiau rapid cu căruciorul cu băuturi, așa că monologul nu avea să mai dureze foarte mult. M-am retras în mine și m-am gândit la vizita pe care tocmai o încheiasem la Maddie și Geoff și la întâlnirea neplăcută, dar necesară, pe care o avusesem cu Ellen în Alderney.

Înainte să apuc să fiu întrebată dacă doream o băutură, am fost cuprinsă de oboseală, o toropeală adâncă ce m-a lovit precum un val greu și sărat. În lupta dintre epuizare și adrenalină, prima a învins, ajutată de monotonia doamnei de lângă mine. Am mormăit niște scuze și am căzut într-un somn profund pentru următoarele câteva ore, din care nu m-am trezit nici măcar când domnul de la geam s-a strecurat pe lângă mine ca să ajungă la toaletă.

48

Vederea asupra Arhipelagului Grenadinelor era splendidă. În timp ce Twin Otter – cea mai recentă din gama de aeronave cu care călătorisem în ultima vreme – se apropia din ce în ce mai mult de sol, vedeam bărcile de pescuit legănându-se pe valuri și, pe insulă, petele sclipitoare ca niște safire ale piscinelor private ale vilelor din mijlocul vegetației insulare.

Era deja după-amiază târziu, ora locală, când avionul a aterizat pe pista îngustă din Mustique. Când am coborât, am fost izbită de un val de căldură care-mi încingea creștetul capului și mă făcea să strâng din ochi chiar și la adăpostul ochelarilor de soare. Era mai cald decât fusese în aeroportul din Barbados, care fusese un amestec jilav de cozi interminabile de turiști pârliți de soare și funcționari plictisiți, în uniforme.

O nouă zi, o nouă insulă – dar ce insulă! Mustique nu părea să depășească în dimensiune insula Alderny, dar asemănările se opreau aici. Am simțit cum mă cuprinde furia la gândul că Ed și April se relaxau pe șezlonguri, cu cocktailuri în mână, scăldați de soarele care ar fi trebuit să fie al meu.

În Mustique, aerul se simțea mai curat și umiditatea era mult mai scăzută față de Barbados. Oare așa cald era mereu aici, în luna mai? Mă simțeam dezorientată. Căldura și oboseala zborurilor cu avionul m-au făcut să-mi fie dor de soba mea de-acasă, de birou, îmi doream să fiu la masa mea de lucru, în Fairhust, lucrând la un afiș. Mă întrebam cum se descurca înlocuitorea mea temporară. Nu atât de bine încât Alvin să nu-și dorească să revin, m-am gândit, deși n-aș fi putut să-i reproșez dacă alegea s-o păstreze. Nu-i făcusem decât necazuri, de la bun început.

În timp ce așteptam să-mi ridic bagajul, mi-am spus că era momentul să-mi revin, să privesc situația mai degrabă ca pe o aventură decât ca pe sfârșitul căsniciei mele sau, mai rău – nu mă gândisem atât de departe în viitor –, încât să mă-ntreb ce avea să se întâmple dacă, după ce vorbeam cu el, aș fi continuat să cred că Ed îi ucisese pe Shelagh și/sau Mike.

Cu toate acestea, eram mulțumită că-mi refăcusem testamentul și scrisesem scrisoarea aceea.

În ceea ce privea revelația pe care o avusesem referitor la fotografia cu ușile din lemn ale casei lui Ed, am luat hotărârea să păstrez această informație pentru mai târziu, s-o așez pe un raft până în momentul în care aveam să fiu sigură dincolo de orice îndoială – lucru care avea să fie posibil abia la revenirea mea acasă.

Am fost scuturată de un frison și domnul de lângă mine, un individ îmbăcat elegant, în stil colonial complet, cu pălărie de pai, costum bej de in din trei piese și un nas rotund de alcoolic, m-a întrebat dacă mă simțeam bine.

– Da, am răspuns, incapabilă să zâmbesc. Mulțumesc.

Nu eram nici pe departe în vacanță.

Conștientă că nu puteam apărea pe o insulă privată fără să am cazare, alesesem cea mai ieftină opțiune pe care o putusem găsi și care tot însemna șase sute de dolari pe noapte, pentru o căsuţă modestă în cadrul singurului hotel de pe insulă.

La ieşirea din aeroport, o reprezentantă cu sânii mari a hotelului mă aştepta în spatele volanului unei maşinuţe mici, descoperite. Am ocupat un loc în spate, transpirând abundent şi i-am mulţumit.

– Bine aţi venit, doamnă, şi sperăm să vă bucuraţi de şedere. Mă numesc Sunny, a spus ea, lovind cu degetul în ecusonul prins de vesta bej întinsă peste pieptul impunător.

La fel ca în cazul domnului cu pălărie de paie, am descoperit că nu aveam chef de conversaţie. Importanţa misiunii mele mă golise, cum se goleşte apa dintr-o cadă după ce ai scos dopul. Eram din ce în ce mai atentă, cu fiecare mişcare a roţilor pe poteca îngustă. Mă simţeam ca un sportiv aflat în faţa celei mai mari provocări din cariera lui. Senzaţia de disociere era paradoxală, experienţa acestei concentrări de tip luptă-sau-fugi în mijlocul pesajului mirific, al culorilor strălucitoare ale apei, florilor şi vegetaţiei luxuriante de pe coastele line ale munţilor.

Aerul era încărcat de sare şi de aroma florilor de frangipani, dar mintea mea era plină de gânduri sumbre. Când am scos telefonul din geantă şi l-am repornit – îl închisesem pe durata zborului – am ascultat mesajul pe care Martine Knockers mi-l lăsase şi gândurile mele negre s-au reînsufleţit şi dilatat.

Bună, Lynn, am veşti pentru tine. Mă tem că numele lui Ed a apărut acum două zile pe o listă a pasagerilor de la Heathrow spre Barbados. A fost intervievat de angajaţii aeroportului, şi... îmi pare rău, poate mă suni când poţi, ca să-ţi transmit ce a răspuns. Aşadar, acolo se află. Reprezentantul aeroportului a stabilit că era în deplinătatea facultăților mintale și nu reprezenta un pericol pentru el însuși sau pentru alții, lăsându-l astfel să plece. Sper că aceste informații sunt de natură să te liniștească, în sensul că n-a pățit nimic, deși îmi dau seama că nu este ceea doreai să auzi..."

Așadar, avusesem dreptate.

Am strâns din dinți. Aceste informații mă liniștiseră, într-adevăr, dar nu în sensul la care se gândise Martine. Acum eram convinsă că nu alergam după cai verzi pe pereți. Singura mea presupunere neverificată încă era aceea că Ed luase un alt avion din Barbados către Mustique. Ar fi fost teribil de enervant ca el să fie încă în Barbados și astfel să-l fi ratat. Însă intuiția mea și convorbirea telefonică pe care o avusesem cu agenția de turism Mustique îmi spuneau că nu mă înșelasem. Dacă nu se răzgândise ulterior, era aici. Eram convinsă. Mai mult ca sigur, nu cumpărase în Londra biletul cu destinația finală, în mod intenționat – era o diversiune, știind că dacă era descoperită plecarea lui, avea să fie mult mai ușor să i se dea de urmă în Mustique decât în Barbados. Dat fiind că Barbados era mult mai mare și mai populat, voia să credem că acolo se afla, nu în Mustique. Trebuia să recunosc, era priceput.

Nu aveam nicio intenție s-o sun pe Martine, în orice caz nu cât timp eram aici. Nu voiam să creadă că plecasem pe urmele lui – cum ar face o persoană tulburată, răzbunătoare. În schimb, i-am scris un mesaj:

> Mulțumesc, Martine. Pare că și-a înscenat boala, ca să mă poată părăsi. A scos, totodată, toți banii din

contul nostru de economii. Sunt încă plecată, stau la niște prieteni, dar te voi suna imediat ce revin acasă. Sunt prea necăjită ca să vreau să vorbesc despre asta acum. Mulțumesc, Lynn N.

Speram că asta o va ține la distanță.

După alte câteva minute, ajungeam la hotel, un ansamblu de clădiri frumoase, scunde, în stil colonial. Soarele apunea în fundal și cerul strălucea în nuanțe de caisă și piersică, în timp ce Sunny se ocupa de formalitățile de cazare, conducându-mă apoi la căsuța mea – un fel de baracă luxoasă, de fapt – în mijlocul unei grădini. Avea o mică terasă și obloane vopsite în roz. În trecere, am privit cu jind către piscină, dar m-am hotărât să fiu discretă, pentru moment. Era prea târziu să pornesc pe urmele lui Ed și nici nu voiam să risc să mă vadă, dacă ieșeam să înot, în cazul în care ar fi fost, cumva, prin apropiere – cine știe, poate stătea în același hotel. Totul părea să fie administrat de aceeași companie.

Preferam să dau ochii cu el în timpul zilei.

49

După o noapte cu somn neliniștit, în care i-am visat pe Ed și pe April – care se făcea că erau în Alderney, nu în Mustique, făcând yoga la o stână; April se întorcea spre mine, spunând înfumurată, „Vezi? Ți-am spus că aici sunt" –, m-am trezit scăldată în lumina soarelui ce pătrundea tăiată în felii, printre lamelele obloanelor pe jumătate închise, și am hotărât că, indiferent ce avea să se întâmple, nu mai eram Lynn Naismith și nici, așa cum spunea încă pașaportul meu, Cara Lynn Jackson.

De acum înainte aveam să fiu Lynn Waites. La naiba cu Ed Naismith.

Mi-am scos inelul de logodnă și verigheta și le-am depozitat, împreună cu pașaportul și cu biletul de întoarcere, în seiful din cameră.

Aveam o săptămână să-i găsesc, după care cardul meu de credit își atingea limita. Așa, și? am gândit. Dacă nu se întorcea, aveam să vând casa, să-mi plătesc datoriile și mi-aș fi luat un apartament, undeva.

Mi-am pus ochelari de soare, pălăria, papucii de plajă, costumul de baie și mi-am legat un sarong peste piept – ținuta tipică de plajă a unei doamne de vârstă mijlocie. Cu noua mea coafură, mă îndoiam că Ed m-ar recunoaște de la distanță, în cazul în care era acolo. Nu se aștepta să mă întâlnească, iar eu aveam să fiu cu ochii în patru, ca să nu dea peste mine de-aproape.

M-am strecurat în restaurant, pentru micul dejun, pe terasa de piatră de-afară, atât de speriată să nu dau peste el sau peste April încât, la început, nici n-am observat frumusețea din jurul meu, mirosul dulce, delicat și fierbinte al florilor de bougainvillea din ghivece și pe cele albastre, curgătoare, ale copacilor de jacaranda.

Hotelul nu părea să fie foarte aglomerat. La mese mai erau doar alte patru persoane și niciuna dintre acestea nu era Ed. Când un ospătar tânăr a venit să-mi toarne cafea, am scos telefonul și i-am arătat cea mai recentă fotografie a lui Ed pe care o aveam. Una în care zâmbea larg, ridicând un pahar cu vin roșu spre buze. Am mărit fotografia cât a fost posibil, până când chipul lui Ed a umplut ecranul.

– Spune-mi, te rog, dacă l-ai văzut bărbatul aceasta aici, de curând? Este fratele meu și cred că stă undeva, în apropiere.

Spre deosebire de Connie, tânărul acesta nu m-a întrebat de ce nu iau legătura direct cu Ed, dacă era fratele meu. A privit cu atenție fotografia. Avea pielea fină și o cămașă călcată impecabil și când s-a aplecat să vadă mai bine, am simțit miros de săpun și deodorant. Îmi venea să-l cuprind într-o îmbrățișare maternă, dar m-am stăpânit, de teamă să nu-i șifonez cămașa. Pe ecusonul lui scria „Winston“.

– Sunt sigură că mama ta e foarte mândră de tine, am spus, pe neașteptate. De ce spusesem oare așa ceva? Bietul băiat arăta pe cât de oripilată mă simțeam eu.

Dacă nu mi-aș fi pierdut copilul, acum ar fi avut opt ani. Înainte să pierd sarcina, Ed spusese de câteva ori că-și dorea mai mulți copii, dar nu a fost să fie, iar el refuzase de fiecare dată să facă teste de fertilitate. Eu făcusem și mi se spusese că totul era în regulă, astfel încât știam că nu era din cauza mea.

– Mulțumesc, doamnă, a spus Winston, rezervat, gesticulând către fotografie. Îmi pare rău, nu, nu l-am văzut pe fratele dumneavoastră.

– În regulă. Mulțumesc, Winston. Știi cumva unde are sediul agenția de turism Mustique, cea care se ocupă de închirierea proprietăților de pe insulă?

– Întrebați la recepție și vă vor da toate informațiile. Sper să-l găsiți, doamnă.

După micul dejun, am mers la recepție și am repetat solicitarea. Ecranul telefonului meu era acoperit de amprente după ce trecuse prin mâinile mai multor angajați – se pare că tot ei administrau și închirierile vilelor de pe insulă; mă gândisem că erau alte birouri, dar se dovedea că nu. M-am simțit ușurată să descopăr că niciuna dintre doamnele de cealaltă parte a recepției nu se numea Connie.

S-au uitat una la alta, apoi la mine.

– Ne pare rău, doamnă, dar nu aveam voie să oferim detalii cu privire la oaspeții noștri, a spus cea mai în vârstă dintre ele.

Ceea ce nu putea să însemne decât că Ed era acolo. Inima mi-a tresărit dureros.

– Am străbătut cale lungă să-l văd, am spus. Ochii mi s-au umplut de lacrimi, fără să fac vreun efort. Am coborât vocea. Adevărul este că ne-am certat, cu aproape un an în urmă. A fost vina mea. El a tot încercat să ne împăcăm, de-atunci, iar eu nici n-am vrut s-aud, iar acum nu mai vrea el să vorbească cu mine. E o mare încurcătură. În orice caz, azi e ziua lui, împlinește șaizeci de ani, și chiar vreau să-i fac o surpriză, să apar la ușă cu o sticlă de șampanie și să-mi cer iertare. Mă tem că dacă-i spuneți că sunt aici nu va dori să mă vadă și atunci am făcut drumul degeaba...

M-am străduit să mențin o expresie cât mai înduioșătoare. Chiar era ziua lui de naștere, lucru pe care-l puteau verifica foarte ușor.

Am avut un sentiment real de regret amintindu-mi alte aniversări sărbătorite împreună, luând cina în oraș, sau petrecând acasă cu April și Mike și Maddie și Geoff.

– Vă rog, am spus cu vocea frântă. Înseamnă totul pentru mine. Eu...

Am suspinat și una dintre doamne mi-a întins un șervețel. S-au îndepărtat să discute situația, apoi cea în vârstă a revenit – Yvette, conform ecusonului. Era plinuță și maternă, cu părul cărunt făcut permanent. M-a condus către zona de așteptare din holul recepției și ne-am așezat, față în față, pe canapelele de ratan, de parcă eram la un interviu. Eram sigură că avea să-mi spună.

– Îmi pare sincer rău, doamnă Jackson. Vă înțelegem situația, dar aici, la Mustique, avem o politică de confidențialitate cât se poate de strictă. Sper că înțelegeți. Avem foarte mulți oaspeți care sunt celebrități și cei mai mulți vin la noi tocmai pentru că le protejăm intimitatea. Pur și simplu, nu vă pot spune unde stă fratele dumneavoastră. Tot ce pot face este să-l informez că sunteți aici și să-i cer permisiunea să vă dezvălui adresa lui. Sau să i-o dau pe a dumneavoastră.

La naiba, la naiba, la naiba.

– Oh, îmi pare tare rău. Dar, desigur, înțeleg.

– Sunteți sigură că nu vreți să-l contactez pentru dumneavoastră? a întrebat ea cu blândețe, dar cu un ton care spunea: *„E ciudat că nu sunteți de acord cu asta“*. Sunt sigură că ar fi fericit să știe că sunteți aici, dat fiind că ați bătut atâta drum.

Am clătinat din cap.

– Nu. Vă rog să nu-i spuneți. Este foarte important să n-o faceți.

Nu îmi păsa că asta mă făcea să par ușor smintită. Aveam să găsesc o altă cale. Era o insulă mică. Aveam să apelez la toate tehnicile de supraveghere pe care mi le însușisem prima dată când trebuise să-l spionez.

– Foarte bine. Vă mai pot ajuta cu ceva, doamnă Jackson?

– Da, vă rog – aș vrea să închiriez una dintre mașinuțele acelea, ca de golf – cum se numesc?

– Kawasaki Mules, doamnă. Cum să nu, urmați-mă, vă rog.

50

Trei zile mai târziu, tot nu dădusem de Ed. Făceam eforturi să-mi păstrez calmul, dar mă simțeam panicată, la limita nervilor, mi se părea că-l văd în fiecare bărbat alb de vârstă mijlocie de pe insulă, în timp ce căutam prin toate locurile publice – nu prea multe, pe o insulă privată – în mica mea mașină închiriată. Fusesem în locul de unde se închiriau jet-skiurile, la terenurile de tenis, pândisem cele trei restaurante și cutreierasem cât de multe plaje și golfuri putusem, într-o goană care-mi înțepenise gâtul și cu o stare de greață din cauza schimbării de fus orar.

Uneori, aproape-aproape, uitam de ce eram acolo, întinsă pe plajele aproape pustii, în susurul liniștitor al valurilor care mângâiau nisipul alb, cu soarele arzându-mi obrajii, Kindle-ul scăpându-mi din mână, în timp ce alunecam în câte un pui somn și pielea îmi devenea, cu fiecare zi, din ce în ce mai închisă la culoare.

Nu mai arătasem fotografia lui Ed nimănui, de teamă să n-ajungă vorba la urechile lui, dar în cea de-a treia zi, pe la amiază, am început să cred că nu aveam încotro, pentru că timpul mi se apropia de sfârșit. Sau îmi era scris să bântui Mustique pentru eternitate, ca o fantomă arsă de soare.

În cele din urmă, am avut noroc în magazinul cu costume de baie, unul dintre cele câteva magazine pretențioase ale insulei, cu gravurile lor cu Hansel și Gretel și culori pastelate. În timp ce mă uitam la costumele de baie, conștientă de faptul că, dacă April era acolo, mai devreme sau mai târziu, avea să viziteze magazinul acela, a intrat un cuplu britanic. Femeia arăta ca o acadea uriașă – un cap disproporționat de mare pe un trup subțire ca un fus, încât era de mirare că îl putea susține –, pășind cu atenție în niște papuci cu toc mic, din plastic transparent verde-lime, genul pe care o fetiță de zece ani i-ar adora, cu condiția să aibă câte o prințesă Disney pe fiecare picior, dar care costau, probabil, patru sute de lire perechea.

Soțul ei era rotofei și purta pantaloni mult prea scurți și prea strâmți pentru picioarele lui groase. Erau imaginea perfectă a non-indigenilor și, în timp ce întorceam un stand rotativ cu ochelari de soare, încercând să trag cu urechea la conversația lor, a fost cât pe ce să-l ratez pe Ed, care trecea prin fața magazinului.

Am exclamat fără să vreau, făcând-o pe doamna-acadea să se oprească din vorbit – ceva despre problema precipitațiilor în pădurile tropicale – și să mă privească.

M-am grăbit să ies și am lovit-o, în trecere, peste umărul osos.

– Scuze!

Am deschis ușa doar atât cât să pot privi afară. El era. Aș fi recunoscut mersul acela familiar, ușor legănat, oriunde. Picioarele bronzate îi erau de culoarea mahonului, purta o pălărie de soare roz, din bumbac, și șort cu imprimeu hawaiian, iar în mână ținea o sticlă cu loțiune de protecție solară.

Am înghițit în sec, cu fruntea acoperită de sudoare. Îmi simțeam inima bătând cu atâta putere în urechi încât am avut senzația că podeaua de marmură a magazinului îmi fuge de sub picioare și am tras adânc aer în piept, de câteva ori, încercând să-mi revin.

Era acolo. Avusesem dreptate!

Cel puțin, era singur.

– Te simți bine? m-a întrebat domnul în pantaloni foarte strâmți. Bine că nu mai lucram sub acoperire. Oamenii mă întrebaseră toată săptămâna dacă mă simțeam bine. Poate că îmi mai aminteam care erau tehnicile de supraveghere, dar era clar că nu mai știam cum să le execut fără să atrag atenția. Am dat din cap și mi-am cerut din nou scuze, apoi m-am strecurat afară din magazin și-am plecat pe urmele lui Ed. Era cam la șase metri înaintea mea și se îndrepta cu pas hotărât către un șir de mașinuțe. Mașina mea era parcată în partea opusă, la marginea drumului – la naiba, mi-am spus, întorcându-mă la 180 de grade și luând-o la fugă, cu papucii lipăind și cu o mână strângând nodul sarongului între sâni, să nu se desfacă și să cadă.

Am privit în urmă și l-am văzut pe Ed urcând într-o mașinuță și venind în direcția mea, în timp ce urcam, la rândul meu, în mașină. M-am aplecat, prefăcându-mă că ridic ceva de pe podeaua mașinii, ca să nu mă recunoască, apoi, după ce-a trecut de mine, l-am urmat de la o distanță confortabilă. Am realizat că încleștasem dinții atât de strâns încât mă dureau fălcile.

Se îndrepta spre plaja Macaroni, în partea de est a insulei. Știam că, în curând, șoseaua avea să se termine, așa că am parcat și am mers pe jos restul drumului. Pe partea aceasta adia briza și auzeam zgomotul valurilor. Sunetul mării m-a ajutat să-mi liniştesc bătăile inimii, în timp ce mă strecuram pe poteca ce ducea spre apă.

Plaja albă era aproape pustie, cu excepţia unei perechi de surferi şi a unei familii care se juca cu o minge de plajă, în capătul opus.

L-am zărit imediat pe Ed, întins pe un prosop de plajă mare, pătrat. Îşi dezbrăcase tricoul şi se pregătea să se dea cu loţiunea de protecţie solară. Am urmărit, din spatele unui copac, cum şi-a acoperit umerii şi pieptul, apoi faţa, frecând viguros.

Chiar şi aşa, în ciuda bănuielilor de neclintit pe care le aveam, mi-a venit să merg să-l ajut să aplice crema de protecţie pe spate, acolo unde nu putea ajunge singur, aşa cum făcusem de atâtea ori în vacanţele noastre. Atâtea plaje pe care fuseserăm împreună, atâta nisip adunat pe tălpile noastre.

Dar de ce ar fi ales să facă asta fără mine? Mi s-a făcut milă de mine, în timp ce l-am văzut concentrându-se să privească în depărtare, spre apă.

Şi-a scos ochelarii şi s-a întins pe burtă, îngropându-şi faţa în braţele încrucişate, iar eu nu-mi doream decât să mă întind lângă el, să-i simt pielea fierbinte de pe spate sub braţul meu şi să inspir aroma dulce-sărată a cremei de plajă amestecate cu sudoarea lui.

Apoi mi-am amintit de contul golit din bancă. De programul de spionaj din calculatorul meu. De paşaportul lipsă. De dispariţia misterioasă a lui Shelagh, de moartea lui Mike, de „Bill“, care nici nu exista....

Şi în clipa aceea, ca o întruchipare invocată a tuturor îndoielilor mele, ceva mi-a atras atenţia către apă. O femeie înota cu mişcări regulate către mal, în apa limpede şi albastră, până a putut merge cu uşurinţă printre valuri.

Venea cu pas sigur pe plajă, către Ed, cu o ținută perfectă în costumul de baie albastru aproape inexistent, cu mușchii jucându-i sub piele în timp ce nisipul se mișca sub picioarele ei suple.

Respirația mi s-a oprit, privind-o cum se apropie de prosop și își stoarce părul, chicotind, pe spatele lui Ed, care se întoarce, strigând. Apoi se lasă pe prosop, lângă el, își pune mâna pe pieptul lui în timp ce-l sărută pe umăr, iar eu privesc cum soțul meu o trage deasupra lui, îmbrățișând-o pătimaș peste mijlocul subțire. Dacă în loc să fi fost pe plajă, s-ar fi aflat în apă, arătau ca Burt Lancaster și Deborah Kerr în filmul *From Here to Eternity*. Stomacul mi s-a strâns de gelozie și de șoc – dar nu de surpriză.

Era April. Bineînțeles.

51

M-am târât încet în spate, pe fund, în tufișurile din apropiere. Înainte să apuc să mă ridic, am vomitat peste furnicile care s-au repezit care încotro, reușind cu greu să nu dau pe mine. Respirând cu dificultate, m-am sprijinit de trunchiul unui copac, în timp ce în fața ochilor vedeam numai stele strălucind orbitor de alb, iar chipul îmi era acoperit de lacrimi și mucozități.

Eram atât de zdruncinată, încât mi-au trebuit minute bune, aproape o sticlă întreagă de apă și câteva șervețele umede ca să-mi revin cât de cât, cu mintea încărcată de atâtea gânduri amare încât nu credeam că voi mai cunoaște liniștea vreodată. Presupunerile că totul ar fi putut fi o aberație din partea lui Ed, sau o revenire a bolii, sau orice altceva decât trădare, pur și simplu, dispăruseră.

Voiam să-i omor pe amândoi. Timp de câteva minute, m-am gândit la asta. Și o luasem în serios. Aveam să-i urmăresc până acolo unde erau cazați și aveam să-i înjunghii în somn. Cel puțin, Martine Knockers nu știa unde sunt. Dar era bine să nu fi avut discuția aceea cu personalul hotelului, întrebând despre Ed... Apoi m-am calmat și am început să mă gândesc la un plan de acțiune mai rezonabil.

Am mers pe plajă până la o căsuță cu acoperiș din frunze de palmier, unde eram sigură că nu mă puteau observa, și am așteptat. În cele din urmă, au încetat cu îmbrățișările și păreau să fi ațipit amândoi, rămânând nemișcați, cu excepția părului care le flutura animat de briză. I-am privit, în timp ce eram scăldată de valuri puternice de furie amestecată cu tristețe.

Nu știam ce să fac, cum să-i abordez, dar, pe măsură ce trecea timpul, îmi dădeam seama că voiam să vorbesc doar cu Ed. Nu puteam îndura gândul lacrimilor și scuzelor jalnice ale lui April. Însă nu-mi dădeam seama cum aveam să fac asta, fără s-o răpesc pe April și s-o arunc în vreo pivniță întunecată.

Apoi s-a ivit o oportunitate: Ed se trezise și acum era în picioare. Dintotdeauna avusese dificultăți de concentrare, astfel încât nu putea rezista să stea nemișcat la plajă pentru multă vreme. A privit spre mare, apoi în jos, către April și, în cele din urmă, a pornit pe plajă, venind în direcția mea. Aproape că-i puteam auzi gândurile: „*O plimbare scurtă, să-mi dezmorțesc picioarele, obosesc un pic, apoi fac o baie*".

Era o ocazie mult prea bună ca s-o ratez. Cu inima bătându-mi în gât, m-am repezit în spatele căsuței, spre arbuștii și tufișurile care formau o barieră naturală între plajă și restul insulei, și am mers cât am putut de-a lungul potecii înguste de pământ. Apoi am coborât din nou pe nisip și am pornit drept spre Ed, așteptând să mă observe. Picioarele îmi tremurau incontrolabil și mă străduiam din toate puterile să nu mă împiedic.

Ne apropiam unul de celălalt. Zece metri... șase... trei... s-a uitat la mine, cu un zâmbet politicos, de turist – apoi m-a recunoscut şi a rămas pe loc, cu zâmbetul îngheţat pe chip şi ochii holbaţi.

– Bună, Ed.

Nu aveam de gând să strig sau să fac o scenă. Voiam să-l înfrâng cu armele lui.

Arăta atât de şocat, încât pentru o secundă mi-a fost milă de el. A aruncat o privire în urmă, probabil să verifice că April încă dormea, apoi, actor experimentat cum se considera, şi-a revenit şi a desfăcut larg braţele.

– Lynn? Tu eşti? Draga mea – dar ce e cu tine aici? Incredibil!

M-a cuprins într-o îmbrăţişare strânsă şi, pentru o clipă, nu mi-am dorit nimic altceva decât să-i răspund, lăsându-mi capul să se odihnească în locul acela atât de familiar, dintre umăr şi gâtul lui, până când mi-am dat seama că, de fapt, încerca să mă întoarcă în aşa fel încât să-mi blocheze vederea către locul unde era April.

– Te căutam, am răspuns cu vocea înfundată, lipită de pieptul lui. Dragul meu.

– Vai! Nu ştiu cum ai reuşit, dar da, m-ai găsit. Şi-ai stricat surpriza, a zis el mângâindu-mă pe ceafă. Ţi-ai tăiat părul de tot! Arată... e foarte scurt... dar îţi stă bine. Cred.

Ştiam că n-o să-i placă. Asta era bine; naiba să-l ia! Din fericire, reuşisem să rezist îmbrăţişării.

– Ce surpriză? M-am desprins de el, împingându-l cu degetul arătător în piept până ce era la un braţ depărtare.

Mi-a luat mâna, cu o expresie dezamăgită pe chip.

– Nu porţi inelele!

Aproape am izbucnit în râs.

– Ed... asta este cea mai mică dintre problemele noastre, în momentul acesta. Trebuie să vorbim, nu crezi? Şi – ce surpriză?

– Ei bine, acesta este unul dintre lucrurile despre care trebuie să vorbim! Nu-mi vine să cred că ești aici! Abia ai ajuns? Hai să mâncăm, ce zici?

Aş fi vrut să spun da, doar ca să-l văd cum făcea să plece, lăsând-o pe April adormită pe prosop, fără să știe de el, dar m-am răzgândit. Voiam să fac lucrurile în felul meu.

– Să-ți spun cum facem, am zis, în schimb. Nu mă simt prea bine. Am stomacul deranjat. Am mâncat ceva și nu mi-a priit, probabil. Mă pregăteam să mă-ntorc și să dorm un pic, poate-mi trece. Așa că ce zici de o cină devreme, la vila ta? Gătești tu ceva, sau comanzi la recepție.

– Cu greu o poți numi vilă. Mai mult o căsuță, de fapt. Ezita, scărpinându-se în părul plin de sare.

– Ce se-ntâmplă, nu vrei? Ești aici cu cineva, despre asta e vorba?

Oare chiar avea să pretindă că nu era? Dacă strigam numele lui April, sunt sigură că m-ar fi auzit. Stomacul mi s-a strâns dureros.

– *Poftim?* a zis el, umbrindu-și ochii. Cu cineva? Vrei să zici, *o femeie*? A scuturat ușor din cap și am fost aproape impresionată – părea sincer surprins, ca și cum habar nu avea că amanta lui – prietena mea – dormea pe prosop la treizeci de metri de noi.

Apoi mi-a luat degetul mic, așa cum obișnuia să facă.

– Lynn – ai dreptate, trebuie să vorbim. Am multe să-ți explic...

– Nu mai spune!

– Dar e incredibil că ești aici! Sunt atât de fericit! E atât de ciudat, serios. Acum aș putea să-ți și spun – surpriza era că mâine voiam să te sun, să te aduc aici. De fapt, voiam să-ți cumpăr biletul de avion chiar astăzi!

– Serios?

– Da! Ascultă, Lynn – știu că-ți datorez scuze că am dispărut așa, fără să o vorbă, dar pot să-ți explic, dacă-mi dai voie. Am vrut să pun totul la punct pentru tine, apoi să te chem să-ți ofer vacanța vieții tale, aici, știi, după tot ce-ai îndurat anul trecut, ai avut grijă de mine, apoi am dispărut, pur și simplu... meriți mult mai mult.

Am pufnit sarcastic, iar Ed și-a luat o mină dezolată.

– Așadar, la concluzia asta ai ajuns – că aveam cine știe ce aventură cu o altă femeie și-am fugit împreună?

Câtă neobrăzare!

– Ei bine, parte din concluzie.

– Oh, Lynn... de parcă aș fi capabil de așa ceva! Te iubesc! Întotdeauna te-am iubit. Tu ești jumătatea mea.

A venit din nou spre mine, să mă îmbrățișeze și, de data aceasta, l-am lăsat, pe plaja albă de pe o insulă mică, aflată la mii de kilometri depărtare de casă, cu soarele arzător deasupra noastră, lăsându-mi umerii încinși scăldați de minciunile lui.

– Așadar – pe diseară?

– OK, a spus el. Dar lasă-mă să vin eu la tine.

Nici vorbă. M-am prefăcut că mă gândesc.

– Nu – e drăguț din partea ta să propui, dar camera mea este foarte mică și ar trebui să luăm cina în restaurant, iar noi avem nevoie să vorbim în liniște. Te vreau doar pentru mine. Unde stai?

Văzând că sunt de neclintit, mi-a dat adresa, fără să clipească, mergând până acolo încât să-mi ia mâna și să spună că nu era sigur că putea să aștepte atât de mult. Am fost tentată să-i spun: „Grozav, așteaptă doar să merg să o salut pe April, întâi“, dar m-am abținut. Nu trebuia să-l las să afle ce știam, trebuia să amân cât puteam de mult, mi-am zis.

– Așadar, ne vedem pe la cinci? Să nu fie prea târziu, sunt încă dezorientată din cauza schimbării fusului orar.

M-am întors să plec, dar m-a prins de mână și m-a sărutat pe obraz, sărutul lui Iuda, care aproape mi-a umplut ochii de lacrimi. Am mers înapoi la mașinuță, înjurându-l la fiecare pas, cu cele mai urâte cuvinte pe care le știam. Eram sigură că furia și adrenalina aveau să-mi fie singurul combustibil de-aici înainte.

52

Mă gândisem la satisfacția pe care aș fi simțit-o, să apar mai devreme doar ca să văd expresia de pe chipurile lor, dar am ajuns la ora stabilită. Am parcat mașinuța, pe drumul de munte, imediat ce am cotit lângă un indicator care afișa „Surf View“ scris de mână. Poteca ducea către o vilă discret ascunsă vederii de un gard viu, bine îngrijit, de hibiscus.

Peisajul era amețitor, cu marea albastră în fundal și cerul turcoaz întins cât puteam cuprinde cu privirea, dincolo de suprafețele acoperite cu flori, care separau grădina de stânci: păsările paradisului, delicate flori de iasomie, orhidee de toate culorile. Am simțit miros de grătar și nelipsita aromă de frangipani. În prelungirea verandei de marmură era o piscină cu o fântână artificială imitând o cascadă.

Probabil că Ed mă pândise, pentru că a deschis larg ușa, în timp ce mă apropiam.

– Ta da! a strigat el, cu brațele desfăcute. Îți place?

– Superb! Foarte frumos. Îmi arăți împrejurimile? I-am întins sticla de vin pe care o cumpărasem după-amiază.

– Sigur. Cu ce ai venit?

A deschis ușa către camera de zi încăpătoare, răcoroasă, amenajată în nuanțe de gri, culoarea nisipului și alb.

– Cu taxiul, am mințit. Voiam să-l fac să creadă că aveam de gând să beau tot atât de mult pe cât intenționam, de fapt, să-l fac să bea.

– Ești foarte frumoasă. Noua ta coafură îmi place din ce în ce mai mult.

Nu m-am deranjat să comentez.

Așa cum mă așteptasem, nici urmă de April, nimic nelalocul lui, cu excepția slipului lui Ed aruncat pe măsuța de cafea și o carte deschisă despre cum să-ți perfecționezi jocul de golf. Mi-a venit să râd imaginându-mi cum trebuie să se fi agitat amândoi, complet năuciți, căutând să ascundă toate lucrurile ei. Oare ea unde era? Am sperat că în vreun bar, rozându-și unghiile de îngrijorare, afurisita naibii.

– Golf? am ridicat cartea, aruncându-i o privire.

– Au un teren excelent pe insula vecină, Canouan. O să merg la golf cu barca, îți dai seama? Nici măcar eu nu pot să fac scufundări toată ziua. Apropo, scufundările aici sunt nemaipomenite. Abia aștept să te duc. Mă gândisem să facem asta săptămâna viitoare, când plănuisem să te aduc aici, dar acum că tot ai venit, ce zici să mergem mâine? Ți-ai putea lua certificatul de instructor. Mai știi că voiai să faci asta, atunci, în Grecia, dar ai avut probleme cu burtica și n-ai mai putut? Chiar, cum îți mai e burtica? Te simți mai bine?

– Sunt bine acum. Am lăsat cartea înapoi pe masă, încercând să alung sentimentul de dezolare pe care l-am simțit auzindu-l rostind cuvântul burtică. Întotdeauna spunea așa și mereu îmi plăcuse. Să nu ne pripim. Avem multe alte lucruri de lămurit, înainte de asta.

– A, da! De lămurit. Desigur. Cum ai știut că sunt aici, că tot veni vorba? Se simțea în vocea lui că făcea eforturi să vorbească cu naturalețe.

– Pe scurt, din factura de telefon, de când ai făcut rezervări. Asta și niște presupuneri logice. Ai niște bere? Am intrat în bucătărie și am deschis frigiderul, care conținea patru sticle de vin Banks – preferatul lui Ed – și niște mango. Am scos două sticle de bere și le-am desfăcut de marginea blatului mesei din bucătărie. Ed a râs din nou.

– Chiar mi-era dor să te văd făcând asta, a spus el, acceptând sticla lui, pe care a golit-o aproape complet din doar câteva înghițituri. Noroc, Liz. Mă bucur *mult* că ești aici. Hai să admirăm peisajul.

Cine naiba era Liz?

– Cine e *Liz?*

– Poftim?

– Tocmai mi-ai spus Liz.

Părea confuz.

– Nu-i adevărat.

– Ba da. Ce-ar fi să lăsăm prefăcătoria? Nu mai aveam de gând să fiu îngăduitoare. Până aici.

Ed a deschis gura ca și cum voia să vorbească, apoi s-a răzgândit, părând șocat.

– Voiai să-mi arăți pe aici? Mi-am lipit sticla de bere rece de obraji, alegând să nu insist, să văd întâi ce avea de gând să-mi spună.

– Nu mai sunt multe de văzut. Baia, a zis el deschizând larg ușa către o sală de baie încăpătoare și luxoasă. Pe chiuvetă se vedea o singură periuță de dinți și o singură trusă de toaletă.

– Și dormitorul. M-a condus în ultima încăpere, mai mică decât camera de zi, dar luminoasă și aerisită, într-o ordine perfectă, cearceafurile albe de pe pat întinse și acoperite cu petale roz, delicate, și cinci perne pufoase, de dimensiuni diferite, aranjate la dungă.

Pe podea, lângă dulapul de haine, era o geantă de voiaj roșie, pe care n-o știam.

– Asta a cui este?

– A mea. Măcar avea delicatețea să pară rușinat. Ă, am cumpărat-o în aeroport. A fost un impuls.

– Înțeleg. *Mincinos afurisit.* Așadar, mâncăm? Sunt lihnită.

Nu-mi era foame deloc.

– Sigur – am pregătit totul afară.

L-am urmat pe verandă, lângă o masă de două persoane, albă, din fier forjat, pe care aștepta un bol cu o salată extravagantă cu fructe de mare, între două seturi de tacâmuri. Ne-am așezat, iar el m-a servit, scăpând câțiva creveți și câteva roșii cherry prin suprafața dantelată a mesei. M-am bucurat să observ că îi tremurau mâinile. Nu era atât de stăpân pe el pe cât dorea să mă facă să cred.

Era liniște, cu excepția clipocitului apei în piscină și a ciripitului păsărilor nevăzute, în copacii din jur. Terasa era decorată cu ghivece de flori în culori aprinse și o cochilie încastrată într-o rocă mare, lângă ușă.

– Salata arată delicios. Tu ai pregătit-o?

– Aș vrea să spun că da, dar aș minți. Am comandat.

Ed să mintă? Nici vorbă.

Am luat o înghițitură, ca să arăt bunăvoință.

– E bună. Așadar...

– Așadar, a repetat el.

– Explică-mi cum te-ai hotărât să părăsești țara fără să-mi spui, după ce ai golit contul nostru de economii.

– Îmi pare foarte rău, a oftat el. Sincer. Am luat prânzul în ziua aceea cu Bill – am fost la un restaurant libanez, în apropierea clinicii –, iar el m-a avertizat că boala Pick putea recidiva, că era nemaipomenit că tomografiile arătau că fusesem vindecat, dar că putea fi și o eroare și că era necesar să fie ținută sub observație și voia să mai particip la multe alte teste și am simțit cum mă cuprinde panica și depresia și ne-am enervat amândoi.

– Bill, despre care n-ai vorbit niciodată de când te știu și despre care poliția n-a găsit nicio informație când a încercat să dea de urma lui? Bill, care nu apărea nicăieri în registrele clinicii?

Ed a ridicat din umeri, dezlipind eticheta de pe sticla deja golită de bere.

– Există. Doar l-ai văzut. Mi-a spus că acela era cabinetul lui temporar, al lui era în renovare. În orice caz, am vorbit despre boală, despre rezultatul extraordinar al studiului și despre cât de greu ne-a fost când eram bolnav, gândindu-mă că voi sfârși ca tata și, nu știu ce să-ți spun, m-am adâncit și mai rău în depresie. Am vrut să mă sinucid, Lynn, nu știu, poate a fost o reacție întârziată a șocului, chiar nu știu. Stăteam acolo, pe platformă, în gara Waterloo și nu mă puteam gândi decât că boala Pick va reveni, că era imposibil să mă fi vindecat, că fusese doar o ameliorare temporară...

Avea ochii plini de lacrimi și și-a trecut mâinile peste față. La naiba, era bun!

– Și care a fost treaba cu banii? De ce a trebuit să-i iei pe toți? Erau nouăzeci de mii în cont.

S-a aplecat și mi-a cuprins mâna între palmele lui transpirate.

– Nu eram în toate mințile, Lynn. Nu mă puteam gândi la nimic decât că voiam să plec undeva departe, singur, apoi să trimit după tine. N-am vrut să-ți spun pentru că știam că te-ai fi supărat să auzi că plec fără tine...

– Nu la fel de supărați cum am fost eu și Ben la gândul că zaci într-un sertar la vreo morgă, l-am întrerupt, lăsându-mi mâna într-ale lui. Măcar avea decența să pară rușinat.

– Am transferat banii într-un alt cont, on-line. Am crezut că aveam nevoie de semnătura ta, dar s-a dovedit că nu a fost necesar. Speram că n-o să observi. Sunt în continuare banii noștri. Nici măcar nu intenționasem să transfer întreaga sumă, voiam să iau doar nouă mii, pentru vacanța noastră, dar eram beat când am făcut asta și, probabil, am adăugat un zero din greșeală. Firește, voi transfera restul înapoi.

Am dat ochii peste cap.

– Dar, Ed, ai luat pașaportul cu tine când ai plecat. Asta arată că ai plănuit totul.

– N-am plănuit nimic! a replicat el cu înflăcărare, indignat la auzul unei asemenea idei. Mi-am luat cu mine geanta de pânză, cea în care țin laptopul, căștile și alte mărunțișuri și într-un buzunar am găsit pașaportul, când eram în tren, în drum spre Londra. Nici nu știam că era acolo, nu l-am mai folosit de ani de zile. Așa mi-a venit ideea. Cum l-am văzut, mi-am dorit să plec undeva, fie și pentru câteva zile. Mi-am spus, am pașaportul, o să iau niște bani – întâi m-am gândit să plec în Spania, apoi am hotărât să vin aici, să mă relaxez o săptămână și să mă gândesc la toate astea, să pescuiesc, apoi să te aduc și pe tine. Trecuseră ani întregi de când nici nu voiam să mă gândesc să urc din nou într-un avion și am simțit așa... o eliberare. Aș putea spune că mi s-a urcat sângele la cap. Am petrecut vreo două nopți într-un hotel lângă aeroportul Heathrow, dar eram mult prea beat ca să-ți spun. Mi-am revenit când eram deja la jumătatea drumului peste Atlantic, întrebându-mă ce naiba făceam, dar era deja prea târziu.

Minciunile lui erau aproape amuzante. Aproape.

– Îmi spusesei în dimineața aceea că, deși ai reușit să faci tomografiile, încă te temeai de zborul cu avionul. Și nu se poate să fi fost atât de beat în aeroport – cei de la poliție mi-au spus că ai fost interogat. Ai fost suficient de convingător, dacă ți-au permis să zbori.

De data asta nici măcar el n-a putut răspunde. Am rămas câteva minute în liniște, iar eu priveam o mică pasăre colibri plutind deasupra florilor de hibiscus, înainte să dispară ca o săgeată între ramurile tufișului.

Ed mă privea acum cu o iubire atât de intensă încât, deși nu îmi oferise un răspuns credibil, deși o văzusem pe April cu ochii mei, tot mi-a trecut prin cap că mă înșelasem în privința lui.

Îmi doream atât de mult să mă fi înșelat.

Dintr-odată, m-am simțit de două ori mai încinsă, ca și cum sudoarea îmi ieșea prin fiecare por, și am simțit nevoia să mă arunc în piscină.

– Voi deschide vinul acela acum.

Am intrat în bucătăria răcoroasă, am luat două pahare și am deschis sticla de vin alb. I-am umplut lui paharul, iar pe-al meu doar pe jumătate, completând cu apă, având grijă ca Ed să nu mă vadă. El era încă afară, pierdut în contemplarea unei bucăți de caracatiță din furculiță. Aveam telefonul în buzunarul rochiei, l-am scos și am pornit reportofonul, apoi l-am strecurat înapoi. Nu credeam că va recunoaște ceva mai mult decât aventura lui cu April și știam, la fel de bine, că și dacă o făcea, nu constituia probă admisibilă în instanță, dar merita să încerc.

– Mă bucur că ești bine, am spus, revenind cu sticla de vin sub braț și cu telefonul pornit în buzunar. I-am întins paharul, abținându-mă cu greu să nu-l mângâi pe obraz.

Chipul îi era îmbujorat și aspru, minunat de familiar. Ridurile din jurul gurii păreau să se fi adâncit, față de cum mi-l aminteam, la fel ca liniile de pe frunte, iar eu îl doream. Spre marea mea enervare, voiam să sfâșii hainele de pe el și nu doar ca să-l oblig să mărturisească. Nu mai făcusem sex de câteva luni – dar fusese bolnav (nu-i așa?) și, oricum, nici cele mai pasionale cupluri nu cred că mai făceau sex acrobatic după aproape un deceniu de conviețuire. La urma urmei, avea șaizeci de ani. Îi împlinea chiar azi.

Nu eram încă pregătită să-i urez la mulți ani.

– Știu că tu și April ați avut o aventură, am spus, ușurându-i situația. Mi-am ținut respirația și așteptam ca expresia de pe chipul lui să se schimbe.

Însă el și-a trecut palmele prin părul de culoarea nisipului, făcându-l să se ridice.

– Nu-i adevărat, a spus cu blândețe. Nu te-aș înșela niciodată. Te iubesc, Lynn.

– Chiar vrei să cred că n-ai plănuit călătoria asta? Că ai plecat... pur și simplu?

A sorbit din vin, așa cum știam că va face. Întotdeauna bea când se simțea încolțit. I-am umplut paharul.

– Așa a fost.

– Înțeleg.

– Nu mă crezi? Părea jignit.

– Păi, am răspuns cu aceeași intonație pe care aș fi avut-o și dacă-i ceream solnița, pare cam tras de păr, nu crezi? Cu transferul banilor și celelalte.

– Ți-am spus, a fost un accident. Am vrut să iau doar o parte. Sunt în continuare banii noștri. Și am făcut-o pentru tine, iubito.

Am strâns din dinți, m-am forțat să zâmbesc și am ridicat paharul.

– Mă bucur să aud. N-aș vrea să te pierd.

– Nici eu pe tine. Te iubesc cu adevărat, Lynn.

M-am hotărât să-i fac jocul, pentru moment, deși ceea ce simțeam pentru el era departe de a putea fi numit iubire.

– Și eu te iubesc. Noroc!

Am ciocnit paharul de al lui și-am luat o înghițitură din vinul meu îndoit cu apă.

– Păi, acum că sunt aici, ce-ar fi să ne începem vacanța?

A zâmbit larg, ușurat, imaginându-și că scăpase, cel puțin deocamdată.

– Beau pentru asta!

Nu știu cum am reușit, dar pentru următoarea jumătate de oră, talentul meu actoricesc l-a egalat pe al lui Ed. Eram hotărâtă să-l amăgesc, făcându-l să se creadă în siguranță, pentru a vedea ce puteam obține de la el, odată ce lăsa garda jos și-i creștea alcoolemia. În ochii unui observator neavizat, am fi trecut cu ușurință drept un cuplu obișnuit, aflat în vacanță. Am făcut conversație: despre Ben, despre „boala" lui Ed. Despre motan. Suzan. Viața amoroasă a Naveetei, stâna holistică a lui April. Amintiri din viața noastră împreună și planuri de viitor. A adus încă o sticlă de vin din bucătărie, din care eu am băut cât mai puțin, asigurându-mă că el bea cât mai mult, până când am constatat că începea să i se împleticească limba.

Am observat, totodată, că a schimbat subiectul când l-am pomenit pe Mike.

Cât de încrezut să fie, să-și închipuie că se putea îmbăta și să-și mențină controlul?

Capetele ni s-au apropiat din ce în ce mai mult, privirile ni s-au întâlnit. Chimia dintre noi a început să se facă simțită și, poate pentru că știam că era ultima oară când aveam să fim atât de apropiați, am încurajat-o. M-am forțat să cred că era reală, că noi doi eram bine.

Când buzele noastre s-au atins, se lăsase deja întunericul și umbrele liliecilor zburând în jurul nostru păreau niște închipuiri zoomorfe înaripate ale imaginației noastre. Ne-am sărutat din ce în ce mai pasional. Mi-am coborât mâna în poala lui și i-am simțit erecția.

– Mi-a fost atât de dor de tine, a spus el.

– Și mie.

– Te doresc, Lynn.

Ne-am ridicat amândoi, Ed atât de energic încât scaunul pe care stătuse s-a răsturnat zgomotos. I-am luat mâna, să-l susțin, și ne-am lipit unul de altul. M-a împins până am ajuns cu spatele lipit de perete și și-a strecurat mâna sub rochia mea, repetându-mi numele fără oprire, dintr-odată vulnerabil și delicat, ca un pui de pasăre abia ieșit din ou, ca și cum toată forța din trup i se retrăsese în penisul erect.

Nu puteam risca să-mi alunece telefonul din buzunar și să descopere că înregistrasem discuția noastră și, în afară de asta, am simțit pe loc un val de repulsie, amintindu-mi cum îl văzusem pe plajă, mai devreme, cu April.

– Nu, am spus, împingându-l cu putere. Nu.

Venise timpul să dau lovitura.

53

– Ce s-a întâmplat? a întrebat alarmat, dar încercând să-și ascundă furia vizibilă în încrețiturile din jurul ochilor.

Am respirat adânc și m-am pregătit să-l înfrunt, cu toți mușchii încordați. Am căutat totuși să-mi păstrez vocea egală.

– Putem să terminăm cu... cu... circul ăsta? Chiar acum. Trebuie să încetezi să mă mai iei de proastă, Ed. Nu m-am gândit decât la asta, de când ai dispărut. Am sperat că dacă-ți dau de urmă, voi reuși să mă liniștesc – dar mi-ai confirmat bănuielile cele mai sumbre.

A tresărit scurt, apoi a început să tragă de timp. Nu-i mai puteam citi expresia de pe chip.

– Poftim?

– La naiba, știu că April este aici! V-am văzut împreună, pe plajă, mai devreme! Ceea ce nu înțeleg este de ce te-ai prefăcut că suferi de boala Pick, atâta vreme, doar ca să fii cu ea! Nu ai fi fost atât de crud cu Ben, decât dacă mai este vorba și de altceva.

Încremenise. Am pipăit în spatele meu, să apuc sticla de vin, pentru orice eventualitate.

Sosise momentul adevărului. Nu mai era cale de întoarcere.

– Bill a fost un impostor, nu a existat niciun studiu medical. Boala ta a fost falsă, la fel cum au fost și tomografiile acelea. April te-a ajutat. Ai făcut asta, ca să ai un alibi pentru uciderea lui Mike – dar de ce să-l fi ucis? Şi tu, şi April puteaţi divorţa, deci trebuie să fie vorba şi despre altceva. Totul are legătură cu faptul că ai ucis-o pe Shelagh, nu-i aşa, Ed? Şi-ţi mai spun ceva, doar dintr-o fotografie Polaroid veche, pe care am găsit-o în fosta ta casă, mi-am dat seama ce ai făcut cu trupul ei.

Dintr-o singură mişcare, s-a repezit la mine şi m-a prins de gât, strângând cu amândouă mâinile. La naiba, fusese mult prea rapid.

Am încercat să-l lovesc cu sticla, dar m-a dezarmat cu uşurinţă cu o singură mână.

– Vai de mine, mi-a şuierat în ureche, soţul meu dispărând brusc şi fiind înlocuit de un necunoscut ucigaş. Chiar speram să nu se ajungă la asta. Ei bine, hai să vedem, Miss Marple[1], cum crezi că am ucis-o pe Shelagh? *Aşa?* A strâns şi mai tare. Se pare că eşti mai deşteaptă decât am crezut, a continuat el, apăsând cu atâta putere că începea să mi se întunece vederea, iar picioarele mi se înmuiaseră. N-am crezut că-ţi vei da seama. Speram să n-o fi făcut totuşi, pentru că acum este clar că nu te mai pot lăsa să pleci.

Sigur că-mi dădusem seama că mă pun în pericol, confruntându-l pe Ed, iar avertismentul lui Maddie, să anunţ poliţia dacă era nevoie, îmi răsuna în urechi. Doar îmi refăcusem testamentul, pentru numele lui Dumnezeu! Cu toate acestea, acum că se întâmpla, nu simţeam decât surpriză şi şoc.

Începeam să simt că-mi pierdeam cunoştinţa, dar, în ultima clipă, Ed a slăbit strânsoarea şi m-a apucat de braţe,

---

[1] Personaj fictiv ce apare în 12 romane poliţiste şi 20 povestiri scurte scrise de către scriitoarea britanică Agatha Christie (n.tr.)

m-a smucit și m-a târît spre același perete lângă care, cu câteva minute mai devreme, ne sărutaserăm. De această dată, nu mai era niciun strop de pasiune în acțiunea lui.

Căutasem numărul de telefon local pentru situații de urgență, era 8111, dar cum aș fi putut forma? Și, oricum, m-ar fi ucis cu mult înainte să apară cineva... Am tras aer în piept, tușind și înecându-mă.

– Dă-mi drumul, Ed, dacă nu vrei să vomit peste tine.

Mi-a eliberat un braț și m-am răsucit. Am icnit, prefăcându-mă că-mi vine să vomit – nici n-a fost greu, stomacul îmi era complet răvășit –, iar el a relaxat și strânsoarea celuilalt braț, suficient cât să mă pot apleca. Mi-am adunat toate puterile, mi-am încordat mușchii și i-am repezit cotul liber în vintre, cât am putut de puternic.

A gemut și mi-a dat drumul, ducându-și, instinctiv, mâinile între picioare. M-am aplecat într-o parte și i-am aplicat o lovitură de karate în față, deși forța impactului m-a răsturnat și pe mine. Lovitura l-a lăsat fără aer, ceea ce mi-a dat mie timp să mă ridic și să apuc fosila de lângă ușă – era atât de grea încât am simțit că-mi smulge brațele din încheieturi, dar am reușit s-o ridic ca și cum n-ar fi cântărit mai nimic. Dintr-un salt, l-am încălecat, țintuindu-i brațele cu genunchii și ținând piatra ridicată deasupra capului lui. Era cât o minge de plajă și, dacă-i dădeam drumul, i-ar fi sfărâmat țeasta ca pe un ou.

– Nenorocito, a îngăimat el, cu sângele curgându-i din nas și din gură.

– Ai sugrumat-o pe Shelagh, nu-i așa, apoi i-ai aruncat trupul într-o baie de acid, la unul dintre atelierele acelea de recondiționat uși, ca să scapi de probe.

A înghețat. Brațele mă dureau și îmi tremurau de efort, iar inima îmi bubuia în gât, dar am strâns din dinți și am ignorat durerea. *Te rog, sper că înregistrezi în continuare*, mi-am implorat, în gând, telefonul.

– Iar acum, dacă nu vrei să las asta să cadă peste fața ta, vreau să recunoști că l-ai ucis și pe Mike. Te-ai prefăcut bolnav aproape un an, cu unicul scop să mă faci să te încui noaptea în dormitor, ca să ai un alibi pentru uciderea lui. Corect?

Ed nu a răspuns, dar știam că aveam dreptate.

– De ce, Ed? Pentru bani? Te-a plătit cineva să faci asta? Aflase că tu ai ucis-o pe Shelagh, de asta?

Nu a răspuns, nici măcar nu se mai zbătea. Îi simțeam mușchii brațelor încordați sub genunchii mei și căldura trupului întins sub coapsele mele.

Soțul meu.

Omul care știa că mâncarea condimentată și iute mă făcea să sughiț, că eram predispusă să fac bășici, că detestam anșoa și țelina gătită. Omul care-mi aducea supă în pat când eram bolnavă și mă hrănea, drăgăstos, cu lingurița. Omul care știa totul despre mine.

Aproape totul. Un singur lucru nu știa: cum și de ce ne cunoscuserăm.

Cel puțin, asta crezusem tot timpul.

Fără niciun avertisment, s-a încordat și a reușit să-și elibereze brațul drept de sub piciorul meu; s-a răsucit rapid, trăgându-și capul din calea pietrei pe care am scăpat-o și care s-a făcut țăndări lângă el.

Într-o secundă, locurile erau inversate și acum eu eram cu brațele răsucite la spate și cu fața apăsată dureros pe cioburile de pe jos.

Ceea ce a spus apoi a șters pentru totdeauna orice amintire frumoasă a vieții noastre împreună.

– Așadar, *ofițer* Waites, nu ești un polițist atât de bun pe cât te credeai, nu-i așa? Ai crezut că ești deșteaptă, dar vrei să știi ceva? Am știut ce ești dinainte de a te fi cerut în căsătorie; de ce altceva crezi că m-aș fi căsătorit cu tine? Te urmăream când mergeai la întâlnirile tale cu, cum îi spuneai? Supervizorul tău. Metcalfe, nu-i așa? Dumnezeule, ce mai râdeam. Da, am ucis-o pe Shelagh, dar a fost un accident. Și, da, l-am ucis pe Mike, pentru că nenorocitul mă șantaja de trei ani, aflase despre mine și April și avea bănuielile lui cu privire la Shelagh, dar nu poți dovedi nimic și nici nu vei trăi să încerci. Interesant totuși cum *tu* mă acuzi *pe mine* de minciună când întreaga noastră relație a fost o afurisită de minciună.

M-a ridicat în genunchi, apoi, înainte să apuc să mă smulg din strânsoare, m-a apucat de mijloc, ca pe un sac. Am țipat din toate puterile, dar, cu o viteză uluitoare, m-a cărat lângă marginea piscinei și m-a aruncat.

La revedere înregistrare vocală pe telefon.

Apa rece mi-a acoperit capul și, când am încercat să mă ridic la suprafață, am simțit mâinile mari ale lui Ed apăsându-mă dedesubt.

La revedere, Waitsey...

Nu nu nu nu, ajunsesem până aici, nu se putea termina așa. Nu se putea...

Am simțit presiunea cum îmi creștea în piept și în spatele ochilor. M-am zbătut, încercând să scap, în ciuda durerii din braț, de când mi-l răsucise, dar avea mâna înfiptă în părul meu și nu mă puteam elibera. În fața ochilor au început să-mi joace culorile, și am simțit cum îmi slăbeau puterile. Nu mă puteam lupta cu el. Nu mai puteam respira.

Acesta era sfârșitul și era brutal și neașteptat.

M-am rugat și m-am mai agitat, atât cât îmi permitea lentoarea instalată, apoi gândurile au început să mi se dizolve în apa care se liniștea, dar nu ca o tabletă efervescentă, ci foarte încet, topindu-se treptat în neființă.

54

Apoi, prin apa neagră, am auzit sunetul distorsionat al unei alte voci. Presiunea din creștetul capului a fost înlocuită de aerul dezgustător al nopții insulare.

Două brațe m-au târât în siguranță, smucindu-mă și rostogolindu-mă pe pământ, unde am început să tușesc, înecându-mă, încercând să elimin apa din plămâni. Unde era Ed? Am deschis ochii încet și am văzut o siluetă aplecată asupra mea, așezată cum eram pe o parte, tușind și respirând din greu.

– Oh, Dumnezeule, Lynn, îmi pare așa de rău, trebuie să mă crezi, n-am știut că a ucis pe cineva, cu atât mai puțin pe Mike. Mi-a ucis soțul...?

– April? am rostit răgușit. Unde e Ed?

April a suspinat. Chipul îi era pământiu sub stratul de bronz, acoperit de lacrimi și de rimelul scurs, părul îi era încâlcit și trupul îi tremura necontrolat.

– E aici... cred că e mort.

S-a îndepărtat și, cu privirea tulbure, am văzut două April ridicând două brațe moi și verificându-le pulsul. Apoi cele două April au început să execute manevre de resuscitare, lovind în pieptul lui Ed, printre bocete. M-am târât lângă ei și am încercat s-o împing.

– Dă-te la o parte!

M-a respins.

– Dar nu respiră!

– Foarte bine. April, lasă-l, sau jur pe Dumnezeu că te ucid!

N-aş fi putut s-o ucid, nici să fi vrut. Eram stoarsă de puteri, dar April s-a lăsat pe coapse și m-a fixat cu o privire sălbăticită.

– Ce s-a întâmplat? am întrebat cu o voce aspră, pe care nu mi-o recunoșteam.

A făcut semn cu bărbia către scaunul de fier forjat, care zăcea la marginea piscinei, cu o pată întunecată pe el.

– L-am... l-am lovit cu spătarul, a șoptit ea.

Din cauză că mă îneca pe mine sau pentru că-l auzise recunoscând că-l ucisese pe Mike? În momentul acela, nici nu mă interesa. Eram fericită că soțul meu era mort, iar eu trăiam.

– Ai fost aici de la început?

April a încuviințat. Faptul că nu se putea opri din plâns mă facea pe mine să mă abțin.

– M-am ascuns, cu valiza mea, în tufişuri. Lui i-am spus că plec, dar voiam să aud ce-ți spune. Am auzit tot. N-am ştiut nimic, Lynn, jur. N-am ştiut că el l-a ucis pe Mike. Am crezut tot timpul că moartea lui trebuie să fi avut legătură cu vreo afacere dubioasă, care n-a mers cum trebuia, că poate deranjase pe cine nu trebuia. N-am știut că Mike îl șantaja. Nu m-am gândit nicio clipă că ar fi putut fi Ed... N-aş fi făcut niciodată... n-aş face...

Vocea i s-a stins. Am simțit cum mă cuprindea amețeala, de la efortul pe care-l făceam să mă concentrez, încercând să mă ridic pe brațe și pe genunchi, ca un câine, cu sângele revenindu-mi înapoi în cap. Obrajii îmi zvâcneau.

– Poți să-mi aduci ceva de durere? Trebuie să vedem ce avem de făcut.

April m-a ascultat și a pornit clătinându-se către casă, de unde a revenit cu un pahar cu apă, o rolă de șervete de bucătărie și o cutie de paracetamol. Am înghițit patru tablete și m-am gândit că ar fi trebuit să beau toată apa din pahar, dar n-am putut. Aveam atâta apă în mine, că mă simțeam ca un mormoloc, înghețată, înecându-mă din interior.

După vreo zece minute, vederea mi se limpezise și respiram, din nou, normal. Stăteam amândouă pe șezlonguri, de o parte și de alta a trupului scăldat în sânge al lui Ed. April așezase prosoapele de hârtie împrejurul capului lui, ca să oprească scurgerea sângelui lui pe dalele de marmură.

– De ce l-ar fi șantajat Mike pe Ed? am întrebat. Nu e ca și cum voi aveați nevoie de bani.

April a suspinat.

– Adevărul e că aveam. Toată lumea credea că eram plini de bani, dar nu eram. E adevărat că Mike vânduse compania pentru o sumă colosală, dar cheltuise mult și datora cea mai mare parte din acei bani. Iar pe restul i-a pierdut în investiții la bursă și n-a vrut să recunoască. A pierdut tot, Lynn!

Sunase aproape acuzator, ca și cum nechibzuința și slabele lui abilități de administrare financiară erau vina mea.

– Dar de unde a avut Ed bani să-l plătească? Economiile noastre n-au dispărut decât cu câteva zile în urmă.

April a ridicat din umeri.

– Probabil avea el un alt cont. Mi-a spus cândva că luase din vânzarea casei cu șaptezeci de mii mai mult decât îți spusese ție. Îmi aduc aminte cum am râs că tu nu știai.

Îmi venea s-o omor, dar mi-am păstrat calmul. Ura era o emoție mai puternică decât trădarea.

– Apoi a fost asigurarea de viață a lui Shelagh, a continuat April, cu vocea scăzută, de parcă vorbea pentru sine. A fost vorba de o sumă cu *mult* mai mare decât îți spusese ție.

– Așa deci. Și toți banii aceștia au ajuns în conturile voastre? Mă bucur să aflu că v-am finanțat în acești ani. Dumnezeule! Iar eu a trebuit să mă angajez pentru că nu ne ajungeau banii. Cum naiba ai putut să pretinzi că-mi ești prietenă în tot acest timp?

Cred că nu mă simțisem niciodată atât de dezgustată.

– Nu știam că-l șantaja pe Ed, a repetat ea, implorându-mă din priviri. Mi se pare îngrozitor ce s-a întâmplat.

– Exact. E în regulă că te culcai cu soțul meu, dar ți se pare de neiertat că Mike îl extorca. Știi ceva? Cred că Ed s-a cuplat cu tine ca să se răzbune pe Mike.

Era un cerc vicios de ură și răzbunare, în care nu se știa ce sau cine declanșase totul; oare Mike îl șantajase pe Ed pentru că se culca cu soția lui sau Ed se culcase cu April pentru că Mike îl șantaja cu informațiile despre Shelagh? M-am gândit că nu voi ști niciodată. Mi-am amintit ceva:

– Trebuie să fi știut că el l-a ucis pe Mike, dacă știai că se preface în privința bolii. Tu l-ai ajutat, nu-i așa? Tu ai falsificat prima tomografie.

Nu m-a putut privi în ochi.

– Da... eu i-am pus numele pe planșele unui bolnav și le-am printat. Dar mi-a spus că făcea asta doar ca să putem fugi împreună. N-aș fi făcut-o niciodată dacă m-aș fi gândit că voia să-l ucidă pe Mike... E drept că nu mai voiam să fiu cu Mike, dar nu mi-am dorit niciodată, niciodată, ca el să moară... vocea i s-a pierdut din nou printre hohotele de plâns.

– Știai că a ucis-o și pe Shelagh? Capul încă mă durea, dar am simțit cum se așterne asupra mea o liniște rece. Trăiam. Iar Ed era mort. Ed era un criminal.

April a scuturat din cap.

M-am lăsat cu greu pe spătarul șezlongului, lăsând aerul cald al nopții să îmi pătrundă până în oase, ca lumina unui soare negru.

– Așadar, aveai o aventură cu soțul meu încă dinainte ca eu și el să fim împreună. Ne-ai lăsat pe mine și pe Ben să ne chinuim, crezând că-l vom pierde, atâta timp. Ce mai prietenă ești, April.

– Să fim serioase, Lynn, a izbucnit ea printre suspine, nu face pe nevinovata – să nu uităm cum v-ați cunoscut. Încercai să-l bagi la închisoare.

Am gemut. Așadar, și ea știuse tot timpul? Atâtea secrete, atâtea prietenii false.

– Asta a fost la început. Apoi m-am convins, ca o proastă, că era nevinovat și am plecat din poliție. De ce te-ai mai împrietenit cu mine, dacă tot ți-o trăgeai cu Ed, iar eu urma să-l iau de lângă tine?

A râs trist.

– Pentru că doar așa puteam să-l păstrez, el căsătorindu-se cu tine, iar eu devenindu-ți prietenă. Dacă nu te seducea, l-ai fi arestat și ar fi ajuns la închisoare. A făcut asta doar ca să pună capăt investigației.

– Ed m-a iubit, am spus cu furie, stăpânindu-mă cu greu să nu privesc spre trupul lui însângerat. Nu mă interesează ce crezi și nici ce a fost între voi, Ed m-a iubit la rândul lui. Nu s-a prefăcut, nu tot timpul, în orice caz. N-avea cum s-o fi făcut. A fost atât de... *real*...

April a încuviințat.

– Așa este. Ne-a iubit pe amândouă, mi-a spus-o de multe ori. Într-un fel, să știu asta m-a făcut să mă simt mai bine. Față de ceea ce-ți făceam. Dar n-am crezut niciodată că el a ucis-o pe Shelagh. Niciodată!

Am pufnit cu dispreț, dar ea s-a făcut că nu aude și a continuat:

– Cel puțin, asta am ales să cred. Spunea că era nevinovat și că nu suporta gândul să fie arestat pentru o crimă pe care n-a comis-o, să fie judecat, riscând închisoarea... spunea că, dacă se căsătorea cu tine, am fi putut continua să ne vedem, până când ar fi putut divorța și am fi fost împreună. Apoi ai rămas însărcinată și, trebuie să recunoaștem, Ed a fost încântat – pentru motivele greșite însă.

Asta a fost o lovitură atât de josnică încât mi-a venit să mă scufund înapoi în piscină și să mă las înghițită de ape pentru totdeauna. Copilul nostru, singura mea ocazie să fiu mamă, iar Ed se folosise de asta pentru scopurile lui. Crezuse că-i făcusem jocul – era liber și fără nicio teamă. Probabil că se bucurase nespus când pierdusem sarcina.

– Imediat după aceea și-a făcut vasectomie, a spus April, cu ciudă. De aceea n-ai mai rămas însărcinată.

Am vomitat din nou, fără să-mi pese că o făceam pe picioarele mele, pe șezlongul pe care stăteam și am continuat așa până ce-am avut senzația că îmi ieșiseră și mațele și nu mai aveam nimic în mine, în afara unor șuvițe scârboase de salivă. M-am gândit la toate acele rânduri în care mă alintase, spunându-mi că vom mai avea copii, mulți copii, în timp ce știa foarte bine care era adevărul... Înțelegeam acum de ce refuzase testele de fertilitate. Acum, dacă aș fi avut energia necesară, m-aș fi ridicat să dansez pe cadavrul lui.

Când, în sfârșit, mi-am revenit, m-am șters la gură cu brațul și m-am întors către April, strângând pumnii, ca să n-o plesnesc.

– Oare *puteai* să fii mai naivă de-atât?

– *Eu*? a ripostat ea. Dar *tu*? L-am crezut, în același fel în care te-a făcut pe tine să-l crezi! Și voiam să fiu cu el... Ți-am spus, habar n-am avut până acum că Mike îl șantaja. Am fost șocată.

Deși ea părea să fi știut mai multe decât mine despre situația financiară reală a lui Ed, mi-am dat seama că o credeam.

– Așadar, ce a fost, Mike descoperise că Ed a ucis-o pe Shelagh sau aflase despre voi doi? Dar nu cred că Mike ar fi rămas cu tine dacă știa!

– Chiar nu știu. Trebuie să fi descoperit el ceva – vreo dovadă. Pun pariu și că știa despre mine și Ed. A făcut-o ca să-l pedepsească. Era în stare să facă lucruri de genul ăsta. Nu invers – nu ce-ai spus tu, că Ed se culca cu mine ca să se răzbune pe Mike.

– Nu mai contează. Totuși, ce dovadă? Mi-am amintit de lunile în care căutasem eu însămi dovezi împotriva lui Ed și acum să aud că *Mike*, cumva, reușise să descopere ceva? Și cum făcuseră – cum putuseră – să se poarte ca și cum erau în continuare prieteni? Nu era nicio mirare că evitau să se vadă. Era absurd!

– Nu știu ce dovadă ar fi putut să aibă. Poate văzuse ceva și n-a înțeles decât mai târziu ce însemna, nu știu, pe Ed cărându-i trupul undeva, în toiul nopții. Sau îl surprinsese pe Ed discutând cu tipul acela, vagabondul, cel care a mărturisit crima. Mă îndoiesc că vom afla vreodată cu certitudine.

Mi-am amintit de noaptea aceea în care mă trezisem brusc din somnul profund, atipic, și mi se păruse că-l văzusem pe Mike afară, fumând în dreptul porții. El *trebuie* să fi fost. Probabil venise să încaseze direct banii de la Ed, ca să nu apară în evidențele băncii. Am bănuit că April avea dreptate, Ed avea un alt cont bancar. Probabil cel în care transferase economiile noastre.

Restul economiilor noastre, după cum tocmai realizasem.

Am privit încă o dată trupul lui Ed, apoi am privit-o pe April, care mi s-a părut, dintr-odată, îmbătrânită. Și eu mă simțeam la fel, ca și cum eram două doamne în vârstă, așezate în fotolii, într-un azil decorat cu covoare cu model spiralat, privind ecranul unui televizor cu volumul dat prea tare, și nu cadavrul soțului meu, cu capul spart.

– Trebuie să scăpăm de el, am spus fără menajamente.

Și-a ridicat capul încet, ca o broască-țestoasă.

– Poftim? N-ai de gând să chemi paza?

– Aș putea. Dar chiar vrei ca Monty și Caspar să afle adevărul? Cum crezi că s-ar simți Ben să știe că tatăl lui i-a ucis mama? Că Ed s-a prefăcut bolnav și că tu l-ai ajutat? Cum ai putea să te suporți știind toate astea?

Îi vedeam chipul în lumina ce venea, pe fereastră, din bucătărie. Vedeam urmele albe lăsate de ochelarii de soare, pistruii de pe nas, care apăreau doar când stătea la soare, pielea de pe piept, ușor ridată. Se gândea la ce-i spusesem. Era o apariție atât de familiară mie și totuși, dintr-odată, atât de străină.

– Spui asta doar pentru că nu vrei să se afle că ai fost un polițist sub acoperire care a dat-o în bară.

Oare dintotdeauna fusese o nemernică manipulatoare? M-am înfuriat, dar era mai mult pentru că pusese degetul pe rană.

Cu toate acestea, am negat.

– *Asta* e o tâmpenie! N-am dat-o în bară – n-am găsit nicio dovadă și apoi m-am îndrăgostit! Dar e în regulă, facem ca tine. O să chemăm paza și le spunem ce s-a întâmplat. Abia aștept să le explic cum mi-ai ucis soțul, că ești o mincinoasă și o narcisistă, ca să nu mai spun cel mai de rahat și mai necinstit prieten din întreaga istorie a prietenilor. Ești, probabil, complice la uciderea lui Mike, chiar dacă n-ai știut – pentru că ai știut, în tot acest timp, că Ed nu era bolnav cu adevărat. Îl înșelai pe Mike cu Ed de ani de zile. Te-ai folosit de banii pe care Mike îi obținea din șantaj, în timp ce te culcai cu Ed pe la spatele nostru. Copiii tăi nu vor mai vorbi niciodată cu tine. Vei ajunge la închisoare.

Înverșunarea mă consuma precum acidul dintr-o baterie, la gândul că toate acele haine de firmă și vacanțele lor de lux fuseseră finanțate din fondul meu de pensii.

– Poate că ai dreptate, a consimțit ea, încercând să-și ascundă ușurarea. Dar ce facem cu cadavrul?

Mă gândisem la asta.

– Suntem pe vârful unei stânci, nu? am rostit încet. Îl aruncăm în apă și sperăm că-l vor mânca rechinii. Mâine îi raportezi dispariția. Eu o să pretind că n-am fost aici niciodată – la vilă mă refer. Oamenii știau că-l caut pe Ed aici, pe insulă, dar, dacă mă întreabă cineva, voi spune că nu l-am găsit. Voi spune că-mi făceam griji cu privire la sănătatea lui mintală, că se temea că studiul acela nu funcționase... Poliția crede că e în Barbados.

Mi-am amintit chipul lui Ed de mai devreme, când mă numise Liz, expresia lui sincer șocată.

– Că tot veni vorba despre studiul clinic. Cine a fost tipul ăsta, Bill? E clar că nu a fost un doctor adevărat.

April privea în pământ. Veniseră furnicile, atrase probabil de sângele lui Ed, iar ea a coborât un picior și a început să le strivească intenționat, una câte una, sub talpa papucilor de firmă.

– Încetează! am strigat, iar ea și-a ridicat genunchii la piept, i-a cuprins cu brațele și a început să se legene înainte și-napoi.

– Doar un infractor mărunt, cu ceva talent actoricesc, a mărturisit ea. Ed l-a plătit să pretindă că se cunoșteau de mult și să închirieze cabinetul acela pentru o zi, pentru tine, ca să crezi că totul era pe bune. Certificatele erau false, toate. Nu știu unde l-a găsit Ed.

Am clătinat din cap.

– S-a folosit de tine, cum a făcut și cu mine, am spus. Tu ai crezut că făcea asta ca să puteți fugi și să vă jucați de-a familia. Dar a făcut totul ca eu să-i pot oferi alibiul pentru noaptea în care l-a ucis pe Mike, ca să scape de șantaj.

– Nu pot să cred, a șoptit April, începând să plângă din nou. Îmi pare rău.

N-am băgat-o în seamă.

– Trebuie să spălăm tot sângele de-aici, până mâine, când vin oamenii de la curățenie.

– Mulțumesc, Lynn. Vorbesc serios. April a întins mâna către mine, dar eu m-am ferit.

– Nu fac asta pentru *tine*. Mai degrabă te-aș vedea putrezind la închisoare. Vreau doar să țin copiii și, sincer vorbind, și pe mine departe de toată povestea asta. Haide, trebuie să-l ducem de-aici.

M-am ridicat.

– O să-i punem un sac de plastic peste cap, să nu lase urme în grădină. Aduci tu unul?

April nu s-a mişcat. Se uita la mine, cu buzele tremurând, ca un copil. Îmi venea s-o plesnesc.

– Îmi pare foarte, foarte rău, Lynn. Pentru tot. Te rog să mă ierţi. Ştiu că nu am fost o prietenă bună. Te-am iubit – te iubesc, să ştii. M-am urât tot timpul pentru că a trebuit să mă prefac, dar Ed... era Ed.

– Aşa este, am consimţit. Îţi mulţumesc că ţi-ai cerut iertare – lucru pe care l-ai făcut doar pentru că ai fost prinsă. Acum mergi să aduci sacii ăia şi caută clor şi mopuri pentru mai târziu.

– Aşadar? Mă ierţi?

– Nicio şansă, am spus îndreptându-mă, cu pas clătinat, către cadavrul lui Ed.

Liliecii au continuat să ţâşnească de sub streşini, zburând până la copaci şi înapoi, în timp ce broaştele şi cicadele au crescut volumul serenadei lor nocturne.

– Şi dacă reuşim să ne-ntoarcem acasă fără să fim arestate, am continuat, nu vreau să te mai văd sau să mai aud de tine niciodată.

S-a întors şi a intrat în casă, lăsându-mă singură pe terasă lângă trupul lui Ed întins cu faţa în jos între cioburile cochiliei.

55

Restul acelei nopți a trecut într-o negură de zăpușeală și de emoție intensă. Am încercat să mă delimitez cu totul, în timp ce târam trupul lui Ed printre tufișuri, către marginea prăpastiei; am încercat să mă transform într-un robot, fără remușcări, fără regrete, fără sentimente. Nu atunci, cel puțin. Avea să fie timp pentru toate acestea mai târziu, când totul se va fi terminat. Sacul de plastic tras peste capul lui Ed împiedica sângele să lase urme prin grădină, dar mă bucuram mai mult că nu eram nevoită să-i privesc chipul.

Am smuls sacul de plastic și l-am împins peste marginea stâncii fără o vorbă, zgomotul trupului izbindu-se de stânci, în cădere, suprapunându-se hohotelor înfundate ale lui April, apoi pleoscăitul scurt, în momentul în care a dispărut sub apă. Ceea ce făceam era foarte riscant, dar nu aveam de ales.

Mă gândisem să falsific un bilet de adio, dar am renunțat. Dacă ajungeam să fim întrebate, povestea era următoarea: el și April se certaseră, prilej cu care el amenințase să-și pună capăt zilelor, dar ea nu-l crezuse, dat fiind că mai spusese asta și în trecut. Ea avea să spună că el se năpustise pe ușă afară și nu se mai întorsese. De dimineață, avea să-i raporteze dispariția, pretinzând că Ed se temuse că boala recidivase și el nu putuse face față.

Eu, dacă eram întrebată, aveam să susțin că nu-i văzusem pe niciunul din ei, pe întreaga durată a șederii mele în Mustique.

– Dar eu voi fi suspectă, dacă nu am un alibi, s-a smiorcăit April, în timp ce frecam podelele de marmură, până ce nu mai rămăsese nici urmă de sânge – cel puțin, nicio urmă vizibilă cu ochiul liber. Dacă își făceau apariția echipele de criminaliști, eram pierdute.

– Asta e problema ta, am răspuns scurt. Tu l-ai ucis. Și dacă spui poliției că am fost aici, am încurcat-o amândouă. Le povestesc tot, iar tu n-o să mai ai scăpare.

Când a început să se lumineze de ziuă, am verificat tufișurile, netezind poteca pe care-l târâserăm pe Ed. Ne-am asigurat că toate lucrurile pătate de sângele lui erau adunate într-o pungă pe care aveam s-o arunc undeva, în drumul meu înapoi spre hotel. Mi-am recuperat telefonul de pe fundul piscinei, unde căzuse din buzunarul rochiei. Am făcut toate acestea într-o tăcere totală, nu mai rămăsese nimic de spus, groaza luase locul cuvintelor.

Înainte de ora șase dimineața, eram înapoi în patul meu. În afară de cazul în care eram cu adevărat ghinionistă, nu mă văzuse nimeni.

56

În cursul aceleiași zile, April a anunțat dispariția lui Ed. Trebuie să fi fost foarte convingătoare în rolul „amantei înnebunite de durere“, pentru că două zile mai târziu, când paza de coastă i-a găsit trupul, poliția din St. Vincent și Grenadine a acceptat fără probleme versiunea ei, că Ed era într-o dispoziție sinucigașă atunci când plecase.

Eram acasă de o zi, când Martine și ofițerul de poliție Laurie au venit să mă vadă pentru a treia oară, și-au scos chipiele și mi-au comunicat cu tristețe vestea că trupul lui Ed Naismith fusese recuperat din apele insulei Mustique, unde se afla în vacanță cu amanta lui. Probabil zburase acolo din Barbados, să o întâlnească. Mi-am jucat rolul fără cusur: soția trădată, îndurerată, la aflarea veștii nu doar că soțul meu murise, dar mă și înșela cu cea mai bună prietenă a mea...

– Cum a murit, a fost un accident nautic? am șoptit înlăcrimată, observând, prin deschizătura ușii sufrageriei, că geanta mea de voiaj era încă în hol. Din fericire, scosesem etichetele de la aeroport.

– Se pare că recidivase boala, sau rezultatele acelui studiu fuseseră incorecte. După toate aparențele, nu voia să mai trăiască așa și s-a aruncat de pe o stâncă.

În sfârșit, Martine nu mai zâmbea.

– O, Doamne! M-am cutremurat, am plâns și m-am văitat. Ed ar fi fost mândru de mine. Credeam că April plecase în Australia. Cum a putut să-mi facă una ca asta?

Se părea că atunci când situația o impunea, cu toții eram buni actori.

N-am mai vorbit niciodată cu April. N-a apărut la înmormântarea lui Ed, ceea ce a fost o ușurare, pentru că altfel aș fi fost nevoită s-o dau afară. Prietenii mei însă au venit în număr mare să-și arate sprijinul, atât mie, cât și lui Ben: Maddie și Geoff, Suzan, Naveeta, numeroși membri MADS și câțiva dintre foștii colegi de serviciu ai lui Ed și – spre surprinderea mea, Alvin cu soția lui, Sheryl, pe care am cunoscut-o, în sfârșit. Era adorabilă, la fel de drăguță ca în fotografia de pe biroul lui Alvin, însă abia dacă avea un metru și jumătate înălțime. Îi ajungea lui Alvin până la piept și trebuie că avea un junghi permanent în gât de la cât privea în sus, drăgăstos, către el. Amândoi au fost foarte drăguți cu mine, iar Alvin m-a implorat să mă întorc la serviciu, imediat ce-mi reveneam.

– N-o suport pe cea care te înlocuiește, a mărturisit el, trist, când ne-am întors acasă de la înmormântare, pentru praznic. Nu-i tace gura nicio clipă! Mă înnebunește. Nu se înțelege deloc cu Margaret. Nimeni nu mai apucă să lucreze ceva la birou.

Mi-am amintit de prânzurile prelungite de care ne bucurasem împreună, înainte, când lucram.

– O să fiu acolo luni, la prima oră, l-am anunțat. Trebuie să am o ocupație... cât de cât...

– Așa te vreau, a rânjit el. Dacă ești sigură. Turneul Big Band-ului în Germania începe devreme, semestrul viitor, și nu vreau să-l ratezi.

Când Sheryl s-a îndepărtat să-și ia un pateu, de la bufet, s-a aplecat spre mine și mi-a șoptit la ureche:

– Și nu mai am cu cine să iau prânzul. Proprietarul de la The Feathers crede că m-ai părăsit.

Timp de câteva ore, toată lumea – cu excepția lui Alvin, care a păstrat o tăcere prudentă – a împărtășit amintiri despre Ed, pentru ca, în cele din urmă, să se retragă unul câte unul la casele lor, cu ochii roșii și ușor amețiți. Eu și cu Ben ne-am prăbușit pe canapea, în timp ce Jeanine strângea prin casă. Pantofii mei negri, eleganți, îmi făcuseră bășici, așa că mi-am pus picioarele pe măsuța de cafea.

– Lasă, draga mea, strâng eu, am spus obosită.

– Nu mă deranjează.

– Mulțumesc. I-am zâmbit. Mă simțisem, întreaga zi, golită pe dinăuntru, stăpână pe mine și pe situație, în timp ce jucam rolul văduvei cernite care-și pierduse soțul în fața infidelității și suicidului, pe când, în realitate, clocoteam de furie și de tristețe. În timpul necrologului lui Ben, îmi venise să mă ridic și să strig în gura mare că mariajul nostru fusese o farsă. N-o făcusem din considerație pentru Ben – ci de teama consecințelor.

Doar câțiva prieteni știau că April fusese cu Ed în Mustique – în ce mă privea, cu cât mai puțini, cu atât mai bine. La priveghi, câțiva mă întrebaseră unde era, iar eu le răspunsesem că, după cunoștințele mele, era încă în Australia.

Însă după aceea, când toți au plecat și am rămas doar cu Ben și Jeanine, furia a început să mă părăsească, pentru prima dată în cele două săptămâni de la întoarcerea din Mustique.

Fotoliul lui Ed era gol, pernele păstrând încă forma trupului său. Cărțile lui erau pe rafturi, cu colțurile paginilor îndoite de mâinile lui. Când am scos una și-am răsfoit-o, am găsit ceea ce părea să fie un fir de păr nazal pe pagina de început a cărții. Ben era acolo, semănând izbitor cu Ed. Era ca și cum Ed era în bucătărie, tocând ceapă, sau dincolo, peste pod, la studio, făcând ce făcea el când era acolo și parcă mă așteptam să intre pe ușă dintr-o clipă în alta.

Apoi mi-am dat seama că el se închidea în studio ca să plănuiască uciderea lui Mike, pentru a scăpa de șantaj... Îmi doream să-mi fi spus despre asta. Dar, firește, nu putea să-mi spună, pentru că ar fi însemnat să recunoască faptul că o ucisese pe Shelagh – sau, în orice caz, ar fi redeschis acea cutie a Pandorei, iar el știuse tot timpul că eu lucrasem în poliție. Mă întrebam cum aflase Mike – și ce anume. Agonizasem gândindu-mă dacă ar fi trebuit să-i spun lui Metcalfe, să răscumpăr cumva greșelile pe care le făcusem prima dată. Băieții erau mari, cu toții. Aveau să se descurce.

Dar n-am făcut-o. Era prea riscant. Eram ușurată că Gavin Garvey își luase viața, pentru că n-aș fi suportat să știu un om nevinovat la închisoare. Mă întrebam cum făcuse Ed să-l convingă pe Gavin să ia asupra lui o crimă pe care n-o comisese... poate asta descoperise Mike. Probabil nu aveam să aflu vreodată.

– Lynn, ești bine?

Ben a traversat încăperea, a venit lângă mine și s-a așezat în genunchi, în fața mea, cu mâna pe piciorul meu. Gestul neașteptat de afecțiune mi-a dat lovitura fatală și m-a năruit. Nu puteam să merg la poliție.

– Îmi e dor de el! am spus, îngropându-mi chipul în palme și plângând zdravăn, pentru prima oară de la moartea lui Ed.

– Și mie, a zis Ben, începând și el să plângă, din nou. Nu-mi vine să cred că te înșela, Lynn, îmi pare așa de rău. S-a așezat lângă mine, pe canapea, iar Jeanine a venit și s-a așezat pe partea cealaltă. Am rămas așa, toți trei, unul lângă altul, multă vreme.

– Trebuie să fi fost din cauza bolii. Cel puțin, nu mai trebuie să asistăm la suferința lui, am spus în cele din urmă.

Ca o ironie, autopsia dezvăluise existența unor semne de demență prematură. Nu-mi dădeam seama dacă asta mă făcea să mă simt mai bine sau mai rău.

În noaptea aceea, după ce Ben și Jeanine au plecat și am rămas singură, am luat o rolă de saci mari de plastic și am început să adun lucrurile lui Ed. Toate cărțile, perechile de jeanși și puloverele de cașmir au ajuns în garaj, într-o grămadă mare, urmând să le dau de pomană – desigur, înainte de asta, aveam să-l las pe Ben să se uite prin ele și să-și oprească, dacă voia ceva – fotografiile și articolele lui de toaletă –, într-o altă grămadă, de aruncat și, în cele din urmă, dosarul de sub scândurile podelei, din pod. Cel despre care se dovedise că știa, încă dinainte ca eu să-l ascund acolo. L-am dus în grădină și l-am pus pe focul din vatra pe care Ed însuși începuse s-o ridice, cu câteva săptămâni înainte.

În săptămâna ce a urmat m-am întors la serviciu și am simțit imediat că făcusem alegerea potrivită, chiar dacă la Fairhurst era liniște și locul părea pustiu, fără studenți. Anul școlar se încheiase cu o lună în urmă și nu erau multe de făcut, cu excepția gestionării câtorva rezervări ale studioului de înregistrări și finalizarea planurilor pentru turneul Big Band-ului. Alvin era și el pe-acolo, destul de mult, întrucât compunea o nouă simfonie, în biroul lui și, din când în când, câțiva profesori și personalul administrativ, dar, în cea mai mare parte a timpului, Margaret și cu mine aveam locul doar pentru noi.

Apoi Margaret și-a luat o săptămână de concediu – a închiriat cu prietenul ei o ambarcațiune în Franța, după cum m-a informat –, iar Alvin și Sheryl au plecat și ei pentru câteva zile, în aceeași perioadă, astfel încât m-am trezit cu totul singură la Fairhurst. Amândoi se agitaseră, atât Alvin, cât și Margaret, la gândul că mă lasă singură, dar i-am liniștit.

– Am multă treabă. Voi aranja biblioteca muzicală, o să-mi ia o săptămână.

– Ei bine, sună-mă dacă ai nevoie de mine, a spus Alvin. Sunt la socri. Probabil că m-aș bucura să am o scuză să plec pentru vreo urgență de serviciu.

– Vrei să inund una dintre toalete pentru tine?

A râs.

– Nu e nevoie să ajungem până acolo, deși oferta e tentantă. Ai grijă de tine, da? A făcut o pauză. Și nici nu trebuie să fie vreo urgență, Lynn – dacă ai nevoie fie și doar să vorbești cu cineva, sunt la un telefon distanță.

– Mulțumesc, am spus, îmbrățișându-l.

A doua zi, după patru ore de aranjat partituri prăfuite în ordine alfabetică, aveam concentrarea necesară pentru a lua o hotărâre: venise momentul să dau telefonul la care mă gândeam de când mă întorsesem acasă.

Voiam să iau legătura cu Adrian. Voiam să-l văd – și acum eram singură, așadar, nu aveam niciun motiv să n-o fac.

Mi-am spălat mâinile pline de praf și am sunat, lăsând un mesaj și întrebându-mă dacă nu răspunsese pentru că filtra apelurile sau chiar nu putea vorbi.

– Bună, eu sunt. Știu că am spus că nu te voi mai căuta, dar lucrurile s-au schimbat. Dramatic. Sună-mă. O să-ți povestesc. Aș vrea să te văd. Am ezitat. Mi-a fost dor de tine, Adrian.

Am tresărit, amintindu-mi că rostisem aceleași vorbe, printre hohote de plâns, către Ben, după înmormântare, vorbind despre Ed. Pe de altă parte, nu dovediseră chiar acțiunile lui Ed că era posibil să iubești mai mult de o singură persoană? April insistase că Ed ne iubise pe amândouă.

M-am hotărât să nu mă mai simt vinovată cu privire la Adrian.

M-a sunat în aceeași zi, pe seară, în timp ce stăteam cu un pahar mare de vin roșu în mână, în studio, cu haina galbenă, impermeabilă a lui Ed încă atârnând la locul ei, în cuier, lângă ușă. Am vorbit câteva minute, dar n-am vrut să-i spun la telefon ce se întâmplase.

– Ne putem vedea să-ți povestesc ce s-a întâmplat? am întrebat întorcându-mă cu spatele către haina impermeabilă și privind lumina reflectată în apă, care curgea încet, dorindu-mi să poată lua cu ele toate amintirile mele neplăcute. Mi-am dat seama că asta făceam aproape în fiecare seară.

– Luăm prânzul împreună, mâine? a întrebat el. Vocea lui mi-a adus liniște și mi-am dorit să-i fi spus mai multe, mai devreme. Poate m-ar fi ajutat.

– Lucrez mâine, dar oricum nu sunt multe de făcut în perioada asta. Ai putea să vii, să ne întâlnim acolo și mergem împreună la un local.

– Sigur. Trimite-mi adresa și ne vedem acolo la ora unu. Oh, și încă ceva, Waitsey?

N-ar fi trebuit să-mi spună așa. Nu că mai conta acum.

– Da.

– Și mie mi-a fost dor de tine.

A doua zi dimineața, mi-am petrecut timpul chinuită de nerăbdare, făcându-mi de lucru aranjând depozitul de instrumente. Am schimbat locul unora, am așezat cutiile chitarelor în șiruri ordonate și am șters de praf contrabasul vechi, uriaș, de lângă ușă, privind la ceas din cinci în cinci minute.

La 12.30 m-am spălat pe mâini și pe față, m-am pieptănat, m-am dat cu niște ruj roșu aprins și m-am întrebat, privindu-mă în oglindă, dacă lui Adrian i se va părea că am îmbătrânit, după toate prin câte trecusem. Eu așa simțeam.

La 12.50 am auzit soneria de la intrare și am tresărit. Am văzut silueta înaltă, aplecată de umeri a lui Adrian, pe ecranul neclar, alb-negru al monitorului de supraveghere. Mi-am șters palmele transpirate pe pantaloni și am mers să-i deschid eu însămi, în loc să deschid de la interfon.

Apoi ne-am găsit unul în fața celuilalt. Preț de-o clipă, am rămas așa, privindu-ne, apoi el a zâmbit, desfăcând larg brațele.

– Waitsey – scuze, Lynn. Mă bucur să te văd, fetițo.

– Bună, am spus, cât am putut de relaxată, zâmbindu-i la rândul meu. Intră, te rog.

L-am sărutat pe amândoi obrajii și l-am condus înăuntru. În mod straniu, n-am simțit fiorul de dorință pe care-l aveam de obicei, nu imediat. Dacă era să fiu sinceră, mi se păruse chiar ușor... respingător. Folosise prea multă loțiune după bărbierit, în mod categoric una scumpă, dar cu un miros extrem de pătrunzător și purta o geacă de piele maro care nu-mi plăcea.

– Interesant loc de muncă, a spus el, admirând panourile în formă de fagure ale tavanului, statueta din lemn de pe stâlpul de la intrare și ușile elaborat sculptate ale biroului administrației.

– Astăzi a fost ca pe *Marie Celeste*[1] aici – suntem, la propriu, singurii oameni în toată clădirea. Cafea? Sau mergem direct la masă?

– La masă, cred. Mi-e o foame de lup. Putem să bem cafeaua după aceea.

Am mers cu mașina mea până la The Feathers, același local unde eu și Alvin mergeam să mâncăm de prânz. L-am așezat pe Adrian la o masă afară, în grădina mică, împrejmuită, sub o umbrelă verde uriașă, iar eu am intrat să comand sandviciuri și o sticlă de vin.

În timp ce veneam afară cu tava, cu soarele încălzindu-mi capul, fremătam din nou de senzația inedită a anticipării.

---

[1] Navă brigantină de comerț, care a rămas în istorie drept cel mai mare mister maritim din toate timpurile. Pe 4 decembrie 1872, a fost descoperită în Oceanul Atlantic, fără echipaj și aparent abandonată, în ciuda faptului că vremea era bună și echipajul format din marinari experimentați. *Marie Celeste* era în condiții bune de navigare, cu pânzele ridicate, îndreptându-se direct spre Strâmtoarea Gibraltar. Fusese pe mare timp de o lună și avea rezerve de mâncare și apă la bord ce puteau să ajungă pentru încă șase luni. Încărcătura sa era, practic, neatinsă, iar obiectele personale ale pasagerilor erau la locul lor, inclusiv lucrurile de valoare. Echipajul nu a mai fost văzut niciodată și nici nu s-a mai auzit nimic de el. (n.tr.)

Adrian mă privea apropiindu-mă, cumva evaluând și apreciind, aprinzându-și o țigară, apoi întorcând capul și suflând fumul pe nări.

– Te-ai reapucat de țigările normale?

Grădina începea să se umple în jurul nostru, în mare parte cu funcționari, și o masă gălăgioasă de muncitori care beau Coca-Cola și se întreceau să vadă care dintre ei reușea să întoarcă cele mai multe suporturi de sticle pe marginea mesei. Am turnat vin în pahare.

– E din cauza stresului. Mi-am făcut griji pentru tine, Waitsey, a spus el, cu o grimasă amuzantă. Haide, spune tot – unde ți-a dispărut jumătatea și dacă s-a întors?

Încă îmi era greu să rostesc cu voce tare. Am luat o gură de vin și mi-am ferit privirea, uitându-mă la o vrăbiuță care se spăla, înfoindu-se, în fântâna localului.

– E mort. A luat toate economiile noastre și a fugit cu una dintre cele mai bune prietene ale mele. April, nu Maddie, am ținut să clarific. Îi vorbisem despre amândouă.

– La naiba. Lynn, îmi pare rău. Ce s-a întâmplat?

– A dus-o într-o vacanță scumpă în Mustique, s-au certat, el s-a aruncat de pe o stâncă. I-au găsit trupul după câteva zile. Într-un fel, mă așteptasem la asta, dar tot a fost un șoc.

– Avusese cu adevărat boala Pick?

Adrian m-a strâns de picior. L-am lăsat.

– Da. Poate tocmai din cauza asta a sărit; n-a putut accepta faptul că nu se vindecase, de fapt. Sau poate se simțea vinovat. Sau o fi fost doar nervos și a căzut. Nu voi ști niciodată.

Am băut în tăcere, câteva minute. Mi-am dat jos pardesiul subțire și l-am legat la mijloc.

– De fiecare dată când văd pe cineva făcând asta, mă gândesc la tine, a spus el, continuând să mă mângâie pe picior.

O parte din mine a gândit că era lipsit de sensibilitate și deplasat să facă asta, ținând cont de ceea ce tocmai îi spusesem, dar o altă parte m-a contrazis și voia ca el să nu se oprească. Începea chiar să-mi placă și mirosul loțiunii după ras.

– Serios? Nu mi-am dat seama că făceam asta atât de frecvent. M-am uitat la ceas. Vai, s-a făcut deja ora două. Ar trebui să mă întorc.

– Parcă ai spus că nu e nimeni acolo.

– Nu este. Dar nu vreau să abuzez. M-am aplecat ușor spre el. Te-ntorci cu mine să bem cafeaua împreună?

– Grozav, a spus el, în timp ce eu am așezat sticla goală de vin, răsturnată, în frapieră.

– Să mergem, atunci.

Am condus cu grijă înapoi la Fairhurst, cu inima bubuindu-mi în piept și cu mașina plină de mirosul aftershave-ului lui Adrian.

Am intrat amândoi în clădirea pustie și ne-am îndreptat spre chicineta de lângă camera instrumentelor. M-a urmat, privindu-mă cum pun apa la fiert, apoi cum scot o linguriță din sertar. Tensiunea sexuală din jurul nostru era aproape palpabilă.

Am pregătit două cafele și când i-am întins-o pe a lui, i-a sunat telefonul.

Era o situație destul de ciudată cu Adrian și telefonul lui. Nu-l avea cu el aproape niciodată, când ne întâlneam, astfel încât acum, auzindu-l sunând, am tresărit speriată. Nu făcusem niciodată poze împreună și nici nu-mi arătase vreodată fotografii cu el. Nici eu nu-i cerusem s-o facă, pentru că nu-mi plăcea să-mi amintesc că avea o familie, familie la a cărei destrămare era posibil ca eu să fi contribuit. Întotdeauna pretinsese că eu fusesem singura femeie cu care avusese o aventură, dar, pe de altă parte, era evaziv cu privire la motivele pentru care fusese nevoit să plece din poliție, iar intuiția îmi spunea că trebuia să fi avut de-a face cu vreo femeie. Aș fi vrut să-mi fi spus dacă fuseseră și alte femei. M-ar fi făcut să mă simt mai puțin vinovată cu privire la legătura noastră, cu ani în urmă, când ne întâlneam în casa mamei lui. Dar tot ce spunea când venea vorba despre plecarea lui rușinoasă din rândurile poliției era că „i-o copsese“ un coleg; refuza să intre în detalii.

Și-a așezat cafeaua lângă a mea, pe suportul de farfurii, apoi a început să caute într-un buzunar interior al hainei. A scos telefonul și a privit ecranul, mijind ochii.

– Ei bine, să mai aștepte, a spuse el, pregătindu-se să strecoare telefonul înapoi în buzunar. Am surprins cu privirea imaginea de fundal de pe ecranul lui, o fotografie a unui tânăr superb, cu părul negru, sprijinit de o mașină sport roșie tunată.

– Ia stai așa, acela nu poate fi Kit? Câți ani are acum? Am întins mâna să apuc telefonul, dar, spre surprinderea mea, l-a ferit.

– Ce faci? Arată-mi.

Adrian s-a încruntat.

– Înainte n-ai manifestat niciun interes în ceea ce-l privește. Ce te-a apucat acum?

– Eu – wow. Scuză-mă. Nu mi-am dat seama că este un subiect sensibil. Nu e că nu m-a interesat până acum... doar că... mă simțeam vinovată de ceea ce făceam noi, când el era mic. Haide, lasă-mă să văd. Ce face acum?

Știam că Adrian se vedea cu el, din când în când, că era aproape de vârsta lui Ben, dar cam asta era tot. La naiba. Atinsesem un nerv. Dar dacă Adrian voise să-mi manifest interesul, de ce nu-mi vorbise mai mult despre el? Presupusesem că, de fapt, nu voia.

Gândindu-mă, am înțeles că discuțiile noastre, de când reluaserăm legătura, fuseseră dominate de presupusa boală a lui Ed și comportamentul lui straniu.

– Îmi pare sincer rău, am spus, apucându-l de încheietura mâinii. Am fost foarte preocupată de problemele mele. Arată-mi. Vreau să văd.

Se întâmpla ceva foarte ciudat. Tensiunea sexuală dispăruse și tăcerea din clădirea pustie era, dintr-odată, încărcată de un ecou apăsător; poate era expresia încăpățânată de pe chipul lui Adrian, un fel de neliniște reprimată, în timp ce, fără tragere de inimă, a ridicat din nou telefonul. Nu-l mai văzusem niciodată neliniștit. De ce n-ar fi vrut Adrian ca eu să văd o fotografie a lui Kit?

În clipa în care am văzut fotografia tânărului, și alunița de pe obraz, am știut de ce. Într-un moment de revelație care a făcut podeaua să se clatine și vederea să mi se tulbure, toate piesele s-au așezat la locul lor. Cum de nu-mi dădusem seama mai devreme, nici măcar atunci când fusese sub nasul meu – mai exact, pe polița șemineului lui Ellen, în Alderny?

La naiba.

Kit, fiul lui Adrian, și fiul meu vitreg, Ben, făcuseră surf împreună, pe o plajă britanică, amândoi dolofani în costumele lor de înot. Fuseseră împreună în vacanță.

Kit era celălalt băiat din fotografie. Subconștientul meu îl recunoscuse din fotografia de pe biroul lui Adrian, aceea în care întreaga familie aluneca pe un tobogan acvatic, țipând din toate puterile, alunița fiind clar vizibilă pe obrazul lui Kit.

Kit și Ben se cunoșteau – sau se cunoscuseră, cândva, chiar dacă Ben nu-și amintea.

Ceea ce însemna că și Adrian cu Ed se cunoscuseră, cu mult înainte ca eu să-l fi cunoscut pe Adrian.

I-am înapoiat telefonul, încet. Deasupra, tubul unui neon defect pâlpâi transmițând, parcă, sentimentul de panică ce mă cuprindea. Simțeam cum mi se scurge sângele din obraji și am început să mă retrag cu spatele, dar picioarele îmi tremurau atât de tare încât abia reușeam să nu mă prăbușesc. Niciunul din noi n-a rostit o vorbă, doar el a dat din cap.

– Îmi pare rău, Waitsey. Nu voiam să afli.

Pentru o clipă, chiar a părut că regretă, dar imediat expresia i s-a schimbat. Cu o mișcare rapidă, a deschis sertarul cu tacâmuri, cel din care eu tocmai scosesem o linguriță, și a apucat unul dintre cuțitele ascuțite, pe care, ultima dată, Alvin îl folosise ca să felieze chorizo, la petrecerea cu vin și brânzeturi pentru absolvenții de la master... Mi-am amintit până și comentariul lui Alvin cu privire la înțelepciunea deciziei de a ține cuțitele la vedere, în preajma unor adolescenți stăpâniți de hormoni! Asta fusese greșeala mea. Nu trebuia să-l fi lăsat pe Adrian să le vadă.

Pe de altă parte, cum era să știu că prietenul meu, iubitul meu, singurul bărbat în care avusesem încredere, se folosise de mine la fel cum o făcuse Ed?

Îmi venea să vomit, dar n-aveam timp pentru asta. Trebuia să anunț poliția și trebuia s-o fac urgent.

M-am răsucit pe călcâie pe parchetul uzat și m-am repezit în camera instrumentelor, care avea un zăvor pe interior, dar când am încercat să trântesc ușa, Adrian și-a înfipt piciorul în deschizătură, intrând și încuind-o, prinzându-mă în capcană. Ne priveam unul pe celălalt gâfâind, cu clopotele și gongurile gamelanului între noi, ca niște obstacole ciudate pe traseul unei curse.

Toată povestea asta fusese o înscenare de la bun început?

– *Tu* m-ai trimis să-l spionez pe Ed! La naiba! De ce? De unde ai știut că nu voi descoperi nimic?

A râs – un hohot aspru de râs – strângând cuțitul cu o mână hotărâtă.

– Nu e clar? Pentru că te *știam*. Îți doreai cu disperare copii, un soț, erai coaptă. Îl știam pe Ed de când eram copii, știam că îi va fi ușor să te seducă.

Am suspinat revoltată. Ne dădeam târcoale unul altuia ca niște tigri, dar el se asigură că rămânea tot timpul între mine și ușă. La ferestre erau zăbrele de metal. Nu aveam altă ieșire.

– V-ați jucat cu mine. Amândoi! Nemernicilor! Am făcut o pauză, în timp ce oroarea celor întâmplate începea să se așeze, acum că bănuielile mele se confirmau. Dar de ce ai fi făcut asta, de ce să riști totul pentru Ed?

– Îi eram dator, a răspuns. Am fost prieteni foarte buni din timpul școlii, apoi ca adulți, cu familiile, petreceam timp împreună, mergeam în vacanțe cu copiii și așa mai departe. El m-a salvat o dată, mi-a oferit un alibi când o tâmpită m-a acuzat de viol, pe când Kit și Ben aveau cinci sau șase ani. După incidentul acela, am convenit să nu ne mai revedem niciodată. Copiii au uitat de prietenia lor, au uitat că se cunoscuseră. N-am vorbit ani de zile, până într-o zi, când Ed a venit la mine, mi-a spus că o ucisese pe Shelagh, fusese un accident, și era rândul meu să-l ajut. A amenințat că dacă nu-l ajut, merge la poliție și-și retrage alibiul, că mă lasă să fiu condamnat pentru violul acela. Am aflat apoi că voiau să trimită pe cineva sub acoperire și am tras niște sfori să fii tu. N-aveai nicio dovadă împotriva lui; apoi am reușit să-i facem o înscenare acelui amărât...

Așadar, nu fusese Ed cel care i-o făcuse lui Gavin Garvey, ci Adrian. Bietul Gavin Garvey. Să fii nevoit să recunoști o crimă pe care n-ai comis-o, pentru trei mese pe zi și un pat la închisoare – deși, la cum îl cunoșteam pe Adrian, cred că fusese vorba și de niște amenințări. Iar viața la închisoare nu se dovedise atât de plăcută pe cât crezuse Garvey că va fi, din moment ce se spânzurase.

– Și totul a mers strună... până acum. Ed a venit cu ideea acelei boli idioate și m-a forțat să mă implic din nou. N-am vrut. I-am spus că mă achitasem de obligație. Dar aveam nevoie de bani, odată ce-mi pierdusem pensia. Toate acestea din cauza acelei acuzații din partea unei tâmpite de pițipoance sergent.

Avusesem dreptate. *Știusem* că plecarea lui din poliție trebuia să fi avut de-a face cu o femeie. De ce nu-mi ascultasem intuiția?

– Ed *te-a plătit*? Nu m-am putut împiedica să nu oftez. Așadar, întâlnirea noastră la Barbican nu a fost întâmplătoare.

Nici nu voiam să mă gândesc la ce-i făcuse cu adevărat acelei „tâmpite pițipoance sergent".

– Bineînțeles că n-a fost întâmplătoare. M-a sunat și mi-a spus să merg acolo. Că aveai nevoie de un umăr pe care să plângi.

– A știut că... a știut că ne-am culcat împreună? În momentul acela, lucrurile nu puteau să meargă mai rău.

– A fost sugestia lui. Zâmbetul lui Adrian era înghețat. E drept că m-am temut tot timpul că l-ai fi putut recunoaște pe Kit. Știam că-l văzuseși de câteva ori cu mine, în Salisbury, și aveam o fotografie cu el pe birou, nu-i așa? I-am spus lui Ed să arunce toate fotografiile cu copiii împreună, dar n-aveam de unde să știu dacă o făcuse. N-a făcut-o?

– Am... am văzut o fotografie cu ei din vacanță... acasă la sora lui Shelagh, m-am bâlbâit, incapabilă să vorbesc.

Mirosul de aftershave al lui Adrian devenise din nou toxic, și, amestecat acum cu sudoarea lui, aproape că mă sufoca. S-a îndreptat încet spre mine, cu cuțitul ridicat în mâna dreaptă. Mi-am dat seama că numai unul dintre noi avea să iasă viu din încăperea aceea, dar mi-am jurat pe amintirea copilului meu că aceea voi fi eu.

– Ia spune, când ți-ai dat seama că Ed a ucis-o pe Shelagh? a vrut el să știe.

N-aveam să mor în încăperea aceea. Nici vorbă. De ce n-am întrebat-o pe Ellen cine era băiatul acela când am văzut fotografia? Mi-aș fi amintit că pe fiul lui Adrian îl chema Kit, aș fi făcut legătura. Și aș fi înțeles totul imediat. Ed ar fi trăit. Ar fi ajuns la închisoare, împreună cu Adrian, dar ar fi trăit...

– Nu mi-am dat seama când a făcut-o sau cum. Mi-am dat seama doar cum a scăpat de cadavru. A aruncat-o într-o baie de acid la unul dintre atelierele acelea care recondiționează uși. Sunt sigură. De fapt, am continuat, susținându-i privirea, *tu* ești cel care m-a făcut să mă gândesc la asta. Uitasem cine îmi spusese, cândva, că dacă ar ucide pe cineva și ar vrea să scape de cadavru, asta ar face, dar acum îmi aduc aminte că tu ai fost cel care mi-a spus! După aceea, mereu m-au îngrozit atelierele acelea. Tu ești cel care i-a dat ideea lui Ed, nu-i așa?

Vorbeam ca să nu tac. Adrian n-a scos o vorbă.

Am pipăit pe lângă mine în căutarea unui obiect de care m-aş fi putut folosi ca de-o armă. *Ţine-l de vorbă*, mi-am zis.

– Ed dăduse un interviu, pentru o revistă, unde vorbea despre renovarea casei lui şi spunea că păstrase uşile din lemn natur neatinse. Dar văzusem o fotografie dinainte de renovări, în care uşile erau vopsite, aşa că mi-am dat seama că minţise. De-acolo mai departe le-am pus cap la cap – dar abia de curând.

Mi-am amintit un alt incident. Un individ dubios, îmbrăcat într-o salopetă albă, pătată, venise într-o zi la uşa casei lui Ed, în Molesey, la scurtă vreme după ce începusem să ne vedem. Eu eram la etaj, în sufragerie, repetându-mi replicile pentru spectacol, şi l-am văzut pe individ traversând grădina, cu pas nervos, apoi trăgând de clopoţel atât de agresiv încât părea că nu se va mai opri din sunat. Coborâse dintr-o camionetă pe care era scris numele companiei de recondiţionat uşi.

Ed nu s-a întors la etaj, după ce răspunsese la uşă, deşi pe omul acela îl văzusem urcând înapoi în maşină şi plecând. Am coborât şi l-am găsit pe Ed în bucătărie, stătea lângă aragaz, cu o expresie de şoc şi groază întipărită pe chip. Când l-am întrebat ce se întâmplase, a strigat la mine, apoi a ieşit valvârtej. Era prima oară când îl vedeam pierzându-şi cumpătul în felul acela. Poate că tipul acela ameninţase să spună poliţiei că-l văzuse pe Ed strecurându-se pe furiş în curtea atelierului, noaptea – sau poate el însuşi îi dăduse lui Ed cheia şi acum regreta gestul sau poate nu fusese plătit pentru serviciul pe care-l făcuse...? Nu l-am mai văzut după aceea. Din câte ştiam eu, poate că Ed îl ucisese şi pe el.

Înfurie-te, mi-am zis. *Nu-l lăsa și pe Adrian să scape basma curată.*

El a dat din cap, copleșit în treacăt de tristețe.

– Mi-aş fi dorit să nu fi ieşit la iveală toate astea, Waitsey. Acum, că Ed nu mai este, am fi putut face lucrurile să meargă. Dar în condițiile acestea, nu te pot lăsa să scapi.

– O nouă relație cu un alt netrebnic, care nu m-a respectat niciodată și nici n-o va face? Slavă cerului că asta nu se va întâmpla. Probabil mă crezi proastă – dar nu sunt atât de proastă. Merg direct la poliție.

– Mă tem că nu vei avea ocazia, a spus el, apropiindu-se, broboane de sudoare strălucindu-i pe chelie. Păcat, Waitsey, chiar țineam la tine.

Unde era toată lumea? Mi-aş fi dorit să aud zgomotul camionetei echipei de pază a campusului sau măcar poștașul intrând, dar clădirea era scufundată în tăcere. Telefonul meu era în buzunarul jeanșilor. Am strecurat mâna să-l scot și atunci s-a lansat spre mine, peste tobele gamelanului. M-am ferit, dar s-a repezit din nou și, de data aceasta, cuțitul m-a atins într-o parte. Am simțit o durere ascuțită, apoi senzația lipicioasă a sângelui care se întindea pe bluza mea albă, fierbinte și gros, dar n-am vrut să privesc. În schimb, am strigat din toate puterile, am făcut un salt peste tobe și clopote, și l-am lovit.

Dacă ratam, eram terminată.

N-am ratat. Țintisem vintrele, dar cum nu mai exersasem de mult, i-am nimerit coapsa. A fost suficient cât să-l dărâme și s-a prăbușit, lovindu-se în cădere cu capul de marginea de fier a unui gong.

Aceasta era șansa mea. Am scos telefonul și am format 999, zbierând din toate puterile POLIȚIA, imediat ce apelul a fost preluat. Capul lui Adrian sângera, scăpase cuțitul și a dat ochii peste cap. Am crezut că-l dădusem gata – dar m-a înhățat de gleznă și a încercat să mă trântească.

Am vrut să calc peste el, dar dacă ridicam celălalt picior, m-aș fi prăbușit. Am privit disperată în jur, după un obiect cu care să-l lovesc, dar nimic nu era suficient de greu, cu excepția, poate, a contrabasului vechi pe care-l sprijinisem dimineață de perete, lângă ușă. Oare ajungeam până acolo? Nu eram sigură.

M-am întins cât am putut și i-am apucat marginile alunecoase, de parcă țineam de talie o doamnă cu șolduri generoase pe care încercam s-o iau pe sus și s-o îndes într-o mașină; am reușit să-l prind, destul cât să-l ridic și abia atunci mi-am amintit că se sprijinea pe o țepușă ascuțită, mortală...

L-am ridicat cât am putut de sus. Văzând ce mă pregăteam să fac, Adrian mi-a dat drumul și a încercat să se rostogolească, la fel cum făcuse și Ed, când aveam cochilia deasupra capului lui. A doua oară n-aveam de gând să ratez. N-aveam să las un alt nenorocit mincinos să scape basma curată. Și cu siguranță n-aveam de gând să mor acum, nu după ce supraviețuisem tuturor celorlalte încercări.

Țipând din toate puterile, am lăsat instrumentul să cadă peste fața lui Adrian, bucuroasă că formele lui ample, din lemn de arțar, m-au împiedicat să văd țepușa pătrunzând în ochiul lui drept. Nici măcar urletul lui n-a acoperit sunetul înfundat produs de impact.

Apoi totul a fost acoperit din nou de liniște, râuri de sânge întinzându-se pe mochetă, exact ca în coșmarul meu recurent.

Am pășit peste trupul lui, am descuiat ușa și m-am lăsat pe podea, în așteptarea poliției. Ultimul lucru pe care mi-l amintesc a fost vederea propriului meu sânge, roșu aprins, prelingându-se pe parchetul uzat de pe coridor. Am închis ochii şi mi-am văzut copilul purtat departe, chipul lui mititel acoperit de tristeţe, în timp ce-mi făcea cu mâna.

Totul se sfârşise.

Epilog
Decembrie 2017

Stau la capătul portului, în Alderny, şi este mult mai frig decât era ultima dată când fusesem acolo. Vântul îmi face obrajii roşii şi aşază creste albe, înverşunate, de spumă pe coama valurilor şi, pentru o clipă, îmi amintesc de apa limpede, turcoaz, a mării din Mustique. Doar pentru o clipă, nu mai mult – chiar nu doresc să mă mai gândesc la asta.

Sunt într-o călătorie pe care am tot amânat-o de când m-am mutat în Jersey. Locuisem cu Maddie şi Geoff aproape şase luni, cât durase să se finalizeze vânzarea casei mele, dar abia acum, când aveam, în sfârşit, un loc al meu la care să mă întorc – o căsuţă de piatră, într-o vale cu verdeaţă, la niciun kilometru distanţă de casa prietenilor mei –, m-am simţit în stare să merg în această vizită.

Mă întorc şi o văd pe Ellen, aşteptându-mă, fără cârje. Pare schimbată, nu mai arată la fel de chinuită ca prima oară când o văzusem. Şi-a tuns părul cărunt şi aspru şi-i stă mai bine, ba pare chiar că a mai slăbit – dosul ei nu mai arată deloc atât de impresionant. Mergem într-o cafenea cu vedere spre port.

– Îmi pare rău pentru felul în care m-am năpustit pe uşă afară data trecută, mă grăbesc să spun înainte chiar să ne fie aduse cafelele.

Zâmbește ușor.

– Înțeleg. Era vorba despre soțul tău. În orice caz, eu îți cerusem să pleci. Eu ar trebui să-mi cer scuze. Îmi făceam griji pentru tine – știu că nu eram de acord în multe privințe, dar nu voiam să văd în ziare că ai dispărut și tu sau că ai fost găsită moartă în vreun șanț, a spus ea.

Uitasem accentul acela al ei, felul în care rostea anumite cuvinte. „*Vrun* șanț."

– Cred că îți par extrem de naivă.

Nu doar ei, ci și poliției din Surrey, lui Ed, lui Adrian... Încă mi-era rușine când îmi aminteam.

– Nu mai mult decât a fost sora mea, spuse ea. Psihopații sunt foarte convingători. Își pleacă privirea și începe să se joace cu mărgelele unei brățări din argint, răsucindu-le fără încetare.

Arăt către brățară.

– A fost a ei?

– Nu, a fost cadoul ei pentru mine, când am împlinit treizeci de ani. Îmi lipsește.

– Sunt sigură.

– Ce face Benjy? mă întreabă și încep să râd, pentru că-l numise Benjy, în loc de Ben, dar apoi mă opresc. El era încă *Benjy*, ultima dată când îl văzuse Ellen.

– E bine, ținând cont de împrejurări. Este devastat de moartea tatălui său, dar și ușurat că nu trebuie să asiste la degradarea cauzată de boală...

Și măcar nu cunoaște întreg adevărul. Ca toți ceilalți, în afară de mine și de April, el crede că Ed s-a aruncat de pe o stâncă, în Mustique. Nu știe nici că tatăl lui s-a prefăcut a fi bolnav, în tot acel timp, iar eu mă bucur pentru asta.

– Bietul Benjy. Și biata de tine. Măcar acum totul a luat sfârșit.

Totul luase sfârșit, în afara coșmarurilor mele și a unei cicatrici pe partea stângă, drept amintire. Avusesem câteva zile foarte dificile, discutând cu poliția, în încercarea de a lămuri situația și de a ajunge la concluzia definitivă că uciderea lui Adrian McLaughlin fusese un gest de autoapărare, astfel încât nu fusesem acuzată de nimic. Susținusem că m-a atacat după ce-i respinsesem avansurile. Existaseră destui martori care susținuseră că ne văzuseră flirtând, la prânz, apoi camerele de supraveghere din sala instrumentelor arătaseră clar că mă urmărise și mă atacase cu cuțitul.

Le spusesem că Adrian fusese iubitul meu, cu care reluasem legătura după moartea lui Ed. Că acesta era înverșunat împotriva femeilor, ca urmare a divorțului lui și după ce fusese dat afară din poliție și că o luase razna când îl refuzasem. Așa au ieșit la iveală acuzațiile anterioare de viol, cele de care Ed îl ajutase să scape, cu ani în urmă, și am aflat, totodată, că motivele pentru care fusese dat afară din poliție aveau de-a face cu faptul că hărțuise o altă tânără colegă. După toate probabilitățile, biata „pițipoancă sergent“, așa cum o numise, disprețuitor. Cum de nu-mi dădusem seama ce fel de om era?

Stătusem ca pe ghimpi, întrebându-mă dacă detectivii care investigau incidentul aveau să facă legătura între Ed și Adrian, pentru că dacă o făceau, intram în încurcătură pe motiv că nu o dezvăluisem eu însămi. Toată povestea aceea nefericită ar fi ieșit la lumină. Dar polițiștii nu au reușit să vadă nicio legătură între toate acestea – uciderea lui Mike, care a continuat să rămână neelucidată, „sinuciderea“ lui Ed și moartea lui Adrian. La o privire mai atentă, și-ar fi dat seama că eu și April eram verigile de legătură. Însă mulțumită probelor oferite de camerele de supraveghere, n-au simțit nevoia să investigheze mai mult.

Mă întreb acum dacă a mai existat vreodată, în istoria umanității, vreo femeie cu un gust atât de îngrozitor în alegerea bărbaților.

Mă exasperează gândul că April și doctorul impostor, Bill Brown, au scăpat nepedepsiți, dar April va trăi pentru tot restul vieții ei știind ce-a făcut și cu pierderea lui Mike – și nu-mi pasă câtuși de puțin de Bill Brown, în afara faptului că mă rog să nu-l cuprindă vreo remușcare și să dea fuga la poliție, ca să-și ușureze conștiința. Presupun că aceasta este incertitudinea cu care trebuie să trăiesc eu pentru tot restul vieții.

– Bietul meu nepot, să-și piardă ambii părinți, zice Ellen și ochii i se umplu de lacrimi.

– Vestea bună este că va fi el însuși tată, în curând. Prietena lui, Jeanine, este însărcinată în trei luni. Sunt extrem de încântați. Într-un fel, îi ajută. Le dă motive să privească în viitor cu optimism.

Simt nevoia să-i spun că avusese dreptate în toate privințele; Ed avusese o aventură. Ed o ucisese pe Shelagh. Și pe Mike. Din fericire, mă stăpânesc. Toate acestea au rămas în trecut, iar eu încerc cu disperare să merg înainte.

Mă voi întreba întotdeauna ce descoperise Mike, cu ce îl șantajase pe Ed. Presupun că nu era greu de imaginat că, întorcându-se noaptea, de la una din partidele lui de pescuit, văzuse mașina lui Ed și-l urmărise, din curiozitate, până la atelierul de recondiționat uși; nu-i fusese apoi greu să pună lucrurile cap la cap, așa cum am făcut și eu, dar mult prea târziu, și păstrase secretul, în așteptarea momentului cel mai potrivit să-l folosească. Descoperise aventura lui Ed cu April și hotărâse că pedeapsa cea mai bună era să-l lovească unde-l durea mai rău – la bani. Cu atât mai mult dacă, așa cum pretinsese April, imaginea bunăstării lor fusese doar atât – o imagine. Cheltuiseră, cu siguranță, mii de lire cu datoriile lor și cu bărcile și excursiile extravagante. Mike găsise astfel o cale s-o păstreze pe April, să facă rost de bani *și* să-l pedepsească pe Ed în același timp. Se gândise că situația era în avantajul tuturor – n-ar fi dorit să rămână prieten cu Ed odată ce descoperise trădarea. Dar îl forțase pe Ed să pretindă că totul era în ordine.

Ellen schimbă subiectul.

– Așadar, locuiești în Jersey acum. Lucrezi?

– Încă nu – am aplicat pentru un post administrativ, la o școală, am un interviu săptămâna viitoare.

Mă gândesc la scurta mea experiență de la Universitatea Hampton. Nu-mi lipsesc, în mod special, activitățile de acolo sau Margaret și, evident, n-am mai pus piciorul în clădirea Fairhurst, dar recunosc că mi-e dor de Alvin. S-a supărat când i-am spus că nu aveam să mă mai întorc, dar a înțeles. La vreo două săptămâni după aceea, a trecut pe la mine să-mi lase o scrisoare de recomandare, în termeni rușinos de elogioși.

– O voi trimite și pe e-mail, desigur, a spus el. Dar adevărul este că am vrut să vin personal să te văd, să mă asigur că ești bine. Suntem prieteni, nu-i așa?

– Sigur că da. Ă, îmi pare rău pentru ce s-a întâmplat în camera instrumentelor. Te rog, dă-mi voie să plătesc pentru...

M-a întrerupt cu un gest de polițist în trafic.

– Să n-aud. Te rog, pentru asta avem asigurare.

Nu puteam spune care din noi doi era mai stânjenit. Adevărul fie spus, eu eram puțin șocată să-l văd acolo, pe prispa mea, cu umerii aplecați, ca să nu dea cu capul de sus, printre cizmele mele de cauciuc, umbrele vechi și haine. Părul îi stătea ridicat în toate direcțiile – parcă era Clovnul Krusty – și m-am stăpânit cu greu să nu-l îmbrățișez.

– Bun, a spus el, dregându-și glasul. Te rog, Lynn, să păstrăm legătura. Dă-mi de știre când ești în oraș, ca să vii la noi la masă. Sau, dacă e în timpul zilei, putem merge să luăm prânzul împreună, în amintirea vremurilor de altă dată.

Alvin mi-a făcut cu ochiul, dar eu nu mă puteam gândi decât că locul „nostru" era pe veci mânjit de amintirea mea bând vin cu Adrian, chiar înainte ca el să încerce să mă ucidă.

– Sigur, am răspuns, zâmbind – deși, acum că mă stabilesc în Jersey, îmi e greu să cred că voi reveni prea curând. Timmy, motanul, fusese adoptat cu bucurie de către Naveeta și fetele ei. Acum îi am pe Maddie și Geoff foarte aproape, iar Ben și Jeanine vor veni curând să petreacă o săptămână la mine – o vacanță mai puțin incitantă pentru ei, din cauza sarcinii.

– Sună bine, spune Ellen, despre interviul meu. Călătoresc în Jersey destul de des. Consultații medicale, pentru diabetul meu și am și destui prieteni acolo.

– Ei bine, am o cameră de oaspeți, dacă te hotărăști să treci și pe la mine, am răspuns impulsiv, sperând imediat că, dacă o va face, nu va fi pentru mai mult de-o noapte. Sunt destul de sigură că noi două nu vom fi niciodată prietene apropiate, dar, cel puțin, făcusem ceea ce-mi propusesem să fac venind aici și mă simțeam ușurată de o povară.

Nu prea mai am ce să-i spun, dar mă bucur că am venit.

– Îți mulțumesc că ai fost de acord să ne vedem, rostesc, în cele din urmă, privind o barcă de pescuit care intra în port, cu un stol gălăgios de pescăruși pe urmele ei.

– Îți mulțumesc că ai venit.

Înclină din cap cu mărinimie, iar eu nu simt nevoia, ca data trecută, s-o pocnesc. Mă întreb dacă este ea mai puțin enervantă sau dacă nu cumva fusesem eu deosebit de stresată și hipersensibilă, data trecută. Cea de-a doua variantă, mai mult ca sigur.

O oră mai târziu, când taxiul companiei Max sosește să mă ducă la aeroport, îi spun lui Ellen ceea ce ar fi trebuit să-i spun din prima clipă în care o văzusem, în loc să fi fost atât de tensionată:

– Îmi pare rău pentru pierderea suferită!

– Mulțumesc, spune ea și ne îmbrățișăm stânjenite. Te rog, dă-mi de veste când se naște copilul lui Ben. Aș dori să-i fac un cadou. Poate chiar să vin în vizită, cândva.

– Sigur, răspund și-i zâmbesc.

SFÂRȘIT

Mulțumiri

Nicio carte nu mi-a luat atât de mult s-o termin și nici n-a trecut prin atâtea transformări! Drept urmare, am de adresat mulțumiri:

ECHIPA ORENDA! Uimitoarea, legendara forță care este Karen Sullivan, desigur, cea mai muncitoare femeie din domeniul editorial, cea care a făcut totul posibil și care face multe alte lucruri să se întâmple, pentru mulți alți oameni. Apreciez din inimă. Mulțumiri sincere și lui West Camel, Sophie Goodfellow, Liz Barnsley, Luke Speed și tuturor celorlalți autori de la Orenda, pentru că m-au primit în rândurile lor. Sunt foarte fericită să fac parte din gașcă.

Multe mulțumiri lui Veronique Baxter și Laurei West de la David Higham, pentru efortul susținut și sprijinul lor, atât editorial, cât și practic.

The Slice Girls: Susi Holliday, Steph Broadribb, Alex Sokoloff, Harley Jane Kozak și AK Benedict, pentru prietenia lor și încurajările transmise pe multe căi, dar mai ales lui Susi, pentru sfaturi farmaceutice specifice și categoric Alexandrei – AK – pentru că a fost primul cititor al versiunii aproape finale și pentru că mi-a oferit păreri atât de detaliate, profunde și încurajatoare – sunt impresionată de cât de repede și de atent ai citit-o!

Pentru diverse sfaturi de cercetare și/sau sprijin emoțional: Hayley Webster, Will Franks, Amanda Jenings, John Rickards, Franco Iannelli, Chris Philips, Nick Laughland.

The Lilies: Nik Waites, Hellen Russell și Jenny Groome, dar mai ales Nik, pentru contribuția specială, în acest caz.

Locuitorii insulei Alderney: Rachel Abbot, Tish McPhilemy, Alex Flewitt, Chris Rowley. Sper să vin să vă revăd pe toți anul acesta.

Localnicii: în special Heath Jackson, pentru prietenie și inspirație în materie de ambarcațiuni și Simon Alcock, ca întotdeauna, pentru consiliere procedurală; mulțumiri și celorlați prieteni ai mei.

Vecinilor mei prietenoși, Trish Hawkins și Andrea van der Schyff, pentru că m-au ajutat să printez când imprimanta mea veche făcea figuri.

Tuturor prietenilor și colegilor mei scriitori de romane polițiste, mai ales celor care fac parte din Grupul Acela. Lui Ian Patrick, primul cititor al uneia dintre primele versiuni, pentru observațiile folositoare și cuvintele de încurajare. În cele din urmă, lui Tammy Cohen, pentru cea mai bună sugestie de armă mortală pe care am folosit-o vreodată în scrierile mele.

Lawrence Alexander	*Rubicon. Conspirație la Casa Albă*
Karin Alvtegen	*Trădarea*
Jeffrey Archer	*În linie dreaptă • Nici un ban în plus, nici un ban în minus • O duzină de tertipluri • O chestiune de onoare • Primul între egali*
Isabelle Autissier	*Dintr-odată, singuri*
Clelie Avit	*Sunt aici*
Esmahan Aykol	*Hotelul Bosfor*
Nicole Baart	*Departe*
David Baldacci	*Ziua zero*
Toby Ball	*Arhivele*
Michel Benoit	*Dansul răului*
Anna Bell	*Lista de dorințe*
Igor Bergler	*Biblia pierdută*
Steve Berry	*Afacerea Columb • Enigma reginei • Secretul marelui sigiliu*
Marcelo Birmajer	*Povești cu bărbați însurați*
Russell Blake	*Nume de cod: JET*
Stephen Booth	*Câinele negru*
Gayle Brandeis	*Licitația lui Flan*
Andrew Britton	*Americanul*
Dan Brown	*Codul lui Da Vinci • Conspirația • Fortăreața digitală • Inferno – ed. Film • Îngeri și demoni • Simbolul pierdut*
John Brunner	*Rețelele infinitului*
D.W. Buffa	*Trandafirul negru*
Jared Cade	*Răzbunare mortală*
Isabel Camblor	*Nopțile Cenușăresei*
W. Bruce Cameron	*Câinele, adevăratul meu prieten • Drumul unui câine către casă*
Thomas Caplan	*Actorul care a devenit spion*
Martin Capparos	*Enigma Valfierno*
Andrea de Carlo	*O mare de adevăruri • Un om liber*
John Le Carre	*Cârtița • Chemare din tărâmul morții • Jocul • Micuța toboșăreasă • Oamenii lui Smiley • Omul nostru din Panama • Prietenie absolută • Spionul care a ieșit din joc • Un spion desăvârșit*
Chris Carter	*Francezul • Gheena • Înfruntă viitorul*
Lincoln Child	*Infernul de gheață • Inima furtunii*
Eugen Ovidiu Chirovici	*Cartea oglinzilor*
Tom Clancy	*Misiune de onoare • Rainbow six – 2 vol.*
Stephen Clarke	*În viață ai parte și de merde*
Martina Cole	*Afacerea*
Didier Convard	*Cei cinci templieri ai lui Iisus*
Michael Connelly	*Verdictul • Avocatul din limuzină • Până la capăt. Seria Mickey Haller*
Robin Cook	*Criza*
Blake Crouch	*Orașul din munți (seria Wayward Pines – vol. 1) • Șeriful (seria Wayward Pines – vol. 2) • Ultimul oraș*
Clive Cussler	*Urmărirea*

Clive Cussler & Dirk Cussler	*Zorii semilunii • Săgeata lui Poseidon (Seria Dirk Pitt)*
Jeffery Deaver	*Dansând cu moartea • Grădina fiarelor*
Nelson DeMille	*Focul sălbatic*
Gustavo Dessal	*Operațiunea Afrodita și alte povestiri*
William Diehl	*Domnie în iad*
Markus C. Schulte Von Drach	*Furor*
Michael Dobbs	*Culisele puterii – vol. 1 al trilogiei House of cards • Atac la rege – vol. 2 al trilogiei House of cards • Lovitură finală – vol. 3 al trilogiei House of cards*
Jessica Duchen	*Violonista*
Robert Dugoni	*Victimele puterii*
Joe Dunthore	*Submarin*
David Ebershoff	*Daneza*
Andreas Eschbach	*Un bilion de dolari • Ultimul dintre ei*
Veit Etzold	*Tăietura finală*
Barbara Ewing	*Rosetta*
Roopa Farooki	*Dulciuri amare*
Sebastian Faulks	*Jocul cu diavolul*
Joshua Max Feldman	*Cartea lui Iona*
Zoe Feraris	*În căutarea lui Nouf*
Ludmila Filipova	*Labirintul de pergament*
Joseph Finder	*Instinct ucigaș • Jocul puterii*
Janet Fitch	*Paint it black. Destin în negru*
Ian Fleming	*Trăiește și lasă-i să moară • Casino Royale*
Ken Follett	*Al treilea geamăn • Alb Infinit • Bani de hârtie • Codul „Rebecca" • Codul zero • Copiii Edenului • Omul din Sankt Petersburg • O avere periculoasă • Pe aripi de vultur • Printre lei • Prin urechile acului • Un loc numit libertate • Triunghiul • Zbor periculos*
Frederick Forsyth	*Fantoma din Manhattan*
Laurie Frankel	*O alegere imposibilă*
Tana French	*Liniștea umbrelor*
Tom Gabbay	*Conspirația din Berlin*
Max Gallo	*Titus*
Mark Gimenez	*Culoarea legii*
Sue Grafton	*D de la datornic*
John Grisham	*Avocatul rebel • Avocatul străzii • Cazul pelican • Firma • Fotbal și pizza • Muntele familiei Gray • Negustorul de manuscrise • Omul care aduce ploaia • Partenerul • Șirul de platani • Și vreme e ca să ucizi • Testamentul • Ultimul jurat*
Claudia Gross	*Maestra runelor*
Luigi Guarnieri	*Mireasa evreică*
Colin Harrison	*Recuperatorul*
Mo Hayder	*Tratamentul • Insula porcilor*
Terry Hayes	*Călătorul*
Peter Heller	*Constelația câinelui*

David Hewson	*Casa păpușilor*
Antonio Hill	*Vara jucăriilor moarte*
Jack Higgins	*Țintă sigură*
Luis de la Higuera	*Autopsia Satanei*
Matt Hilton	*Pulbere de oase*
Chuck Hogan	*Încercuirea*
Gail Honeyman	*Eleanor Oliphant se simte excelent*
Gregg Hurwitz	*Nu te încrede în nimeni*
Conn Iggulden	*Împăratul – Moartea regilor*
David Jackson	*Nu scoate un sunet*
Steve Jackson	*Mentorul*
P.D. James	*O meserie nepotrivită pentru o femeie • Sala crimelor*
Robert Jordan	*Roata timpului – Ochiul lumii vol. 1 • Roata timpului – În căutarea cornului vol. 2 • Roata timpului – Seniorul haosului vol. 6 • Roata timpului – Coroana de săbii vol. 7 • Calea pumnalelor (vol. 8 din seria Roata timpului)*
Jonas Karlson	*Camera*
Matthew Kneale	*Pe când eram la Roma*
Bernard Knight	*Cadavrul meșterului făurar*
Tom Knox	*Secretul genezei*
Chan Koonchung	*Visătorul din Tibet*
Dean Koontz	*Fiul rătăcitor – cartea întâi seria Frankenstein • Orașul nopții – cartea a doua seria Frankenstein • Zona invizibilă*
Jack Lance	*Pirofobia*
Martin Langfield	*Cutia răului*
Guy Lawson	*Tipii cu arme*
Philip Le Roy	*Ultima armă*
Fred Van Lente	*Zece comici mititei • Ținta*
Paul Levine	*Să-i omorâm pe toți avocații • Un alibi în larg*
Leon Leyson	*Un băiat pe lista lui Schindler*
David Lindsey	*Legile tăcerii*
Robert Lohr	*Automatul de șah*
Emily St. John Mandel	*Simfonia itinerantă*
Tom Martin	*Piramida*
Esteban Martin	*Pictorul umbrelor*
Peter Mayle	*În căutarea lui Cezanne • Din nou în Marsilia • Din nou în Corsica • Hoțul de vinuri • Lecții de franceză • Provence pentru totdeauna • Provence de la A la Z • Un an bun • Un an în Provence • Viață de câine*
Colum McCann	*Zoli • Dansatorul • Treisprezece priviri diferite*
Walter M. Miller Jr.	*Cantică pentru Leibowitz*
Christian Mork	*Dragul de Jim*
Dorthe Nors	*Lovitura de karate*

John O'Farrell	*Avertisment: poate să conțină urme de alune*
Anthony O' Neill	*Fața întunecată a lunii*
Tony Parsons	*Copil și bărbat • Soția mea favorită • Trusa criminalistică*
James Patterson	*A 2-a șansă • Al 5-lea călăreț • A 6-a țintă • Detectivul Alex Cross • Justiția lui Cross • Primul pe lista morții*
James Patterson & Candice Fox	*Niciodată nicăieri*
James Patterson & Howard Roughan	*Croaziera*
James Patterson & Maxine Paetro	*Al 7-lea cer • A 8-a mărturisire • A 9-a judecată• A 10-a aniversare • A 11-a oră*
James Patterson & Michael Ledwidge	*Grădina zoologică*
Rosamunde Pilcher	*Căutătorii de scoici • Septembrie*
Michael Pitre	*5-uri și 25-uri*
Terry Pratchett	*Seria Lumea disc – Bărbați sub arme • Seria Lumea disc – Seniori și doamne*
Preston & Child	*Focul alb • Vitrina de curiozități*
Douglas Preston	*Canionul Tiranozaurului*
Douglas Preston & Mario Spezi	*Monstrul din Florența*
Christoph Ransmayr	*Ultima lume*
Kathy Reichs	*Oase frânte*
Matthew Reilly	*Planul Majestic 12*
Michael Robotham	*Suspectul*
Tibor Rode	*Virusul Mona Lisa*
James Rollins	*Ordinul negru • Virusul lui Iuda*
Jack Ross	*Recviem*
Pino Roveredo	*Să-mi dai de știre • Copile drag*
Craig Russel	*Roșu pentru totdeauna*
Gregory Samak	*Cartea secretă*
Michael Sammaritano	*Conspirația Siciliană*
John Saul	*Labirintul diavolului*
Manda Scott	*Craniul de cristal*
Karin Slaughter	*Post mortem*
Wilbur Smith	*Magul • Musonul (vol. 10 din saga familiei Courtney) • Orizontul albastru (vol. 11 din saga familiei Courtney)• Păsări de pradă (vol. 9 din saga familiei Courtney) • Războinicii Nilului • Sanctuarul (vol. 3 din saga familiei Courtney) • Triumful soarelui (vol. 12 din saga familiei Courtney) • Ultimul papirus • Vulpea aurie (vol. 7 din saga familiei Courtney) • Zeul deșertului*
Teresa Solana	*O crimă imperfectă • Scurtătură înspre Paradis*
Rowan Somerville	*Sfârșitul somnului*

Nicholas Sparks	*Accidentul • Cel mai lung drum – ed. film • Dragă John – ed. cartonată • Miracolul • Mesaj de departe – ed. cartonată • Pas în doi • Privește-mă • Nopți în Rodanthe • Ultimul cântec – ed. cartonată*
Ben Stephenson	*O posibilă problemă de viață și de moarte*
Patricio Sturlese	*Taina inchizitorului*
Paul Sussman	*Oaza ascunsă*
Andrew Taylor	*Jocul de-a destinul • Judecata străinilor – vol. 2 Trilogia Roth*
Jeet Thayil	*Narcopolis*
Brad Thor	*Act de război • Codul de conduită*
P.J. Tracy	*Momeală vie*
Heather Tucker	*Fata din lut*
Scott Turow	*Eroi obișnuiți • Gemenii • Nevinovat*
Philipp Vandenberg	*Dosarul Golgota*
Nicole Vosseler	*Dincolo de Nil • Sub luna de șofran*
Louise Welsh	*Tamerlan trebuie să moară*
Mondfeld zu Wolfram & Wertheim zu Barbara	*Școala gladiatorilor*
Andrew Wilson	*Minciuna*
Mitchell Zuckoff	*13 ore*

– NONFICȚIUNE –

ISTORIE, SOCIOLOGIE, FILOSOFIE, POLITICĂ, RELIGIE

Guy Debord	*Comentarii asupra Societății spectacolului*
Fernando Savater	*Cele șapte păcate capitale*

CARTE ILUSTRATĂ

Gill Davies & Gill Saunders	*Limbajul romantic al florilor*

MEMORII, JURNALE, BIOGRAFII

Chris Kyle	*Lunetistul american*
Marita Lorenz	*Eu am fost spioana care l-a iubit pe Fidel Castro*
Mariane Pearl	*O inimă neînfricată*
Isabel Vincent	*Cină cu Edward*

www.raobooks.com | www.facebook.com/rao.editura
office@rao.ro | libraria.rao@rao.ro